एक ब्रेक के बाद

[उपन्यास]

एक ब्रेक के बाद

अलका सरावगी

राजकमल प्रकाशन

ISBN : 978-81-267-1529-9

मूल्य : ₹595

पहला संस्करण : 2008
दूसरा संस्करण : 2019

प्रकाशक : राजकमल प्रकाशन प्रा. लि.
1-बी, नेताजी सुभाष मार्ग, दरियागंज
नई दिल्ली-110 002

शाखाएँ : अशोक राजपथ, साइंस कॉलेज के सामने, पटना-800 006
पहली मंजिल, दरबारी बिल्डिंग, महात्मा गांधी मार्ग, इलाहाबाद-211 001
36 ए, शेक्सपियर सरणी, कोलकाता-700 017

वेबसाइट : www.rajkamalprakashan.com
ई-मेल : info@rajkamalprakashan.com

मुद्रक : बी.के. ऑफसेट
नवीन शाहदरा, दिल्ली-110 032

EK BREAK KE BAAD
Novel by Alka Saraogi

एक ब्रेक के बाद

षष्टिपूर्ति, तृप्ति और के.वी.

के.वी. शंकर अय्यर अभी कुछ दिन पहले पूरे साठ साल के हो गए। उनके जन्मदिन की सुबह चार पंडितों के समवेत मंत्रोच्चार के साथ हवन करते हुए घर के पिछवाड़े में हुई, जहाँ उगते सूरज का हल्का नारंगी अक्स के.वी. की शैम्पेन से अलसाई आँखों पर पड़ रहा था। अब यार-दोस्त ऐसे मौके पर भी जमा न हों, तो फिर उनका होना न होना क्या? रात बारह बजते ही पूरा घर दोस्तों की भीड़ से छोटा पड़ गया था।

के.वी. ने पंडितों के उच्चारण की शुद्धता पर प्रसन्न होते हुए पत्नी की ओर देखा। षष्टिपूर्ति पर पत्नी के साथ फिर से विवाह की पूरी रस्म नादस्वरम् की गूँज के बीच बाकायदा फेरे लेकर की थी.जिसे बीस साल बाद अस्सी पूरा होने पर फिर से दोहराने की उन्हें पूरी उम्मीद थी। पत्नी की आँखों में जमाने की तृप्ति देख के.वी. की खुशी बढ़ गई। जीवन में तीन चीजों के खटराग से उन्हें चिढ़ है—अशुद्ध संस्कृत, बेसुरा गाना और असंतुष्ट औरतें।

हवन से उठकर के.वी. अपने पूजाघर के आसन पर जा बैठे। रोज की तरह कपालेश्वर शिव, गुरु और पिता को लाइन से प्रणाम कर उन्होंने अपने दाहिने हाथ की अँगुली से बाईं हथेली पर लिखा—60 और अपनी हथेली को एकटक देखते रहे। मानो वह साठ का अंक उन्होंने अपने लेटर-पैड के पन्ने पर अपनी उस 'ड्यू पौंट' की महंगी कलम से लिखा हो, जो उन्हें मालूम था कि आज उन्हें दफ़्तर में बॉस भेंट करनेवाला था।

श्री के.वी. शंकर अय्यर का चेहरा दमदमा रहा था। लोग साठ तक आते-आते 'सठिया' जाते हैं, पर के.वी. उस नस्ल के हैं जिसके लिए कहावत बनी है—'साठा में पाठा'। हो सकता है कि उनकी पत्नी इस बात से सहमत न हों, पर वह उनकी पत्नी ही जानती हैं। पूरे शहर के किसी दफ्तर में ऊपर से नीचे तक एक भी ऐसा शख्स नहीं होगा जो उनकी तकदीर से रश्क न करता हो। जिस उम्र में लोग

रिटायर होकर जीने का कोई नया ठौर या नया तरीका खोजने में बुझते चले जाते हैं, उम्र के उसी मुकाम पर के.वी. शहर में सबसे ज़्यादा पैसा पानेवाले 'मार्केटिंग कन्सल्टेन्ट' हैं। उनके आस-पास नौकरियाँ चक्कर लगाती हैं बजाय इसके कि वे नौकरी के लिए किसी के चक्कर काटें। पहली नौकरी से आज तक ताउम्र ऐसा नहीं हुआ कि एक नौकरी छोड़ने और दूसरी नौकरी पकड़ने के बीच के.वी. एक दिन बेरोजगार रहे हों। क्या मजाल कि उनके अंग्रेजी के लहजे से कोई पकड़ ले कि उनका जन्म आज के चेन्नई और उन दिनों के मद्रास से सौ मील दूर एक गाँव में हुआ था। या कि तेरह साल की उम्र में जब वे बड़े भाई के पास एक शर्ट और वेष्टि लेकर दिल्ली आए थे, तब वे अंग्रेजी के सिर्फ अक्षर ही पहचानते थे। यही वह दिल्ली थी जिसमें दक्षिण का नेता कामराज नेहरू के बाद प्रधानमंत्री बनते-बनते इसलिए रह गया था क्योंकि वह अंग्रेजी नहीं जानता था। के.वी. जीवन में नाकाम होने का कोई सुराग नहीं छोड़ना चाहते थे।

के.वी. शंकर अय्यर कोई काले फ्रेम का मोटा चश्मा नहीं लगाते। यह बताना इसलिए जरूरी है कि प्रायः लोग उनसे मिलने के पहले अपनी कल्पना में उन्हें ऐसा चश्मा जरूर पहना देते हैं। प्रतिभाशाली तमिल ब्राह्मण की यह छवि उनमें किस बड़े वैज्ञानिक, लेखक, अफसर या मंत्री के कारण बनी है, यह तो ठीक-ठीक पता नहीं। पर के.वी. उस छवि को अपनी चश्मे रहित पैनी आँखों और मोटे होंठो वाली खुली मुस्कान से तोड़ देते हैं। उनकी जुबान की धार हर किसी को काट सकती है। चोट खाए हुए लोगों ने दिल्ली की उनकी नौकरी के दौरान उनके खास दोस्त रंगनाथन को साथ जोड़कर 'साउथ इंडियन फॉक्सेज' यानी 'दक्षिण भारतीय लोमड़ियों' का खिताब उन्हें पीठ पीछे दे रखा था।

के.वी. यह बात बताते हुए हमेशा जोरदार ठहाका लगाते हैं। दरअसल उन्हें अपने बारे में की गई हर तरह की चर्चा पसन्द है। वे लोगों की बातचीत के विषय रहना चाहते हैं। अभी उन्होंने पाँच महीने पहले अपना 'कन्सल्टेशन' यानी सलाहकार का काम छोड़कर एक नई नौकरी पकड़ी है। कोई उनसे अगर पूछता है कि चार फर्मों में सलाहकार बनकर वे जितना कमा रहे थे, उससे क्या ज्यादा कमाई यह नौकरी उन्हें देगी, तो के.वी. शंकर अय्यर एक क्षण के लिए अपनी पैनी आँखें झुका लेते हैं। फिर वे पूछनेवाले की आँखों में गहराई से एकटक देखते हैं मानो उसे तौल रहे हों।

आपको यह जानकर आश्चर्य नहीं होना चाहिए कि अपना बॉस खुद होने की

आजादी उन्होंने इसलिए छोड़ी है कि पहले के एक पुराने बॉस चोरड़िया ने उन्हें फोन करके कहा—"दोस्त, तुम्हारे बिना मैं एकदम अकेला हूँ। आज की दुनिया में बेटे कभी बाप के साथी नहीं होते। नई फैक्टरी लगाने में तुम्हारे बिना कोई मजा नहीं।"

बेशक के.वी. एक सफल मैनेजर हैं, पर किसी को इस बारे में शक क्यों हो कि वे एक सच्चे इनसान भी हैं। चोरड़िया ने उन्हें कभी अपना नौकर माना था? कभी नहीं। वरना इस देश में चपरासी से लेकर मैनेजर तक हर आदमी बॉस का गुलाम होता है। आपने वह कहानी सुनी है जब एक बड़े उद्योगपति ने अपने सूट-बूट पहने मैनेजरों को हाथ हिलाकर दिखाते हुए इंदिरा गाँधी से कहा था—"ये सब हमारे नौकर हैं।"

के.वी. के पास इस तरह के किस्सों की भरमार है। बतरस का आनंद जैसा उनके पास है वैसा और कहाँ? बशर्ते कि उनके व्यंग्य की धार आपकी तरफ न हो। वरना तो वह आपको दो टुकड़ों में काटकर रख सकती है। के.वी. की यह खासियत है कि वे अपनी प्रतिभा के फायदे और नुकसान दोनों जानते हैं। "हम मार्केटिंग के आदमियों का एक पाँव इधर, तो दूसरा पाँव नारद मुनि की तरह कहीं और रहता है। नारद मुनि की तरह हम कहीं टिकते नहीं और उन्हीं की तरह थोड़ी-सी बात इधर की उधर और उधर की इधर तो हो ही जाती है"—के.वी. ठहाका लगाकर बताते हैं।

बहरहाल, के.वी. चार फर्मों में सलाहकार के अपने काम को छोड़कर—जो उनकी फितरत के बिलकुल माकूल था—अगर चोरड़िया के पास लौट आए हैं, तो सिर्फ इसलिए कि उसने उन्हें हमेशा बराबरी का दर्जा दिया था। बराबरी यानी कि बाकी सबसे ऊपर। ब्राह्मण यों भी चारों वर्णों में सबसे ऊपर रहता आया है। अगर के.वी. ने अपने जनेऊ को उतारकर खूँटी पर हमेशा के लिए टाँग दिया है, तो इसका अर्थ यह तो नहीं है कि सबसे ऊपर रहनेवालों के बराबर रहने की इच्छा भी उन्होंने जनेऊ के साथ ताक पर रख दी है। कोई यदि कहे कि ऊपरवालों को ही इक्कीसवीं सदी में इंडिया की उन्नति की सारी क्रीम खाने को मिल रही है, तो के.वी. अंग्रेजी के 'ट्रिकल-डाऊन इफेक्ट' का भारतीय अनुवाद करके तुरन्त कहते हैं—अरे पानी तो पहाड़ से नीचे ही बहता है। गंगा क्या एकदम नीचे उतरकर समुद्र तक नहीं आती?

के.वी. के चोरड़िया को पुनः पकड़ने के पीछे एक बहुत मोटा सालाना

तनख्वाह का 'पैकेज' है, ऐसा कहनेवाले कहते हैं। लेकिन जाननेवाले यह जानते हैं कि यह कोई खास बात नहीं है। के.वी. क्या नहीं जानते कि पिछले दो सालों में इंडिया में टॉप एक्जीक्यूटिव की तनख्वाह सालाना चार करोड़ तक पहुँच गई है। एक करोड़ पानेवाले तो सैकड़ों की तादाद में मिल जाएँगे। के.वी. खुद कहते हैं– अब नौकरी की दुनिया खरीदारों की मार्केट नहीं है, बेचनेवालों की मार्केट है। जो बीस हजार की नौकरी छोड़ता है, वह जानता है कि पच्चीस हजार की नौकरी उसके लिए तैयार है। किसी जूनियर को कोई डाँट-वाँट लगानी हो, तो तैयार रहना पड़ता है कि शाम को घर जाते समय आपको नौकरी छोड़ने का नोटिस पकड़ाता हुआ जाएगा।

के.वी. इस बात को कहते हुए कुछ सोच में पड़ जाते हैं। शायद बदले हुए समय के तकाजे से उन्हें अपनी जुबान की धार का इस्तेमाल करने में कटौती करनी पड़ रही है। खासकर तबसे जबकि एक फर्म के एच.आर. डिपार्टमेन्ट यानी ह्यूमन रिसोर्सेज के प्रमुख ने उन्हें सूचना दी कि पिछले साल कम्पनी ने चार महत्त्वपूर्ण योग्य आदमियों को खो दिया, जिनके बदले कम्पनी को उनसे डेढ़ गुनी तनख्वाह पर पाँच आदमी रखने पड़े। 'एक्जीट' यानी छोड़कर जाते हुए आखिरी इंटरव्यू में उनमें से तीन ने अपने जाने की वजह के.वी. को ठहराया था और चौथा अपना मुँह सिलकर रह गया था। तब से के.वी. ने यह समझ लिया कि इंडिया की 'इकोनोमिक बूम' या आर्थिक उछाल के साथ-साथ इंडिया में धीरज और सहनशीलता के गुण डूब गए। अब साफगोई का जमाना भी गया कि आप किसी चुभते हुए सच को बेझिझक कह डालें। वरना तो चार साल पहले चोरड़िया को छोड़ते समय के.वी. ने उसे साफ-साफ कह दिया था–तुम्हारा बेटा है, इसलिए उछल रहा है। विदेश में बाप के पैसे फूँककर डिग्री क्या ले ली, अपने को तीसमारखाँ समझ रहा है। वह भी कोई हार्वर्ड से नहीं किसी सेकेंड-ग्रेड यूनिवर्सिटी से। तुम क्या नहीं जानते कि उसमें एक चपरासी की नौकरी करने की भी काबिलियत नहीं है!

के.वी. को चोरड़िया से जो भी तनख्वाह के 'पैकेज' का 'ऑफर' आया हो, प्रमाण यही कहते हैं कि उन्होंने अपना अच्छा-भला चलता हुआ काम चोरड़िया के अकेलेपन को दूर करने के लिए किया है। यदि ऐसा नहीं होता, तो क्या वे 'रिलायंस' जैसी कम्पनी का 'ऑफर' यह कहकर ठुकरा देते कि वे 'जॉब' मार्केट में बिकाऊ नहीं हैं? कौन नहीं जानता कि ऐसी कम्पनियों की ऊँची पोस्ट पर बैठे

अफसरों के लिए अब प्राइवेट हवाई जहाज होते हैं, दूर-दराज किसी सुनसान द्वीप पर छुट्टियाँ बिताने के लिए प्राइवेट 'शिप' या 'यॉट' होते हैं, उनके फार्म-हाऊस में उनके घोड़े पलते हैं। और यह सब नहीं होता, तो इन सब चीजों के सपने होते हैं। जमाना 'ये दिल माँगे मोर' का है। बस्तर के गाँव में अपनी झोंपड़ी में बैठकर आदिवासी टी.वी. पर वाशिंग मशीन में कपड़े धुलते देख रहा है और डबल-डोर फ्रिज में जाने कब से रखी ताजी लौकी और टमाटर की गाथा सुन रहा है। इस देश की एक अरब जनता अब एक साथ सपने देख रही है—फर्क यही है कि किसी के सपने छोटे तो किसी के ज्यादा बड़े सपने।

यदि के.वी. ने चोरड़िया के एक भावुक वाक्य के लिए अपने सपनों में कटौती कर ली, तो यह मानना पड़ेगा कि आज भी दुनिया बदली नहीं है। भले ही 'नौकरी डॉटकॉम' या 'जॉब डॉटकॉम' आपको उन कारणों की लंबी सूची पकड़ा रहे हैं जिनके कारण आपको पुरानी नौकरी बदल लेनी चाहिए—

क्या आप अपने काम से ऊब गए हैं?

क्या आपको लगता है कि आपकी तनख्वाह योग्यता से कम है?

क्या आपको काम में कोई नई चुनौती नहीं मिल रही?

क्या आपका बॉस आपका अपमान करता है?

क्या आपसे गधाखटनी करवाकर शोषण किया जा रहा है?

के.वी. को इस बात का गहरा अहसास है कि उन्होंने जीवन में अहसासों को सही महत्त्व दिया है। उनके पिता की मृत्यु पर जब पुरोहित ने उन्हें अपने पिता का अंतिम संस्कार करने से इसलिए रोक दिया था कि उनकी पत्नी न तमिल हैं और न ब्राह्मण, तो दुनिया जानती है कि के.वी. ने क्या किया। उन्होंने पुरोहित से इस कदर जिरह की थी कि वह कुछ भी बोलने लायक नहीं रहा था—क्या आप मुझे अपने पिता का पुत्र मानने से इनकार करते हैं? क्या आप यह प्रमाणित कर सकते हैं कि उन्होंने मुझे जन्म नहीं दिया? क्या आप उस ईश्वर से भी बड़े हैं जिसने मुझे उनका पुत्र बनाने का निर्णय किया था? वगैरह, वगैरह।

पता नहीं, के.वी. अपने पिता का क्रियाकर्म कर पाए या छोटे भाई ने ही सब कुछ किया, पर के.वी. इस वाकये का बयान करते हुए आज भी उत्तेजित हो जाते हैं। उन्हें अपने सारे सवाल और सारे तर्क अच्छी तरह याद हैं। आदमी जिन्दा है क्योंकि उसके अंदर के जज्बात, उसके अहसास जिन्दा हैं—यह के.वी. का लगभग तकियाकलाम है। शराब पीने के बाद उनका हर तीसरा वाक्य यह होता है। पता

नहीं क्यों, लेकिन के.वी. की यह तमन्ना है कि दुनिया उन्हें महज एक सफल और हर मौके पर अपने को काबू में रखनेवाले आदमी की तरह ही नहीं, एक संवेदनशील, नरमदिल इनसान की तरह भी याद रखे। यह अलग बात है कि उनके माँ-बाप-भाई-बहनों में से एक भी आदमी उनके बारे में ऐसा ख्याल नहीं रखता। लेकिन चिराग तले तो हमेशा अँधेरा होता ही है, यह सोचकर के.वी. शंकर अय्यर इस बात से कभी परेशान नहीं होते।

के.वी. अक्सर अपने बचपन के मित्र रंगनाथन की बातें करते हैं। तेजी से बदलती दुनिया में रंगनाथन का बना रहना उन्हें कितना दिलासा देता है, यह बहुत जाहिर-सी बात है। रंगनाथन पिछली बार उन्हें दिल्ली में मिला तो कहने लगा—के.वी., तुम आज भी मुझे पहचान लेते हो, यह कोई छोटी-मोटी बात है क्या? जबसे पिछली नौकरी छोड़ी है, तबसे अड़ोसी-पड़ोसी-रिश्तेदार-दोस्त सब जैसे अनजाने अजनबी बन गए हैं। हर किसी को देखते ही लगता है कि मैं उन्हें बोलने ही वाला हूँ कि यार कोई जॉब मेरे लायक समझ में आए, तो बताना।

के.वी. की आँखें रंगनाथन की बात करते हुए शायद कुछ पनीली हो उठती हैं। 'शायद' इसलिए कहा जा रहा है क्योंकि के.वी. की आँखों में यों भी कुछ पानी-पानी सा चमकता रहता है। बिना पास या दूर का चश्मा लगाए के.वी. इस उम्र में कैसे देखते हैं, यह कोई नहीं जानता। हो सकता है कि उनकी आँखों के पानी में ही इसका राज छुपा हो।

के.वी. के चोरड़िया को पुनः ज्वाइन करने के पीछे कहीं कोई ऐसा एजेंडा तो नहीं कि वे दुनिया को इस कदर बदलने से रोक लेना चाहते हैं? कभी-कभी के.वी. की बातों से ऐसा कुछ लगने लगता है—अब वह समय कहाँ है कि जिन्दगी-भर के लिए आपका एक फैमिली डॉक्टर, एक वकील और एक ही नाई हुआ करता था? वे दिन गए जब आपको पक्का पता रहता था कि आपका बीस साल पुराना रसोइया कल सुबह भी आपके नाश्ते के लिए इडली बना रहा होगा। अब तो रोज नया चेहरा दिखता है—घर हो या दफ्तर ! आपका बेटा किस काम से दुबई गया है, भला आपकी कूव्वत है उससे पूछने की? फिर नौकर से कैसे पूछेंगे कि यार, तुम्हें हममें ऐसी क्या नई बुराई नजर आ गई कि अब इतने साल बाद अचानक हमें छोड़कर चले जा रहे हो?

यों के.वी. दुनिया के बदलने से हर तरह से परेशान हों, ऐसी बात नहीं है। इस दुनिया में अगर कोई एक चीज है जो कभी नहीं बदलती, तो वह है—परिवर्तन।

के.वी. दार्शनिक अंदाज में यह सूत्र कई बार कहते हैं। 2007 के साल की शुरुआत की ही ब्लूमबर्ग की रपट थी कि देश में औद्योगिक उत्पादन आशा से भी कहीं ज़्यादा हुआ है। बैंकों ने ब्याज पर धन देने का नया रिकॉर्ड बनाया है और तनख्वाहों के बढ़ने से देश में खरीददार बहुत बढ़ गए हैं। के.वी. खुश हैं कि चोरढ़िया के पास खुश होने की वजहें बढ़ती जा रही हैं। इंडिया के लोग दुनिया भर की फैक्टरियाँ खरीदते घूम रहे हैं। टाटा ने इंग्लैंड में स्टील फैक्टरी खरीद ली और बिड़ला ने अमेरिका में अल्मूनियम की। के.वी. अपने अंदाज में हँसकर कहते हैं—चीन का ड्रैगन 2007 में 9 प्रतिशत जीडीपी में बढ़ोतरी दिखाए तो क्या, इंडिया का हाथी उससे एक सूता ऊपर 9.1 प्रतिशत तक पहुँचनेवाला है।

के.वी. शंकर अय्यर दक्षिण भारत के हैं, इसका अंदाजा कोई आसानी से नहीं कर सकता। कारण सीधे-सीधे तो यह है कि उन्होंने अपने माथे पर तीन लाइन की विभूति या विभूति की तीन लाइनें या चन्दन का टीका भी लगाना छोड़ दिया है। उनके दूसरे भाई लोग अलबत्ता बड़े डॉक्टर, चैयरमेन और नामी पत्रकार होने के बावजूद आज भी इस पहचान से मुक्त नहीं हो पाए हैं। लेकिन के.वी. को भारत को हाथी कहना और हाथी के सारे गुणों से उसकी समानता बताना इतना पसंद है कि होशियार आदमी तुरंत भाँप लेता है कि वे दक्षिण भारत के अलावा और कहीं के नहीं हो सकते। इंडिया का हाथी देर से खड़ा हुआ है। उसे खड़े होने में वक्त लगा, तो इसीलिए कि आखिर वह हाथी है। उसका वजन, उसकी साइज तो देखो। अब जब इंडिया का हाथी खड़ा हो गया है तो पुराने सोशलिस्ट आदर्शों की सैंक्चुअरी के घेरे से बाहर निकल आना उसके लिए एक खेल से ज़्यादा क्या होता। हाथी तो हाथी है। करे कोई उसका मुकाबला! बुश, ब्राऊन सब मुँह बाए देख रहे हैं कि हाथी से कैसे सकेंगे। अब हाथी अपनी शर्तों पर चलेगा। वे दिन गए जब तुमने उसे केला खिलाकर उसके एक पाँव में जंजीर डालकर पाल रखा था। वगैरह, वगैरह।

बोलनेवाले लोग बोलते हैं कि इंडिया की उन्नति एक बुलबुला है और उससे ज्यादा कुछ नहीं। यह सब कुछ इसलिए नहीं हुआ है कि इसके पीछे कोई योजना थी। यह सब अपने-आप घट गया है और इतिहास के इस मुकाम पर अगर हम-आप यह देखने के लिए पैदा हुए हैं या बचे हुए हैं, तो यह हमारा नसीब है। सच पूछिए, तो आप किसलिए इतना नाच रहे हैं? क्या इसलिए कि आपको अंग्रेज अपनी भाषा सिखा गए थे और उनके जाने के बाद भी आपने हिन्दी की चिन्दी

करते हुए अंग्रेजी को माथे पर बिठाए रखा? माना कि आपकी जुबान इतनी लचीली है कि आप अमेरिकन-ब्रिटिश हर किस्म की अंग्रेजी बोल लेते हैं और दस पीढ़ियों के लॉर्ड को भी पता नहीं चलता कि बैंक ऑफ इंग्लैंड में फोन जुड़ने पर उधर से आ रही आवाज हजारों मील दूर बैठे इंडियन की है, पर आपको पता होना चाहिए कि चीन देश के लोग अंग्रेजी सीखने के लिए कुछ भी देने-करने को तैयार हैं। न जाने कब वे आपसे आगे बढ़ जाएँगे और आपसे कम दामों में अपनी रातों की नींद अमेरिका को बेचने लगेंगे। आपकी सस्ती मजदूरी अभी अमेरिका को उनके मजदूरों से एक तिहाई दाम पर मिल रही है। उससे ज़्यादा सस्ते मजदूर मिलते ही वे कोई लिहाज नहीं बरतेंगे। आपकी सारी हवा निकल जाएगी, यानी कि बुलबुला फूट जाएगा। तब आपको चूँकि अमेरिका के समय से सोने-जागने की आदत पड़ चुकी होगी, आप दिन में तारे गिनते रहेंगे और रात में मक्खी मारते रहेंगे।

के.वी. शंकर अय्यर इन सब बातों पर कान लगाने में अपना समय नष्ट नहीं करते। दुनिया में जब प्रलय आएगी, तब आएगी। तब मरना होगा, तो मरेंगे। अभी से डरने और रोने का समय किसी बेवकूफ के पास ही होगा। कहते रहें लोग कि भेड़िया दरवाजे पर पहुँच चुका है। दो साल और मजे मार लो। 2010 में पेट्रोल का दाम दुगुना हुआ और इंडिया औंधे मुँह नीचे गिरा। के.वी. को इस तरह के अपशगुनी भविष्यवक्ताओं से सख्त नफरत है। अरे, हर मर्ज का इलाज होता है। अभी मनमोहन सिंह पेट्रोलियम बौंड ला रहा है। पेट्रोल का दाम बढ़े तो क्या, सरकार बौंड से उठाए रुपयों से मामला संभाल लेगी। के.वी. जानते हैं कि लोग अधकचरा ज्ञान बघारते रहते हैं। आँकड़े क्या कह रहे हैं, अब, उन्हें पढ़ने में समय लगाइए। दिमाग के जाले साफ हो जाएँगे। चोरड़िया कैसे मुँह बाए उनकी तरफ देखता है, जब के.वी. उसे आँकड़े सुनाने लगते हैं। इंडिया के बीस करोड़ घरों में से करीब साढ़े सोलह करोड़ घरों के अंदर हिन्दुस्तान लीवर कुछ-न-कुछ छोटा-मोटा सामान जैसे कि तेल या साबुन लेकर घुसा हुआ है। चोरड़िया का प्रेशरकुकर एक दिन इन करोड़ों घरों में आलू-दाल-चावल उबाल रहा होगा। अभी तो इंडिया में संयुक्त परिवार टूटकर न जाने कितने और करोड़ चौके-चूल्हे बन जाएँगे। यानी मार्केट फैलता जा रहा है और लोगों के खरीदने की ताकत भी। इस लहर पर बैठकर के.वी. चोरड़िया को आसमान तक पहुँचा देने के सपने दिखा रहे हैं और चोरड़िया विभोर है।

के.वी. के पास स्टाइल है, इस बात में भला किसे शक है। जमाने से ताल-मेल बैठाकर बहुत लोग चल लेते हैं, पर के.वी. जमाने से चार कदम आगे चलना जानते हैं। ''किसे फुरसत है कि आदमियों को रखने के लिए कोई शहर-शहर भटके—कभी बम्बई दौड़े, तो कभी बंगलोर जाए। फील्ड सेल्स ऑफिसर की नौकरी के लिए एक दर्जन आदमियों का इंटरव्यू करना है। कम्प्यूटर पर वीडियो कान्फरेंस से सबको देखो, सवाल-जवाब करो, रखना है तो वहीं 'कन्फर्म' करो। नहीं तो मामला चलता करो''—के.वी. शंकर अय्यर की बातें चोरड़िया को समझ में न भी आती हों या न भी जँचती हों, वह कुछ कह नहीं पाता। अब यह दुनिया असली रही कहाँ? कम्प्यूटर की 'वरचुअल रियेलिटी' ही जिन्दगी की सच्चाई है। वह जमाना गया कि आप किसी को नौकरी पर रखने के पहले उसकी शक्ल-सूरत देखकर उसके अंदर ताक-झाँक करने की कोशिश करें कि यह आदमी भलामानुष है कि नहीं। के.वी. चोरड़िया के मन की बात पकड़ कर ठहाका लगाते हैं—''चिंता मत करो ब्रदर ! बाद में एक इंडक्शन-ओरियेंटेशन का तीन दिन का कार्यक्रम रख लेंगे जिसमें सारे लोगों को बुलाकर इकट्ठे समझा देंगे कि उन्हें किस तरह काम करना है।''

यह समझने-समझाने का काम ही अब सारी दुनिया में सबसे बड़ा काम है। ''दुनिया को समझाने का तरीका जिसके पास है, समझो कि दुनिया की चाभी उसी के पास है''—के.वी. अपनी पत्नी को कभी-कभी कहते हैं। मुश्किल यह है कि पत्नी उनकी बातों से प्रभावित नहीं होती। ''हाँ, तुम समझते रहो कि तुम समझा-समझाकर सच को झूठ और झूठ को सच बना सकते हो।'' के.वी. मुस्कराते हैं। दिल से निकली सचमुच की खुशी की मुसकराहट। ऐसे ही लोगों को समझाने का मजा है जो आसानी से समझनेवाले नहीं हैं—''अच्छा देखो, तुमने टी.वी. पर देखा कि हारपिक गन्दे से गन्दे पुराने कमोड के सारे दाग छुड़ा देता है। तुम उसे सच नहीं मानती तो क्या तुम बरसों से चले आ रहे फिनाइल को छोड़कर हारपिक खरीदती? इसीलिए तो वो बेचारा टी.वी. का एक्टर अमन वर्मा हारपिक की बोतल लिए घर-घर घूमकर गन्दे कमोड साफ करता दिख रहा है''—के.वी. की पत्नी भी हँस पड़ती हैं क्योंकि रोज गन्दे कमोड को दिखाए जाने पर वे घिन से मुँह फेर लेती हैं।

के.वी. भी हँसने की इच्छा रखते हैं। पर उनकी बात अभी पूरी नहीं हुई है। ''तो तुमने नौकरों को क्वार्टर वाले इंडियन कमोड के दाग छुड़ाने के लिए हारपिक दिया, तो तुम्हें क्या पता चला कि अमन वर्मा झूठ बोल रहा था। उस कमोड के

बरसों पुराने दाग किसी तरह नहीं छूटे। लेकिन...''—के.वी. की पत्नी उनकी बात काटकर कहती हैं—''टी.वी. पर रामदेव बाबा कह रहा था कि कोकाकोला से कमोड साफ करो। हारपिक से सस्ता और ज़्यादा कारगर है। ऊपर से फायदा यह कि बच्चे कोकाकोला पीना छोड़ देंगे।'' के.वी. इस तरह अपनी बात जारी रखते हैं जैसे पत्नी ने कुछ कहा ही न हो। ''लेकिन''—वे जोर देकर अधूरे छूटे वाक्य का शब्द दोहराते हैं कि पत्नी को समझ में आ जाए कि उन्हें अपनी बात का इस तरह काटा जाना एकदम पसंद नहीं है—''लेकिन मेरी बात का प्वाइंट यह नहीं है कि अमन वर्मा झूठ बोल रहा था या नहीं। यदि वह झूठ बोल भी रहा था, तो तुमने क्या हारपिक इस्तेमाल करना बंद कर दिया? तुम आज भी उसके झूठ को सच माने हुए हो। तुमने सोच लिया है कि नौकरों का 'शिट' ही कुछ ऐसा होगा या मेहतर ने कामचोरी से उसे ठीक से रगड़ा नहीं होगा। ठीक?''

के.वी. की पत्नी बिफर उठती हैं—''टू हेल विद यू! इस तरह का इलजाम तुम लगा रहे हो! तुम, जो हमेशा एयर-कंडीशंड चेम्बर में बैठे लोगों की ऐसी-की-तैसी करते रहते हो। तुम्हें पता होना चाहिए कि हमारे 'सोशल वेलफेयर होम' में स्टाफ और हम एक ही बाथरूम में जाते हैं। अब यह मत बोलना कि इसीलिए यूरिन इन्फेक्शन...''

के.वी. की पत्नी हाँफने लगी हैं। के.वी. तुरन्त कहते हैं—''ऑफ कोर्स नॉट डियर। अच्छा, चोरड़िया ने तुम्हारे लिए एक 'चेक' दिया था, तुमने जमा करवाया कि नहीं?'' पत्नी भी ठंडी पड़ जाती हैं—''ओह यस ! इन फैक्ट, मेरे पास चोरड़िया के लिए रसीद और एक चिट्ठी है जिसमें हमने उन्हें धन्यवाद दिया है। मैं ले आती हूँ''—कहकर पत्नी उठ जाती हैं।

'बाप रे बाप!' के.वी. अपने से कहते हैं। आदमी सारी दुनिया को सब कुछ समझा सकता है। बस अपने ही घरवालों के आगे हार जाता है। ये औरतें अपने को दुनिया की मारी-दुखियारी कहती हैं, पर पतियों के शोषण का तो कोई लेखा-जोखा ही नहीं है। आदमी सुबह से रात तक कोल्हू के बैल की तरह खटता रहता है। इसी चक्कर में कब चालीसी आ जाती है, पता ही नहीं चलता। वह थककर सुस्ताना चाहता है, पर एक तरफ कम्पनी चाहती है कि वह सफलता का नया ग्राफ बनाता रहे; दूसरी तरफ पत्नी और बच्चे सोचते रहते हैं कि उनकी सारी इच्छाएँ पूरी करने का समय आ गया है। पत्नी को नई गाड़ी, बड़ा फ्लैट चाहिए। बच्चों को पढ़ने के लिए शहर के कुएँ से बाहर जाना है—

कपड़े-लत्ते, पॉकेटमनी, किसी चीज में कटौती किए बिना। बेचारा मर्द इधर पिसता है, उधर पिसता है। कहीं चैन नहीं। ऊपर से अगर नौकरी छूट गई—जैसा कि रंगनाथन के साथ हुआ—तो एकदम मरण है। ऐसी-वैसी जूनियर स्टाफ की तरह नौकरी कर नहीं सकता, नई नौकरी में पुराना सम्मान मिलना मुश्किल—मिल गया तो दूसरों की जलन से टिकना मुश्किल। ऊपर से किसी को कह कर देखो कि यार कोई नौकरी बताना, तो अगली बार वह आपका नम्बर देखकर अपना मोबाइल ही नहीं उठाएगा।

मोबाइल फोन की याद आते ही के.वी. ने अपनी जेब से मोबाइल निकालकर उसके स्क्रीन पर दिन-भर के काम की लिस्ट पर सरसरी तौर पर निगाह दौड़ा ली। जब मोबाइल फोन नया-नया निकला, तो चोरड़िया इसे 'फुटानी फोन' कहता था—यानी कि अपनी फुटानी या हैसियत दिखाने के लिए रखा गया फोन। अब तो खैर पानवाले, सब्जीवाले, और नाई-मोची भी मोबाइल रखने लगे हैं। इस मोबाइल ने आदमी के कहीं से बचने के लिए कोई सुराग नहीं छोड़ा है। जब जिसका मन आए, आपको पकड़ सकता है। भले ही आप कमोड पर बैठे हों या गाड़ी चला रहे हों। आपके दिन का कोई समय आपके अपने लिए नहीं बचा है। पहले कभी पत्नी दफ्तर के बाद देर से घर पहुँचने पर महज शक करती थी कि किसी दोस्त के साथ क्लब में बैठकर एकाध पेग चढ़ा आए होंगे। अब तो बीच में ही फोन बज जाता है और व्हिस्की में जहर घोल जाता है—"कहाँ हो तुम? आई न्यू इट! गुरुचरन के साथ गम बाँट रहे होगे। तुम्हें तो खयाल होगा नहीं कि आज मेरी बड़ी बहन के जन्मदिन की पार्टी में हमें शाम को जाना है"...

गुरुचरण राय—लकी मैन—का फोन किसी शाम को नहीं बजता। वह मोबाइल ही नहीं रखता। "इसी झंझट से बचने के लिए तो शादी नहीं की"—मोबाइल की घंटी बजते ही वह हर बार के.वी. का खून उबालने के लिए ऐसा ही कुछ कहता है। कभी-कभी बस दो शब्द—'नॉट अगेन!' कभी कुछ भी नहीं, पर अपनी खास हँसी हँस देता है—बेआवाज, जिससे उसके गाल में गड्ढे पड़ते हैं। साला ! के.वी. उसे मन-ही-मन गाली देते हैं। दुनिया में अगर के.वी. को किसी से रश्क होता है, तो बस एक इसी गुरुचरण राय से। शहर की सबसे खूबसूरत, उम्र में उससे दस साल छोटी, शादीशुदा, बिना बच्चोंवाली, किसी छोटे-मोटे राजघराने से ताल्लुक रखनेवाली राजेश्वरी देवी ने उसे भाई बना रखा है। जहाँ तक के.वी. को मालूम है या शुबहा है, गुरुचरण उस सुरुचि की साक्षात् मूर्ति महिला का फ्रेंड, फिलॉसफर,

गाइड के साथ-साथ कुछ और भी है। पर जाहिर है कि ये सब बातें कभी जाहिर नहीं की जातीं।

गुरुचरण दुनिया की एक बड़ी मल्टीनेशनल कम्पनी में ऊपर से नम्बर तीन की पोजीशन में जिस आसानी से पहुँचकर टिका हुआ है, वह किसी ऐरे-गैरे के बूते की बात नहीं है। इसके पीछे छोटी-बड़ी कई युक्तियाँ हैं, कई संयोग हैं और तरह-तरह की प्रतिभा है। यह बात कहने-सुनने में हलकी लग सकती है, पर के.वी. को इस बात में रत्ती भर भी शक नहीं है कि गोरा-चिट्टा रंग, सुन्दर नाक-नक्श, घने बाल, गठा हुआ शरीर और दोषरहित अंग्रेजी बोल पाना—इनमें से एक गुण भी कम मात्रा में होता, तो गुरुचरण का बावन-तिरपन की उम्र में कॉरपोरेट कम्युनिकेशन के प्रेसिडेंट के मुकाम पर पहुँचना कम-से-कम हिन्दुस्तान में तो असंभव था। वह कम्पनी का सुदर्शन चेहरा है जिसका दुनिया के सामने अपनी इमेज बनाने के लिए कम्पनी इस्तेमाल करती है। कम्पनी की पूरे देश में फैली शाखाओं में हर जगह जहाँ कम्पनी को सरकार या ग्राहकों के सामने अपनी बात रखनी होती है, वहाँ चेहरा गुरुचरण का होता है और आवाज गुरुचरण की होती है।

सवाल यह रह जाता है कि गुरुचरण जो बोलता है, वे वाक्य किसके होते हैं और वे विचार किसके होते हैं। के.वी. को कहीं दूर तक भी कोई अनुमान नहीं है कि गुरुचरण किसी विषय पर क्या सोचता है। वे इतना ही जानते हैं कि गुरुचरण उनकी सारी बातें सिर्फ सुनता है, कभी अपनी कोई निजी राय प्रकट नहीं करता और जब भी कभी पब्लिक में बोलता है, के.वी. की बातें ज्यों-की-त्यों दोहरा देता है जैसे कि उसने अपने दिमाग में कोई टेप-रिकॉर्डर लगा रखा हो। कई बार के.वी. की बातों से उसके चेहरे पर से एक छाया-सी गुजर जाती है जिससे के.वी. को लगता है कि गुरुचरण उनकी बातों से राई-रत्ती भी सहमत नहीं है। पर कभी ऐसा नहीं हुआ कि गुरुचरण ने उनकी बातों को काटा हो।

के.वी. को यह भी लगता है कि गुरुचरण जानता है कि उसकी कम्पनी की पब्लिक इमेज और प्राइवेट पार्टियों में के.वी. के विचार एकदम सही और सटीक ठहरते हैं। ठीक वैसी ही बातें, जैसी लोग सुनना चाहते हैं। पोलिटिकली करेक्ट। यहाँ तक कि के.वी. बातों-बातों में जिन लोगों के नामों का जिक्र कर अपना रूतबा बढ़ाते हैं यानी कि जिसे अंग्रेजी में 'नेम ड्रापिंग' कहते हैं, गुरुचरण उन्हीं नामों का इस्तेमाल कर एकदम ठीक अपना काम बना लेता है। के.वी. को इस दोस्ती से क्या हासिल होता है। यदि कोई सोचने लगे, तो इसका मतलब यह होगा

कि उस शख्स को एक तमिल अय्यर ब्राह्मण के बारे में कोई ज्ञान नहीं है। के.वी. अपनी ऊँचाई से सारी दुनिया को देखते हैं। उन्हें पता है कि उस ऊँचाई तक आने की न किसी में योग्यता है और न ही लगन। कौन नहीं जानता कि आजादी के बाद दिल्ली में शायद ही कोई ऐसा डिपार्टमेन्ट था जिसका सेक्रेटरी एक तमिल ब्राह्मण न हो। के.वी. बस अपना काम कर रहे हैं—कोई सुनता है, तो वे बोलते हैं, कोई जानना चाहता है, तो वे बताते हैं—इंडिया की इकोनोमी पर, कल्चर पर, पॉलिटिक्स पर, हिस्ट्री पर—

- मनमोहन सिंह से बेहतर प्राइम मिनिस्टर कहाँ मिलता इंडिया को?
- इकोनोमिक्स का प्रोफेसर, वर्ल्ड बैंक में काम का अनुभव। देश की जरूरतों को वही नहीं जानेगा तो और कौन जानेगा?
- वैसे राजीव गाँधी पहला पी.एम. था जो टेक्नोलॉजी को भी समझता था और मार्केट को भी।
- नेहरूजी तकनीक की जरूरत जानते हों पर बाजार की उन्हें कोई समझ नहीं थी।
- इंदिरा गाँधी तो खैर कुछ नहीं समझती थी, न दुनिया का रुख और न देश की जरूरत।

ऐसा नहीं है कि के.वी. बिलकुल निश्चिन्त हैं कि गुरुचरण की उनके प्रति सौ प्रतिशत भक्ति है। इस बारे में उन्हें कोई मुगालता नहीं है। जो हर पाँचवें वाक्य में आपको 'सर-सर' कहे और हर दसवाँ वाक्य ''आप ठीक कहते हैं...''—समझिए कि आपसे बेहद नफरत करता है। लेकिन के.वी. जानते हैं कि गुरुचरण को वे इस कोटि में नहीं रख सकते। गुरुचरण उनकी बातें ध्यान से सुनता है। उसकी स्मरणशक्ति एकबारगी प्रचण्ड है। उसकी आँखों में कहीं मूर्खता या जी-हुजूरी का भाव नहीं है, बल्कि बुद्धि की चमक है। कई बार के.वी. को अहसास होता है जैसे गुरुचरण उनके आर-पार कहीं कुछ और देख रहा हो। पर इसमें कोई शक नहीं कि वह एक मल्टीनेशनल में काम करने के लिए एकदम सही आदमी है जहाँ हर काम का ढर्रा तय होता है। जिसे अपनी जीनियस प्रमाणित करने की के.वी. जैसी खाज हो, उसके लिए ऐसी जगह टिकना मुश्किल है। के.वी. को कभी नहीं लगा कि गुरुचरण कुछ भी प्रमाणित करना चाहता है। यहाँ तक कि कभी-कभी ऐसा होता है कि के.वी. बिना रुके आधे घंटे तक बोलते रहे हों और गुरुचरण ने कहीं एक

शब्द भी कहीं न जड़ा हो।

के.वी. की तरह गुरुचरण राय ने अपने ईश्वर को खूँटी पर टाँगकर नहीं छोड़ दिया है, यह बात के.वी. से छुपी नहीं है। वे दोनों कभी धर्म-वर्म पर बात नहीं करते, पर के.वी. का अनुमान है कि गुरुचरण रोजाना कोई पाठ-पूजा करता है। कहीं दूर हिमालय के किसी कोने में उसने कोई गुरु-वुरु भी पाल रखा है, जहाँ वह हर बार दिल्ली जाने पर चला जाता है। के.वी. इन सब बातों के बारे में न ज्यादा जानते हैं और न जानने की उनकी कोई इच्छा है। बस गुरुचरण कोई खाकी निकरवाला संघी नहीं है, इतना जानना उनके लिए काफी है।

के.वी. की पत्नी और बेटा दोनों मुसलमानों के खिलाफ बोलने में नहीं हिचकते, इस बात का के.वी. को दुख है। लेकिन वे घरवालों से इस बात पर बहस में नहीं उतरते। चमड़े की जुबान पर लगाम थोड़े ही होती है। एक बार बेटे ने उनसे कह दिया—"दो हजार साल से आप जो मानकर बैठे हैं कि आप हर तरह से बाकी दुनिया से बढ़-चढ़कर हैं, उसे आप कितना भी छुपाएँ, दिख जाता है। आपके लिए तो आपको छोड़कर सारी दुनिया शूद्र है—हिन्दू शूद्र हो या मुसलमान शूद्र। आपको क्या फर्क पड़ता है।" के.वी. जानते हैं कि आदमी सारी दुनिया में ज्ञान बाँट सकता है, पर घर में कोई उसकी सुननेवाला नहीं। पत्नी हो या बेटा-बेटी, सब सदा सही हैं और वे सदा गलत हैं। इसलिए के.वी. इन बहसों की शुरुआत ही नहीं होने देते। पहले से चौकन्ने होकर उन्हें टाल देते हैं।

के.वी. को गुरुचरण के साथ बैठकर एक तरह का ऐसा सुकून मिलता है जो शायद आदमी को शराब या अफीम से ही मिल सकता है। गुरुचरण उनकी बात को कभी नहीं काटता। बल्कि वह मदद करता है कि के.वी. पर अपनी ही आवाज, अपनी ही बातों-विश्वासों का सुरूर चढ़ता जाए। धर्म की अफीम भी ऐसे ही काम करती होगी। आप ईश्वर की सब बात मानते हैं और उम्मीद रखते हैं कि वह आपकी सब सुनेगा। के.वी. कम्युनिस्टों के धर्म की अफीम वाली उक्ति पर हमेशा से हँसते आए हैं। धर्म अगर जनता की अफीम है, तो आखिर कम्युनिस्ट जनता से कोई अलग प्रजाति हैं? भले ही किसी कम्युनिस्ट मंत्री के कालीघाट जाकर पूजा करने को अखबारवाले फ्रंट पेज की खबर बना दें, पर सब जानते हैं कि हिन्दुस्तान में हर आदमी ईश्वर की दया पर जीता है। मौके-बेमौके वह अपने अंदर छिपा कर रखा हुआ भीख का कटोरा ईश्वर के आगे फैला देता है कि अन्तर्यामी, अब तू ही कुछ कर!

के.वी. के बचपन की हर सुबह और हर शाम धर्म के नाम लिखी हुई थी, इस बात का अंदाज उन्हें देखकर करना मुश्किल है। पिता रोज सुबह तीन घंटे और शाम को तीन घंटे की पूजा के बीच अपनी वनस्पतिशास्त्र यानी बॉटोनी की दुनिया के विज्ञान में रमे रहते जहाँ हर काम प्रकृति के नियमों से चलता है। कोई फूल अगर प्रार्थना करे कि उसे दो दिन और खिला रहने दिया जाय, तो वहाँ कोई सुनवाई नहीं है। सबके रंग, खुशबू, खिलने और मुरझाने के नियम तय हैं। लेकिन इन नियमों को बनानेवाले की आराधना की जो विरासत एक तमिल ब्राह्मण को मिलती है, उसका निर्वाह करना पिता के लिए साँस लेने के बराबर था। के.वी. पिता के साथ रोज सुबह कम-से-कम दो घंटे नियमित रूप से बैठते और फिर विभूति की तीन सीधी लकीरें लगाकर मिशनरी पादरियों के अंग्रेजी स्कूल चले जाते। वहाँ उनकी विभूति उन्हें बाकी लड़कों से अलग करती थी। जब-तब उनका मजाक उड़ाने का और उसे मिटाने के तरीके ईजाद करने का मौका भी विभूति उनके सहपाठियों को देती रही। पर कभी के. वी. के मन में नहीं आया कि वे विभूति लगाकर पैदा नहीं हुए हैं और वह उनके नाक-कान की तरह उनसे जुड़ी हुई नहीं है। वे पूरी गरिमा से विभूति को अपने क्रॉस की तरह ढोते रहे। लेकिन जहाँ पिता की नजरों से दूर इंग्लैंड की धरती पर यूनिवर्सिटी में के.वी. ने दाखिला लिया, सबसे पहला काम उन्होंने विभूति से छुटकारा पाने का किया। वे इतने हल्के हो गए कि उस रात उन्होंने सपना देखा कि वे आकाश में ऊपर की ओर उड़ने लगे हैं।

उसके बाद के.वी. के लिए और अधिक ऊपर उड़ना कोई कठिन काम नहीं रहा। बेशक उन्हें इंग्लैंड मांस खाना नहीं सिखा सका और न ही उनकी रसम-इडली-सांभर-बड़ा खाने की आदत छुड़ा सका, पर इंग्लैंड ने उन्हें आजादी का स्वाद जरूर चखा दिया। इसी आजादी का सिलसिला था कि उन्होंने दुनिया की तमाम अय्यर ब्राह्मण कन्याओं को छोड़कर मछली खानेवाली एक बंग-सुंदरी से विवाह कर लिया। पिता का दिल तो टूटना ही था क्योंकि निरामिषभोजी बहू सिर्फ बंगालिन ही नहीं थी, ब्राह्मणत्व से भी उसका दूर-दराज का कोई तार नहीं जुड़ा था। अपनी माँ को दिया वचन के.वी. जरूर आज तक निभा रहे हैं कि आज भी वे शुद्ध शाकाहारी हैं और रोज इडली-दोसा-रसम-तैर सादम (दही-चावल) खाते हैं।

के.वी. की शादी पिता के लिए सिर्फ एक व्यक्तिगत हार नहीं थी। तमिल

ब्राह्मणों को तमिलनाडु में आजादी के पहले निचली जातियों के आन्दोलन ने हाँक-हाँक कर निकाल बाहर किया था। तबसे ये लोग जो छिटककर सारी दुनिया में जगह-जगह झुड बनाकर बसे, तो आज तक अपनी जमीन पर वापस जम नहीं सके। उनके मोहल्ले 'अग्रहारम्' सिर्फ पिता की स्मृति में ही बने रहे जिनमें कोई शूद्र फटक नहीं सकता था। कहते हैं कि आज भी ब्राह्मण होना तमिलनाडु में इतनी बड़ी सजा है कि छियानबे प्रतिशत नम्बर लाकर भी आपको किसी अच्छे कॉलेज में दाखिला नहीं मिल सकता। अच्छी नौकरी की बात तो छोड़िए, आप किसी पार्टी की तरफ से कोई मंत्री भी नहीं बन सकते। के.वी. से कोई पूछे, तो वे यही कहेंगे कि जैसा ब्राह्मणों ने छोटी जातियों के साथ सदियों से व्यवहार किया था, उसका ठीक ही फल उन्हें मिला। इंग्लैंड में जाने कितनी बार 'कास्ट सिस्टम' के बारे में पूछे जाने पर वे कॉलेज में शर्मिन्दा हुए थे।

के.वी. के पिता ने उनकी शादी को ब्राह्मण को एक बार फिर से बेदखल किए जाने के बराबर समझा था। उनके अपने बेटे को अब्राह्मणों ने छीन लिया था और वे कुछ नहीं कर पाए थे। उसी तरह जैसे मद्रास प्रेसीडेन्सी कॉलेज से फर्स्ट क्लास पाकर भी उन्हें कलकत्ते आकर नौकरी करनी पड़ी थी। उनके मित्र गणेशन ने उन्हें जो कहा था, वे कभी भूल नहीं पाए—तुम ब्राह्मण लोग बहुत होशियार हो। लेकिन हम तुम्हारी होशियारी की काट करेंगे अपने पैसे से। हम इतना पैसा कमाएँगे कि तुम हमारे सामने दरिद्र ब्राह्मण की तरह हाथ पसारे रहोगे।

के.वी. को पता था कि अगर उनकी पत्नी भारत के दूसरे ताकतवर और नामी ब्राह्मण-कुल की होती—जैसे कि चितपावन ब्राह्मण, कुमायूँनी ब्राह्मण या कश्मीरी ब्राह्मण—तो पिता को इतना दुख नहीं होता। लेकिन वे जानते थे कि आजन्म ब्राह्मणत्व की लकीर पीटते आए पिता इस बात को समझ नहीं सकते कि प्रेम भी कुछ होता है या कि प्रेम जाति और कुल देखकर नहीं होता। सच पूछा जाय, तो के.वी. इस बात से खिन्न हुए थे जब उनके इंग्लैंड-रिटर्न्ड सारे भाइयों ने एक-के-बाद एक पिता की खोजी हुई तमिल ब्राह्मण कन्याओं से शादी करना मंजूर किया था। वे पिता को यह भी तो बताने के लायक नहीं थे कि जनेऊ पहनकर विभूति लगानेवाले उनके सारे भाई चिकन बिरयानी और स्कॉच के पुजारी बन चुके थे। कभी-कभी के.वी. के मन में पिता को लेकर कचोट होती, फिर वे उस अध्याय को तुरंत बंद कर देते। जो जीवन उन्होंने चुना था, उसके लिए उनके मन में कोई अफसोस कहाँ था? शायद उनके पिता और वे दो समानांतर लकीरों की तरह थे—

इस सच्चाई को मान लेना ही निदान था।

धर्म, जनेऊ, पिता—सबसे के.वी. पीछा छुड़ा चुके थे। अपने को शहरी चेतना, समझदारी और उदारता से जोड़ लेना इसके लिए जितना जरूरी था, वे उसे बहुत गहरे तक समझते थे। पर शायद आदमी सब कुछ छोड़कर भी असली चीज छोड़ नहीं पाता। खाली ऊपरी-ऊपरी खोल ही बदलता है। अंदर वह वैसी ही चालाकियाँ करता रहता है जैसी करता आया था। ब्राह्मण की तरह ज्ञान बघारने का लोभ वे छोड़ पाए क्या, के.वी. अक्सर अपने आप से पूछते। दरअसल ऐसा सोचना अक्सर तभी होता, जब गुरुचरण से एकतरफा बातचीत कर के.वी. अपने को इतना थका डालते कि रात को नींद उनके पास नहीं फटकती। ऊपर से पत्नी के खर्राटे उन्हें चिढ़ाते। उन्होंने अपनी माँ-मौसी-बुआ-बहन किसी को खर्राटे लेते नहीं सुना था। मन के किसी क़ोने से आवाज आती—'शूद्र आदतें मरती नहीं हैं।' के.वी. अपने ही खयाल से घबड़ाकर करवट बदल लेते और कुछ और सोचने की चेष्टा करते।

के.वी. को आज किसी तरह नींद नहीं आ रही थी। पत्नी के खर्राटों से ध्यान हटाने के लिए वे गुरुचरण से हुई बातों के बारे में सोचते रहे। गुरुचरण उनके सामने इतना चुप क्यों रहता है? इतनी बड़ी कॉरपोरेट कम्पनी का कम्युनिकेशन का काम देखनेवाला आदमी क्या सचमुच इसलिए चुप रहता है कि उसे के.वी. की सारी बातें जँचती हैं? के.वी. अपनी उस दिन कही हुई सारी बातें मन-ही-मन दोहराने लगे।

- नरसिम्हा राव को कभी क्रेडिट नहीं मिली। सात भाषाएँ जाननेवाला बेचारा असली इंटेलेक्चुअल तो इंडियन पोलिटिक्स में एक वही था। 1991 में उसी ने देश को नया रास्ता दिया।
- अब जागा है 'साउथ इंडिया'।
- देखो, बंगलोर और हैदराबाद से शुरू हुआ ना 'ब्रांड इंडिया'।
- नारायणमूर्ति को देखो। खाँटी असली इंडियन है। कोई ताम-झाम नहीं।
- कहाँ से कहाँ पहुँचा दिया इंडिया को। पूरी दुनिया पर छा गया इंडिया।
- क्रिकेट में द्रविड़ और कुम्बले, शतरंज में विश्वनाथ, सानिया मिर्ज़ा टेनिस में।
- अब कुछ भी कहो—सी.वी. रामन, रामानुजम, राधाकृष्णन, कलाम तक—

● सब के सब साऊथ इंडियन! मानना ही पड़ेगा ना!

के.वी. कई घंटों तक करवटें बदलते पड़े रहे। आखिर में जब सोए, तो उन्होंने देखा कि पहली बार गुरुचरण उनसे तगड़ी बहस कर रहा है। इस तरह कि उनकी हर बात की धज्जियाँ उड़ा रहा है। के.वी. को सपने में जिस तरह का अपमान-बोध हो रहा था, वह आँखें खुलने तक ज्यों-का-त्यों बना हुआ था। उनका मन सुबह उठने पर एकदम भारी था। क्या सपना देखा था, याद करने की कोशिश की, तो कुछ खास पल्ले नहीं पड़ा। शायद बहस चली थी नारायणमूर्ति बनाम अजीम प्रेमजी पर। अरे कहीं नॉर्थ-साउथ का झगड़ा तो नहीं था न? के.वी. ने दिमाग पर बहुत जोर डाला, तो याद आया कि गुरुचरण उन्हें दक्षिण के गुण गाने के लिए खींच रहा था। के.वी. को बहुत बुरा लगा कि गुरुचरण उन पर सपने में भी इस तरह प्रान्तीयता का आरोप लगाए। वे इस बात से इनकार नहीं करते कि वे पैदाइशी तमिल ब्राह्मण हैं। लेकिन जहाँ तक उन्हें मालूम है, वे काफी हद तक इस तरह की तंग गलियों से बाहर निकल आए हैं।

क्या गुरुचरण भूल गया कि अमर्त्य सेन की हाल में आई किताब 'आइडेंटिटी एंड वायलेंस' के बारे में के.वी. ने उसे क्या बताया था? कि आदमी की एक साथ एक से बहुत ज्यादा पहचानें हो सकती हैं, जिनका एक-दूसरे से कोई झगड़ा या विरोध नहीं होता। कि आदमी को अपनी हर पहचान के साथ सम्मान से जीने का हक है। के.वी. बेशक दक्षिण भारत के हैं, पर एक सच बोलने के लिए उन्हें दक्षिण की तरफदारी का आरोप क्यों सहना पड़े? वे ब्राह्मण शब्द को भी जन्म से न जोड़कर कर्म से जोड़कर देखते हैं।

के.वी. का मन एकबारगी खट्टा हो गया। उन्होंने निश्चय किया कि आज शाम गुरुचरण के साथ क्लब में बैठेंगे और उससे खोद-खोद कर सारे मुद्दों पर उसकी राय जानेंगे। वे एकदम चुप रहेंगे। खाली सुनेंगे। वाकई उनकी बहुत बोलने की आदत ठीक नहीं है। ठीक नहीं क्या, एकदम गड़बड़ है। उनके बेटे ने अपने मोबाइल पर उनका नाम 'ज्ञानी बाबा' रखा हुआ है। जब वे उसे फोन करते हैं, तो उसके मोबाइल पर लिखा हुआ आता है 'ज्ञानी बाबा कॉलिंग'। शायद अब यही वह ब्राह्मणत्व का अंतिम संस्कार है, जिससे उन्हें पीछा छुड़ाना है। राजा-प्रजा सबको ज्ञान बाँटने के लिए बोलते रहने का।

के.वी. ने फोन लगाया, तो नौकर ने फोन उठाया। "राय साहब नहीं हैं?"—के.वी. ने मायूस होकर नौकर की बात को प्रश्न के रूप में दोहराया।

''नहीं, राय साहब दिल्ली गए हैं। वहाँ से पहाड़ पर जाएँगे। एक सप्ताह बाद लौटेंगे''—के.वी. फोन रखकर सोचते रहे कि गुरुचरण राय किस पहाड़ पर रोज-रोज चला जाता है? क्या वहाँ भी कोई है जिसकी सारी बातें वह चुपचाप बिना काटे सुनता है?

रैट–रेस से बाहर

वे तीनों अनाम फूलों वाली जंगली झाड़ियों को दोनों हाथों से परे हटाते पहाड़ी के ऊपर हाँफते-भागते चढ़ रहे थे जैसे कि पिछले हफ्ते मनसा चौकीदार की जांघ से मांस का एक टुकड़ा निकाल ले जानेवाला जंगली भालू उनका पीछा कर रहा हो। दरअसल उनके पीछे कोई नहीं था। सामने से कहीं भालू न आ जाए, इसके लिए सबसे आगे चल रहा गुरु जोर-जोर से चिंघाड़ने जैसा स्वर निकालता। शायद ऐसा करने से भालू के डरकर भाग जाने की संभावना थी। उन तीनों में गुरु ही ऐसी बातों के बारे में सब कुछ जानता था।

सबके आगे गुरु, बीच में भट्ट और सबसे पीछे वह औरत। गुरु में गुरु जैसा कुछ नहीं था, न भट्ट में भट्ट जैसा कुछ और न औरत में औरत जैसा कुछ था। वैसे इस बात का कोई मतलब नहीं है—खासकर जबकि भट्ट सिर्फ एक जाति-सूचक नाम है। सच यह भी है कि गुरु को गुरु माननेवालों की कोई क़मी नहीं थी भले ही उसके कपड़े जोगीड़े रंग में रंगे हुए नहीं थे। गुरु ने एक झक सादी टी-शर्ट और नीली पतलून पहन रखी थी। रही बात औरत की, तो उसकी छाती लगभग सपाट और मर्दाना थी। उसकी सफ़ेद-सी हल्के छापे की साड़ी में कोई सजधज नहीं थी और न ही उसने नाक-कान में कुछ पहन रखा था। अलबत्ता उसकी काली घनी बरौनियों वाली आँखों में एक तरह की बेचैन चमक जरूर थी जिसे शायद ढकने के लिए वह अपने आँखों को हमेशा आधी मूँदे रहती थी।

गुरु अचानक रुक गया और हँसते हुए पीछे मुड़कर उन लोगों को देखने लगा। भट्ट ने धीमे होते हुए अपने धड़धड़ाते हुए दिल की धक-धक को सुनते हुए झाड़ियों से आँखें उठाकर गुरु की ओर देखा। गुरु का भागने से पसीजा गोरा चेहरा हँसी से दीप्त था। भट्ट की आँखें कई क्षणों के लिए उस सुदर्शन चेहरे पर अटक गईं। तेजोमयं दीप्तिमन्तम् आनन्दस्वरूपम् आत्मरूपम्...पिता से बचपन से रोज सुबह सुनी हुई प्रार्थना के शब्द उसके अन्दर से उठकर उसकी नस-नस में बहने लगे। क्या इन्हीं

शब्दों का सच्चा अर्थ पाने के लिए वह अपने से दसेक साल बड़े इस शख्स के पीछे-पीछे इस तरह दौड़ रहा था जैसे उसकी खुद की उम्र चालीस के पार न होकर उसकी आधी हो? उसकी साँसें अभी भी तेज चल रही थीं और तमतमाए चेहरे पर पहाड़ी हवा ठंडी लग रही थी। गुरु की सीधी निगाह से बचनें के लिए वह भी पीछे मुड़कर औरत को देखने लगा। उसे यह देखकर हैरानी हुई कि चढ़ाई पर दौड़ने के बावजूद उससे बड़ी उम्र की उस औरत की साँसें एकदम स्थिर थीं और वह खजूर के किसी नवजात पेड़ के कँटीले पत्ते से फँसकर चिर गए अपने आँचल को गाँठ देकर आराम से बाँध रही थी। भट्ट ने फिर गुरु की तरफ देखा। गुरु खजूर के छोटे-बड़े पेड़ों से सजी बाईं तरफ चली जाती उतराई की ओर देख रहा था जिसके अंत में एक विचित्र आकृति का बड़ा पत्थर इस तरह टिका खड़ा था जैसे कि कोई उसे एक निश्चित आकार देता-देता अधूरा छोड़कर कहीं चला गया हो।

भट्ट को जाने कहाँ से माँ की याद आ गई। माँ ठीक कहती थी—मुर्दों का गाँव है यह संसार। सबको मरना है एक-न-एक दिन। वह इस खयाल को झटककर गुरु के साथ उस पत्थर को तल्लीनता से देखता सोचने लगा कि पर्वत के इस इलाके में किसने ऐसे पत्थर बनाकर रख छोड़े होंगे। उसे लगा कि यदि वह गुरु से यह सवाल पूछे तो गुरु आदतन जोरदार ठहाका लगाएगा। क्या पता यह पूरी पहाड़ी किसी तरह की ज्वालामुखी चट्टान हो जिसमें इसी तरह की आकृतियाँ प्रकृति गढ़ देती हो। किसी किताब से या इंटरनेट से ही जानना बेहतर होगा।

गुरु अचानक दिखने लगी एक पगडंडी पर सूखी पत्तियों को चरमराता धीरे-धीरे उस पत्थर की ओर बढ़ने लगा था। भट्ट ने औरत को आगे आने का इशारा किया और स्थिर हो रही साँसों को लंबा खींचता उन दोनों के पीछे चलने लगा। पत्थर को फिर देखने के चक्कर में उसके जूते का अगला सिरा जमीन से उभरी एक चट्टान से टकराया और वह लड़खड़ा गया। उसे बड़ी राहत मिली कि औरत उसे पीछे से नहीं देख रही थी। जंगली फूलों की झाड़ियों की गंध से उसके शरीर में इधर-उधर परेशान करती हुई खुजली का आभास काफी देर से हो रहा था। नीचे झुककर उसने मजे से अपने मोजों के ऊपर के हिस्से में खुजली कर डाली। इस खुजली के चलते अब वे छोटे-छोटे गुलाबी-पीले जंगली फूल उसे बिलकुल सुन्दर नहीं लग रहे थे, जिन्हें पहले-पहल देखने से लगा था कि वह किसी नन्दन-कानन या देवताओं के बगीचे में आ गया है। उसे लगा कि गुरु को वह यह बात बोले तो गुरु कहेगा—"यही तो मन है, जो पल-पल बदलता है। कभी किसी चीज को

महत्त्व देता है और कभी महत्त्व हटा लेता है। इसी को तो समझना है। और समझने को है क्या दुनिया में।''

पगडंडी की जमीन पत्तों के नीचे गीली थी। भट्ट के जूते उसमें धँसकर निशान बनाने लगे। उसने देखा कि उसके निशान कभी गुरु के, तो कभी औरत के पद-चिह्नों के ऊपर पड़ने लगे थे। वह संभलकर चलने लगा ताकि उन दोनों के निशानों को न मिटाए। तभी उसने देखा कि औरत गुरु के निशानों को बचाकर चल रही थी। अचानक उसे कभी कहीं पढ़ी हुई या सुनी हुई एक बात याद आ गई। राम, सीता और लक्ष्मण बनवास के समय शायद ऐसे ही चलते थे। बीच में सीता-राम के कदमों के निशान बचाती हुई और लक्ष्मण सबसे पीछे उन दोनों के पद-चिह्नों की सुरक्षा करता हुआ। कितनी अजीब बात है कि ये सब कहानियाँ अनजाने ही आदमी के अंदर जिंदा रहती हैं और मौके-बेमौके याद आ जाती हैं। सच पूछा जाय तो इस औरत को सीता मानने का कोई तुक कहीं से भी नहीं था और न ही उसे उस औरत के निशान को बचाने की कोई जरूरत थी।

कोई पहाड़ी झरना शायद वहीं कहीं से निकलकर नीचे उतराई में गिरता था। भट्ट को फिर लगा कि वह इस तरह की बातों के बारे कुछ नहीं जानता। इतने-से पानी से क्या तो कोई नदी बनेगी, क्या कोई झरना। तभी गुरु बोला—''देखो यहीं से शायद सरस्वती नदी की कोई शाखा निकलती है जो पहाड़ी से नीचे गिरकर जमीन के नीचे बहती-बहती अन्तःसलिला सरस्वती से मिल जाती है। कहते हैं कि सरस्वती नदी इस देश से लुप्त हो गई है पर वह अब भी अन्दर-अन्दर बहती है।'' भट्ट मुँह सिले गुरु की बात सुनता रहा। उसके मन में बहुत कुछ उमड़-घुमड़ रहा था। उसे याद आया कि एक बार दो दोस्तों में बहस हो रही थी कि यदि नदी को देवी या माता माना जा सकता है, तो पानी के नल को देवता क्यों नहीं माना जाता। उसने इस बहस में बहुत जोर-शोर से अपने नास्तिक दोस्त रविशेखर का साथ दिया था कि नल को तार्किक रूप से हर हालत में देवता माना जाना चाहिए। अभी उसकी एक विचित्र इच्छा हो रही थी कि वह झुककर उस नदी के जल को छुए और पानी अपनी दोनों आँखों में लगाए।

भट्ट परेशान होकर गुरु और औरत के बगल में जा खड़ा हुआ और नीचे गिरते झरने को देखने लगा जो अब एक चौड़ी धारा के रूप में गिर रहा था। झरने के उस पार तरह-तरह की विचित्र आकृतियों के पत्थरों को देखते हुए अचानक उसे लगा कि यह जगह पाँच हजार साल पहले भी बिलकुल ऐसी ही रही होगी। यदि उस

समय भी अपने पूर्वजन्म में गुरु के साथ यहाँ आया होता, तो उसे यह जगह ऐसी-की-ऐसी मिली होती।

अपनी विचित्र सोच पर भट्ट को फिर गहरा आश्चर्य हुआ। कैसी बकवास उसके दिमाग में चलने लगी है। अपने पूर्वजन्म के बारे में आज तक उसने कभी नहीं सोचा था। ज़्यादा-से-ज़्यादा कोई अपाहिज-कोढ़ी दिखता, तो कहीं मन में बात पिटे-पिटाए तरीके से कौंध जाती थी कि पता नहीं बेचारे ने पिछले जन्म में क्या ऐसा किया होगा, जो अब भुगत रहा है। पर ऐसी फिजूल की बात पर उसे हमेशा अपने ऊपर गुस्सा आता था कि अपनी आधी या शायद—कौन जानता है—लगभग पूरी जिन्दगी काट लेने के बावजूद संस्कार नाम का कुत्ता—जैसा कि गुरु अक्सर कहता था—जब-तब उसके अंदर भौंकने लगता है।

लेकिन क्या सचमुच कोई पिछला जन्म होता है और अगर होता है तो क्या गुरु का भी पिछला जन्म था और वह गुरु से मिला था? भट्ट यह जानते हुए भी कि उसका दिमाग ऊलजलूल बातों में भटक रहा है, फिर वही सब सोचने लगा था। उसके अन्दर न जाने क्यों इस बात के पीछे पड़े रहने का मोह हो रहा था, जबकि उसे मालूम था कि इस तरह की जिज्ञासा का कोई समाधान हो नहीं सकता।

''क्या सोच रहे हो बन्दे?''—गुरु की हँसती हुई आवाज से भट्ट चौंक गया। क्या बोले? गुरु की नजर उस पर एकटक टिकी हुई थी जैसे वह जवाब का इंतजार कर रहा हो। मजबूर होकर भट्ट ने गला खंखारकर कहा—''सोच रहा था कि पिछला जन्म-वन्म कुछ होता है क्या? और अगर होता है तो क्या हम पहले भी कभी यहाँ आए थे?'' गुरु जोर से हँस पड़ा। फिर मुस्कराते हुए बोला—''होता हो तो क्या? और न होता हो तो क्या? यहाँ आए हों तो क्या और न आए हों तो क्या? क्या फ़र्क पड़ता है इस बात का हमारे आज के जीवन पर? तुम हिन्दू न होकर मुसलमान या ईसाई होते, तो क्या यह बात तुम्हारे मन में आती?'' भट्ट ने बुझकर हामी भरी। मूर्खतापूर्ण बात करेगा तो ऐसा ही जवाब मिलेगा। यह तो वह जानता ही था, फिर भी कह गया।

गुरु की आँखें अब औरत पर टिक गई थीं। वह एकटक उसकी तरफ देखता हुआ बोला—''वैसे इस तरह की बात मन में आती है जब हृदय प्रेम से लबालब भरा हो। तब मन सोचता है कि मेरा संबंध कोई एक जन्म का नहीं हो सकता। वह अपने प्रेम को अनन्त, अनादि बनाकर देखना चाहता है।'' भट्ट को गुरु की बात से सांत्वना मिलनी चाहिए थी, पर उसे इस बात से खीझ हुई कि यह बात गुरु

उसकी तरफ देखकर न बोलकर औरत को देखते हुए बोल रहा था। उसने यह भी देखा कि औरत का चेहरा गुरु की नजरों के सामने एक तरह के सौम्य भाव से सराबोर हो गया, जैसे वह निहाल हो गई हो। फिर औरत ने अपनी आँखें झुका लीं और मुड़कर झरने को देखने लगी।

गुरु अब फिर उसे देखकर हँसने लगा। भट्ट के चेहरे पर भी हँसी खिल गई। उसका दिल गुरु के उसे देखने से हल्का हो गया था। गुरु का क्या ठिकाना है कि किसे देखकर क्या बोलता है और सोचता किसके बारे में है। वह तो अपनी मस्ती में जीता है। बहते हुए झरने की तरह। तभी तो गुरु के चेहरे से कैसा निर्दोष आनन्द छलकता रहता है। ठीक एक छोटे बच्चे की तरह। ''अरे, यह तो एकदम आनन्द की मूर्ति है''—भट्ट को याद आया कि वह जब गुरु से पहली बार मिला था, तो कैसे इन्हीं शब्दों ने उसके अंदर से निकलकर उसे एकबारगी ध्वस्त कर दिया था। कितने बेमन से मिलने गया था वह गुरु से! ''तुम दिल्ली जा रहे हो, तो मेरे मुँहबोले भाई गुरु को राखी का डिब्बा पकड़ा देना''—भट्ट की मौसी ने उसे फोन पर आदेश दिया था। भट्ट का मन हुआ था कि मौसी से कहे कि दिल्ली कोई गाँव नहीं है कि किसी भाई-वाई के लिए इतना समय नष्ट करे। मौसी ने शायद उसके मन को भाँपकर आगे कहा था—''वैसे तो मैं हमेशा की तरह कूरियर लगा देती, पर चलो इसी बहाने तुम उससे मिल लोगे। देखो, कोई दफ्तर के आदमी के हाथ मत भिजवा देना। कहे देती हूँ। मिलोगे तब तो जानोगे। यों ही भटकते-भटकते चालीसी तो आ गई तुम्हें भी। जब देखो दफ्तर बदल लेते हो, नौकरी बदल लेते हो, शहर बदल लेते हो। अब चलो, तुम्हें तुम्हारे जैसे ही एक आदमजात से मिलवा देती हूँ, जो कभी एक जगह टिककर छह महीने भी नहीं रहता।'' मौसी ने अंतिम बात नहीं कही होती, तो यह कभी गुरु को डिब्बा पकड़ाने खुद नहीं गया होता।

''तुम्हारे जैसे ही एक आदमजात''—सुनकर भट्ट के दिल पर जैसे किसी ने मलहम की पूरी ट्यूब लगा दी थी। लोगों के ताने सुन-सुनकर पिछले पन्द्रह सालों से उसके कान पक गए थे। पता नहीं क्यों सभी लोग चाहते थे—चाहे वे उसके माँ-बाप, भाई-बहन हों या दूर-दराज के सगे-संबंधी—कि वह एक नौकरी करते हुए अपनी तमाम जिन्दगी खारिज कर दे। उनकी नजरों में यह जीवन की चरम सार्थकता थी कि कोई आदमी एक जगह टिका रहे और रोज उसी जगह से सूरज को उगते और छिपते देखता रहे , जहाँ वह टिक गया था। पर सूरज तो धरती के हर कोने से देखा जा सकता था। भट्ट के पिता कलकत्ते के विक्टोरिया मेमोरियल

में पिछले पचपन सालों से सुबह की सैर कर रहे थे और शहर में शायद ही कोई ऐसा आदमी होगा जो उनसे मिला हो और उनके मुँह से यह बात उसने न सुनी हो। जैसे कि एक काम को कोल्हू के बैल की तरह बिना ऊबे सालों-साल करते जाने से ही कोई महान सिद्ध हो जाता हो।

शायद भट्ट की रगों में अपने किसी एक पुरखे का खून दौड़ रहा था जो कोल्हू का बैल नहीं रहा होगा। भट्ट को लगता कि इस धरती पर सदियों से लोग चींटियों की तरह एक जगह से दूसरी जगह बदलते आए हैं। कौन कहाँ से आया, यह बात कुछ पीढ़ियों बाद लोग भूल जाते होंगे या याद भी रखते होंगे, तो इसलिए कि उनकी शक्ल-सूरत उनके आस-पास के लोगों से मिलती नहीं होगी। जहाँ एक खून से दूसरा खून मिल जाता होगा, वहाँ तो कोई किसी से पूछता भी नहीं होगा कि ''आप कहाँ के हैं?''—जैसा कि भट्ट सुनने का आदी था। कई बार उसका मन होता कि अपना नाम उपमन्यु भट्ट से बदलकर कुछ ऐसा रख ले कि पंजाब से लेकर द्रविड़-उत्कल-बंग तक कोई उससे न पूछे कि ''आप कहाँ के हैं?''

दरअसल मुश्किल खाली इस वजह से नहीं थी कि इस पूरे देश भर में लोग दूसरों के जीवन में जरूरत से ज़्यादा ताक-झाँक करने के आदी थे। दिक्कत यह भी थी कि भट्ट में अपने तीखे नाक-नक्श और खुले रंग के साथ कुछ ऐसा था कि वह पंजाबी, गुजराती, बंगाली कुछ भी हो सकता था और इन सारी जगहों में भट्ट मौजूद थे। और तो और, कश्मीर से लेकर कुमायूँ, नेपाल और असम तक में भट्ट मिल जाते थे। इधर के सालों में भट्ट ने ''आप कहाँ के हैं'' के जवाब के लिए एक खेल ईजाद कर लिया था जिससे इस प्रश्न से उसकी चिढ़ कम हो गई थी। यह प्रश्न पूछे जाने पर वह ऐसे मुस्कराता कि सामनेवाले को लगता जैसे उसने एकदम सही बात पूछ ली हो। फिर भट्ट तुरन्त वही प्रश्न वापस दाग देता—पहले बताइए कि आप कहाँ के हैं—और सामने वाला जहाँ का होता, भट्ट बड़े मजे से अपने को वहीं का बाशिन्दा घोषित कर देता।—''अरे, हमारे दादा वहीं से तो कलकत्ता आ बसे थे।'' दफ्तर की नौकरियाँ बदलते-बदलते रेलों में अक्सर यह पूछने वाले लोग मिल जाते थे और चूँकि भट्ट गुजराती, हिन्दी, बाँग्ला, अंग्रेजी और नेपाली तक धड़ल्ले से बोल लेता था, उसे अपना मूल स्थान बदलने में एक मिनट से ज़्यादा वक्त नहीं लगता था। वैसे सबसे ज़्यादा मजा उसे अपने को कश्मीरी बताने में आता। लोग उसके चेहरे पर खास तरह की कश्मीरी सुन्दरता देखने लगते और बातचीत तुरन्त कश्मीरी पंडितों को अपने वतन और दादा-परदादाओं की जमीन से बेदखल किए

जाने पर चली आती। भट्ट को यह कहानी बनाने में कोई खास दिक्कत नहीं थी। उसका दोस्त सोमेन्द्र कौल अपने परिवार के साथ इसी तरह रातों-रात भागकर दिल्ली आकर उसका पड़ोसी बन गया था और उसकी कहानी के हर दर्द और हर मोड़ से भट्ट वाकिफ़ था। वह सोमेन्द्र के लहजे में उसी के शब्द बोलने लगता और अपनी नाटक करने की क्षमता पर मन-ही-मन खुद ही रीझ जाता। इस नाटक का एक और फायदा यह था कि भट्ट को तुरन्त पता चल जाता कि किसके मन में मुसलमानों के खिलाफ कितना गुबार भरा हुआ है। उसने देखा कि बात तुरन्त इस देश के मुसलमानों के चार शादियाँ करने, ढेर सारे बच्चे पैदा कर जनसंख्या बढ़ाने से लेकर दाऊद इब्राहिम और अल-कायदा से होती हुई वर्ल्ड ट्रेड सेंटर तक पहुँच जाती बशर्ते कि वहाँ कोई मुसलमान-सा दिखता आदमी मौजूद न हो।

घटिया। घटिया। घटिया। लोग अक्सर इतने घटिया क्यों होते हैं—भट्ट का मन पूछता। पर कहीं कोई जवाब नहीं था। एक नौकरी छोड़ने से दूसरी नौकरी छोड़ने तक बस यही एक सवाल फैला रहता। एक खूँखार बाघ की तरह यह सवाल उसकी गरदन में अपने दाँत गड़ाए उसका खून चूसता रहता। पर तमाम दुनिया में बड़े-से-बड़े पदों पर—यहाँ तक कि राष्ट्रपतियों और प्रधानमंत्रियों की कुर्सियों पर—ऐसे लोग जमे हुए बैठे थे और भट्ट को मालूम था कि कहीं किसी की ताकत नहीं थी कि वह घटिया को घटिया साबित करना तो दूर, उसे घटिया कह भी सके। कोई हिम्मत करके कह भी देता, तो लोग उसकी तरफ ऐसे देखते, जैसे कि वह खुद एक अजूबा हो। इसी चक्कर में भट्ट चकरघिन्नी बन के रह गया था और अपने बाप तक को आज तक समझा नहीं पाया था कि फलाँ नौकरी उसने किसलिए छोड़ दी थी।

भट्ट, गुरु और औरत झरने से दूर वापस चलने लगे। गुरु चुप था जैसे कुछ सोच रहा हो। भट्ट भी दोनों के पीछे चुपचाप चल रहा था। शायद इस तरफ भालू का डर नहीं था, क्योंकि चलते-चलते अचानक वे एक पक्की सड़क पर निकल आए, जो घूमती हुई कहीं हरियाली में गुम हो जाती थी। अचानक सामने के पहाड़ से गाड़ियों के चढ़ने की आवाज से वे तीनों रुककर देखने लगे। एक कतार में चींटियों की तरह गाड़ियाँ पहाड़ के एक तरफ से आकर घूमती हुई दूसरी तरफ गुम होती दिख रही थीं। फिल्मी गानों की ताजी धुनों के टुकड़े छिटककर इस तरफ आ जाते। बीच-बीच में हँसने-गाने के स्वर भी सुन जाते या शायद कल्पना कर ली जाती।

''पीने जा रहे हैं''—गुरु ने हँसकर भट्ट की तरफ देखते हुए कहा। गुरु की

आवाज में कुछ वैसी खुशी थी जैसी एक शराबी को अपने हमजोलियों को देखने से होती है। भट्ट ने सिर हिलाया—यह जताने के लिए कि उसे मालूम है कि पास के राज्य के लोग शराब पर पाबन्दी के कारण सप्ताह के अंत में सीमा पार कर इस प्रदेश के पहाड़ी इलाके में आकर अपनी प्यास बुझाते हैं। पी-पीकर पैसे उड़ाकर वे लोग रविवार की शाम तक नींद के लटके लेते लौट जाते हैं और तब गाड़ियों से सिर्फ इंजन का शोर सुनता है। पहाड़ के पीछे झील है, उसके चारों तरफ उग आए छोटे-बड़े होटल हैं जिनमें हर उम्र के आदमी के लिए हर तरह के मनोरंजन का इंतजाम है। बच्चों के लिए असली घोड़े हैं जिनके लिए वे बिजली से चलने वाली तरह-तरह की ''राइड्स'' को थोड़ी देर तक त्याग देते हैं। झील में चलती नौकाएँ तेज धुनों पर थिरकने के आदी जोड़ों को अब भी खींच लेती हैं और वे उनमें बोर न होने का अभिनय करते बीच-बीच में एक-दूसरे की तरफ देखकर रोमांटिक तरीके से मुस्करा लेते हैं। उनमें बैठे बूढ़े और अध-बूढ़े अपने बढ़े हुए ब्लड-प्रेशर के खयाल को ठेलकर हटाते हुए खुश दिखाई देते हैं या दिखने की कोशिश करते हैं। टूरिस्ट लोगों के लिए कहीं कोई पुराना भव्य मंदिर है या कोई वशिष्ठ गुफा, जिनमें जाना अक्सर एक कर्त्तव्य की तरह जरूरी होता है।

''देखो, हर आदमी कितनी शिद्दत से, कितनी मेहनत से सुख खोज रहा है—खुशी खोज रहा है। कितने उपाय कर रहा है कि कुछ छूट न जाय कहीं उससे''—गुरु ऐसे बोल रहा था जैसे कि यह कितनी बड़ाई की बात हो। उसकी आवाज में न कोई उपहास था, न शिकायत और न कोई तिरस्कार। फिर कुछ रुककर वह बोला—''मन अलबत्ता कहीं लगेगा नहीं किसी का। चार घंटे में नहीं, तो चार दिन में ऊब जाएगा। पर घूमता रहेगा आदमी। घूमता रहेगा। यहाँ से वहाँ। इस चीज से उस चीज। शायद इस बार मन लग जाए—हमेशा के लिए। ऐसा कुछ भ्रम पालते हुए''—गुरु की काली चमकीली आँखें भट्ट को जैसे आर-पार देख रही थीं। भट्ट को कुछ खीझ-सी हुई। शायद गुरु उसी की तरफ इशारा कर रहा है। यह बता रहा है कि भट्ट का दिल चार दिन में उससे भी ऊबने ही वाला है।

''आपके मन को तो यह सब झंझट नहीं है ना''—भट्ट ने भरसक हँसकर कहा। देखें अब क्या बोलता है गुरु ! कल से उसके दिमाग़ में गुरु को लेकर कई तरह के सवाल उठ-बैठ रहे थे। गुरु इस पहाड़ पर अक्सर अपने एक मित्र के गेस्ट हाऊस में आकर रहता था। मित्र विदेश में रहता था और उसने गुरु की गुरुता को पहचानते हुए ही शायद उसे अपने गेस्ट-हाऊस की चाभी दे रखी थी। एक तल्ले की कोठी

में गुरु ऊपर रहता और नीचे के तीन कमरों में से एक में फिलहाल यह साथ चलती औरत रह रही थी और एक में वह खुद। इस औरत से गुरु का क्या रिश्ता था, यह भट्ट को ठीक-ठीक समझ में नहीं आया था। वह चुपचाप गुरु के सारे काम उसी तरह करती थी जैसे कि एक घोर आज्ञाकारी पत्नी करती है या फिर एक भक्तिन या शिष्या—उसे जो भी कहा जाय। वह गुरु के साथ सोती है या नहीं, इस बारे में भट्ट की कोई खास जिज्ञासा नहीं थी। पर गुरु उसके प्रेम को समझता है और बहुत महत्त्व देता है, इस बारे में भट्ट को कोई शक नहीं था। उसने देखा था कि एक दिन सुबह औरत के हाथ से कॉफी का मग पकड़ते हुए गुरु ने मग के हैंडल से औरत की अँगुली को निकलने से रोक लिया था। चंद खींचे क्षणों का वह स्पर्श भट्ट को न जाने क्यों अन्दर से उद्वेलित कर गया था। उसे अपना जीवन एकबारगी नीरस उजाड़ जैसा लगा था और एक बहुत छोटे क्षण के लिए उसमें उन दोनों के प्रति ईर्ष्या का भाव आया था।

कल से औरत कुछ सुस्त-सी थी। आज घूमने आते वक्त उसने पहली बार अपना मुँह खोलकर गुरु की किसी इच्छा का प्रतिकार किया था। वह घूमने नहीं जाना चाहती थी। गुरु उसे धीरे से कुछ बोलकर—शायद मनाकर—साथ लाया था। कल से कोठी का तीसरा कमरा भी भर गया था। उसमें आनेवाली औरत की ठिगनी, कसी हुई देह और पीठ पर पड़ी साँप जैसी मोटी चोटी ने भट्ट जैसे परायी औरतों से उदासीन आदमी में भी कुछ सुगबुगाहट पैदा कर दी थी। उसकी घनी काली भौंहों के नीचे नाक के पास सटी काली आँखों में जैसे एक रहस्य भरा आमंत्रण था। उसके चारों तरफ एक जंगली गंध थी जिसे शायद एक तरह की आदिम शारीरिक गंध कहा जा सकता था। भट्ट को लगा था कि उसके आते ही पहली औरत की आँखें मंद पड़ गई थीं। गुरु को ग़ौर से देखकर भी उसके निर्विकार चेहरे से भट्ट कुछ निष्कर्ष नहीं निकाल पाया था कि गुरु के ऊपर गेस्ट हाऊस के बदले हुए मौसम का कोई असर हुआ है। पर ऐसा कैसे हो सकता है कि गुरु का मन इन पहाड़ी पत्थरों की तरह हो, जिन पर धूप-हवा-पानी की मार से जल्दी से कुछ नहीं बदलता।

''मन को झंझट न हो, तो फिर वह मन ही कहाँ हुआ?''—गुरु की हँसी से उतरती धूप में जगमगाते हरे पत्ते हिल उठे—''मन चाहे कृष्ण में लगा हो या कुत्ते में, वह रहेगा हमेशा उसी दायरे में। मन की सीमा को जान लो। वही मुक्ति है।'' भट्ट के चेहरे पर गुरु की बात से कई तरह के भाव आए-गए। वह सारा जीवन

खोखली धार्मिकता से दूर भागता रहा। कभी किसी मन्दिर के सामने से गुजरते हुए उसके दिल में नहीं आता कि वह अपने हाथ जोड़े। स्कूल के दिनों में बगल में कृष्ण-राधा मन्दिर में एकाध फूल-सिक्का चढ़ाता था कि नम्बर अच्छे आ जाएँ। पर बाद के जीवन में वह इस मंगतेपन से बहुत दूर निकल आया था। घर में पिता से उसके अनबोलेपन का एक कारण यह भी था। उसे पता था कि पिता ने उसकी पिछली नौकरी बनी रहने के लिए कोई छोटी-मोटी पूजा करवाई थी। उसने उनका भेजा हुआ पूजा का पीला सूत हाथ में बाँधने के बजाय वापस डाक से लौटा दिया था। पर गुरु के मुँह से कृष्ण और कुत्ते को एक ही पंक्ति में सुनकर उसे धक्का-सा लगा। बचपन में घोर कुंभीपाक नरक की यातनाओं के आँके हुए चित्र उसने किसी धार्मिक पत्रिका में माँ के साथ देखे थे। क्या गुरु को डर नहीं कि उसे नरक जाना पड़ेगा यह सब बोलने के लिए?

''क्या हुआ?'' गुरु उसका चेहरा पढ़ रहा था—''अरे, हमारे यहाँ लोग कृष्ण के पीछे जितना समय और रुपया खर्च करते हैं, उससे ज़्यादा विदेश में अपने कुत्ते के लिए नहीं करते क्या? कई लोग तो अपने कुत्ते को अपना वारिस बना जाते हैं। हमारे कृष्ण के लिए किसी ने किया ऐसा?—गुरु के साथ हँसने से भट्ट अब अपने को रोक नहीं पाया। औरत भी धीरे-धीरे हँस रही थी। गुरु और भट्ट काफी देर तक हँसते रहे। भट्ट को लगा कि वह बरसों बाद इतना लंबा हँसा होगा। गुरु पत्थर पर बैठ गया, जो लगभग एक कुर्सी जैसा था। भट्ट और औरत भी कुछ-कुछ दूर में पड़े पत्थरों पर बैठ गए। गुरु ने अपनी आँखें बंद कर लीं। भट्ट ने देखा कि गुरु के चेहरे पर एक ऐसी प्रशान्ति उतर आई थी जिसके लिए कोई शब्द खोजना असंभव था, अगर उसे 'ईश्वरीय' कहने से बचना हो। भट्ट की आँखें भी एक क्षण के लिए बंद हो गईं। लेकिन उसने तुरन्त आँखें वापस खोलीं। गुरु वैसे ही बैठा था। चारों तरफ सफेद जवाकुसुम के फूल खिले हुए थे। वहाँ पर हल्का-झुटपुटा उतर आया था या शायद पेड़ों के कारण सूरज की अन्तिम रोशनी का प्रवेश न होने से वहाँ झुटपुटा था, जहाँ वे बैठे थे। भट्ट ने देखा कि जवाकुसुम के साधारण सफेद फूल इस झुटपुटे में तारों की तरह चमक रहे थे। उसके मन में आया कि गुरु के साथ साधारण भी असाधारण लगने लगता है। अगले ही क्षण उसे अपने पर गुस्सा आया कि उसका सोच उस सफेद साड़ी वाली औरत की तरह होने लगा है। तो क्या गुरु के पास वाकई कुछ ऐसा तंत्र-मंत्र है कि वह हर आदमी को अपने वश में कर लेता है, जैसा कि उसके पिता ने यहाँ आते समय उन दोनों के बीच के मौन का उल्लंघन करके

उससे कहा था—''सेवड़े होते हैं ये लोग। अपने वश में कर लेते हैं मंत्र फूँककर। फिर आदमी इनके पीछे घूमता रहता है—सारी दीन-दुनिया से बेखबर हो जाता है।'' इतना बोलकर वे अपने कमरे में घुस गए थे और दरवाजा बंद कर लिया था। भट्ट ने बक्सा उठाते हुए अपनी पत्नी की तरफ देखा था। पत्नी ने आँखें झुका ली थीं। भट्ट बिना कुछ कहे बाहर निकल गया था।

पिता को गुरु के बारे में न कुछ मालूम था और न बिना भट्ट से पूछे कुछ मालूम हो सकता था। उसकी पत्नी से 'गुरु' नाम सुनकर पिता ने शायद अनुमान कर लिया था कि भट्ट किसी साधु-संन्यासी के चक्कर में पड़ गया है। भट्ट जानता था कि पिता सोचते होंगे कि एक नौकरी से दूसरी नौकरी तक धक्का खाने का परिणाम यह होना ही था। वह यह भी जानता था कि पिता एक तरह से खुश होंगे कि आधी जिन्दगी भटककर अन्त में बच्चू को ईश्वर की शरण में ही आना पड़ा। भट्ट को सोचकर हँसी आई कि पिता की क्या प्रतिक्रिया होगी यदि उन्हें पता चले कि गुरु का नाम ही गुरुचरण है, जो उसके माँ-बाप ने यह जाने बिना रखा था कि वह गुरु नाम से सिर्फ पुकारा ही नहीं जाएगा, बल्कि बहुत सारे लोगों के लिए गुरु के समान होगा। भट्ट के घर के बगल में एक मोटर मैकेनिक गुरदयाल सिंह का गैराज था जिसके मालिक को सब गुरु कहते थे। यदि पिता को पता चले कि उसका 'गुरु' भी वैसे ही गुरु है जैसे कि वह गाड़ी का मिस्त्री, तो शायद वे कई सालों बाद ठठाकर हँस पड़ेंगे। भट्ट को याद आया कि उसके पिता अपनी जवानी में अपने जोरदार ठहाकों के लिए मशहूर थे। तो क्या सचमुच वही दोषी है कि पिता अब हँसते नहीं?

''अरे, यहाँ क्यों बैठे हैं? चलिए घर के अंदर चलिए''—एक अधेड़ उम्र की औरत जवाकुसुम के लंबे पौधों के पार के पुराने बंगले से निकलकर उन्हें धीमे से कह रही थी। भट्ट ने देखा कि उसने एक मर्दाना कमीज और पैंट पहन रखी थी और उसकी कमीज की जेब में कम-से-कम सात-आठ कलमें लगी हुई थीं। उसके अधपके काले-सफेद बाल छोटे-छोटे कटे हुए थे। भट्ट को यह भी समझ में आया कि जवाकुसुम के पौधे उस बंगले का ही हिस्सा थे क्योंकि सड़क और बंगले के बीच कभी रही हुई टूटी-फूटी दीवार की कुछ ईंटें उसे दिखाई पड़ी। ''यह औरत क्या करती होगी और इतनी कलमें टाँगकर क्यों रहती होगी? ज्यादा से ज्यादा आदमी दो कलम रख सकता है, यदि उसे बहुत लिखना पड़ता हो तो।'' भट्ट ने देखा कि अधिकतर कलमें सोने की तरह चमक रही थीं यानी कि महंगी कलमें थीं। पर औरत की कमीज और पैंट उसके बंगले की बाउंड्री की तरह जीर्ण-शीर्ण नहीं

भी, तो काफी घिसी हुई थीं।

गुरु उठकर खड़ा हो गया और उस बंगले की तरफ बढ़ने का इशारा कर औरत के पीछे-पीछे चलने लगा। ''वाह, यह गुरु भी कितना अजीब आदमी है''—भट्ट ने हैरत से सोचा—''कहीं भी बैठ गया और कहीं भी कोई आकर कह गया कि अंदर चलो, तो उसके घर के अंदर जाने को तैयार हो गया।'' उसने देखा कि अधेड़ औरत इस तरह धीरे-धीरे चल रही थी जैसे उसके घुटनों में दर्द हो या उसके पैरों में कोई तकलीफ हो। भट्ट को यह भी महसूस हुआ कि मानसिक तौर पर वह औरत पूरी तरह नॉर्मल नहीं है। उसने देखा कि घर का दरवाजा खोलते समय औरत के हाथ काँप रहे थे।

गुरु के पीछे-पीछे भट्ट घर के अंदर घुसा, तो खड़े-का-खड़ा रह गया। घुसते ही ठीक सामने गुरु की सरसों के एक खेत में लाल-पीली चुनरी की पगड़ी बाँधे हुए हँसती हुई आदमकद तस्वीर थी। उसने देखा कि एक लंबा-सा हॉल है जिसमें बेंत के सोफे करीने से सजे हुए लगे हैं। हर चीज पुरानी थी, पर तरतीब से सहेजी हुई थी। उसने गरदन घुमाई तो यह देखकर हैरान रह गया कि पूरे हॉल की हर दीवार पर गुरु की बड़ी-बड़ी आदमकद तस्वीरें लगी हुई थीं। यहाँ तक कि किसी दीवार पर कहीं कोई जगह खाली नहीं थी जहाँ गुरु की कोई छोटी-बड़ी तस्वीर न हो। ''ओह''—भट्ट ने मन-ही-मन कहा। यह कहना या सोचना तो फिजूल था कि औरत गुरु को पहले से जानती थी या कि उसके लिए गुरु की क्या अहमियत थी। उसने गुरु की पगड़ीवाली हँसती हुई तस्वीर को गौर से देखा। गुरु की उम्र इस तस्वीर में तीसेक साल से ज्यादा नहीं लग रही थी। उसकी दिलकश हँसी से उसके गाल में गड्ढे पड़ रहे थे और इसमें कोई शक नहीं था कि वह हँसी किसी भी औरत को लुभा सकती थी। भट्ट अंदाज लगाने लगा कि यह तस्वीर तकरीबन बीस साल पहले खींची गई होगी और तब यह कलमों-भरी जेबवाली अधेड़ औरत स्वस्थ, जवान और सुन्दर रही होगी। शायद कोई बड़ी बीमारी उसे असमय ही बुढ़ापे के कगार पर खींच लाई है।

अधेड़ औरत गुरु के पास सोफे पर बैठ गई थी और गुरु ने उसका सिर अपनी गोद में रख लिया था। वह धीरे-धीरे उसके बालों पर हाथ फेर रहा था। भट्ट ने बिना देखे यह अनुमान लगाया कि अधेड़ औरत के आँसू गिर रहे होंगे। उसका मन नहीं हुआ कि जाँचे कि वह ठीक सोच रहा था या नहीं। उसने सफेद साड़ीवाली औरत की ओर देखा। वह सिर झुकाए गुरु के सामने बैठी थी और उसका चेहरा पढ़ा नहीं

जा सकता था। भट्ट ने एक लंबी साँस फेंककर उत्सुकता से अपनी नजरें घुमाईं कि अधेड़ औरत की कोई पहले की तस्वीर मिल जाय, तो देखे कि वह जवानी में कैसी लगती थी। वह यह देखकर निराश हुआ कि एक भी तस्वीर में वह गुरु के साथ नहीं थी।

भट्ट की निगाहें हॉल के अन्तिम सिरे पर लगे किताबों से अँटे बुक-सेल्फ पर टिक गईं। नीचे जमीन से लेकर ऊपर ऊँची सीलिंग तक किताबें-ही-किताबें थीं। उसने जेब से चालीसी आने पर जरूरी हो गया नजदीकी देखनेवाला चश्मा निकाला और उठकर किताबों के पास जा खड़ा हुआ। उसका अंदाजा था कि किताबें दर्शनशास्त्र की होंगी जैसी कि गुरु अक्सर पढ़ता रहता था। पर उसे यह देखकर आश्चर्य हुआ कि हिन्दी और अंग्रेजी साहित्य की नई-पुरानी किताबें वहाँ सजी हुई थीं। उसे अचानक एक किताब का शीर्षक दिखा–'होप अगेन्स्ट होप' और उसे याद आया कि पन्द्रह साल पहले दुनिया में कम्युनिस्ट देशों की उथल-पुथल के दौर में उसने अपने एक मित्र के कहने पर यह किताब दुकानों और लाइब्रेरियों में ढूंढ़ी थी, पर उसे मिली नहीं थी। उसने पीछे मुड़कर गुरु की तरफ देखा और इशारे से उसे गुरु से जवाब मिल गया कि वह किताब देख सकता है। काँच खिसकाकर भट्ट ने किताब निकाल ली और किताब का पहला पन्ना उलटा। उसे यह देखकर आश्चर्य हुआ कि किताब के नाम के इर्द-गिर्द महीन-महीन अक्षरों में कुछ लिखा हुआ था। भट्ट से रहा नहीं गया और वह साँझ गहरी होने पर जला दी गई बत्ती के नजदीक जाकर पढ़ने लगा–

"किसी दूसरे की चेतना पर हावी होकर उसे यातना देना क्या मनुष्यता है ताकि वह तुम्हारी तरह सोचने लगे? तुम मेरी खाल उधेड़ लो मेजर, पर मैं गुरु को नहीं छोड़ूँगी। तुमने मेरे बच्चे तक में अपनी नफरत का जहर घोल दिया है। यही सही। पछतावा किसे होगा, यह तो समय बोलेगा। यों भी तुम्हारे साथ बिताई जिन्दगी, जिसमें तुम ताकत से मेरे हर सच को झूठ और अपने हर गलत को सही साबित करते रहे, उसका क्या मुझे कम पछतावा है? गुरु मेरी एकमात्र उम्मीद है, हमेशा था और रहेगा।"

भट्ट का दिल उन अक्षरों को पढ़कर मुँह को आ गया। माइ गॉड ! एक अनजान औरत के पूरे जीवन का ब्यौरा इस तरह चंद वाक्यों में उसे मिल गया था। एक क्षण में भट्ट की कल्पना उन वाक्यों के बीच की जगह में हजारों रंग भरने लगी। किस तरह के रिश्तों को जीया होगा इस औरत ने ! भट्ट ने किताब को इस तरह

उसकी जगह में वापस रखा जैसे उसने किसी जहरीले साँप को पकड़ रखा हो। उसने वापस काँच खिसकाकर किताब को फिर कैद कर दिया और एक लंबी साँस छोड़ता सफ़ेद साड़ी वाली औरत के बगल में बैठकर गुरु को ताकने लगा।

उसने देखा कि गुरु के चेहरे पर निखालिस करुणा का भाव था। 'क्या इस औरत पर तरस खाना सही होगा', भट्ट ने अपने से पूछा। यह तो दिख रहा था कि गुरु उसके शारीरिक और मानसिक कष्ट से वाकिफ था और उसके बालों में हाथ फेरकर उसे सांत्वना दे रहा था। ''बहुत हिम्मती औरत है शीरी''—गुरु ने कहा—''इसने अपने जीवन के सारे चुनाव खुद किए हैं और मेरे खयाल से यह बात दुनिया में बहुत कम लोग अपने बारे में बोल सकते हैं। इसके पति फौज में थे। शीरी यहाँ के रजवाड़े में बरसों से गवर्नेस रही है। इस पूरे इलाके में ऐसा कोई नहीं जो इसे जानता और मानता न हो। भालू तक नहीं फटकता इसके यहाँ''—कहकर गुरु जोर से हँस पड़ा।

शीरी भी गुरु की गोद से उठकर मुस्करा रही थी। भट्ट को अचानक गुजरे बरसों की कारस्तानी के पीछे की सुन्दरता दिख गई। इतनी झुर्रियाँ तो किसी जिन्दा आदमी के चेहरे पर नहीं होनी चाहिए, उसके दिल ने कहा। ''तो तुम कौन-से भालू से कम हो गुरु ! तुम भी कहाँ फटकते हो यहाँ? यह तो मैं अचानक ढलती शाम देखने के लिए बाहर निकली और तुम दिख गए। वरना...''—शीरी के लहजे में शिकायत और चोट खाया अहं भरा हुआ था। भट्ट को तुरन्त समझ में आ गया कि गुरु वहाँ क्यों नहीं फटकता। गुरु किसी तरह का बोझ लेकर नहीं चल सकता—न किसी स्मृति का, न अहसान का, न कर्त्तव्य का। जहाँ कोई उसे बाँधना चाहे, वह छिटक जाएगा। अपने जीवन जीने के तरीके का चुनाव करने के लिए वह शीरी की प्रशंसा कर रहा था, पर जहाँ यह चुनाव गुरु के अपने चुनाव को तय करने लगा था, वहीं वह शीरी को छोड़ गया था।

''अरे, इस 'वरना' को छोड़ो ना। हम मिल गए, यही तो असली बात है। और तुम तो हर क्षण हमसे मिले हुए हो''—अपनी तस्वीरों की ओर इशारा कर गुरु ने फिर ठहाका लगाया। जवाब में शीरी मुस्कराई नहीं। उसने लगभग नफरत से सफेद साड़ी वाली औरत की ओर देखा। शायद गुरु ने भी उसे ऐसा करते देख लिया। वह लपककर उठ खड़ा हुआ और भट्ट की तरफ मुखातिब होकर बोला—''इस साल बारिश कम होगी, ऐसा लगता है। पिछले साल तीन दिनों तक क्या झमाझम पानी बरसा। वह जो ऊपर से पतला नाला गिरता है ना, देखने लायक था।

यहाँ जो आदिवासी गाँव हैं, वहाँ लोग डर के मारे घर से बाहर नहीं निकले कि आसमान फट गया है—खजूर के पेड़ तक जमीन पर लेट गए हैं।'' हँसते हुए गुरु ने शीरी के सिर पर एक धौल जमाया और पलक झपकते ही दरवाजे से बाहर निकल गया। उसके पीछे भट्ट और पीछे-पीछे वह औरत, जिसमें औरत जैसा सचमुच कुछ नहीं था।

बाहर आने पर भट्ट ने देखा कि जवाकुसुम के सफेद फूल ज्यादा गहरी हो गई साँझ में बिलकुल आकाश के तारों की तरह जगमगा रहे थे। कुछ ही देर में ये मुरझा जाएँगे और सुबह तक सिकुड़े हुए जमीन पर झरे हुए मिलेंगे। जीवन में ऐसा कुछ भी नहीं है जिसे वैसा-का-वैसा हमेशा रखा जा सके। पर आदमी हर घड़ी यही चाहता है कि सब कुछ वैसा ही बना रहे। इतना-का-इतना ही रहे, जरा भी कम न हो। यह सफेद साड़ी वाली औरत क्या यही सोच रही होगी—भट्ट के मन में उसका हठात् मुरझाया हुआ चेहरा देखकर विचार आया। उसे मालूम था कि यह औरत गुरु को बहुत लम्बे समय से जानती है। जब कभी गुरु इधर आकर रहता है तो इसे भी यहाँ बुला लेता है, गुरु ने एक बार ऐसा कुछ कहा था। तो क्या इसकी कोई अपनी जिन्दगी नहीं है, जो इसे ऐसा करने से रोकती हो?

भट्ट को याद आया कि दो दिन पहले यह औरत ऊँचे ताक पर रखा हुआ कोई सामान उचककर उतार रही थी तो उसने उसके ब्लाउज और साड़ी के बीच के हिस्से में पेट की तरफ लंबी-लंबी धारियाँ देखी थीं। इसका मतलब उसने निकाला था कि औरत के बच्चे हैं। जब बच्चे हैं तो पति भी होगा या रहा होगा। क्या इसे परेशानी नहीं होती, जब वह अचानक सब कुछ छोड़कर झट से ट्रेन-बस में बैठ जाती होगी, या इसने भी उस शीरी की तरह सबको गुरु के लिए छोड़ दिया है?

भट्ट सवालों से घिरा हुआ औरत के बगल में पक्की सड़क पर चलने लगा। वापस जंगल के रास्ते से लौटने का तो सवाल ही नहीं था। आकाश में अब भी कोमल-सी रोशनी फैली थी। सड़क पर कहीं-कहीं बिजली के हल्के बल्ब लगे थे। उनमें से कोई बल्ब कटा हुआ होता, तो वे तीनों लगभग अँधेरे में चलते। फिर कहीं हल्की-सी रोशनी से छनकर पेड़ों की छायाएँ उनके चेहरों पर निशान बनाती और मिटाती रहतीं। गुरु अचानक तेज चलकर उन लोगों से काफी आगे निकल गया, पर न भट्ट ने अपनी चाल बढ़ाई और न औरत ने। भट्ट ने सोचा नहीं था कि औरत उसके साथ चलना चाहेगी। अब उसे लगा कि वह गुरु के साथ चलने से बचना चाह रही थी। या हो सकता है कि गुरु उन दोनों के साथ न चलना चाहता हो। है

तो आखिरकार वह एक अवधूत की तरह एकान्तजीवी। खुद गुरु ने उसे कहा था कि वह साल में कम-से-कम छह महीने बिलकुल अकेला रहना चाहता है।

"भालू कभी भी आ सकता है"—औरत ने अचानक इस तरह कहा कि भट्ट का दिल धक से रह गया। क्या यह औरत उसे डराने की कोशिश कर रही है या फिर अपने दिल के डर का साझा करना चाहती है? "लेकिन..."—कहकर भट्ट ने उनके बीच की दूरी बढ़ाते हुए तेज कदमों से चलते गुरु की ओर देखा। औरत अपनी रौ में कहती जा रही थी—"यह आवाज सुन रहे हो? भालू अपने पंजों से जमीन खोदकर अपने होठों से हवा खींचकर दीमक-कीड़े-मकोड़े खाता है, तो ऐसी ही आवाज आती है। इसका मतलब है कि भालू सौ मीटर की दूरी के अंदर है।" तभी अचानक कहीं दूर से गोली चलने की आवाज आई। भट्ट का दिल धौंकनी की तरह दौड़ने लगा। "वह शीरी है। हवा में गोली चला रही है। जैसे ही भालू की आवाज सुनती है या कल्पना करती है कि भालू पास के खजूर के पेड़ पर चढ़ा बैठा है, तो बस गोली चला देती है। उसे डर है कि उसके पति के पास एक पालतू भालू है, जो उस पर और गुरु पर कभी भी हमला कर सकता है"—औरत धीमी आवाज में बोलने लगी थी मानो कि कहीं भालू उसकी बात न सुन ले।

भट्ट को समझ में नहीं आ रहा था कि वह इन बातों पर हँसे, चकित हो या घबराए। भ्रम, कल्पना, सच और झूठ की यह कैसी गाथा थी और उसे किसलिए परोसी जा रही थी? दिमाग चकराना किसे कहते हैं, आज उसे जीवन में पहली बार समझ में आया। "धत् ! भालू भी कोई पालतू जानवर है?"—भट्ट ने हँसकर जैसे अपने को ही दिलासा देते हुए कहा। "अरे, इतना भी नहीं जानते? यहाँ पर कलन्दर लोग भालू पकड़कर उसे गरम तवे पर बैठाकर उसे नाचना सीखा देते हैं। क्या तुमने कभी किसी मदारी के साथ भालू नहीं देखा?"

भट्ट को बचपन में सड़क पर देखा एक भालू याद आया, जो आदमियों जैसे तरह-तरह के चेहरे बनाता था। वह कई महीनों तक उनके मोहल्ले में हर सप्ताह आता रहा था, फिर गायब हो गया था। "भालू के नाखून को मढ़वाकर गले में पहन लो, तो भालू हमला नहीं करता"—औरत ने अपने गले की चेन से झूलता लॉकेट ब्लाउज से निकालकर दिखाया। "भालू की नाक बहुत तेज होती है। कहते हैं शीरी के पति ने उसके और गुरु के कपड़ों की गंध की पहचान अपने भालू को करवा रखी है"—औरत अचानक एक लंबी साँस खींचकर चुप हो गई जैसे वह कोई ऐसी बात बोल गई हो जो उसे नहीं बोलनी चाहिए थी। भट्ट की इच्छा थी कि

यह पूछे कि क्या गुरु को डर नहीं लगता, पर उसे लगा कि यह प्रश्न एकदम बेकार है। यदि गुरु को डर लगता, तो वह जंगल के रास्ते चिंघाड़ते-चिंघाड़ते ऊपर क्यों चढ़ता? भट्ट ने देखा कि मनसा चौकीदार भालू की टट्टी रोज ही गेस्ट हाऊस के अगल-बगल झाड़ू लेकर साफ करता था, जिसमें खजूर के दुनिया भर के बीज भरे रहते थे। भट्ट की इच्छा हुई कि वह औरत से कहे कि भालू तो गेस्ट-हाऊस रोज ही रात को आता है। पर उसे फिर लगा कि औरत यह बात जरूर जानती होगी। अचानक उसने देखा कि औरत ने अपनी चाल तेज कर दी थी। वह भी उसके साथ लंबे कदम उठाने लगा।

भट्ट ने चलते-चलते सिर घुमाकर औरत की तरफ देखा। उसने देखा कि औरत का चेहरा काफी छोटा-सा है। उसकी नाक भी उसी अनुपात में छोटी-सी थी। अँधेरे-उजाले की इस छुपा-छुपी में वह एक किशोरी जैसी लग रही थी, जिसका बढ़ना अभी पूरा नहीं हुआ हो। उसे आश्चर्य हुआ कि अभी तक उसे ऐसा क्यों लगता रहा था कि यह औरत बिलकुल औरतनुमा नहीं है। शायद उसकी सपाट छाती के कारण और बिना सज-धज की सफेद छापे की साड़ी के कारण वह एक साध्वी जैसी लगती थी, जिसने जीवन में कोई रस न जाना हो या जीवन के राग-रंग में जिसकी कोई रुचि न हो। भट्ट के मन में उसके जीवन के बारे में जानने की बेहद उत्सुकता हुई। उसे लगा कि अभी इससे अच्छा मौका उसे शायद ही कभी मिले। एक क्षण के लिए उसके मन में उम्मीद हुई कि क्या पता यह औरत चंद वाक्यों में अपनी तमाम जिन्दगी का ब्यौरा उसे उसी तरह सौंप दे जैसे कि शीरी के अक्षरों ने किया था।

"आप गुरु को कब से जानती हैं? कहाँ मिली थीं उससे?"—भट्ट ने पूछ डाला। "हमेशा से"—इस छोटे जवाब से भट्ट निराश नहीं हुआ। "मतलब बचपन से?"—उसने पूछा, यह सोचते हुए कि वह खुद गुरु के बचपन के बारे में ज्यादा कहाँ जानता है। "यही समझ लीजिए"—औरत ने कहा। उसकी आवाज से यह साफ जाहिर था कि वह और प्रश्न सुनना नहीं चाहती थी। भट्ट ने आज तक किसी व्यक्ति के एकान्त पर, उसकी प्राइवेसी पर इस तरह हमला नहीं किया था। वह ऐसे लोगों से बुरी तरह चिढ़ता था जो दूसरों के जीवन में ताक-झाँक करते हैं। पर आज उसे महसूस हुआ कि आदमी के अन्दर यह जो आत्मा नाम की चीज है, कभी-कभी उसकी एक मरणान्तक प्यास होती है कि वह किसी दूसरी आत्मा के अन्दर प्रवेश पा जाए।

"बच्चे हैं आपके?"

"हैं ना!"

"पति?"

"हाँ, वे भी हैं।"

"तब...?"

भट्ट का यह 'तब' हवा में झूल रहा था। वह अपने को इतना गिरा सकता है, उसने कभी नहीं सोचा था। शायद यह अँधेरे की करामात थी। दुनिया के तमाम अपराध इसीलिए रात को होते होंगे। औरत चुपचाप चलती रही। एक साधारण औरत ने या शायद एक असाधारण औरत ने भट्ट को उसकी औकात बता दी थी। भट्ट को याद आया कि जिन दिनों पिता उससे बातें किया करते थे, तो वह इसी तरह उनके सवालों को बिना जवाब के हवा में झूलता छोड़ देता था। सारे बिना उत्तर के सवाल ही शायद अब पिता और उसके बीच जमकर दीवार बन गए थे। भट्ट को अचानक लगा कि दुनिया में रहते एक बार वह उनसे गले मिलकर रो लेना चाहता था। पर यह तो तब होता जब उसने इस तरह उन सवालों को नहीं छोड़ा होता।

आगे सड़क के जलते लैम्प पोस्ट की रोशनी के घेरे के पार गेस्ट-हाऊस दिखने लगा था। भट्ट का मन हो रहा था कि वह औरत को छोड़कर आगे भाग जाय ताकि बल्ब की रोशनी में वह अपनी शर्मिन्दगी को ढोता उसके साथ न चले। तभी औरत रुक गई। भट्ट ने भी रुककर काली-सफेद तस्वीर जैसे आधे रोशन चेहरे की ओर देखा जिसमें वह वाकई सुन्दर लग रही थी। उसने देखा कि एक हल्की मुस्कान उसके होठों से होती हुई उसकी घनी बरौनियों वाली आँखों के दोनों तरफ सिकुड़नें पैदा कर रही थी। "पिछले साल की बारिश में गुरु ने एक कविता लिखी। सुनेंगे?—

सतरंगी चोली पहन
इन्द्रधनुष बन
तुम आए।
सावन की घनघोर घटा में
वर्षा रूप हो
तुम आए।
सखी,
सृजन की एक कला तुम

पुष्पित, सुरभित, गुम्फित।
जितना जब-जब तुझे निहारूँ
उतने ही पल
जीवन।"

उसके आगे की पंक्तियाँ औरत ने हुंऽ हुंऽ करते अपने अंदर ही गुनगुनाते हुए पूरी कीं और अंतिम पंक्ति के एक ही शब्द को हल्के से उचारा, जो शायद 'सखे' या 'प्रिये' था। भट्ट अवाक् खड़ा था। औरत की आवाज की अलौकिक मिठास में लज्जा, अभिमान और हर्ष का मिला-जुला सम्पुट था। भट्ट समझ गया। गुरु की कविता मामूली तुकबंदी थी या ध्वनियों का सुन्दर संयोजन, पर कविता जो कहती थी, उस पर यह औरत सारा जीवन काट सकती थी। मुर्दों के गाँव में किसी को हवा-पानी-धूप से काया सींचने का अर्थ मिल गया था।

भट्ट औरत को अपने सवाल पर चुप न रह जाने के लिए धन्यवाद देना चाहता था, पर औरत रोशनी के घेरे के अन्दर जाकर पूरी प्रकाशित हो गई थी। अब उसमें औरत जैसा कुछ भी न था।

ब्राह्मण और श्वान

के.वी. शंकर अय्यर आज चुप क्यों हैं? गुरुचरण की आँखों में छाये प्रश्न को के.वी. देखकर अनदेखा करते रहे। ''तबीयत ठीक है न आपकी?''—आखिर गुरुचरण ने चुप्पी तोड़ी। के.वी. ने कंधे उचका दिए। इसका मतलब तो यह हुआ कि वे तभी चुप रहते हैं जब बीमार होते हैं। ''कहाँ हो आए तुम इस बार?''—के.वी. ने कुछ चिढ़कर पूछा। मन में आए बिना नहीं रहा कि पट्ठा सपने में आकर बहस करता है, उन पर दक्षिण भारत के गुण गाने का—सेक्टेरियन होने का—आरोप लगाता है और सामने घुग्घू बना रहता है।

''वही दिल्ली। और कहाँ? कम्पनी में कुछ रिस्ट्रक्चरिंग करनी थी। फिर दो दिन पहाड़ हो आया। अच्छा के.वी., आप कुत्तों के किसी अच्छे डॉक्टर को जानते हैं? मेरा मतलब कोई 'वेटिरनरी' को?'—गुरुचरण की बात से के.वी. चौंक उठे। क्या गुरुचरण को उनके श्वान-विद्वेष यानी कुत्तों से चिढ़ के बारे में पता चल गया है और वह जान-बूझकर उनसे यह सवाल कर रहा है? के.वी. के दिमाग में पहाड़ पर बड़े-बड़े कुत्ते पालनेवाला कोई फौजी किस्म का रिटायर आदमी घूम गया, जिसे शायद उन्होंने किसी फिल्म में देखा था। के.वी. का वश चलता तो ऐसी कोई फिल्म तक नहीं देखते, जिसमें कोई कुत्ते पालता हो। अपवित्र जीव! 'अभिष्टु !!'—के.वी. तमिल में बुदबुदाए। जाने कैसे लोग उन्हें अपने घरों में घुसाकर अपने साथ रखते हैं। के.वी. को सिहरन हुई जैसे कोई कुत्ता उन्हें छूकर निकल गया हो। उनकी पत्नी ने आम बंगाली औरतों की तरह एक बार अपने जन्मदिन पर एक सफेद 'पूडल' की फरमाइश कर डाली थी। के.वी. को उस दिन पहली बार अफसोस हुआ था कि उन्होंने कुत्ता पालनेवाली कायस्थ पत्नी के लिए अपने माँ-बाप का दिल तोड़ा।

''क्यों, पहाड़ पर तुमने कुत्ते पाल रखे हैं क्या?''—के.वी. ने अंततः पूछा। ''नहीं, नहीं। राजेश्वरी ने सड़क के दो कुत्ते पाल रखे हैं। उनमें से एक बहुत बीमार

है। उसका इलाज ठीक नहीं बैठ रहा। शायद डॉक्टर बदलने से कुछ हो।'' के.वी. को लगा कि उनके या तो कान खराब हो गए हैं या गुरुचरण का दिमाग। सड़क के कुत्ते? यानी कि स्ट्रीट डॉग्स! इनसे ज्यादा घिनौनी प्रजाति दुनिया में शायद ही जानवरों की होती हो। हाल में पढ़ा था कि बंगलोर या किसी आस-पास के शहर में सड़क के कुत्तों को होलसेल में गोली मारकर इकट्ठे दफना दिया गया, तो मेयर या कॉरपोरेशन के किसी अफसर की बहुत बदनामी हुई थी। के.वी. हालाँकि हिंसा में यकीन नहीं करते, पर कुत्तों को मरवाने पर इतनी हायतोबा क्या करना? बेचारा भला आदमी आपके शहर को साफ-सुथरा और पागल कुत्तों से सुरक्षित ही तो बना रहा था।

के.वी. को याद आया कि बचपन में उनके पिता के चपरासी रामन् को कुत्ते के टाँग में दाँत गड़ा देने से पेट में चौदह इंजेक्शन लेने पड़े थे।

''स्ट्रीट डॉग्स की बात कर रहे हो तुम? तुम्हारे घर के पास कोई कुत्ता बीमार पड़ा है क्या?''—के.वी. ने एहतियात के तौर पर राजेश्वरी देवी का नाम नहीं लिया। 'सेंसेटिव मैटर' पर आम तौर पर वे किसी तरह की बातचीत नहीं करते—भले ही वह मामला राजनीतिक हो या व्यक्तिगत। बोलते-बोलते के.वी. को उनकी गाड़ी से एक टाँग कुचलने पर गला फाड़कर रोता कुत्ता याद आ गया, जिसके प्रायश्चित में यानी कि जिसके एवज में उन्होंने अपाहिजों को मुफ्त में नकली टाँग बाँटने वाली संस्था को दस हजार का 'डोनेशन' दिया था। सड़क पर खजियाए कुत्ते भी उन्हें याद आए, जो न जाने किस-किस तरह की बीमारी फैलाते आवारा घूमते रहते हैं। ऐसे कुत्तों को तो गोली मारकर मुक्ति देना ही पुण्य का काम यानी कि सही काम है।

के.वी. अपने विचारों से धार्मिक शब्दावली जैसे कि 'प्रायश्चित', 'पुण्य' हमेशा एडिट करके निकाल देते हैं। वे जानते हैं कि दो हजार साल से खून में दौड़ती आदतें उनके चाहने से एकबारगी नहीं चली जाएँगी। पर कम-से-कम वे इस तरह की मूर्खतापूर्ण बातें दिमाग से निकाल बाहर करने की इच्छा रखते हैं, यही मुख्य बात है। इस बारे में यदि कोई सन्देह करे—भले ही पत्नी हो या बेटा—उनकी बला से! सोचे जो सोचना चाहे।

''मेरे घर की सड़क का कुत्ता नहीं, राजेश्वरी का पाला हुआ कुत्ता। उसे राजेश्वरी सड़क से उठा लाई थी। इतना बुद्धिमान और वफादार कुत्ता आपको खोजे नहीं मिलेगा''—गुरुचरण की आँखों में एक अलग-सी चमक थी। मानो वह

पहले से जानता हो कि के.वी. पर उसकी बात का क्या असर होगा और उसका अनुमान सौ प्रतिशत सही निकला हो।

"पर राजेश्वरी देवी ने किसी अच्छी नस्ल का कुत्ता क्यों नहीं पाला? सड़क के कुत्ते को न जाने कौन-सी बीमारी हो?"—के.वी. को घिन के मारे उल्टी-सी आने लगी थी। व्हिस्की का स्वाद खराब हो गया था।

"आपको पता नहीं होगा, पर सड़क के कुत्तों को सिखाना-समझाना बहुत आसान होता है। आखिर वे 'स्ट्रीट-स्मार्ट' होते हैं।" गुरुचरण हँसा। के.वी. को गुरुचरण की बात पर जरा भी हँसी नहीं आई। अन्दर-ही-अन्दर वे चौकन्ने जरूर हो गए। गुरुचरण को कभी पहले तो इस तरह कोई बात कहकर हँसते नहीं देखा? पिछले तीन साल से गुरुचरण को जानते हैं। के.वी. को गुरुचरण की कम्पनी ने एक बार 'इमोशनल इंटेलिजेंस' की वर्कशॉप कराने के लिए आमंत्रित किया था। तभी से गुरुचरण उनको प्रायः हफ्ते में दो बार शाम को अपने क्लब में आमंत्रित करता है और बहुत आदर-मान से उनकी बातें सुनता है। अब तो के.वी. को ऐसा लगने लगा है जैसे वे गुरुचरण को तीन नहीं बल्कि तीस साल से जानते हों। गुरुचरण उनकी कही हुई बात को जब, जहाँ, जिस तरह इस्तेमाल करता है, उसके ब्यौरे सारे फायदों सहित के.वी. को पूरी ईमानदारी से बता देता है। फिर अचानक यह नया मिजाज कैसे? सड़क के कुत्तों को स्ट्रीट-स्मार्ट बताकर उनसे मजाक कर रहा है गुरुचरण? मजाक तो बराबरवालों में होता है। आखिर गुरुचरण ने उनसे शिष्य जैसा नाता रखा है। भले ही यह नाता बिना किसी परिभाषा या नाम के हो।

"सच मानिए, मैं मजाक नहीं कर रहा हूँ। यदि हर मकान एक स्ट्रीट डॉग को अपना ले, तो लोग बहुत फायदे में रहेंगे। एक सिक्योरिटी गार्ड पर जितना खर्च आता है, उससे बहुत कम खर्च में वह अधिक वफादारी से काम करेगा। इन्हें सब कुछ सिखाया जा सकता है। बस देखने में उनकी नस्ल कोई साहबी नहीं होती। प्रायः वे 'परियाह' होते हैं या 'मोनग्रेल'।" के.वी. की छठी इन्द्रिय ने उन्हें बता दिया कि गुरुचरण ने उनके मन की बात भाँप ली है कि उसका कुत्तों को स्ट्रीट-स्मार्ट बताकर मजाक करना उन्हें अखर गया है और इसीलिए वह उनकी मानो मिजाजपुरसी कर रहा है।

के.वी. ने तुरन्त अपने को मन-ही-मन फटकार लगाई—कहाँ गई तुम्हारी 'इमोशनल इंटेलिजेंस'? भावना में बहना कभी उनकी फितरत नहीं रही। माँ को फूँककर आकर वे छोटे भाई के साथ तुरन्त क्रिकेट मैच देखने बैठ गए थे। माँ के

जाने का दुख अपनी जगह है, पर उसका सार्वजनिक प्रदर्शन तो उनके परिवार की परंपरा नहीं है। के.वी. कई बार सोचते हैं कि जैसी निर्लिप्तता वे अपने अंदर महसूस करते हैं, वह उनकी अपनी कमाई हुई नहीं है। यह शायद विरासत में मिला ब्राह्मणत्व का सार है। अपनी पत्नी को चिन्ता करते देखते हैं, तो हर बार निराश होते हैं। बिना रुके बोलती जाती है—ऐसा हो गया। वैसा हो गया। अब क्या होगा। मैं रात भर सोई नहीं। वगैरह, वगैरह। ऊपर से यह भी—तुम तो कुछ बोलते नहीं। तुम तो पत्थर हो, पत्थर। तुम्हारे ऊपर किसी बात का कोई असर होता है? तुमसे अपनी तकलीफें बताना तो दीवार से सिर भिड़ाना है।

के.वी. की निगाह में ऊँचाई वहाँ है जहाँ आदमी बड़ी-से-बड़ी तकलीफ सहन कर ले, पर उसके चेहरे से कोई कुछ जान न पाए। यह बड़ी तपस्या है। हर कोई नहीं कर सकता। मिसेज सुन्दरम् की किस बुरी कदर दिल्ली में हत्या हुई थी। हत्यारों ने उनके शरीर पर हर वक्त रहनेवाले दसों किलो सोने को निकालने के लिए उनके टुकड़े-टुकड़े कर डाले। कान के हीरे के तोड़े निकालने के लिए कान काट डाले। लेकिन मिस्टर सुन्दरम् ने न सिर्फ अपने आँसू निकलने दिए, बल्कि सबको इत्तिला कर दी थी कि वे एक भी ऊँची आवाज की रुलाई नहीं सुनना चाहते हैं। सबको मालूम है कि सुन्दरम् अपनी पत्नी से किस कदर प्रेम करते थे। सोने से उन्हें ऊपर से नीचे तक लाद रखा था। हर तरह के खर्च में कटौती करते। कंजूसी की हद तक चले जाते, पर सोना खरीदने से कभी पत्नी को मना नहीं किया। बैठने के लिए घर में कुर्सियाँ तक नहीं खरीदी थीं, पर घर की एकमात्र कुर्सी पर श्रीमती सुन्दरम् ऊपर से नीचे तक हीरे-सोने से लदी बैठी जगमगाती रहती थीं। मानो साक्षात् लक्ष्मी बैठी हों।

ऐसी प्यारी पत्नी की इस कदर नृशंस हत्या होने पर भी और जाने कितने किलो सोने की डकैती हो जाने पर भी सुन्दरम् पूरी गरिमा से एकदम शांत बैठे रहे थे। सफेद-काले बालों और काले फ्रेम के चश्मे से सजा उनका व्यक्तित्व जैसा शानदार है, वह उन दुख के क्षणों में भी वैसा-का-वैसा रहा था। तब के.वी. के मन में आया था कि अपने अंदर छिपे बैठे ब्राह्मणत्व को वे कितना ही धिक्कार लें, पर यह संयम किसी गैर-ब्राह्मण के लिए संभव नहीं है।

के.वी. आज मात खा गए। गुरुचरण से शिष्य जैसे किसी भाव की अपेक्षा क्यों कर बैठे? ऊपर से गुरुचरण ने उनके मन की बात भाँप ली कि उसका मजाक करना उन्हें रास नहीं आया है। हर आदमी दुनिया में अपना मालिक है। वे क्या कोई

सौ साल पहले के गाँव के पुरोहित हैं, जो हर आदमी के जीवन में दखलन्दाजी करता था? जो तय करता था कि किसको क्या पहनना है, किसके साथ शादी करनी है, किसके साथ खाना है, कुत्ते-बिल्ली को पालना है या नहीं। इन सब मसलों पर के.वी. अपने इकलौते बेटे तक को कुछ बतलाने-समझाने को राजी नहीं हैं। पत्नी से अक्सर इस बात पर झड़प हो जाती है कि बेटे पर ध्यान क्यों नहीं देते। फिर गुरुचरण से उन्होंने कैसे कोई उम्मीद कर ली? के.वी. जानते हैं कि उनका ब्राह्मणत्व का संस्कार उन्हें यूरोप के आदमी या सच कहिए, तो अंग्रेजों जैसा संयत और स्वायत्त बनाता है। अपनी जिन्दगी खुद जियो, अपनी गलतियाँ खुद करो, दंड खुद भोगो, अपनी सफलताओं के लिए खुद को हकदार समझो और दूसरों के जीवन में ताक-झाँक मत करो। के.वी. को किसी से क्या मतलब है? कर्म का सिद्धांत वे अपने पिता की तरह तो नहीं मानते, जिन्हें लगता था कि एक अय्यर ब्राह्मण के रूप में जन्म लेना ही सिद्ध करता है कि उन्होंने पिछले जन्म में सारे अच्छे कर्म किए हैं। या कि एक अय्यर ब्राह्मण हमेशा सही होता है और जो कुछ भी करता है, वही सही होता है।

खुदा खैर करे, के.वी. शंकर अय्यर इस तरह की जाति से जुड़ी किंवदंतियों के भ्रम से अपने को बचा के निकाल लाये हैं।

उनके लिए ब्राह्मण वही है जो विचार के लिए जी रहा है। जिसके लिए उसका दिमाग उसकी सबसे बड़ी पूँजी है। शूद्र शब्द का वे व्यवहार जरूर करते रहते हैं, पर वहाँ भी उनका आशय जन्म से मिली जाति से नहीं है, बल्कि गंदे रहने की आदतों और बोलने-खाने में असंयम और अतिरेक बरतने से होता है। पत्नी को आज तक यह बात समझा नहीं पाए। अरे, तुमसे क्या शादी की होती यदि तुम्हें शूद्र समझता? कभी किसी बात पर बहुत गुस्सा होकर कह बैठती है—हाँ, मैं शूद्र हूँ, शूद्र थी और शूद्र ही रहना चाहती हूँ। तुम कर लो, जो तुम्हें करना है। अब पत्नी से कौन बहस करे। कहीं बाताबाती में औरतों की नासमझी की आदत पर कुछ कह बैठे, तो और मुसीबत खड़ी हो जाएगी। पत्नी तुरन्त स्त्रीवाद का झंडा उठाकर चालू हो जाएगी कि वर्जीनिया वुल्फ ने इस बारे में क्या लिखा है और जरमेन ग्रीयर क्या कह गई है।

यों तो यह सच है कि इस देश में आदमी लाख कोशिश कर ले, अपनी जाति से किसी की मुक्ति नहीं है। और तो और, अपने-अपने प्रांत को ही लेकर कितनी गुटबाजी है। सौरभ गंगोपाध्याय को क्रिकेट टीम से हटाया, तो बंगालियों ने कितना

हो-हल्ला मचाया। इस मामले में तो दक्षिण भारत ही ठीक है कि कृष्णमाचारी श्रीकान्त को कैप्टन नहीं बनाने और टीम से हमेशा के लिए हटा देने पर भी किसी ने अपनी आँखें तक नहीं तरेरीं। के.वी. को सौ प्रतिशत यकीन हो चला कि गुरुचरण सोच रहा है कि ब्राह्मण और कुत्ते का क्या मेल हो सकता है? इसीलिए उनसे कुत्तों के डॉक्टर के बारे में पूछ रहा है। अपने ही अन्दर शायद खुश हो रहा हो कि के.वी. शंकर अय्यर को उसने आखिरकार एक ब्राह्मण प्रमाणित कर दिया है।

के.वी. मन-ही-मन हँसे। गुरुचरण को शायद ही मालूम हो कि उनके कई रिश्तेदारों ने कुत्तों में ब्राह्मण की तरह प्रतिष्ठित नस्ल के 'राजापालयम्' कुत्ते पाल रखे हैं। ये शिकारी कुत्ते अपनी सारी पुरानी आदतें भूलकर दूध-भात खाकर उनके घरों में रहते हैं। वेजिटेरियन ब्राह्मणों के वेजिटेरियन कुत्ते। उन्होंने कहा–"मुझे तो खैर कुत्तों से डर लगता है, लेकिन मेरे मामा के लड़के ने चार कुत्ते पाल रखे हैं–दो एलसेशियन हैं, दो राजापालयम् शिकारी पोलिगर कुत्ते हैं। सब अपने मालिक की तरह शाकाहारी हैं। सड़क के कुत्तों के प्रति दया दिखाना तो बहुत ऊँची बात है, बशर्ते कि आप कुत्तों के साथ रह सकते हों। अब सड़क के सारे भिखारियों के बच्चों को हर आदमी गोद ले ले, तो क्या उनकी जिन्दगी नहीं बन जाएगी?"

गुरुचरण के चेहरे पर से एक छाया आकर गुजर गई। अचानक के.वी. को लगने लगा कि वे क्या मन-ही-मन बेकार की बातें पका रहे हैं। हो सकता है कि गुरुचरण वैसा कुछ नहीं सोच रहा हो, जैसा कि उन्हें लग रहा है। हो सकता है कि वह राजेश्वरी देवी के प्यारे स्ट्रीट डॉग के लिए वाकई इतना परेशान हो कि उनसे कुत्ते के डॉक्टर का ठिकाना पूछ बैठा हो। सचमुच आदमी का दिमाग अपने-आप से ही कितना कुतर्क करता है। कभी कुछ सोचता है तो कभी कुछ और। मनुष्य वाकई प्रकृति की सबसे 'इररेशनल' यानी कि तर्कविहीन रचना है। विज्ञान में तत्व मिलकर एक जैसी पृष्ठभूमि में हमेशा एक ही रिजल्ट देते हैं जबकि आदमी हर बार एक नई तरह से प्रतिक्रिया करता है। के.वी. के पिता कितने निराश हुए थे जब उन्होंने बिरादरी के बाकी लोगों की तरह न विज्ञान की पढ़ाई की, न गणित या एकांउटेंसी की तरफ ध्यान लगाया। एक तरह से के.वी. ने वकालत की पढ़ाई में नाम लिखाकर पिता सहित अपने सारे रिश्तेदारों-परिचितों का सिर नीचा किया था। शायद उनका दिमाग विज्ञान के लायक था ही नहीं।

के.वी. गुरुचरण के प्रति सदाशय हो उठे। गुरुचरण का चेहरा देखकर उन्हें

लगने लगा कि सड़क के भिखारियों के बच्चों को गोद लेनेवाली बात ने उसे परेशान कर दिया है। ''अच्छा बताइये, क्या आप सचमुच सोचते हैं कि हमारे देश की तरक्की का मतलब यह होगा कि गरीबी की रेखा के नीचे के छब्बीस प्रतिशत लोगों का पेट भरने लायक हम हो जाएँगे? छब्बीस प्रतिशत यानी कि तीस करोड़ लोग। इतने सारे लोगों की जिन्दगी कैसे बनेगी, जो सड़क के कुत्तों जैसी ही जिन्दगी जी रहे हैं?''—गुरुचरण ने पुराने तरीके से बहुत गंभीर होकर के.बी. के सामने सवाल रख दिया, जैसे कि वह जानता हो कि के.वी. के पास इस सवाल का जवाब होगा ही होगा। के.वी. का हजारों साल पुराना खून जाग उठा। हो सकता है कि गुरुचरण से यह सवाल उसकी कम्पनी के विदेशी हेडक्वार्टर से आए किसी गोरे ने पूछ लिया हो, और गुरुचरण बगलें झाँकने लगा हो।

''देखो, इस देश की 'रिस्ट्रक्चरिंग' या पुनर्गठन करना है, तो कुछ लोग हारेंगे, कुछ लोग जीतेंगे। हारनेवाले प्रायः वही होंगे जो पुराने जमाने से फायदे उठाते रहे हैं। पुराने उद्योगपतियों को अब विदेशी कम्पनियों की क्वालिटी से होड़ लेनी पड़ेगी। किसानों को सस्ते दामों पर सरकार से जो पानी, बिजली, खाद मिलती आई थी, वह सब्सिडी बंद हो जाएगी। सरकारी दफ्तरों और फैक्टरियों में जो लोग बिना कुछ काम-धाम किए मक्खियाँ मारते बैठे थे और देश पर बोझ बने हुए थे, उनकी नौकरियों की कोई गारंटी नहीं रहेगी। तुम यह जान लो गुरुचरण कि गरीबों का सवाल उठानेवाले दरअसल आर्थिक सुधार के मुद्दे को भटकाना चाहते हैं। देश के ऊपरी पन्द्रह प्रतिशत लोग अपनी जिन्दगी खुद चला सकते हैं। देश के सबसे निचले पन्द्रह प्रतिशत लोगों को जरूर सरकार को बैठकर खिलाना होगा। पर सुधारों का लक्ष्य तो बीच की सत्तर प्रतिशत जनता है। यही मिडिल क्लास है। अब हमारे देश में यही मिडिल क्लास सब कुछ करेगा।''

के.वी. ने संतोष से देखा कि गुरुचरण पहले की तरह मुँह बाए उनकी बातें सोख रहा था। ये विदेशी लोग बड़े जालिम हैं। उन्हें क्या इस देश की भूखी-नंगी जनता को खिलाने-पहनाने की चिन्ता है, जो ये सब सवाल उठाते हैं? उन्हें तो सिर्फ अपना माल सस्ते में बनवाने की फिक्र है, क्योंकि उनके अपने देश में लगभग मुफ्त में माल बनानेवाले गुलाम कहाँ मिलेंगे? या फिर अपना माल यहाँ के पच्चीस करोड़ मिडिल क्लास लोगों में खपाने की फिक्र है। एक तरफ पश्चिम के बड़े-बड़े ब्रांड-गैप, पोलो, टॉमी हिलफिगर, मार्क्स एंड स्पेंसर अपना सारा माल इंडिया की फैक्टरियों में सस्ते में बनवा रहे हैं, तो दूसरी तरफ लेवी, सोनी, बासकिन

राबिंस जैसे ब्रांड जीन्स और टी.वी. से लेकर आइसक्रीम तक महानगरों के बड़े-बड़े शॉपिंग मॉलों से बेच रहे हैं। पर बात जब करेंगे तो गरीबी रेखा के नीचे रहनेवाले लोगों की या फिर 'चाइल्ड लेबर' की। के.वी. को पता है कि गुरुचरण का पाला अक्सर अपनी मल्टीनेशनल कम्पनी के गोरे साहबों से पड़ता है। बेचारा! उन लोगों की मक्कारी को तो एकदम खाँटी स्टैटिसटिक्स यानी कि आँकड़ों से ही दुरुस्त करना पड़ेगा।

''देखो गुरुचरण इस बात में कोई संदेह नहीं है कि अन्ततः आर्थिक सुधार का फायदा गरीबों को होगा। आखिर यह 'विकास' का रास्ता है। ज्यादा नौकरियाँ होंगी, रुपये का दाम गिरना कम होगा, सामान सस्ता मिलेगा, सेवाओं में ज्यादा लोगों के काम की गुंजाइश होगी। अभी जो पब्लिक सेक्टर और अमीर किसान देश का खून चूस रहे हैं, वह पैसा गरीबों के काम में लगाया जा सकेगा। उनके लिए मुफ्त स्कूल और अस्पताल खोले जा सकेंगे। पूरा देश एक दिन खुशहाल होगा। इसमें जरा भी शक नहीं है। एक दिन फिर यहाँ डाल-डाल पर सोने की चिड़िया बसेरा करेगी''—के.वी. अचानक चुप हो गए। उन्हें अपने अंदर कुछ उठता हुआ-सा महसूस हुआ जो उनके गले तक आकर रुक गया। खुद का इस तरह भावुक हो उठना के.वी. को निहायत बुरा लगा। चुप होते ही उन्हें यह भी याद आया कि उनका प्रण था कि आज वे बिना कुछ बोले सिर्फ गुरुचरण की बातें सुनेंगे। हर तरह के मुद्दे पर उसकी राय जानेंगे। सपने की बात जिसमें गुरुचरण उनसे बेवजह बहस कर रहा था, वैसे वे भूल चुके थे और याद आती भी तो उसे फिलहाल अपने दिमाग की एक खुराफात से ज्यादा महत्त्व नहीं देते। पर फिर भी!

''तुम बोलो, तुम क्या सोचते हो?''—के.वी. ने अपना गला खंखारते हुए कहा। ''नहीं, मैं तो कुछ खास सोच नहीं पा रहा हूँ। आपकी बातें हमेशा की तरह इतनी पारदर्शी हैं कि आदमी एक बार में हर चीज के आर-पार देख लेता है। दरअसल मेरा दिमाग रह-रहकर राजेश्वरी के बीमार कुत्ते की ओर चला जाता है। आपको पता है, उसका नाम भी बिल्लू है। मेरे बचपन में हमेशा घर के आस-पास एक काला ऊदबिलाव घूमता था, जिसका नाम मैंने बिल्लू रख रखा था। उससे मेरी ऐसी दोस्ती थी कि मैं एक सीटी बजाता, तो वह हाजिर हो जाता। मुझे खोजते मेरे स्कूल के इलाके में पहुँच जाता। एक दिन वह एक ट्रक के नीचे आकर मर गया। मैंने तीन दिन तक खाना नहीं खाया।''—गुरुचरण ने पहली बार अपने बचपन के बारे में कोई बात बताई।

के.वी. हक्के-बक्के हो सुनते रहे। गुरुचरण ने पहला पेग भी पूरा नहीं पीया था। ऐसे अलटप्पू बातें कैसे कर रहा है? शायद राजेश्वरी के घर से एकाध चढ़ाकर आया हो। या फिर हो सकता है कि इसे राजेश्वरी से ही बेहद प्यार हो, जिसके कारण यह इस तरह बहक रहा है। कुत्ते का नाम बिल्लू और काला ऊदबिलाव! के.वी. को कल्पना में बिल्लू नाम का एक काला कुत्ता दिखाई पड़ा। शायद मृत्यु के देवता यम का ऐसा ही वाहन है। के.वी. को याद आया कि माँ हर शनिवार को उनके हाथ से काले कुत्ते को रोटी दिलवाती थी क्योंकि बचपन में हर शनिवार को उनको चोट लग जाती या वे बीमार पड़ जाते थे। राजेश्वरी देवी जैसी राजसी महिला इस तरह सड़क के एक काले कुत्ते को अपने घर में रखकर पाले, यह के.वी. के किसी तरह गले नहीं उतर रहा था। उन्होंने निश्चय किया कि आज इस मामले को जानकर ही दम लेंगे। गुरुचरण से आज स्ट्रीट डॉग्स पर ही बात करेंगे। देखें कि इस बहाने गुरुचरण उन्हें राजेश्वरी के बारे में क्या-क्या बताता है।

“यह बिल्लू कितने साल का है? क्या वह बहुत होशियार है?”—के.वी. की आँखों में वैसा पैनापन आ गया था, जैसा किसी जूनियर को बहुत चालाकी से बात उगलवाते समय आ जाता था। यह उनका प्रिय खेल था। साम-दाम-दंड-भेद से कैसे किस आदमी को वश में करना है या एक मोहरे की तरह इस्तेमाल करना है, इसमें कोई चाणक्य भी उनकी बराबरी नहीं कर सकता था।

“अरे, बस पूछिए मत। एक आदमी जितनी बातें समझता है, उससे ज्यादा हमारा बिल्लू समझ लेता है। उसे तुरन्त समझ में आ जाता है कि मैं और राजेश्वरी अकेले रहना चाहते हैं। बस उसके बाद तो उसकी शैतानी देखने लायक होती है। वह क्या-क्या हथकंडे करता है कि हम उसे बाहर न निकाल दें। सोने की एक्टिंग करेगा, मुँह लटकाकर ऐसे बैठ जाएगा जैसे कि किसी बात का कितना दुख हो। उसका ‘सेंस ऑफ ह्यूमर’ भी गजब है। उसे पता है कि दूधवाला उससे डरता है। उसके आने के वक्त छिपकर बैठेगा और दूधवाला दूध रखकर जैसे ही निश्चिन्त होकर अपनी साइकिल पर बैठा, कि पीछे से उसकी धोती मुँह से पकड़ लेगा। एक बार तो हमने उसे एकदम आदमियों की तरह एक आँख मारकर हँसते देखा था...”

के.वी. का माथा चकराने लगा। आजतक गुरुचरण ने इतनी लंबी बातचीत उनसे नहीं की थी। आज बोल भी रहा था तो एक सड़क के कुत्ते पर। राजेश्वरी के साथ वह अकेले क्यों और कब रहना चाहता है, इस पर उसने कोई प्रकाश नहीं

डाला था। उफ्, मैं भी अपनी पत्नी की तरह दूसरों के मामलों में ताक-झाँक करने लगा हूँ—के.वी. को अचानक ध्यान आया। देश के बारे में ऊँची-ऊँची बातों से गुरुचरण ने सीधे उनको सड़क के कुत्ते पर ला पटका था। दिस इज टू मच! के.वी. ने देखा कि गुरुचरण ने दूसरा पेग भर लिया था। अब उनके पास कोई उपाय नहीं था कि गुरुचरण का ध्यान कुत्ते से हटाकर कहीं और लगाएँ।

''अच्छा गुरुचरण, तुम क्या पहाड़ पर किसी के साथ गए थे या अकेले गए थे?''—के.वी. को यही सूझा कि वे कुत्तों से उसका ध्यान हटाने के लिए पहाड़ पर लगा दें। आखिर वे गुरुचरण के बारे में कुछ खास जानते भी तो नहीं हैं। हो सकता है कि उसका जन्म उसी पहाड़ पर हुआ हो और वहीं उसका ऊदबिलाव ट्रक के नीचे आया हो। के.वी. ने अपनी सीमित जानकारी के आधार पर कल्पना की।

''हाँ, मेरा एक मित्र है न भट्ट, उसी के साथ गया था''—गुरुचरण फिर चुप हो गया। के.वी. को खीझ हुई कि वह आगे खुद न बोलकर उनके अगले प्रश्न का इंतजार कर रहा था। उन्हें यह भी लगा कि कुत्ते के 'सेंस ऑफ ह्यूमर' होने की बात को वे शराब की करामात समझ रहे थे, पर गुरुचरण तो पूरे कंट्रोल में था। न राजेश्वरी के बारे में उसने कुछ बताया और न भट्ट के बारे में बता रहा था। ''अच्छा, यह भट्ट कहाँ रहता है और क्या करता है?''—के.वी. ने धीरज से पूछा। ''अरे क्या बताऊँ आपको कि वह कहाँ रहता है? इस देश का कोई ऐसा महानगर तो छोड़िए, छोटा शहर भी उसने बाकी नहीं छोड़ा है। कोई ऐसा काम नहीं है, जो उसने नहीं किया होगा। आए दिन शहर बदलता है। आए दिन नौकरी बदलता है।''—गुरुचरण की आँखों में भट्ट नाम के इस जीव के लिए प्रशंसा का भाव देखकर के.वी. हैरान हुए। कुछ तो इसलिए कि गुरुचरण खुद तो अनादि काल से एक ही कम्पनी में टिका हुआ था और कुछ इसलिए कि खुद उनकी हर डेढ़ साल में नौकरी बदलने की 'इच' या खुजली से गुरुचरण बहुत उत्साहित नहीं दिखता था।

''देखो, अगर कोई शख्स बेहतर काम या बेहतर तनख्वाह के लिए नौकरी बदलता है, तब तो ठीक है। लेकिन अगर कोई बेवजह नौकरी छोड़ देता है या छोटी-मोटी बातों से परेशान होकर नौकरियाँ बदलता रहता है, तब तो उसी में गड़बड़ है। मेरा दोस्त है न, रंगनाथन। एकदम सनकी है। जब-तब नौकरी छोड़कर बेकार घूमता रहता है और लोगों से कहता रहता है, यार मेरे लायक कोई जॉब हो तो बताना। अरे, कोई बताए तो सही कि तुमने पिछली नौकरी बिना छोड़े नई नौकरी क्यों नहीं खोजी? अभी तो यह बड़ी समस्या है कि एक कम्पनी दो साल

की तनख्वाह खर्च कर एक आदमी को काम करना सिखाती है, और आदमी मौका पाते ही उड़नछू हो लेता है–'' के.वी. को मालूम है कि उनके एक क्लायंट के कॉल सेन्टर में 'एट्रीशन रेट' या काम छोड़कर जानेवालों का स्तर सौ प्रतिशत से भी ऊपर हो गया है। बेचारा अपना सिर पीट रहा है कि आधे लोगों के काम पर न आने से कैसे रातों-रात काम करके अमेरिकावालों के बच्चों का होम-वर्क करवाए। बच्चों को तो अगले दिन सुबह नींद खुलने के पहले अपना काम पूरा चाहिए। देर होने से तो वे बेमुरव्वत लोग दूसरा कॉल-सेन्टर पकड़ लेंगे।

''अच्छा, आपका दोस्त रंगनाथन इन दिनों क्या कर रहा है? उसके बार-बार नौकरियाँ बदलने की वजह?''–गुरुचरण बातों को फिर घुमाकर हमेशा की तरह उसी मोड़ पर ले आया था, जहाँ प्रश्न वह पूछता था और उत्तर के.वी. शंकर अय्यर देते थे। ''अरे छोड़ो, उस रंगनाथन की बात मत करो। इतना तेज दिमागवाला, ऐसा बुद्धिमान आदमी इस तरह से अपने को बरबाद करे, मेरी समझ के बाहर है''–के.वी. की नाराजगी उनके चेहरे से छलक रही थी। ''उसके जैसा अव्यावहारिक इनसान इस धरती पर खोजे से नहीं मिलेगा। कोई अपनी मुसीबत का रोना रो दे, बस अपना सारा काम-धाम छोड़कर उसके पीछे लग जाएगा। सबके मामलों में पंचायती करेगा। अपने खुद के काम के लिए समय कहाँ से निकले? दुनिया चलाने के सही गुर उसकी समझ में सिर्फ उसके पास है–चाहे फिल्टर कॉफी बनानी हो, चाहे किसी लड़की को शादी कर लेनी चाहिए या नहीं, चाहे उसकी बीबी को दिल्लीवालों की तरह चावल छोड़कर रोटी खानी चाहिए या नहीं–हर मामले में उसके पक्के विचार हैं जिन्हें सबको बाँटता फिरता है। कोई चाहे न चाहे, अपने को थोपता रहेगा। नौकरी रहेगी कैसे? अभी तो किसी अमेरिकन कम्पनी की 'मैरिज थैरेपी' का नुस्खा बाँटता सारे देश में घूम रहा है। ऐसा काम दिमागी तौर पर कोई दिवालिया ही कर सकता है। अपनी शादी तो बचाओ यार, फिर दूसरों की फिक्र करना–मैंने तो सलाह दे डाली इस बार। तुम्हारी मिसेज तुमसे बेहद नाराज है–कह दिया मैंने।''

के.वी. चुप होकर सोचने लगे कि उन्हें गुरुचरण को इतने विस्तार से अपने दोस्त के बारे में बताने की कोई जरूरत नहीं थी। कभी रंगनाथन को पता चल गया तो उसका दिल टूट जाएगा। एक वे ही तो उसके दोस्त बचे हैं। बाकी तो सब खिसक लिए। वह भी एक जमाना था जब वे और रंगनाथन एक इंडियन कम्पनी के बनाए हुए देशी कैलकुलेटर दिल्ली में बेचा करते थे। मार्केटिंग का उनका पहला

अनुभव तो वही था। वकालत की पढ़ाई करने के बाद जब वकालत में मन नहीं लग रहा था, तब रंगनाथन ने ही रास्ता सुझाया था। सच पूछा जाय तो रंगनाथन का अहसान भूल नहीं सकते। पाँच साल पहले जब के.वी. ने 'इंडियन स्काई शॉप' के नाम से एक टी.वी. के चैनल के लिए मार्केटिंग शुरू की थी, तो रंगनाथन के निकाले हुए कितने नुस्खे उन्होंने काम में लिए थे। है तो बेचारा जीनियस, पर असफल जीनियस को कौन पूछता है?

गुरुचरण कुछ सोच में डूबा दिख रहा था, जैसे इंतजार कर रहा हो कि के.वी. कुछ और बताएँ। के.वी. ने कहा—"हाँ, तो तुम भट्ट के बारे में बताओ न। वह अभी किस शहर में है और क्या काम कर रहा है?"

"उसके पिता कलकत्ते में रहते हैं। वह अभी तक तो चेन्नई में एक एडवरटाइजिंग कम्पनी में था। अब वापस कलकत्ते लौट गया है। आप तो चेन्नई जाते रहते हैं। वहाँ कुछ महीने पहले 'एम्बर डिपार्टमेंटल स्टोर' का जो एक दिन में पाँच करोड़ का सेल हुआ था, आपको पता है?"—के.वी. ने गरदन हिलाकर हामी भरी।

गुरुचरण ने जाने के लिए खड़े होते हुए कहा—"उसके पीछे भट्ट का दिमाग था। ही मास्टरमाइंडेड द होल थिंग!"

पानी, पानी, कितना पानी...

भट्ट आलस में पड़ा था। दो दिन हो गए पहाड़ से कलकत्ता लौटे, पर अभी तक यात्रा की थकान नहीं उतरी। पहले तो ऐसा कभी नहीं हुआ। यह शायद जिन्दगी का जताने का तरीका है कि उम्र बढ़ने के साथ वह सब-कुछ तुम्हारे साथ भी होगा, जो अब तक तुमसे बड़ों के साथ होता रहा था। भट्ट ने फिर आँखें मूँद लीं। बाहर से सींक झाड़ू से घर के बाहर की पक्की जगह धोई जा रही है। झाड़ू की सींकों को धरती से रगड़ने की आवाज आती चार-पाँच बार, फिर झाड़ू को जमीन पर ठोंकने की आवाज एक दूसरा सुर पैदा करती। झाड़ू में चिपकी पानी की बूँदें झर जातीं और फिर वापस झाड़ू को रगड़ने की आवाज आने लगती।

भट्ट को लगा कि मनसा चौकीदार की पन्द्रह-सोलह साल की बीबी पहाड़ के गेस्ट-हाऊस से नीचे उतरती पत्थर की सीढ़ियों पर जमे बारिश के पानी को झाड़ रही है। बीच-बीच में वह चकित हिरनी की तरह रुक जाती है। लंबी साँस लेने के लिए या फिर इधर-उधर कुछ ताकने के लिए। शायद उसे मनसा ही कहीं कुछ करता दिख रहा हो। उसके बाद जब वह फिर झाड़ना शुरू करती है, तो उसकी पाँव की पायल का हल्का-सा सुर सुनता है जो फिर झाड़ू के सुर में खो जाता है। भट्ट को बचपन से किसी को झाड़ू से कूड़ा बुहारते देखना बहुत अच्छा लगता। इतना कि उसका ध्यान एकदम झाड़ू में ऐसे लगा रहता जैसे कोई जादू का खेल दिखा रहा हो। 'कि जे देखछो'—बचपन में बूढ़ी दाई हरिदासी कहती। माँ से कहती कि तुम्हारा 'छेले' एकदम 'पागोल' है—और कुछ नहीं, तो जब तक वह झाड़ू देती है, वहाँ से हिलता ही नहीं।

गुरु से उसने एकदम शुरू के दिनों में पूछा था—"अच्छा बताओ कि ध्यान क्या है।" गुरु उस समय पहली बार कलकत्ता आया था। पहली बार यानी भट्ट का उससे परिचय होने के बाद पहली बार। उसने देखा था कि गुरु कभी भी कहीं भी—खासकर सुबह बिस्तर से उठते ही—आँखें मूँद कर चुपचाप बैठ जाता है। भट्ट

जानना चाहता था कि वह किस तरह का ध्यान करता है। गुरु ने उसका प्रश्न सुनकर उसे गौर से एक क्षण देखा और बोला–''ध्यान क्या है? ध्यान ध्यान है। अगर तुम्हारा ध्यान कहीं एक जगह टिक गया और दूसरी तरफ नहीं गया, तो वही ध्यान है।'' भट्ट को उसके जवाब से बहुत निराशा हुई थी। ध्यान का साधारण अर्थ वह क्या नहीं जानता था, जो गुरु उसे इस तरह बेवकूफ बना रहा है? उसी तरह जैसे उसने पहाड़ों से नीचे आते वक्त बस-स्टैंड पर गाँव की एक बूढ़ी औरत को बनाया था।

वह बूढ़ी शायद उन लोगों के पीछे खड़ी उनकी बातें सुन रही थी। उसने न जाने कितना क्या समझा, यह तो पता नहीं। पर गुरु शब्द तो उसके कान में जरूर पड़ा होगा। बस के आने का वक्त हो ही रहा था क्योंकि पहले पहाड़ के घुमाव पर बस आती दिख गई थी। अचानक उस बूढ़ी ने अपने झुर्रीदार हाथों से गुरु का हाथ पकड़ लिया था–''अरे गुरु! मेरे कान में मन्तर फूँक। जल्दी कर। बखत नहीं है।'' गुरु ने कहा ''माई...।'' बुढ़िया ने उसका हाथ हिलाकर कहा–''जल्दी कर। मैं निगुरी मरी, तो मुकति नहीं मिलेगी। अब ज्यादा बखत नहीं है।'' गुरु ने तब बुढ़िया के चाँदी की बड़ी बालियों से नीचे लटक आए बड़े-बड़े छेदवाले कानों के पास अपना मुँह ले जाकर जाने क्या मन्तर फूँका। बुढ़िया ने डबडबाई आँखों से उसे आठ आने का सिक्का थमाकर उसके पाँव छू लिए। इतने में धड़धड़ करती पहाड़ी बस आई और वे दोनों अपना सामान लेकर उस पर सवार हो गए। बस चली तो बुढ़िया नीचे खड़ी हाथ हिलाती हुई दिखी। फिर दृश्य बदल गया।

गुरु आठ आने का सिक्का उसे दिखाकर हँस रहा था। भट्ट को गुरु पर पहली बार गुस्सा आया। यह क्या? हर बात पर हँसना। ''क्यों किया तुमने ऐसा?''–उसने मुँह फुलाकर पूछा।

''क्या किया? उस बूढ़ी माई ने मुझसे कुछ माँगा। मैंने दे दिया। उसे नहीं देना क्या सही होता? अब वह यह विश्वास लेकर मरेगी कि उसे मुक्ति मिलेगी, क्योंकि वह निगुरी नहीं मरी।''

''क्या मंत्र फूँका ?''–भट्ट ने ढीले पड़ते हुए पूछा।

''तुम्हें भी चाहिए? पैसे लगेंगे''–कहकर गुरु ने ठहाका लगाया।

कमरे की तरफ आते कदमों की आहट सुनकर भट्ट ने बेचैनी से करवट बदल ली।

उसने दरवाजे की तरफ पीठ कर ली थी क्योंकि उसे पता था कि उसकी पत्नी अभी कमरे में आकर आलमारी खोलेगी। उसमें से पैसे निकालकर बाहर आँगन में झाड़ू लगाती मेहतरानी को देगी और उस पर अहसान जताते हुए कहेगी कि उसने पिछले दो बार की छुट्टियों के पैसे नहीं काटे हैं। इसी बीच वह कमरे में घुसने और निकलने के दौरान उसको इस तरह दिन-दहाड़े यानी सुबह दस बजे बिस्तर में पड़े हुए देखकर थोड़ा दुख मनाएगी, थोड़ा क्रोध उसके अदर कुलबुलाएगा और फिर वह ढेर सारी सहानुभूति से भरकर सोचेगी कि सब भाग्य का फेर है। इतने काबिल इनसान के लिए ही जिस देश में काम न हो, उस देश का कैसे भला होगा। फिर वह अपने नसीब को धन्यवाद देगी कि उसके ससुर के रहते या उनके जाने के बाद भी उन लोगों के जीवन में कम-से-कम पैसों के लिए तो कोई दुख नहीं लिखा है। उसके दिमाग में एक क्षण के लिए अपने ससुर की गणेश-लक्ष्मीजी की न जाने सौ-दो सौ-चार सौ—कितने साल पुरानी मूर्तियों के सामने धूप-बत्ती खेते रहने की तस्वीर आ जाएगी, जब उनकी पचास साल पुरानी क्यूरियो की दुकान की टिकटिक करती हर घड़ी उस समय ठीक सुबह के दस बजा रही होगी।

भट्ट अपनी पत्नी के दिमाग में चलनेवाली हर बात को पहले से जानता था और कभी ऐसा नहीं हुआ कि पत्नी की किसी बात पर वह चौंक उठा हो। शायद दुनिया में ज्यादातर लोगों के दिमाग पहले से बने हुए रास्तों से ही बार-बार गुजरते हैं—उन्हीं बातों पर वे उसी तरह खुश होते हैं, उसी तरह नाराज होते हैं, उसी तरह उनकी आँखों में आँसू डबडबा आते हैं और उसी तरह उनके दिल में ऐसी तमन्ना पैदा होती है कि सामने वाले के लिए जाने क्या कर डालें। आखिर भट्ट लोगों की पढ़ने की इसी काबिलियत के चलते मद्रास की उस एडवरटाइजिंग एजेन्सी में इतने कम समय में इतना ऊँचा उठा था। एजेन्सी के पास इतना काम आ गया था कि कम-से-कम एक साल तक उन लोगों के पास मरने की फुरसत नहीं थी। घरेलू सामान बनानेवाली ब्रेड और साबुन की कम्पनी हो या गाड़ी, स्कूटर बनानेवाली कम्पनी या हीरे-मोती के गहनेवाली हों या बेहतरीन साड़ी की दुकानें—सबको अपने लिए 'मिरैकल एडवरटाइजिंग कम्पनी' की सेवाएँ चाहिए थीं। शहर के सबसे बड़े अखबार ने एक रपट छापी थी कि किस तरह एक विज्ञापन 'ओनली टीयर्स फ्रॉम एल्सवेयर' से शहर के दो सबसे बड़े डिपार्टमेंटल स्टोर्स में से एक की बिक्री ने आज तक के सारे रिकॉर्ड तोड़ दिए थे। विज्ञापन में सजीला लोकप्रिय फिल्मी हीरो रविकान्त शानदार सूट पहने हुए था और एक पीली साड़ी वाली

सुन्दरी के आँसुओं को, जो मोती में बदल रहे थे, एक पीले छींट के टिशू पेपर में इकट्ठे कर अपने सूट की जेब में डाल रहा था और उसी जेब से एक शानदार मोतियों की माला निकालकर सुन्दरी को पहना रहा था। विज्ञापन के अनुसार सभी चीजें—मोतियों की माला, सूट, जूते-चप्पल, साड़ी और टिशू पेपर एक छत के नीचे 'एम्बर डिपार्टमेंटल स्टोर' में उपलब्ध थे, सिर्फ आँसू कहीं और जाने पर ही आ सकते थे—'ओनली टीयर्स फ्रॉम एल्सवेयर'।

भट्ट, उसकी पत्नी और उनके दस साल के इकलौते बेटे अमन ने, जो उस समय गर्मियों की छुट्टियों में होस्टल से घर आया हुआ था, बड़ी उत्सुकता से वह पूरी रपट पढ़ी थी। रपट में कहीं भट्ट का नाम नहीं था। उसके बॉस ने, जो कम्पनी का मालिक था, बिना कुछ साफ कहे एक तरह से यह कहा था कि वह विज्ञापन उसी के दिमाग की उपज था। भट्ट को मालूम था कि अखबार का संपादक उसकी कम्पनी के मालिक का पुराना दोस्त था और यह रपट एक तरह से एडवरटाइजिंग कम्पनी का अपना विज्ञापन ही थी। पर रपट पढ़कर उसके अन्दर से खट्टे पानी की एक हिलोर उठकर मुँह तक आ गई थी। वह जानता था कि आज जब वह दफ्तर जाएगा, तो बॉस उससे या तो आँखें चुराएगा या उसे अपने चेम्बर में बुलाकर सीनाजोरी से हँसते हुए वह रपट पढ़ने के लिए कहेगा। शायद यह भी कह डालेगा कि देखो, तुम्हारी एक आइडिया ने कम्पनी को कहाँ से कहाँ पहुँचा दिया। वह सच बोलेगा, पर अकेले में।

भट्ट को लगा था कि वह बॉस की कोई भी हरकत बर्दाश्त नहीं कर सकता। उसने पत्नी को घर उठाने के लिए यानी सामान बाँधकर हर बार की तरह ट्रकों में लदवाने के लिए और ट्रैवल एजेन्ट को फोन कर रेल के टिकटों की व्यवस्था करने के लिए कह दिया था। बाद में उसने गौर से अपने बेटे अमन के चेहरे को देखा था कि कहीं वह हताश तो नहीं हो रहा। आखिर अब वह इतना छोटा भी नहीं रहा कि हर बार अपने माँ-बाप से एक नए शहर के नए घर में मिलकर नए सिरे से खुश हो। पर उसने अमन के चेहरे पर निश्चिंतता देखी थी। तो यह भी मेरी तरह जानता है कि इसकी स्कूल की सालाना फीस इसके दादा की दुकान से ठीक पहुँच जाएगी। भट्ट को मालूम था कि उसके पिता उसके सोच को जान लेते तो यही सोचते कि वह दुनिया की तमाम शर्म-हया को पचा कर हजम कर चुका है।

भट्ट को पैसों के मामले में कभी कोई दुविधा नहीं थी कि वह अपने को खुदगर्ज या बेशर्म समझता। उसने अपनी जरूरतें बहुत कम कर रखी थीं और पिता

से पैसे लेने में उसे कभी संकोच नहीं हुआ। उसे पता था कि पिताजी चाहते थे कि उनसे पैसे लेने की मजबूरी पर वह शर्मिन्दा हो ताकि जब-तब चलते-चलते वह नौकरी छोड़ने का फैसला न कर डाले। पर भट्ट को यह मंजूर नहीं था कि वह चन्द रुपयों के लिए किसी की गुलामी करे। यदि पिता की दुकान उसे अपनी मर्जी से जीने की आजादी देती थी, तो उसके लिए यह आजादी किसी की उसके बारे में राय से ज्यादा महत्त्वपूर्ण थी। उसे मालूम था कि पिताजी को वह अपनी बात कभी नहीं समझा सकता—खासकर इसलिए भी कि पिताजी ने बचपन से उसे हमेशा हर चीज में फर्स्ट आने के लिए हाँका था और उन्हें समझ में नहीं आता था कि उनका गोल्ड-मेडलिस्ट बेटा स्कूल-कॉलेज में फिसड्डी रहनेवाले लड़कों से जिन्दगी की दौड़ में कैसे पीछे रह गया?

"सुविधाओं के लिए पैसा जरूरी होता है—जैसे कि समझ लो कि इस पहाड़ की यात्रा करना।"—गुरु ने कहा था, "इस अर्थ में पैसा सुविधा भी है, आनन्द भी है, पर जीवन का असली मकसद तो इसके लिए छोड़ा नहीं जा सकता। अब बस यही ढूँढना बाकी रहा कि जिन्दगी का असली मकसद आखिर है क्या!"—गुरु ने आदतन एक मजाक की तरह अपनी बात को खत्म किया था। गुरु का काम अपने ढेर सारे मित्रों की मदद से चलता था, यह भट्ट को मालूम था। भट्ट की तरह उसके पिता शायद नहीं थे जिनसे वह रुपया लेता।

गुरु की पिछली जिन्दगी के बारे में भट्ट कुछ खास नहीं जान पाया था। इस बारे में समय-समय पर बातचीत के कुछ टुकड़े मिले थे, पर उन्हें जोड़कर कोई मुकम्मल तस्वीर नहीं बनती थी। देश की किसी नामी-गिरामी संस्था से विज्ञान की पढ़ाई करके गुरु ने एक नौकरी की थी। पर फिर उसका यह विश्वास ही उठ गया था कि उस नौकरी से या अपनी पढ़ाई से वह दुनिया का कुछ भला कर सकता है। दुनिया को उजाड़नेवाले हथियारों को बनानेवालों या धरती की हवा-पानी-मिट्टी को नष्ट करनेवालों के साथ वह नहीं होना चाहता था। "तुम्हें पता है दुनिया में अब तक जितने वैज्ञानिक हुए हैं या हैं, उनमें से पचास प्रतिशत सिर्फ हथियारों की रिसर्च में लगे रहे हैं"—गुरु ने उसे बताया था। तबसे शायद उसने न कभी नौकरी ढूँढ़ी थी और न एक धेला कमाया था। गुरु का जन्म कहाँ हुआ, उसके माँ-बाप क्या करते थे या क्या करते हैं, उसके भाई-बहन हैं क्या—वगैरह-वगैरह प्रश्नों को गुरु हमेशा हँसकर टाल देता। वह अपने बारे में कोई बात शुरू ही नहीं होने देता।

पहली बार गुरु कलकत्ते आया तो किसी बड़ी कम्पनी के गेस्ट हाउस में

अलीपुर में ठहरा। इस कम्पनी में उसका कोई दोस्त काम करता था। अगले दिन सुबह सैर पर जाना तय हुआ। पहाड़ पर गुरु के साथ रोज मीलों चलने की यादें भट्ट में कलकत्ते की सपाट जमीन के प्रति उदासीनता पैदा करती थीं। फिर भी गुरु का मन रखने के लिए वह सुबह की सैर के लिए मुँह अँधेरे ही गुरु के पास पहुँच गया। "विक्टोरिया का मैदान तो मेरे पिताजी के कब्जे में है, उसके अलावा और कहीं भी सैर कर सकते हैं"—उसने गुरु से साफ कह डाला। वह यह खतरा नहीं उठाना चाहता था कि पिताजी गुरु को उसके साथ देख लें। "और कहाँ घूमा जा सकता है?"—गुरु के पूछने पर भट्ट ने हार्टिकल्चर गार्डन, नेशनल लाइब्रेरी, गंगा किनारे आऊटराम घाट और चिड़ियाघर तक गिना डाला था। "कोई ऐसी जगह है जहाँ कोई हद न हो मतलब कोई बाऊंड्री न हो और जहाँ बार-बार घूम-घूमकर उसी जगह न लौट आना पड़ता हो?"—गुरु ने पूछा। भट्ट हँस पड़ा—ऐसी जगह एक बड़े शहर में कहाँ मिलेगी? "एक बार सॉल्ट लेक सिटी की तरफ चलो। मैंने नक्शे में देखा था कि बसे हुए नए शहर के पास बहुत खुली जगह है"—गुरु की किताबी जानकारी पर मन ही मन हँसते हुए भट्ट ने गाड़ी को साल्ट लेक की तरफ मोड़ दिया था। कलकत्ते में पैदा होकर क्या उसे नहीं मालूम कि सॉल्ट लेक के 'वेटलैण्ड्स' यानी पानी की भेरियों और तालाबों को सुखाकर पूरा शहर बस गया है। अब वहाँ ऐसा कौन-सा खुलापन बचा होगा जहाँ बिना किसी सीमा में बँधे मुक्त होकर घूमा जा सके?

गुरु ने सॉल्ट लेक सिटी में घुसने के पहले रास्ते से दाहिने प्रवेश कर 'नलबन' की विशाल जलराशि पार करने के बाद उसे फिर पहली गली से दाहिने लेने के लिए कहा। अपनी जेब से गुरु ने अपना नक्शा निकाल लिया था और उसके मुताबिक भट्ट को दिशा बता रहा था। सीधे चलते-चलते गाड़ी का रास्ता खत्म हो गया और वे दोनों वहीं गाड़ी रोककर उतर गए। सामने बड़े-बड़े तालाब या भेरियाँ फैली हुई थीं और एक-दो आदमी चल सकें, इस तरह की टेढ़ी-मेढ़ी पगडंडियाँ उन भेरियों को एक-दूसरे से अलग करती थीं। वे लोग जहाँ उतरे थे, उसके नजदीक बरगद के एक बड़े पेड़ के नीचे एक छोटा-सा मंदिर था। चारों तरफ एक भी आदमी नजर नहीं आ रहा था, सिर्फ चिड़ियों का चहचहाना सुनाई पड़ रहा था। दूर से एक गाय के डकारने की आवाज सुनी, तो देखा कि पगडंडी पर चलती हुई एक गाय दो भेरियों के बीच से आ रही है। भट्ट और गुरु के कदम अपने आप एक साथ उस पगडंडी की ओर बढ़ गए जैसे कि गाय ने उन्हें रास्ता दिखा दिया हो।

भट्ट ने शुरू में चलते हुए हल्का-सा दिशा का भान रखने की कोशिश की। दाएँ-बाएँ, सीधे—बाएँ-दाएँ। फिर धीरे-धीरे उसे पता नहीं रहा कि वे लोग किधर जा रहे हैं और वापस उस जगह कैसे लौटेंगे जहाँ उन्होंने अपनी गाड़ी छोड़ दी थी। कोई रास्ता नहीं था और न ही कोई दिशा थी जिस पर चलना था। न ही कहीं पहुँचना था। बस चलते रहना था। आधे घंटे तक चलने के बाद भट्ट को पैरों में हल्का दर्द महसूस हुआ, पर उसके बाद उसे न अपने शरीर का ध्यान रहा और न दर्द का। चारों तरफ पानी ही पानी था। एक पानी से दूसरे पानी तक चलना था, यदि ऐसा कोई कह सके। कहीं जलकुंभी के नीले मोरपंखी फूल एक पगडंडी को दूसरी पगडंडी से अलग करते थे, तो कहीं कोई वृक्ष जो पानी पर झुककर उसे छू लेना चाहता था। एक तालाब के परे दूसरी पगडंडी के परे दूसरा तालाब था, जिसके परे फिर तीसरे-चौथे तालाब फैले थे। उन्हें पगडंडी पर दोनों तरफ हरियाली के बीच साइकिल पर बड़े-बड़े भगौनों में मछलियाँ ले जाते लोग मिले। कहीं-कहीं छोटे-छोटे आठ-दस घरों के गाँव भी मिलते गए। बाकी दाएँ-बाएँ शान्त पानी का विस्तार था जिसमें कोई मछली साँस लेने ऊपर आकर गोलाकार तरंगें छोड़ जाती। मैना और गौरैयों के झुंड उनके नजदीक आने पर पंख फड़फड़ाकर उड़ जाते। कहीं सफेद बगुलों या जलपक्षियों का झुंड एक कतार में पानी के कुछ ही ऊपर उड़ता चला जाता। कहीं चलती हुई गाय या बैल के पीछे एक सफेद बगुला चलता हुआ नजर आता, जो खुरों से उखड़ी मिट्टी से कीड़े खाता चलता। कोई औरत कहीं कौतूहल भरी आँखों से उन्हें देखती हुई अपना काम छोड़ रुक जाती।

यह पानी के साथ चलना था या बिना किसी रास्ते चलना या बिना किसी दिशा-लक्ष्य के चलना, भट्ट को नहीं मालूम, पर उसे लगा जैसे उसका शरीर मानो है ही नहीं। उसके पास सिर्फ दो आँखें हैं जो इस नीरव शान्त जल-प्रसार से कुछ सोख कर उसकी आत्मा तक पहुँचा रही हैं। अचानक हल्की-सी बूँदें आकाश से झरकर उसकी पलकों पर बैठने लगीं। इतनी महीन बारिश भट्ट ने पहले कभी नहीं देखी थी। उसने गुरु की ओर देखा, तो गुरु की पलकों पर उसी तरह बूँदें बैठी थीं। वे दोनों बेबात हँस पड़े। शायद गुरु भी उसकी आँखों को देखकर ही हँसा था। अचानक वे एक नहर के पास जा पहुँचे जो इतनी चौड़ी थी कि उसे बिना नौका के पार नहीं किया जा सकता था। वे उसके किनारे-किनारे चलते गए। धीरे-धीरे जाड़े की धुंध बढ़ने लगी। आगे एक गाँव का हाट-बाजार लगा था। उन्होंने उसी धुंध में देखा कि बड़ी-बड़ी नौकाओं पर लोग अपनी साइकिलों सहित सवार हो रहे हैं और

सभी लोग खड़े-खड़े नौका से नहर पार कर रहे हैं। वे दोनों भी एक नौका पर चढ़ गए। मुश्किल से दो मिनट में वे धुंध से ढ़की नहर के उस पार थे और नाविक सबसे चवन्नी लेकर उन्हें उतरने दे रहा था। गुरु ने हँसते हुए अपनी जेब से अठन्नी निकाली और नाविक को दे दी। भट्ट भी इस तरह हँसा जैसे कोई बहुत हँसने की बात हो। पानी के इस अद्‌भुत साम्राज्य में धरती बहुत कम थी और नाविक की मेहरबानी से वे फिर पगडंडियों के नए प्रदेश में आ गए थे।

इस तरफ थोड़ी दूर जाने पर उन्होंने देखा कि पगडंडियों के दोनों तरफ तालाबों की जगह धान और सब्जियों के खेत फैले हैं। भट्ट को याद आया कि जदु बाबू के बाजार में वह जिस सब्जीवाले से सब्जी खरीदता था वह कल ही कह रहा था, "लीजिए बाबू, यह कोई धापा की गोभी नहीं है जो देखने में जितनी बड़ी और सुन्दर है, खाने में उतनी ही फीकी। इसके पूरे दाम लगेंगे।" अच्छा, तो कलकत्ते शहर के सारे कूड़े को पचाकर जो सब्जियाँ उगती हैं, यह वही धापा का इलाका है। भट्ट ने देखा था कि एयरपोर्ट जाने वाली नई सड़क के किनारे मूली, गोभी और भुट्टे बिक्री करने गाँव के लोग बैठने लगे थे और कई गाड़ियाँ वहाँ सब्जी खरीदने रुक जाती थीं। उसने गौर से देखा तो उसके पाँव-तले पगडंडी पर उसे नीले-लाल-गुलाबी प्लास्टिक की थैलियों के चिंदे भी नजर आ गए। शहर का कूड़ा पचासों सालों से यहाँ फेंका जाता है और शायद उसी से तालाब भरकर खेत बना लिए गए थे। उसे मन-ही-मन थोड़ी कोफ्त हुई कि कहाँ कूड़े के प्रदेश में वे लोग घूम रहे हैं। पर खेतों की हरियाली इतनी खुशनुमा हरी थी कि उसे लगा कि उसका खयाल काफी बेवकूफाना है।

खेतों की पगडंडियों पर चलते-चलते भट्ट ने घड़ी देखी। तो वे लोग डेढ़ घंटे से घूम रहे थे। जाड़े की धूप में हल्की-सी गर्मी थी जो बहुत सुहानी लग रही थी। उसकी गाड़ी न जाने कितनी दूर है और वे लोग आखिर कितना और चलकर गाड़ी तक पहुँचेंगे, यह खयाल आते ही भट्ट की चाल धीमी हो गई। उसे अचानक दोनों कूल्हों में दर्द महसूस होने लगा और उसे लगा कि अब किसी हालत में वह और नहीं चल सकता। "कितने किलोमीटर चले होंगे हम लोग?"—उसने गुरु से रुककर पूछा। "हम जिस चाल से चल रहे हैं, उससे हम बीस मिनट में दो किलोमीटर चल रहे होंगे यानी यही कोई दस किलोमीटर। और क्या?" गुरु भी रुक गया था। "देखो, वहाँ देखो"—गुरु ने तभी कहा। भट्ट ने कुछ उदासीन भाव से गरदन घुमाई। वह देखकर दंग रह गया कि एक बड़े तालाब के बीचोंबीच एक छोटा

वृक्षों से घिरा टापू था। एक-एक डाल पर बड़े-बड़े सारस जैसे सफेद-काले इतने पक्षी बैठे थे कि उनमें से जब एक उड़कर कहीं और बैठता, तभी समझ में आता था कि वह पूरा टापू पक्षियों से ढँका है। ''साइबेरिया या मध्य एशिया से आए पक्षी हैं''—गुरु ने बताया। ''ओह''—भट्ट ने कहा। उसकी पूरी चेतना एक अद्‌भुत विस्मय से सराबोर हो गई। उसे याद आया कि अमन ने बचपन में जब पहली बार चिड़ियाघर में जिराफ देखा था, तो वह किसी तरह जिराफ के सामने से हट नहीं रहा था। भट्ट की सारी थकान गायब हो गई और वह टकटकी बाँधे नीले आकाश को झलकाते तालाब में उस हरे टापू को देखता रहा, जिसके पंख ऐसे फड़फड़ा रहे थे जैसे वह उड़ने ही वाला हो। ''यह भारत का सबसे बड़ा 'वेटलैण्ड' है। पिछली सदी में बंगाल की खाड़ी का पानी ज्वार के समय इस दलदल में भर जाया करता था जिसमें मछलियाँ पाली जाती थीं। बाद में नदी की गहराई कम हो जाने से पानी आना बंद हो गया। अब करीब सत्तर सालों से कलकत्ते का सारा गंदा पानी यहाँ आता है। प्रकृति की किडनी यानी धूप और जल-पौधे इसे इतना शुद्ध कर देते हैं कि इसमें मछलियाँ ख़ूब मजे से पाली जाती हैं''—गुरु ने कहा।

भट्ट अवाक् खड़ा जल के उस विशाल प्रसार को देखता रहा। गंदा, अशुद्ध, मैला, बदबूदार जैसे शब्द उसके अंदर एक जुगुप्सा पैदा कर रहे थे, जिसका आँखों से दिखते स्वर्ग जैसे रम्य दृश्य से कहीं ताल-मेल नहीं था। ''क्यों, क्या यह जान लेने पर कि यह शहर का गंदा पानी है, अब सुन्दर, उतना सुन्दर नहीं लग रहा?''—गुरु ने हमेशा की तरह उसके मन को भाँप लिया था। ''जानते हो लद्दाख में एक लामा ने बताया था कि आदमी का दिमाग एक दिन में चौरासी करोड़ बार विचारों की उधेड़बुन करता है। इसलिए कोई खास बात नहीं है कि अभी तुम क्या सोच रहे हो।'' तभी चिड़ियों का एक झुंड पंख फड़फड़ाकर पूर्व दिशा की ओर उड़ गया। धुंध से ढके सूरज का हल्का सफेद गोला, उड़ते पक्षी, चारों तरफ हरियाली से घिरे पानी के फैलाव और पानी में खड़ी हुई बत्तख पालने की बाँस की झोपड़ियों ने भट्ट को एकबारगी जकड़ लिया। आज तक उसने प्रकृति के साथ ऐसा तादात्म्य महसूस नहीं किया था, हालाँकि कश्मीर से लेकर कन्याकुमारी तक वह घूम चुका था। उन सब यात्राओं में दुनिया की सुन्दरता को देखने के लिए योजनाएँ बनाई गई थीं, समय और धन खर्च किया गया था। इस घूमने में न कोई योजना थी, न कुछ पाने की उम्मीद। जो दिख रहा था, उसमें कुछ खास ऐसा भी नहीं था, जिसे कोई अद्‌भुत सुन्दर कह सके। एक तरह से देखा जाय, तो यह बंगाल में हर जगह दिख

सकने वाला प्रकृति का मामूली और आम रूप था। पर भट्ट को लग रहा था कि इससे सुन्दर और कुछ क्या हो सकता है। उसने गुरु की तरफ देखा। गुरु ने कहा– "जबसे याद कर रहा हूँ, पर याद नहीं आ रहा। वाह क्या कहा है न किसी ने–"हद छोड़ बेहद गया..." भट्ट समझ गया। यही बेहदी थी, जो इस घूमने को, इस देखने को खास बनाती थी–यह बिना रास्ते का रास्ता और अचानक कहीं कुछ ऐसा दिख जाना, जिसकी कल्पना नहीं की गई थी।

"देखो, तुम्हारी गाड़ी"–गुरु की बात से चौंककर भट्ट ने देखा कि दूर सड़क पर धुंध से ढकी उसकी गाड़ी दिख रही थी। इसका मतलब कि वे लोग कहीं से कहीं जाकर भी वापस वहीं लौट आए थे जहाँ से वे चले थे। ठीक वैसे ही जैसे भट्ट हर बार एक शहर छोड़कर वापस कलकत्ता लौट आता था।

दुनिया है मुट्ठी में

के.वी. शंकर अय्यर के लिए सफलता की हर गाथा एक क्लासिक किताब है। उसे पढ़ना उनके लिए उतना ही जरूरी है जितना उनकी माँ के लिए रामायण और भागवत को बाँचना था। दुनिया के तमाम सफल लोगों के जीवन के कहानी-किस्से उन्हें मुँहजबानी याद हैं भले ही वह बिल गेट्स हो या रूपर्ट मरडॉक। देशी लोगों की कहानियाँ अलबत्ता वे तभी सुनना-सुनाना पसंद करते हैं, जबकि मुख्य किरदार उनका खुद का हो। किसी भट्ट का नहीं जिसे कोई नहीं जानता।

मद्रास के 'एम्बर डिपार्टमेन्टल स्टोर' का एक दिन में पाँच करोड़ रुपये का 'सेल' कर लेना के.वी. अय्यर के लिए एक बिजली के झटके से कम नहीं था। इसका एक कारण यह भी था कि 'एम्बर' वालों ने अपनी मार्केटिंग के लिए उन्हें ऑफर भेजा था, पर के.वी. उन दिनों 'इंडियन स्काई शॉप' से पूरे देश को एक-से-एक अद्भुत चीजें अनोखे दामों में बेच रहे थे। भारतवर्ष के दूर-दराज के कोनों से आनेवाले चेक और ड्राफ्ट की जाँच कर ऑर्डर का सामान भेजने के लिए उन्हें अपने डिपार्टमेन्ट में रोज दस नौकरियाँ बढ़ानी पड़ रही थीं। 'स्काई शॉप' की सफलता से के.वी. खुद 'स्काई' में उड़ रहे थे और उन्होंने 'एम्बर' जैसे छुटभैयों पर ध्यान देना तक अपनी शान के खिलाफ समझा था।

'एम्बर' के सेल की सफलता का के.वी. ने बहुत बारीकी से अध्ययन किया था। 'ओनली टीयर्स फ्रॉम एल्सवेयर' के पीछे बेशक वह दिमाग था जो यह जानता था कि तनख्वाहें बढ़ने से बहुत से लोगों के पास पैसा हो गया है और वे चीजें ऐसे दामों में खरीदना चाहते हैं कि उनके पड़ोसी को उनसे जलन हो। ऐसा न हो कि पड़ोसी सस्ते में सामान खरीद लाए और अपनी खून-पसीने की कमाई को अपनी बेवकूफी से लुटते देख उनके आँसू न थमें। रोए पड़ोसी, भला वे क्यों रोएँ?

दक्षिण भारत और दुनिया में फैले तमाम तमिलभाषी लोगों का चहेता हीरो रविकान्त उस दिन तीस साल का हुआ था। अपने जन्मदिन पर वह स्टोर में मास्क

लगाए वही शानदार सूट पहने मौजूद रहेगा, जिसका विज्ञापन पूरे शहर भर में लगा हुआ था और हर अखबार में पूरे पृष्ठ पर फैला हुआ था। लेकिन ठीक वही सूट पहने दुकान में कम-से-कम पचास मास्कधारी और होंगे। रविकान्त ने अपनी चाहनेवाली जनता के लिए यह डिसकाउंट सेल रखा था, क्योंकि उसके जन्मदिन पर ढेर सारी कम्पनियों ने बिलकुल लागत दामों पर—जो कि कई बार चालू दामों से 70 प्रतिशत से भी कम थे—अपनी चीजें 'एम्बर डिपार्टमेन्टल स्टोर' को दे दी थीं। रविकान्त चाहता था कि उसके जन्मदिन पर वह अपने हर चाहनेवाले को खुशी दे। हर आदमी हँसे और उसके लिए दुआएँ माँगे। रविकान्त नहीं चाहता था कि कोई भी आदमी उसके जन्मदिन पर एक आँसू भी गिराए कि उसे अपनी मनपसंद चीज सही दाम पर नहीं मिली। यह बात रविकान्त हर टी.वी. चैनल और रेडियो से बोल रहा था। उसकी बातों में सच्चाई और चेहरे पर मासूमियत थी। अगर वह झूठा है, तो इस कलियुग की दुनिया में आखिर कौन सच्चा होगा?

रविकान्त के जन्मदिन पर सुबह सात बजे से लोग 'एम्बर डिपार्टमेन्टल स्टोर' के बाहर बीबी-बच्चों सहित लाइन लगाकर खड़े हो गए थे, जैसे तिरुपति बालाजी के दर्शन के लिए खड़े हों। दस बजे स्टोर खुलने तक दस हजार लोगों की भीड़ को काबू लाने के लिए शहर की पुलिस के जत्थे के जत्थे आ गए। उन दस हजार लोगों के अंदर घुसते-घुसते उतने ही लोग स्टोर के बाहर सड़क पर लाइन लगाए धीरज से खड़े थे, जैसे कि रात-रात भर तिरुपति के गर्भगृह में घुसने के लिए खड़े रहते हैं। टी.वी., मोबाइल फोन और डीवीडी प्लेयर से लेकर सोफासेट, कुर्सियाँ तक स्टोर से ऐसे साफ हो रही थीं, जैसे कि वे भारी छूट पर न मिलकर मुफ्त में बाँटी जा रही हों। लोगों के चेहरे भारी भीड़ के कारण एयरकंडिशनिंग के फेल हो जाने से पसीने और खुशी से चमक रहे थे। रविकान्त उन्हें स्वर्ग की कामधेनु या कल्पतरु की तरह मिल गया था और अब उनकी कोई इच्छा बाकी नहीं रहनेवाली थी। बासमती चावल तक एक पैकेट खरीदने पर दो पैकेट दिया जा रहा था। लोग हैरान थे। लोग अचम्भे में थे। लोग विश्वास नहीं कर पा रहे थे कि वे सपना नहीं देख रहे हैं।

सबसे अधिक बिकी थीं मोती की मालाएँ। पूरे शहर के मोती उस दिन एक उसी स्टोर से बिक गए थे। सोने की सेटों पर कोई गढ़ने की कीमत न होने के कारण स्टोर से लोग किलो के भाव में सोने की सेटें खरीद ले गए थे। ऐसा लग रहा था कि अब पूरा शहर रविकान्त का पहना हुआ शानदार सूट खरीदकर ही मानेगा। हर आदमी वही सूट माँग रहा था। दोपहर के तीन बजे स्टोर इसलिए बंद कर देना पड़ा

था क्योंकि स्टोर का सारा माल खत्म हो गया था और बेचने के लिए कुछ बाकी नहीं बचा था। वंचित लोगों के आँसू रोकने के लिए स्टोर का सेल अगले दो दिन तक जारी रखने का फैसला रविकान्त की आवाज में स्टोर के बाहर, रेडियो और टी.वी. से प्रसारित किया जा रहा था। पाँच करोड़ की रिकॉर्ड-तोड़ बिक्री ने स्टोर के मालिक टी.एस.एस. राजन और 'मिरैकल एडवरटाइजिंग' के 'यंग' मालिक रवि श्रीनिवासन का नाम हमेशा के लिए देश के आर्थिक इतिहास में दर्ज करवा दिया था।

के.वी. शंकर अय्यर को गुरुचरण के यह कहते ही कि उसके मित्र भट्ट ने 'ओनली टीयर्स फ्रॉम एल्सवेयर' को 'मास्टरमाइंड' किया था, भट्ट का पूरा इतिहास-भूगोल-मनोविज्ञान समझ में आ गया था। इस तरह के सौ से अधिक मूर्खों से उनका मार्केटिंग के अपने लम्बे अनुभव में पाला पड़ा था, जिनकी प्रतिभा ही उन्हें ले डूबती है। ये सारे जीनियस दुनिया की जमीनी हकीकत से कोसों दूर रहनेवाले जीव थे। वे हमेशा इस मुगालते में रहते थे कि उनके बिना यह दुनिया डूबकर पाताल में समा जाएगी। एडवरटाइजिंग की दुनिया में तो खासकर हर तीसरा आदमी ऐसा ही मूर्ख होता है। उसे भ्रम होता है कि वह एक ऐसा नायाब हीरा है, जिसका जोड़ दुनिया में दूसरा नहीं है। वह उस क्षण के लिए अधीर होता है कि कब दुनिया यह सच जान पाएगी। वह बेसब्री से उस दिन का इंतजार करता हुआ अपने ज्ञान और प्रतिभा के टुकड़े दुनिया के आगे फेंकता रहता है।

के.वी. को मालूम है कि पीठ पीछे उनके बारे में लोग कहते हैं कि वे दूसरे लोगों के 'टेलेन्ट' की सीढ़ियों पर यहाँ तक पहुँचे हैं। इसका कारण सिर्फ इतना है कि इस देश में लोग इतना तक नहीं समझते कि हर सफलता एक टीम वर्क का नतीजा होती है, पर टीम का लीडर खाली एक आदमी होता है। आखिर ''फर्स्ट अमंग इक्वल्स'' का जुमला यूँ ही तो नहीं चला है—सरकार में सभी मंत्री बराबर होते हैं, पर प्रधानमंत्री बराबरी में सबसे आगे होता है।

सब लोगों में कोई सब तरह की प्रतिभा थोड़े ही होती है। हीरे को तराशकर जो दुनिया के सामने लाता है, पैसा तो वही कमाता है। धरती के पेट्रोल का पता लगानेवाले वैज्ञानिकों को अपनी तनख्वाह से ज्यादा क्या मिलता है? और तो और भुजिये-नमकीन की दुकान चलाकर करोड़ों में खेल रहा हल्दीराम भुजियावाला क्या भुजिया खुद बनाना जानता है? के.वी. को इस बात में कोई शक नहीं था कि ये चार शब्द 'ओनली टीयर्स फ्रॉम एल्सवेयर' किसी और ने नहीं, गुरुचरण के

दोस्त भट्ट के दिमाग से निकले होंगे पर क्या पाँच करोड़ का सेल सिर्फ इन चार शब्दों का नतीजा था? ऐसा सोचना तो दुनिया में बेवकूफी की बड़ी से बड़ी मिसाल के अलावा कुछ नहीं हो सकता। भट्ट अपने आपको उस ग्रीक देवता एटलस की तरह समझ रहा है जो पूरी पृथ्वी को अपने कंधों पर ढो रहा है।

भट्ट के दिमाग को खोलने और समझने के अपने पुराने शौक में के.वी. डूब गए। शहर-शहर में तरह-तरह की नौकरियाँ करनेवाला पढ़ा-लिखा खानदानी बुद्धिमान आदमी। उम्र कितनी होगी? पैंतालीस से पचास के बीच होनी चाहिए। कलकत्ते में पिता रहते हैं, तब वहीं पढ़ाई की होगी। जहाँ तक है, कुमायूँ का ब्राह्मण होना चाहिए। मालवी या कन्नड़ ब्राह्मण भी हो सकता है। वैसे बंगाली भट्टाचार्य भी हो सकता है। बंगालियों को अपने बारे में ऊँची धारणाएँ पालने का सबसे ज्यादा शौक है। अपनी प्रतिभा के बारे में सबसे ज्यादा आत्म-भ्रम उन्हीं को है क्योंकि उनके पास टैगोर और अब अमर्त्य सेन हैं।

पक्का मिडिल क्लास होगा यह भट्ट! के.वी. को इस बारे में बिना उसे जाने ही विश्वास था। इसीलिए अपने तबके के लोगों को जानता होगा कि वे कब और क्यों रोते हैं और रोना कितना नापसंद करते हैं। एक छत के नीचे सारा सामान एक ही स्टोर में मिल जाएगा और वह भी सिर्फ एक दिन के लिए ऐसे दामों पर, जिसकी किसी ने कल्पना नहीं की होगी। यह बात कहलवाई चहेते हीरो रविकान्त से, जो अपने जन्मदिन पर सबको खुशी बाँटना चाहता है। लोग 'डिसट्रेस' सेल या मुसीबत में सस्ते दामों में माल सलटाने की खबर फैलाकर बड़े-बड़े सेल करते आए हैं। कोई दिवालिया हो गया, कोई दुकान उठाकर कहीं और जा रहा है—ये सारे कारण भीड़ को खींचकर ले आते हैं जो इस मौके का फायदा उठाना चाहती है। पर यहाँ 'मिरैकल एडवरटाइजिंग' ने एक खुशी के मौके पर एक पॉपुलर हीरो का जन्मदिन मनाने के लिए लोगों का फायदा कराने की बात की।

लोग बहुत खुश हुए क्योंकि अब तक उन्हें आफत पड़ने पर छूट देनेवालों पर काफी सन्देह होने लगा है। लोग नहीं चाहते कि उनके पड़ोसी उन्हें इस तरह के घटिया सस्ते सामान खरीदते और पहनते देखें, जो किसी की खुशियों की चिता से उठाए गए हैं। 'एम्बर डिपार्टमेन्टल स्टोर' में रविकान्त के जन्मदिन में शामिल होने में किसी त्योहार या उत्सव की उमंग है। ऊपर से एयरकंडीशंड स्टोर के नीले थैले लटकाए घूमने का सुख अलग। यह शहरी मेला है—सब सज-धजकर खरीदारी करने चलो। फिर महीनों तक एक-दूसरे को बताओ कि कितने कम दाम में इस

'ब्रांड' का टी.वी. या वाशिंग मशीन खरीदी और सामनेवाले के चेहरे का रंग उड़ते देखो।

दक्षिण के लोगों की भी समझ है इस भट्ट को! क्या पता वह कन्नड़ ब्राह्मण ही हो। यों तो कौन नहीं जानता कि एक आम दक्षिण भारतीय के लिए उसका हीरो कोई इष्ट देवता से कम नहीं है। वोट उसी को देते आए हैं। बड़ी-बड़ी मालाएँ बनाकर उनके दस फुट ऊँचे कट-आऊट को पहनाते आए हैं। रविकान्त यदि इस योजना में नहीं होता, तो क्या पाँच करोड़ का सेल हो सकता था? जयललिता के एम.जी.आर. की अनब्याही पत्नी और ब्राह्मण होने को भी लोग भूल गए, वरना क्या वह कभी तमिलनाडु की मुख्य मंत्री बन सकती थी? फिल्मों की महिमा है यह भाई, किन्हीं चार शब्दों के जुमले की नहीं।

के.वी. से ज़्यादा भट्ट जैसे लोगों को कोई नहीं जानता। एक छोटी सी तरकीब क्या निकाल लेंगे, बस उन्हें लगेगा कि सफलता का सेहरा उनके ही सिर बाँध दिया जाये। अखबारों में उनकी तस्वीरें निकलें। जब देखेंगे कि उनकी पीठ थपथपाकर बॉस आगे बढ़ गया है, तो बस गुस्से से उबलने लगेंगे। तुरन्त अपना त्याग-पत्र लिखेंगे और बॉस के मुँह पर दे मारेंगे। उसके बाद ऑफिस से बाहर निकलकर गर्व से सीना फुलाकर चलेंगे कि देखो, मुझसे बढ़कर कौन है। मेरा क्या गया, बॉस पछताएगा जब उसे अगली बार मेरी जरूरत होगी। नुकसान उसका है, मेरा नहीं। बाद में भले ही घरवालों के जूते खाने पड़ें या नौकरी खोजते-खोजते हर महीने जूते का तला नुक्कड़ के मोची से बदलवाना पड़े।

के.वी. को यह भी मालूम है कि भट्ट जैसे लोगों के पास वह बड़ी समझ नहीं होती जिससे वे पूरी वास्तविकता को देख सकें या दूर की सोच सकें। 'ओनली टीयर्स फ्रॉम एल्सवेयर' के पीछे लोगों के मन के लालच, डर और ईर्ष्या को भुनाने और साथ ही फिल्मस्टारों के प्रति उनके खिंचाव का फायदा उठाने की होशियारी जरूर है, पर भट्ट जैसा कोई होशियार मूर्ख ही इस सफलता के लिए खुद को हकदार मान सकता है। दरअसल तो इस सफलता के पीछे इंडिया का वह ऐतिहासिक मोड़ है जहाँ इतने लोग इस पैमाने पर खरीदारी की हैसियत रखने लगे हैं।

भट्ट को शायद ही वह सब मालूम हो जो के.वी. शंकर अय्यर छह महीने पहले ' बिजनेस लाइन' में छपे अपने लेख में लिख चुके हैं। अभी तक भारत छोटे-छोटे करोड़ों 'दुकानदारों का देश' था। प्रायः इन दुकानों को बाप-दादों के जमाने से चले आए पुश्तैनी व्यापार के तौर पर बेटे-पोते चला रहे थे। किन्तु अब वह समय

आ गया है कि दुनिया के सबसे बड़े रिटेल या खुदरा मार्केट को संगठित कर उसका रस खींचने के लिए टाटा, आई.टी.सी. और रिलायंस ही नहीं, अमेरिका की वाल-मार्ट जैसी कम्पनियाँ तक कूद पड़ी हैं। कहते हैं कि दस साल के अंदर-अंदर भारत का यह रिटेल सेक्टर 650 करोड़ रुपये का हो जाएगा। खुद के.वी. की पत्नी अब आलू-गोभी तक एयरकंडीशंड सुपर मार्केट से फोन पर मँगवा रही हैं और वह भी मोहल्ले के सब्जीवाले से सस्ती और ताजा। अभी यदि कोई इंडस्ट्री में उफान ह तो वह रिटेल इंडस्ट्री है। 'एम्बर डिपार्टमेन्टल स्टोर' की सफलता का अगर कोई राज है, तो वह यही है। पर भट्ट जैसे लोग इसे भला क्या समझेंगे, जो अपने से आगे कुछ देख ही नहीं पाते।

सोचते-सोचते रंगनाथन की याद आने से के.वी. उदास हो उठे। वह भी इसी तरह से सारी जिन्दगी कबड्डी खेलता रहा है। सामने वाले के पाले से बिना कुछ लिए बार-बार अपने पाले में चला आता है क्योंकि उसका दम चुक जाता है। पता नहीं, दुनिया का सारा ज्ञान होते हुए भी कौन-सा एक पेंच उसके दिमाग में लगाना ऊपरवाला भूल गया है कि उसके नसीब में भटकन ही भटकन है। अभी पिछले सप्ताह फोन पर अपने बच्चों का दुखड़ा रो रहा था। दोनों बेटा-बेटी उसे कुछ नहीं समझते। बेटी ने पढ़ाई की है एम.बी.ए. की, पर पत्रकार बनी किसी टी.वी. चैनल के साथ जाने कहाँ-कहाँ घूम रही है। जयपुर में कोई बच्चा कहीं गड्ढे में गिर गया है, तो चौबीसों घंटे तक टी.वी. में चिल्ला-चिल्लाकर बता रही है कि वह अभी तक जिन्दा है और उसे निकालने के लिए क्या-क्या किया जा रहा है। निमोनिया होकर अस्पताल में भर्ती अपनी माँ अभी तक जिन्दा है या नहीं, यह जानने की उसे फुरसत नहीं। अगर यही करना था, तो एम.बी.ए. की पढ़ाई क्यों की? रंगनाथन उससे पूछना चाहता है, पर जानता है कि यह पूछने का उसे कोई अधिकार नहीं है। इस सवाल के जवाब में उसकी मुँहफट बेटी उससे कितने प्रश्न पूछेगी, यह वह बिना सुने ही जानता है।

के.वी. को आजकल के बच्चों पर कोई आश्चर्य नहीं होता। वे जानते हैं कि इन बच्चों के पास नौकरियाँ छोड़ने-बदलने या अपनी पढ़ाई से कोई ताल्लुक न रखनेवाली कोई नौकरी पकड़ने के पीछे वजहें बिलकुल दूसरी हैं। न ये बच्चे के.वी. की तरह अपनी किसी महत्त्वाकांक्षा के पीछे दौड़ रहे हैं कि उन्हें नाम या पैसा कमाना है और न ही वे रंगनाथन या भट्ट की तरह हर जगह पिटे हुए मोहरों की तरह निकाल दिए जाते हैं या नाराज होकर खुद निकल पड़ते हैं। इन बच्चों के लिए सबसे

बड़ी समस्या है कि ये बहुत जल्दी किसी भी काम से 'बोर' हो जाते हैं। पहले कोई आदमी बरसों तक एक ही कम्पनी में काम करता, तो वह वफादार और भरोसेमन्द समझा जाता था। अब वह 'डल', 'बोरिंग' या 'बुद्धू' समझा जाता है। अब इन बच्चों को न भविष्य के लिए कोई पैसा जमा करना है और न इन्हें मालूम है कि आज के पाँच साल बाद ये क्या कर रहे होंगे। इन्हें जो आज अच्छा लग रहा है, आज करेंगे और जो कल अच्छा लगेगा, वह कल करेंगे। इनका बायोडाटा प्रायः एक पैचवर्क का नमूना होता है, जिसमें इनकी एक नौकरी के अनुभव का कोई फायदा इनकी दूसरी नौकरियों को नहीं मिल सकता। बैंक में नौकरी करते-करते सब छोड़-छाड़कर किसी एन.जी.ओ. के साथ वर्षा-जल को बचाकर पानी की किल्लत को दूर करने या 'रेनवाटर हारवेस्टिंग' में लग जाएँगे। खुद के.वी. का बेटा 'शुद्ध गणित' या 'प्योर मैथ्स' की डिग्री लेकर अभी एक डॉक्यूमेंटरी फ़िल्म बनाने के लिए घूम रहा है। अपनी माँ से कहता है कि सोमवार से शुक्रवार तक कोल्हू के बैल की तरह काम करके हर शुक्रवार को 'टी.जी.आई.एफ.' यानी कि 'थैंक गॉड इट्स फ्राइडे' कहकर वह नहीं जी सकता। वह अपने सप्ताह के सातों दिन अपनी मनपसंद जिन्दगी जीना चाहता है, सिर्फ शनिवार-रविवार को नहीं। सही बात है बच्चा, के.वी. सोचते हैं। कुछ दिनों में आटे-दाल का भाव पता चल जाएगा, जब बाप के होटल में मुफ्त में खाने में शर्म आएगी। तब तक चलाए जाओ।

जमाना हर समय बदलता है, पर पिछले दस सालों में जमाना एक बार छलाँग लगाकर जैसे सौ साल आगे निकल गया है। इसकी नब्ज पकड़ना अब के.वी. की पीढ़ी के लिए कोई आसान काम नहीं है। के.वी. की उम्र के लोगों ने तो तीस-पैंतीस साल पहले अपनी अंतिम किताब पढ़कर रख दी होगी। आज वही सफल होगा जो अपनी समझ को रोज 'अपडेट' या तरोताजा कर सकता है। के.वी. अपनी पत्नी को रोज बेटे को लेकर झींकते देखते हैं—जाने कैसे-कैसे दोस्त बना रखे हैं, जाने क्या-क्या खाता-पीता है, जाने किन लड़कियों के साथ घूमता है, जाने कब एक ढंग की नौकरी मन लगाकर करेगा, जाने रोज रात इसकी कैसी पार्टियाँ चलती हैं, जाने कैसा-कैसा म्यूजिक सुनता है, जाने कम्प्यूटर में हर समय आँखें घुसाए क्यों बैठा रहता है। के.वी. चुपचाप गूँगे-बहरे बने सुनते रहते हैं। जानते हैं कि अगर कह देंगे कि करने दो जो करता है, तो अभी बादल गरजने और फिर बरसने शुरू हो जाएँगे। के.वी. को समझ में नहीं आता कि जाने लोग कौन सा गुजरा हुआ अद्भुत जमाना पकड़े बैठे हैं और अपने को आज भी समय के उसी

दौर में देखना चाहते हैं।

के.वी. के पिता के.वी. को अपने जमाने में देखना चाहते थे। अब क्या के.वी. अपने पिता की गलती को दोहराएँ? और वह भी वक्त के इस मुकाम पर, जहाँ समय की गति हमेशा से दस गुनी तेज है। के.वी. अपनी पत्नी को समझाना चाहते हैं, पर घरवालों को कौन समझा सकता है? के.वी. जानते हैं कि पत्नी को यही खाए जा रहा है कि के.वी. के बड़े भाई का लड़का एक आदर्श पुत्र की तरह बढ़िया साफ्टवेयर कम्पनी में नौकरी कर रहा है और रोज शाम को छः बजे घर में आकर जूते खोलकर चाय पीकर ऑफिस की फाइल निकालकर बैठ जाता है। के.वी. से पूछा जाय तो वह अपने को सड़ा रहा है। अरे यंग मैन, बंगलोर अब सिलिकोन वैली बन गया है, हैदराबाद अब साइबराबाद है और चेन्नई गाड़ियों के कारखाने का नया ड्रीटोयट। तिरुपुर नया मैनचेस्टर बन गया है। तुम क्यों अपने कम्पनी के मालिक किसी मारवाड़ी लाला का फायदा कराने में अपना जीवन नष्ट कर रहे हो? कई बार के.वी. को ऐसा लगता है कि वे साठ साल पहले जब पैदा हुए तो दुनिया उनके लायक नहीं थी। सच पूछा जाय, तो इस देश में आज का जमाना उनके बिलकुल मुताबिक है, जहाँ आदमी ऊँची से ऊँची उड़ानें ले सकता है। रातोंरात करोड़पति हो सकता है और कोई चीज उसे बाँधकर जकड़कर नहीं रह सकती। अभी कलकत्ते की एक कम्पनी ने के.वी. को अपने पाउडर, क्रीम, शैम्पू की मार्केटिंग करने के लिए बड़ा ऑफर भेजा है।

के.वी. को कलकत्ते के नाम से भट्ट का खयाल आया। गुरुचरण से पता लगाएँगे कि उसका 'मास्टरमाइंड' मित्र अब किस नए शहर की ओर उड़ने की तैयारी कर रहा है।

भट्ट कथा : टीयर्स से दूध तक

पीयो दूध
पीयो दूध
दूध दूध दूध दूध दूध
रहोगे सदा फिट और फाइन
जीओगे पास्ट नाइंटी नाइन
दूध दूध दूध दूध दूध

भट्ट ने टी.वी. पर कुछ बरस पहले सुनाई देनेवाला यह विज्ञापन, जो उसे खासा पसंद था, गाते हुए बगल से गुजरती अपनी पत्नी की साड़ी का आँचल पकड़कर खींचा। उसकी पत्नी एक क्षण के लिए चौंकी, फिर एक क्षण के लिए उसके चेहरे पर पन्द्रह साल पहले की लज्जा की आभा आकर गुजर गई। उसके बाद जो बचा, उसे झेंप, खिसियाहट या कोफ्त कुछ भी माना जा सकता था। भट्ट ने आँचल छोड़ दिया और वापस नीचे झुककर पलंग पर रखे मोजे उठाकर पहनने लगा। दो दिन की दिल्ली यात्रा के लिए उसका सूटकेस बगल में तैयार रखा था।

मोजे पहनकर खड़े होते हुए उसने एक उड़ती निगाह शीशे में दिखते अपने लगभग छह फुट के अक्स पर डाली। अपने गोरे रंग, तीखी नाक और काले घने बालों में वह काफी 'हैंडसम' लग रहा था। शीशे में ही उसकी निगाह पत्नी की निगाहों से मिल गई। उसने देखा कि पत्नी भी उसे तौल रही थी और लगभग निश्चिंत थी कि 'माँ यशोदा डेयरीज' यानी 'एम.वाई.डेयरीज' जैसी बड़ी कम्पनी के सी.ई.ओ. के पद के लिए उसका चुनाव होना ही था। भट्ट ने तुरन्त निगाहें फेर लीं। उसकी आँखों के सामने अचानक एक बादल आकर रोशनी कम करते हुए खिसक गया। वह जानता था कि उसकी पत्नी कभी उससे वह सवाल नहीं पूछेगी जो हर घड़ी पूछना चाहती थी–"और कितना दुख दोगे मुझे?" या फिर "और कितना भटकोगे और मुझे भटकाआगे इस तरह?" पत्नी ने तभी एक लंबी साँस

छोड़ी और बहुत हल्के से मुस्कराई। नियति का स्वीकार। सचमुच, मेरा भारत महान है क्योंकि यहाँ ऐसी पत्नियाँ मिलती हैं, भट्ट ने गंभीरता से सोचा। दोस्तों के बीच इस तरह के मजाक पर उसे काफी वाहवाही मिलती थी, पर आज वह वाकई गंभीर और कृतज्ञ था।

इंटरव्यू के लिए सफेद प्राइवेट टैक्सी से उतरते हुए भट्ट ने टाई की गाँठ को ठीक किया। कितने इंटरव्यू पहले गए और कितने आगे आएँगे—सोचकर उसने अपने दिल के अन्दर अचानक उठते शंका के तूफान को शांत करने की कोशिश की। इस दिल्ली मायानगरी में कभी रहे हुए—कभी बननेवाले—छोटे-बड़े कितने मिनिस्टर होंगे और उनमें से कितनों के भाई-भतीजे-नाती-पोते इस पद के उम्मीदवार होंगे, यह खयाल उसके कदमों को भारी बना रहा था। दूध के पाउडर के बारे में जितनी जानकारी हासिल की जा सकती थी, उसने कर ली थी। पर न तो दूध देनेवाली गाय-भैसों से उसका कोई जमीनी जुड़ाव रहा था और न दूध के पाउडर की बिक्री बढ़ाने के बारे में उसके पास कोई आइडिया थी। बच्चों के दूध की सारी कम्पनियाँ माँ के दूध को श्रेष्ठ बताने को मजबूर थीं और घर में दूध के पाउडर की चाय सोचकर भी भट्ट को मितली आ जाती थी। उसकी जान-पहचान के वे लोग ही मजबूरी में दूध का पाउडर रखते थे, जिनके लिए रोज सुबह-सुबह उठकर ग्वाले से दूध लेना एक आफत थी।

इंटरव्यू के लिए वह जैसे ही कम्पनी के कांफ्रेंस-रूम में दाखिल हुआ, उसका दिल खुशी से झूम उठा या कि बल्लियों उछलने लगा। तेजी से दौड़ने लगे खून के दबाव से उसका चेहरा हल्का गुलाबी हो उठा और उसकी आँखों की चमक सीधे दोगुनी हो गई। कम्पनी का जो मैनेजर उसका इंटरव्यू लेने के लिए कम्पनी के मालिक, उसके बेटे और भाई से घिरा बैठा था, उसके आगे उसके नाम की तख्ती लगी थी—आर.सी. भट्ट। भट्ट को इस बात में रोज सुबह सूरज के उगने की तरह रत्ती भर भी शक नहीं था कि उसे रखने के लिए आर.सी. भट्ट एड़ी-चोटी का जोर लगा देगा। तिवारी होता तो तिवारी के लिए जोर लगाता, शर्मा शर्मा के लिए, तो क्या भट्ट भट्ट के लिए कर्त्तव्यविमुख हो जाता? भट्ट जाति-प्रथा को तमाम उम्र स कोसता आया था। आज सिर्फ एक ही तमन्ना उसके अन्दर बची थी कि छह महीने की बेकारी और न झेलनी पड़े। पिता की चश्मे के अन्दर से झाँकती आँखों का तिरस्कार एक फिल्मी दृश्य की तरह उसके जेहन में कौंध गया।

भट्ट को कभी समझ में नहीं आया कि उस दिन उसे क्या हो गया था।

'एम.आई. डेयरीज' के मालिकों को, जो न जाने कितनी कम्पनियाँ पूरे देश में चलाते थे, वह सलाह दे रहा था कि उन्हें पाउडर का दूध किस तरह बेचना चाहिए–"आपकी कम्पनी उत्तर प्रदेश और बिहार में सबसे ज्यादा पाउडर बेचती है। आपका सबसे छोटा दूध के पाउडर का पैकेट पच्चीस रुपये में बिकता है। दूर-दराज के गाँवों में कितने लोग हैं, जो आटा-नून-तेल की किल्लत को झेलते पच्चीस रुपये का दूध खरीद सकते हैं? अपने घरों में रहने वाले दरभगा-सासाराम-मधुबनी के नौकरों से पूछिए। यदि आप अपने दूध का सबसे छोटा पैकेट पाँच रुपये का कर देते हैं, तो आपके पाउडर की खपत दुगुनी हो जाएगी...।"

आर.सी. भट्ट पर कोई भी जातिवाद या भाई-भतीजावाद का आरोप नहीं लगा सकता था कि भट्ट को वह नौकरी क्यों दी गई। कम्पनी ने तुरन्त उसकी बात पर अमल किया और उसकी बिक्री वाकई काफी बढ़ गई। मालिक का बेटा सुयश, जो खुद विदेश के किसी बड़े मैनजमेंट स्कूल से पढ़कर लौटा था, उसकी सूझ का ऐसा कायल हुआ कि वह हर रविवार उसे सुबह क्लब में स्क्वाश खेलने और शाम को अपने घर बुलाने लगा। ऊपर वाले ने सुयश को सब कुछ दिया था–उसके पास पैसा था, डिग्री थी, तेज दिमाग था पर बस ईश्वर उसमें रीढ़ की हड्डी डालना भूल गया था। भट्ट इस कमी को पूरा करता था। जहाँ सुयश को कोई निर्णय लेना होता वह बगलें झाँकने लगता। अब वह सिर्फ भट्ट की ओर झाँकता। भट्ट की बहुत किताबें पढ़ने की आदत अब जाकर असल में काम में लगी थी। सुयश उसे 'वॉकिंग एनसाइक्लोपीडिया' कहता–"भट्ट, यह तो बताओ कि तुम्हें कहाँ से सब बातों का पता रहता है?" भट्ट की इच्छा होती कि कहे–"तुम्हारे बाप जितना पैसा मेरे बाप के पास होता, तो मुझे भी पता नहीं रहता।" पर वह प्रोटोकॉल का कायल था। बॉस आखिर बॉस होता है जैसे कि साँप पालतू हो या जंगल में, हमेशा साँप ही होता है।

भट्ट की पत्नी भी दिल्ली आकर बहुत खुश थी। दिल्ली कोई यूँ ही सदा से देश की राजधानी तो नहीं बनती रही है। दिल्ली में कुछ ऐसा है कि वह हर प्राणी को अपनी तरफ खींचती है और सबके दिल को खुश रखती है। भट्ट को चित्तरंजन पार्क यानी बंगाली मोहल्ले में दो कमरों का एक छोटा-सा घर मिल गया। फ्लैट नहीं, बल्कि एक पूरा घर जिसके सामने और पिछवाड़े में थोड़ी-सी खुली जगह भी थी और सिर पर बाकायदा एक छत। भले ही उस छोटे-से मकान में दोनों तरफ सटे मकानों से सीलन आती थी, तो भी आखिर वह एक टुकड़ा जमीन पर बना मकान

था। बोनस यह कि ऐसा लगता जैसे कि वे लोग कलकत्ते में ही रह रहे हों। बंगाली नौकरानियाँ सुबह-शाम आतीं और हँसते-हँसते घर के काम निपटाकर मीठी-मीठी बाँग्ला में बतिया कर चली जातीं। अब दिल्ली में दिल्ली जैसे दाम तो लगेंगे ही, पर परवल, तोरई की ठेठ बंगाली सब्जियाँ और डाब यानी कच्चे नारियल का पानी तक सब्जी की रेहड़ीवाला हाँक लगाकर बेच जाता। भट्ट की पत्नी का दिल दिल्ली में लग गया। वह रोज मनाती, हे प्रभु, बस दिल्ली न छुड़वाना।

उनके घर में झाड़ू-सफाई करनेवाली प्रोतिमा यानी कि प्रतिमा दाई के जरिए भट्ट की पत्नी के पास एक ऐसा प्रस्ताव आया जिसकी कभी उसने कल्पना भी नहीं की थी। सामने के घर में कोई नाटक मंडली का निर्देशक रहता था। उसे अपने नए नाटक के लिए एक ऐसी औरत की जरूरत थी, जो देखने में कोई पुरानी फ़िल्मों की हीरोइन जैसी लगती हो। भट्ट की पत्नी के लिए कई लोग कहते थे कि वह देखने में वहीदा रहमान जैसी लगती है, पर सचमुच कोई उसे इस कारण किसी नाटक में ले सकता है, यह कौन जानता था। भट्ट को पत्नी के इस नये अवतार पर थोड़ी खुशी और ज्यादा अचरज हुआ। सबसे बड़ी बात तो यह कि बहुत ही कम बोलनेवाली अपनी पत्नी को पूरे आत्मविश्वास के साथ बालों को पुरानी स्टाइल में जूड़ा बाँधकर स्टेज पर बोलते देखना दुनिया के सातवें आश्चर्य से कम नहीं था। 'वाह रे दिल्ली', भट्ट ने सोचा, ''कमाल है तो दिल्ली का! और क्या कहा जाय?''

एक दूसरा कमाल अलबत्ता भट्ट की तकदीर या फितरत का भी था, जो उसके अनजाने ही उसके चारों तरफ ताने-बाने बिछाने लगा था। मालिक के बेटे सुयश से उसकी दोस्ती—जो कि दरअसल कहीं से भी दोस्ती नहीं थी, बल्कि रविवार के दिन उसका फायदा उठाने की एक मैनेजमेंट स्टाइल ही थी—पूरे दफ्तर के माहौल को कुछ और बना रही थी। कुछ और यानी कि जैसा होना चाहिए था, उससे कहीं अलग। सारे लोग अपने-अपने तरीकों से भट्ट की मिजाजपुरसी करने में और उसकी जड़ें खोदने के कामों में एक साथ जुट गए थे। ''इस देश की आबोहवा ही कुछ ऐसी है कि दोस्त और दुश्मन में फर्क नहीं किया जा सकता''—भट्ट की मौसी के बेटे नितिन ने अमेरिका 'माइग्रेट' करते समय कहा था—''जिन कारणों से लोग दोस्त बनाते हैं, उन्हीं कारणों से वही लोग आगे चलकर दुश्मन बन जाते हैं।'' जिसे लगता कि भट्ट उनकी मिजाजपुरसी से प्रसन्न है, उसकी चाल में एक अलग तरह की निडरता दिखने लगती। नतीजा यह होता कि कुछ लोगों के चेहरे पर

घबड़ाहट के आसार नजर आने लगते। पर आगे चलकर ये लोग बदलकर वे लोग बन जाते और वे लोग ये लोग। पर इनमें से कोई भी उसकी जड़ें खोदने के सुराग खोजने से उदासीन नहीं था। अलबत्ता भट्ट इन सबसे बेखबर अपनी मौज में जीये जा रहा था।

कम्पनी की छमाही बोर्ड मीटिंग में भट्ट की पहली पेशी हुई या कि उसे पहला धक्का लगा। उसने पिछले तीन महीने में दूध की खरीददारी के आधार पर जितने दूध का पाउडर बनाने का लक्ष्य कम्पनी के सामने रखा था, उससे ठीक आधा उत्पादन हुआ था। सुयश ने पहली बार माथे पर त्योरियाँ डालकर भट्ट से सफाई माँगी। पर भट्ट, भट्ट था। उसके चेहरे पर शिकन भी नहीं आई—''बेहतर होगा कि आप 'परचेज डिपार्टमेंट' के मैनेजर से जवाब माँगें जो आपकी कम्पनी में पिछले दो साल से दूध की खरीद करता आया है। उसे इसी काम के लिए तनख्वाह दी जाती है कि वह ग्वालों या छोटी डेयरियों से पता लगाकर यह बताए कि पाउडर बनाने के लिए कितना दूध उपलब्ध होगा।'' खरीद विभाग के मैनेजर को बुलाया गया। उसने हकलाते हुए कहा—''साहब, ऐसा है, ऐसा है कि इस बार गाय-भैंसें देर से बियाही गईं।'' सुयश ने फिर भट्ट की ओर देखा। भट्ट ने कहा—''गाय-भैंसें नहीं बियाही गईं, इसका पता क्या नौ महीने बाद बछड़े पैदा होने के वक्त लगता है? यह तो पहले ही पता चल जाता है कि भैंस या गाय के पेट में बच्चा है या नहीं?'' मैनेजर बगलें झाँकने लगा। ''दूध कम होने का एक ही कारण है—गर्मी। इस साल की जबरदस्त गर्मी बर्दाश्त नहीं करने के कारण गाय-भैंसों ने दूध बहुत कम दिया है। क्या आपको इतना भी नहीं मालूम?''—भट्ट ने मैनेजर से पूछा।

''यार, तुम किसी गाय-भैंस के कभी नजदीक भी नहीं गए होगे। तुम्हें यह सब कैसे मालूम है?''—सुयश ने रविवार को पूछा। 'सिम्पल!' भट्ट ने कहा—''मेरे पास जब भी आदमी सिर्फ कोई समस्या लेकर आता है, मैं उसे कमरे से बाहर निकल जाने के लिए कहता हूँ। उस समस्या को निपटाने के कम-से-कम दो तरीके या सुझाव मुझे समस्या के साथ-साथ चाहिए। आखिर वह आदमी उस समस्या के बारे में जितना जानता है वह एयरकंडीशंड दफ्तर में बैठे-बैठे मैं कैसे जान सकता हूँ? यह मेरा काम नहीं है कि मैं समस्या का हल खोजूँ। यह उसका काम है''—भट्ट ने कहा। ''तो तुम्हारा काम क्या है'' सुयश ने हँसकर पूछा। ''कुछ नहीं। मेरा काम सिर्फ यह है कि मैं कम्पनी को चलानेवालों पर निगाह रखूँ और उनका आपस में तालमेल बैठाता रहूँ। यह दिन में एक घंटे से ज्यादा का काम नहीं है। बाकी समय

मैं दफ्तर में चादर तानकर सोता रहूँ, तो कम्पनी ज्यादा अच्छी चलेगी, बजाय इसके कि मैं हर आदमी के काम में दखलंदाजी करता रहूँ''—भट्ट ने देख लिया कि सुयश के गले उसकी बात नहीं उतरती थी। ''मुझे लगता है कि इस देश में हर आदमी—मामूली दुकानदार से लेकर अफसर तक—हमेशा नींद लेने की फिराक में ही रहता है''—सुयश ने कहा। भट्ट मन-ही-मन मुस्कुराया। हाँ बच्चे, दस साल गुजरने दो, तुम्हारी जवानी का जोश ठंडा होने दो, फिर कहना। जब तुम भी नींद की ही पहले सोचोगे। तब तुम्हें सोना ही सोना यानी कि 'गोल्ड' लगेगा।

भट्ट को यह पता लगाने में पन्द्रह मिनट लगे थे कि हर साल दूध का उत्पादन गर्मियों में काफी कम होता है। फिर दूध से पाउडर उत्पादन का जो लक्ष्य उसके मार्फत कम्पनी के मालिकों के सामने रखा गया था, वह उसे नीचा दिखाने की साजिश के अलावा कुछ नहीं हो सकता। वह सावधान हो गया। तब उसे यह भी पता चला कि करोड़ों के दूध की सालाना खरीदारी में जो गड़बड़ की जाती है, वह कम्पनी के मालिकों में से एक के हिस्से में जाती है। भट्ट को अब मालिकों के दूसरे गुट यानी सुयश और उसके पिता के आदमी की तरह से देखा जा रहा था। सुयश के साथ चाय पीना और स्क्वाश खेलना उसे काफी महँगा पड़ सकता है, यह अंदाजा भी उसे हो गया। ''सर, पानीपत के इलाके की तरफ हमारी कम्पनी को सप्लाई करनेवाला जो सबसे बड़ा दूध का व्यापारी है, वह दिल्ली आया हुआ है। उसे आपके पास भेज दूँ?''—अपनी सेक्रेटरी की आवाज से ही भट्ट समझ गया। उसके खिलाफ षड्यंत्र करनेवाले उसकी असावधानी से उसके बिलकुल करीब पहुँच चुके हैं। ''नहीं, मैं उससे भला किसलिए मिलूँगा? आप उसे खरीद विभाग के मैनेजर से मिलने को कहिए''—भट्ट ने शब्दों को चबा-चबाकर कहा। अपनी पत्नी का स्टेज पर वहीदा रहमान वाला रोल उसकी नजरों के सामने आ गया। बेचारी दिल्ली में रहना चाहती है। उसकी नाटक की मंडली ने उसके जीवन को एक ऐसी भरावट दी है, जैसे उसे कभी नहीं मिली थी। अब भट्ट कोई खतरा नहीं ले सकता। यदि वह दूध के व्यापारी से मिल लेता, तो तुरन्त उस पर टेबुल के नीचे से रुपये खाने का आरोप लग जाता। ऐसे आरोप को वह किसी तरह गलत साबित नहीं कर पाता।

भट्ट ने निश्चय किया कि वह इस तरह काम करेगा कि कम्पनी की बैलेंस शीट ही उसके दिल्ली में टिके रहने का पासपोर्ट बन जाएगी। सबसे पहले उसने अपनी सेक्रेटरी को बदलकर अपने भरोसे के एक आदमी सोंधी को रखा। सोंधी ठेठ

पंजाब के गाँव का आदमी था। वह बचपन से अपने घर की गाय का दूध पीता आया था और हर वाक्य में 'याने कि' जोड़ता था। ''देखिए सर, आप याने कि ऐसे समझिए''—सोंधी ने कहा—''जैसे आप जल्दी से अपना अखबार नहीं बदलते ना, याने कि वही अखबार रोज पढ़ना चाहते हैं जिसे सालों-साल पढ़ते आए हैं, उसी तरह आप उसी ग्वाले या कम्पनी के दूध की चाय रोज़ सुबह पीना चाहेंगे। याने कि आप जिसे पीते आए हैं। याने कि आप यदि अपनी कम्पनी का दूध बेचना चाहते हैं, तो आपको लोगों को उनकी पिछली आदत याने कि उस खास तरह के दूध के स्वाद की जगह अपने दूध के स्वाद की लत लगानी पड़ेगी। याने कि आप समझे ना?'' भट्ट का मन हुआ कि कहे—''समझ तो गया। पर दूध, दूध होता है याने कि शराब नहीं, कि उसकी लत लगाई जा सके।'' सोंधी की बात ने उसे वाकई गहरे सोच में डाल दिया। उस रात पत्नी बालों को वही वहीदा रहमान स्टाइल में बाँधकर आई, तो उसने उससे यह पूछने के बजाय कि क्या उसे अब 'अभिज्ञान शाकुन्तलम्' में शकुन्तला का रोल मिल रहा है, उससे पूछा—''तुम अपना दूधवाला क्यों बदलती हो?'' पत्नी ने उसे शिकायत से देखा—''मैं कहाँ बदलती हूँ। पर वह मेरे साथ अपना शहर तो नहीं बदलेगा न?'' भट्ट हँस पड़ा—''ओह गॉड! अरे भई, मैं तो सिर्फ यह जानना चाहता हूँ कि तुम जिस कम्पनी का दूध खरीद रही हो, उसे छोड़कर क्या कभी-कभी किसी और कम्पनी का दूध खरीद लेती हो?'' पत्नी जूड़े से काँटे निकालकर वहीदा रहमान से वापस पत्नी बन गई—''हाँ, अगर उस कम्पनी का न मिले, तो दूसरी नामी कम्पनी का खरीद लेती हूँ। ऐसी कम्पनी का जिसका नाम टी.वी. पर कभी सुना हो या कहीं मैगजीन वगैरह में देखा हो। और अगर दूसरी कम्पनी का दूध अच्छा और सस्ता हो, तो फिर वही इस्तेमाल करने लगती हूँ।''

भट्ट को रास्ता दिख पड़ा याने कि उसने कम्पनी का एडवरटाइजिंग का बजट सीधे दुगुना किया और ऐसी मार्केटिंग की व्यवस्था की कि दूर-दराज के गाँव-गाँव में हर परचून की दुकान पर 'माँ यशोदा डेयरीज' के नीले पैकेट दिखाई पड़ने लगे। मजा यह कि उसी समय इस देश की सरकार ने किसी यूरोपीय देश से बीसों हजार टन पाउडर का दूध बिना ड्यूटी के बाजार में ला पटका। सारी दूध की कम्पनियों से लेकर दो-चार गाएँ पालनेवाले गाँव-गाँव के औरत-आदमी तक सरकार के इस फैसले पर रो-पीट रहे थे, पर 'माँ यशोदा डेयरीज' का दूध उसी दाम में—लेकिन चार दूध के पैकेट के साथ एक पैकेट मुफ्त में—की स्कीम में धड़ल्ले से बिक रहा था।

भट्ट ने चैन की साँस ली। पत्नी की नाटक मंडली में साख काफी बढ़ चुकी थी और फिलहाल वह एक नाटक में तेज-तर्रार पत्रकार की भूमिका अदा करनेवाली थी, जिसकी अपने पति से हर समय खटपट होती रहती है। भट्ट को उसने इस बाबत ज्यादा नहीं बताया था, पर भट्ट ने एक दिन सुबह-सुबह उसके बगल में रखी उसके नाटक की स्क्रिप्ट पढ़ डाली थी। उस रात घर खाना खाने आये अपने दोस्तों के बीच उसने अपने भविष्य का खाका खींचकर उन्हें बेइन्तहाँ हँसाया था और उसकी पत्नी समझ गई थी कि भट्ट को नाटक की स्क्रिप्ट मालूम है। उसके अधिकतर डॉयलॉग नाटक से उधार लिए हुए थे। उस रात पत्नी ने वापस वहीदा रहमान का जूड़ा बना लिया था।

कम्पनी की अगली बोर्ड मीटिंग में उसकी मुस्कान कुछ मद्धिम हो गई, जब उसे अपनी काफी प्रशंसा सुन लेने के बाद पता चला कि कम्पनी ने अपनी किसी इण्डस्ट्री से रिटायर हुए सीनियर अफसर वर्मा को उसके समकक्ष सी.ई.ओ. नियुक्त कर दिया है। उसने सुयश की तरफ देखा, तो सुयश दूसरी तरफ देखने लगा। अगले ही दिन उसे वर्माजी ने अपने चेम्बर में बुलाकर एडवरटाइजिंग और मार्केटिंग के लिए किए जाने वाले खर्चों को आधा करने की सलाह दी–''मिस्टर भट्ट। बेशक आप जवान लोग जोशीले होते हैं। आपकी आइडियाज से बेशक कम्पनी ने बहुत तरक्की की है...'' भट्ट से रहा नहीं गया–''तब फिर शक किस बात में है?'' वर्मा जी के चेहरे पर शिकन नहीं आई। ''साला बुड्ढा एकदम घुटा हुआ खिलाड़ी है''–भट्ट ने सोचा। ''आप कम्पनी की बैलेंस शीट देखिए। इतना खर्च कर कोई भी कम्पनी क्या तरक्की कर सकती है?''–वर्मा जी ने कहा।

भट्ट का दिमाग ठनक गया। प्रोक्योरिंग, परचेजिंग, प्रॉडक्शन, मार्केटिंग में कहीं कोई चूक नहीं थी। प्रॉफिट का तो लंबा हिसाब बनना चाहिए। उसने बैलेंस शीट मँगवाकर तहकीकात की। खर्चों के हिसाब से डायरेक्टरों की सपरिवार विदेश-यात्राओं का बजट ही सबसे भारी खर्च था जिसे कम्पनी के खाते डाल दिया गया था। उसने सुयश को फोन किया। '' भट्ट, तुम अपने दिमाग से काम लो। तुम क्या समझते हो कि हमारा परिवार विदेश घूमने के पहले या मर्सिडीज खरीदने के पहले तुमसे इजाजत लेगा? देखो, ताऊजी तुमसे बहुत खुश नहीं हैं। वर्मा उन्हीं का आदमी है। तुम्हें क्या है, चलने दो जैसे चलता है। तुम इतने इमोशनल क्यों हो रहे हो''–सुयश उसे ऐसे समझा रहा था जैसे वह वाकई कोई नया-नया काम पर आया नौजवान हो, जिसे दुनियादारी का कोई ज्ञान नहीं। भट्ट का दिल बुझ गया–'तुम्हारा

वर्मा कहता है कि मार्केटिंग में इतने पैसे डालने की क्या जरूरत है। पान-बीड़ी-परचून किराने की दुकान-दुकान में हमारा दूध बेचने की क्या जरूरत है? वह कह रहा है कि हम पेप्सी-कोकाकोला के ट्रक-ड्राइवरों को खिला-पिलाकर उनके जरिए अपने दूध का विज्ञापन करेंगे। उसे इतना नहीं मालूम कि ये सब कम्पनियों के ड्राइवर उसे घास तक नहीं डालेंगे। उन्हें इतनी तनख्वाह मिलती है जितनी तुम्हारे यहाँ तुम्हारे सी.ई.ओ. को।'' सुयश चुप रहा। भट्ट प्रतीक्षा करता रहा कि वह कुछ बोले, पर सुयश ने एक लफ्ज भी नहीं कहा। भट्ट हार मानकर बैठ गया और धीरे-धीरे 'माँ यशोदा डेयरीज' के दूध की जगह हर नुक्कड़ पर 'अमूल' कम्पनी के दूध के पैकेट दिखने और बिकने लगे।

भट्ट का दिल उचट गया था। उसे अब दिल्ली में या कम-से-कम वर्मा के बगल के कमरे में बैठकर काम करने में कोई तुक नजर नहीं आ रहा था। सुयश भी हर रविवार को उससे जैसे कन्नी काट रहा था। तभी उसे पता चला कि कम्पनी ने शेयर बाजार के किसी बड़े ख़बरिए को पटाकर उससे टी.वी. पर कहलवा दिया था कि 'माँ यशोदा डेयरीज' के शेयर के दाम दुगुने होने वाले हैं। शेयरों की खरीद बढ़ने से शेयर के दाम बढ़ते ही सुयश के परिवार ने अपने ज्यादातर शेयर बेचकर कम्पनी में लगाया हुआ अपना पैसा लगभग पूरा उठा लिया। अब कम्पनी में अधिकांश पैसा बैंक का लगा था, जो कि भाड़ में जाए या भट्ठी में, किसी का सिरदर्द नहीं था।

भट्ट के पास वापस उसी शहर लौट आने के अलावा कोई चारा नहीं था, जहाँ उसके पिता पचपन साल से विक्टोरिया मेमोरियल में एक ही दिशा में घूम रहे थे। वह फिर अपना निर्वासन पूरा कर कलकत्ता लौट आया, भले ही हर बार की तरह वह निर्वासन उसका खुद का चुना हुआ था।

मुझको यारो माफ करना, मैं नशे में हूँ...

गुरुचरण ने के.वी. शंकर अय्यर को कभी आज तक इस तरह मायूस नहीं देखा था। उसने देखा कि के.वी. बार-बार उसे कुछ कहने का मन बनाते हैं, पर फिर कुछ सोचकर रह जाते हैं। ''लगता है चोरड़िया का साथ मैं ज्यादा दिन तक चला नहीं पाऊँगा''—के.वी. ने आखिर कह डाला। गुरुचरण चौंका। अरे, यह कैसे? के.वी. जैसा आदमी, जो दुनिया की रग-रग पहचानता है और यह भी कि किसे, कब, कैसे, कितना नचाना है, वह आदमी इस कदर दुविधा में कैसे है? अपनी सारी कंसलटेन्सी बंद करके के.वी. ने जब अपने सारे अंडे—हालाँकि के.वी. और अंडों का कोई हाथ लगाने का भी रिश्ता नहीं—एक ही बास्केट में रख दिए थे, तब गुरुचरण को लगा था कि के.वी. जितने चतुर सुजान दिखते हैं, उतने हैं नहीं।

के.वी. हमेशा अपने लिए एक से अधिक रास्ते खुले रखनेवाले आदमी हैं। एक रास्ता बंद हो जाएगा, तो उनकी जिन्दगी रुकेगी नहीं। वे हमेशा चलते रहनेवाले लोगों में से एक हैं। गुरुचरण को पता है कि के.वी. ने अपने रिटायरमेन्ट के लिए चेन्नई में एक फ्लैट खरीदकर भाड़े पर लगा रखा है। इश्तहार में उन्होंने साफ लिख दिया था कि उसके लिए सिर्फ शाकाहारी ब्राह्मण परिवार ही सम्पर्क करें। हालांकि के.वी. हमेशा कहते हैं कि जहाँ उनका शरीर है, वहीं उनका घर है और ब्राह्मण उनके लिए जन्म से नहीं कर्म से है, पर अपने ठौर में लौट जाने की व्यवस्था उन्होंने कर रखी है। के.वी. सावधान रहने वाले आदमी हैं। कोई भी व्यक्ति, कोई भी कम्पनी, कोई भी शहर कभी भी धोखा दे सकता है। रिटायर हुआ तमिल ब्राह्मण तो नख-दंतविहीन शेर है । के.वी. हँसकर कहते हैं—उससे तमिलनाडु में किसी को कोई खतरा नहीं, न उसे किसी से। के.वी. जानते हैं कि अब दुनिया भर में लोगों की सहनशीलता कम से कमतर होती जा रही है और लोग धीरे-धीरे आनेवाले समय में अपने ही जैसे कपड़े पहनने वाले और अपने जैसी भाषा बोलने वाले, अपने ही रंग, जाति और धर्म के लोगों के मोहल्लों में रहना पसंद करेंगे।

इसका मतलब यह कतई नहीं है कि के.वी. की चेतना कम उदार या कम कॉस्मोपोलिटन हो रही है, पर उन्हें मालूम है कि खतरों से बचने की तैयारी बीस साल पहले करना ही बुद्धिमानी है।

के.वी. ने दो पेग एक-के-बाद एक खत्म कर डाले। आमतौर पर उनकी सीमा सिर्फ एक पेग है क्योंकि उनका मानना है कि ब्राह्मण का दिमाग यों भी चेतना के एक ऊँचे, बंधनहीन, अमूर्त धरातल पर रहता है। उसके लिए एक पेग भी तीन पेग जितना काम करता है। उसके मन को सिर्फ विज्ञान या शुद्ध गणित में उड़ान मिलती है या फिर शास्त्रीय संगीत में, जहाँ विचार बिलकुल विशुद्ध हैं। के.वी. उस धरातल को एक पेग में पा लेते हैं और इससे ज्यादा उन्हें कभी जरूरत नहीं हुई।

''आज मुझे माँ की बहुत याद आ रही है''—के.वी. की बात सुन गुरुचरण फिर चौंक उठा। क्या बात है? हो सकता है कि के.वी. की माँ की आज बरसी हो। ''तुम्हें पता है गुरुचरण, हम बचपन में माँ को छू नहीं सकते थे। माँ को हमारे छूने से फिर स्नान करना पड़ता था। जब माँ को मासिक होता, तो तीन दिन उसे देख नहीं सकते थे। वह घर के बाहरवाले हिस्से में रहती। तब वह भी नौकरों की तरह अशुभ हो जाती। हमारे घर के नौकर हमें कभी अपना चेहरा नहीं दिखाते थे। हमारे लिए वे सिर्फ हाथ और पैर थे, जो कुएँ में नहाते समय हमारे पीछे खड़े होकर हम पर पानी डालते। पेड़ के पीछे से या दरवाजे की आड़ से हमसे बातें करते''—गुरुचरण ने के.वी. की बात पर हुँकारा भरा ताकि के.वी. और बोलते रहें। व्हिस्की के असर में आज पहली बार के.वी. दीन-दुनिया को छोड़ अपने जीवन से जुड़ी बातें कर रहे थे।

''तुम्हें पता है, लोगों का खाना छूने से जूठा होता है, पर हमारी दादी का खाना देखने से भी 'येच्चल' यानी जूठा हो जाता था। दादी का खाना अलग पकता। वह खुद ही उसे देखती और अकेले खाती। मैं अगर किसी तमिल अय्यर लड़की से शादी करता, तो हो सकता है कि मेरे बेटे को भी अपनी माँ को छूने से पहले दस बार सोचना पड़ता''—के.वी. जैसे अपने अंदर खोद रहे थे। गुरुचरण चुप रहा कि के.वी. बोलते रहें।

''मांस-मछली खानेवाली मेरी पत्नी को हमारे ब्राह्मण मोहल्ले के लड़के पीछे से 'माछेर झोल' कहकर आवाज देते, जब वह मेरे माँ-बाप से मिलने जाती। वे लोग हमारी शादी में नहीं आए थे। शादी करवाने को उन दिनों कोई तमिल पण्डित भी तैयार नहीं हुआ। अब तो पैसे के लिए ये लोग जहाँ बोलो चले जाते हैं। खैर,

लेकिन बहुत बाद में पिताजी ने मेरी पत्नी को बहू मान लिया था। यह तो कहना ही पड़ेगा कि बेचारी ने मेरे कारण घर में बरसों-बरस माँस-मछली नहीं पकाई। मेरे साथ ही शाकाहारी खाना खाती रही। सप्ताह में दो बार बाहर ले जाकर नान-वेज खिलाना पड़ता। अब तो हमारे घर में ही माँस पकता है—बस उसके लिए बरतन से लेकर चाकू तक सब अलग जरूर हैं''—के.वी. की बातें सुन गुरुचरण को लगने लगा कि के.वी. का चोरड़िया से ही नहीं, अपनी पत्नी से भी किसी बात पर मनमुटाव हुआ है। शायद इसीलिए अपनी माँ को याद कर रहे हैं।

''मेरी पत्नी को मेरे खाने के तरीके से बेतरह चिढ़ है''—के.वी. की बात सुन गुरुचरण को जरा भी आश्चर्य नहीं हुआ। उसने एक बार के.वी. को मद्रासी थाली में खाते देखा है। उसे मालूम है कि के.वी. जब साउथ इंडियन खाना खाते हैं, तो वे एक अलग ही के.वी. हो जाते हैं। कोई यकीन नहीं कर सकता कि यह आदमी एक नामी 'मार्केटिंग कंसल्टेन्ट' है जो अपने तौर-तरीकों के कारण ऊँचे-से-ऊँचे तबके के आभिजात्यपूर्ण संसार में एकदम फिट बैठता है। बल्कि के.वी. के कपड़े पहनने से लेकर स्कॉच का गिलास पकड़ने में भी एक स्टाइल है, जो हर किसी के वश की बात नहीं है।

के.वी. खाते समय चावल में सारी कटोरियाँ उड़ेल लेते हैं और इस फुर्ती से इस घाल-मेल को मुँह के नीचे उतारते हैं जैसे कि उनका हवाई-जहाज छूट रहा हो। इस चक्कर में रसम उनकी कलाइयों से नीचे चूता कोहनी की तरफ आने लगता है जिसे वे जीभ से सुड़क कर रोक लेते हैं और चारों तरफ चावल छिटकते रहते हैं। गुरुचरण को पूरी तरह यकीन है कि के.वी. के माता-पिता और सारे भाई इसी तरह खाना खाते होंगे जैसे कि खाना बस गले के नीचे उतारना है। उसका स्वाद लेना इन्द्रिय-सुख के लिए अपने को ब्राह्मणत्व से नीचे उतरना है। ब्राह्मण आखिर ऊँचे विचारों के लिए जीता है, निचली कोटियों की तरह सोने-खाने के लिए नहीं।

''चिढ़ तो किसी को किसी से भी किसी भी आदत के लिए हो सकती है''—के.वी. गुस्से से अपने शब्दों को चबा-चबाकर बोल रहे थे। ''सूर्योदय के पहले जो नहीं उठता, जो प्राणायाम करने की जरूरत नहीं समझता, खाने के पहले हाथ धोना न धोना जिसके लिए बराबर है, मुझे भी उससे बेहद चिढ़ है। तो बताओ क्या किया जाय?''—के.वी. गुरुचरण से लाल आँखों से पूछ रहे थे। फिर वे धीरे से कुछ बड़बड़ाए। गुरुचरण ने साफ नहीं सुना, पर उसे लगा कि के.वी. ने कहा—''शूद्र आदतें मरती नहीं हैं।''

‘‘मेरी माँ कन्याकुमारी से दिल्ली या दिल्ली से मद्रास तक की रेल यात्राएँ करती। चलती रेल में बिना मुँह में पानी की एक बूँद लिए पचास घंटे की यात्रा होती। कभी बीच में कोई बड़ा स्टेशन आने पर उतरकर स्नान कर वहीं पकाकर खा लेती। मैं यह नहीं कहता कि इतने पक्के नियम-धेम से कोई बहुत ऊपर की स्थिति में पहुँच जाता है, पर इतना तो है कि आदमी एक मामूली क्षुद्र जीवन जीने से बच जाता है। तुम बोलो, क्या कहते हो?’’—गुरुचरण जानता है कि के.वी. अपनी हर बात का अंत उससे एक प्रश्न पूछकर करते हैं, पर दरअसल वे गुरुचरण से कोई जवाब नहीं चाहते। न उनमें इस बारे में कोई जिज्ञासा है कि गुरुचरण क्या सोचता है और न इतना धीरज है कि उसकी कोई बात सुन सकें। उनका अगला विचार पिछले विचार से ज्यादा तेज गति से उनके दिमाग में चलने लगता है।

कोई पूछे तो के.वी. से पूछ सकता है कि जिस परंपरा का बोझ उठाने के लिए आपकी माँ ने इतनी भूख-प्यास सहन की होगी, उसका आपके जीवन में क्या मोल है? क्या आप उस बोझ को उठाकर चलने के लिए तैयार हैं? अगर नहीं, तो आप उसकी बात करके किस क्षुद्रता भरे जीवन से बचने की बात कर रहे हैं? पर गुरुचरण के.वी. को सपने में भले ही ये बातें कह ले, आमने-सामने कभी नहीं कहता। के.वी. से उसका रिश्ता एकतरफा है। उसे सिर्फ के.वी. को सुनना है। वह के.वी. के लिए वह कान है, जो के.वी. के विचारों को अपने तक आने देता है, ताकि के.वी. खुद अपनी आवाज में अपने विचार जान सकें।

‘‘मैं चाहता तो अपनी बड़ी बहन की लड़की से शादी कर सकता था। हमारे यहाँ मामा के साथ शादी करने का रिवाज है। वह बहुत सुन्दर थी। संगीत की शौकीन भी। लेकिन मैंने मना कर दिया था’’—के.वी. ने तीसरा पेग भर लिया था। गुरुचरण को याद आया कि इसके पीछे यह वजह थी कि के.वी. के बच्चे अपनी माँ को जब चाहें छू सकें। पर वह के.वी. के मूड को उखाड़ना या उसकी दिशा बदलना नहीं चाहता था। क्या पता के.वी. फिर कभी इस मूड में आएँ या नहीं। के.वी. को हमेशा सँभले हुए और जीवन के प्रति जोश से भरे हुए देखना उनको जानने वालों के लिए इतनी आम बात थी कि कई बार लगता था जैसे के.वी. पूरे जीवन भर फिल्म में एक ही रोल करते रहेंगे।

‘‘तुम बताओ तुम’’—अचानक के.वी. ने ऊँचे स्वर में जैसे गुरुचरण को हुक्म देते हुए कहा—‘‘तुम बताओ कि तुम प्रेम के बारे में क्या जानते हो? गुरुचरण हँस पड़ा। उससे अब हँसे बिना रहा नहीं गया। ‘‘तुमने शादी क्यों नहीं की?

बताओ''—के.वी. जैसे गुस्से में थे। आजतक के.वी. ने गुरुचरण को न अपनी कोई व्यक्तिगत बात बताई थी और न गुरुचरण के बारे में कुछ पूछा था। उनका रिश्ता दो बिजनेस करनेवालों की तरह था, जहाँ दोनों तरफ अलिखित नियमों का दायरा होता है कि वे लोग एक-दूसरे से निजी सवाल-जवाब नहीं करेंगे। गुरुचरण मुस्कराता हुआ इंतजार करता रहा कि के.वी. अपने प्रश्न को भूल जाएँ और फिर अपनी कोई बात बताने लग जाएँ।

पर के.वी. का दिमाग रिकॉर्ड की सूई की तरह उसी जगह अटक गया था। यह दूसरे पेग का असर था। उन्होंने फिर अपना प्रश्न दोहराया और गुरुचरण की ओर देखते रहे। गुरुचरण ने आखिर छुटकारा न देखकर एक लंबी साँस छोड़कर कहा—''क्योंकि मुझें कहीं असली प्रेम नहीं मिला। जो मिला, जहाँ मिला, उसमें हमेशा कोई-न-कोई कसर थी। कुछ था जो नहीं होना चाहिए था। कुछ नहीं था जो होना चाहिए था। मुझे समझौता नहीं करना था। इसलिए मैं ऐसे ही रह गया।''

के.वी. काफी देर चुप बैठे रहे। शायद उनका नशा काफूर हो गया था। गुरुचरण को ऐसा लगा। वरना वह जानता था कि उनका अगला प्रश्न उसी अंदाज में राजेश्वरी के बारे में होता। गुरुचरण ने के.वी. को कभी इस तरह एक साधारण आदमी की तरह अपना रोब झाड़ते या दूसरों की जिन्दगी में ताक-झाँक करते नहीं देखा था। के.वी. अपने को हमेशा छिपाकर रखनेवाले आदमी थे। वे खुद अपने से भी शायद बहुत सी बातें कभी नहीं करते थे। उन्हें सबसे बड़ी गाली यही लगती कि उन्हें कोई एक ब्राह्मण की तरह दंभी और अपने को दूसरों से ऊँचा माननेवाला कह देता। के.वी. सचमुच यकीन करते थे कि उन्होंने जाति-वाति से अपने को मुक्त कर लिया है और वे इन सब छिछली बातों से बहुत ऊपर उठ गए हैं। उन्हें इस बारे में भी कोई शक नहीं था कि अब उनका दूसरा जन्म नहीं होगा। अपने मोक्ष को लेकर वे बिलकुल निश्चिंत थे। आखिर वे जिन्दगी में सब कुछ कर-धर के बिलकुल इच्छारहित हो गए हैं। अब क्या पाना बाकी रहा है? वे अपने आपको एकदम निस्पृह पाते हैं। हाँ, यही सही शब्द है उनके लिए। वे सिर्फ कर्म करते हैं, बिना फल की इच्छा किए। तब भला उन्हें फिर इस धरती पर क्यों आना पड़ेगा? कई बार वे गुरुचरण से व्हिस्की के पेग के बाद यह प्रश्न पूछ चुके थे।

के.वी. शराब पीकर हमेशा धरती से ऊँचे उठ जाते थे। वे दर्शन, फलसफे, जिन्दगी का अर्थ पाने और मोक्ष की बातें करने लगते। पर आज तक गुरुचरण से उन्होंने उसके जीवन के बारे में कुछ नहीं पूछा था। पर गौर करने बात यह थी कि

वैसी मनःस्थिति में भी के.वी. आज तक प्रेम शब्द से परहेज करते आए थे। प्रेम आखिर इस तुच्छ संसार का मसला है। देश की आर्थिक राजनीतिक समस्याओं से मोक्ष तक की रेंज में इसकी कोई जगह नहीं है। कंचन-कामिनी-मोह-माया क्या के.वी. जैसे आदमी को पकड़ सकती हैं? वे अपनी पत्नी को फर्नीचर, कपड़ों, वजन घटाने या नई तरह का केक बनाने के बारे में अपनी 'सोशल वेलफेयर होम' की सहेलियों से बातें करते देखते तो मन-ही-मन माथा पीट लेते। इसीलिए कहते हैं कि औरत की योनि में मोक्ष नहीं मिल सकता। फिर सोच कर कि यों तो हर जीव की अपनी यात्रा है, कभी पत्नी को समझाने की चेष्टा नहीं करते। वह उन्हें अकेले चुपचाप बैठकर घंटों सोचते हुए या संगीत सुनते हुए देखकर खीझती। तब भी वे कुछ नहीं कहते। तुम नहीं समझ सकतीं—यह के.वी. के चेहरे पर बस लिखा रहता।

अपने दिल की बातें अगर जुबान पर आ जाए, तो फिर आत्मसंयम कहाँ हुआ? इस तरह कमजोरी दिखाकर के.वी. अपने को शर्मिन्दा नहीं करना चाहते। अपना राग-द्वेष, क्रोध-मोह सब समझकर आदमी को उसके हिसाब से अपने को और अपने वातावरण को ढालना होता है। के.वी. ने अपने पिता से इस मामले में खास सीख ली है। पिता की बातें के.वी. कम करते हैं क्योंकि वैज्ञानिक पिता की नियमितता की अति उन्हें रास नहीं आती। प्रकृति में भी 'म्यूटेशन' या परिवर्तन होता है, इस सच को पिता बॉटोनी पढ़कर जीवन में नहीं उतार पाए थे। इसीलिए उनकी कायस्थ बंगाली पत्नी को पूरी तरह अपना नहीं पाए। किन्तु पिता की 'इमोशनल इंटेलिजेंस' के आज भी के.वी. कायल हैं।

के.वी. को याद है कि पिता तमिल पत्रिका 'आनन्दविकटन' मद्रास से मँगवाते, पर उसे सबसे पहले देखता उनका चपरासी रामन्। वह पत्रिका को पूरा उलट-पुलट कर देख लेता कि कहीं उसमें तमिल ब्राह्मणों के शत्रु रामास्वामी पेरियार की तस्वीर तो नहीं है, जिसने श्रीराम की मूर्ति को चप्पल की माला पहनाई थी। आश्चर्य यह कि खुद उसके नाम में भी 'राम' शब्द लगा हुआ था। के.वी. के पिता पेरियार का चेहरा देखकर क्रोध नहीं करना चाहते थे और न अपना दिन खराब करना चाहते थे। इसलिए घर में किसी को भी रामन् के पहले पत्रिका देखना मना था। फोटो होने पर रामन् उस पन्ने को फाड़कर पत्रिका घर में लाता। जिस व्यक्ति से पिता को क्रोध या राग होता, उसे अपने जीवन से दूर करने की पूरी व्यवस्था बना लेते। सिर्फ एक बार पेरियार का नाम के.वी. ने उनके मुँह से सुना था। वे किसी को बता रहे थे कि देश की आजादी के समय पेरियार ने कहा कि कांग्रेस

ब्राह्मणों की पार्टी है। इसलिए अंग्रेजों का राज बना रहे, हम यही चाहते हैं। के.वी. को आज भी याद है कि यह कहते हुए पिता ने अपना चेहरा एकदम भावहीन बनाए रखा था। शायद ठीक उसी तरह जैसे अपने अंतिम दिनों में के.वी. और उनकी पत्नी से मिलते समय वे बनाए रखते थे।

के.वी. की आँखों से कहीं पानी न टपक पड़े, गुरुचरण को भय हुआ। मरते दम तक के.वी. अपने पिता की कचोट लेकर मरेंगे, ऐसा लगता है। भले कुछ कहें न कहें। मरे हुए पिता से शिकायत भी कोई कैसे करे? यों तो शिकायत जिन्दा लोगों से भी करना बेकार होता है। ''वे कौन-सी आपकी बात समझ लेते हैं?''—के.वी. ने यह कहते हुए जैसे तुरन्त अपने ऊपर काबू पा लिया। गुरुचरण ने सहमति में गरदन हिलाई ताकि के.वी. को अगले दिन यह दुख न रहे कि वे भावुक होकर रो पड़े थे।

''प्रेम, प्रेम क्या होता है, कौन जानता है?''—के.वी. फिर उसी विषय पर आ गए। ''और सच्चा प्रेम? वह तो एक भ्रम से ज्यादा कुछ नहीं। एक खास उम्र में शरीर के कुछ रसायन मिलकर दिमाग में एक विशेष अनुभूति पैदा करते हैं, वही प्रेम है''—के.वी. अब पूरी तरह सँभले हुए लग रहे थे। ''प्रेम के बारे में तुम क्या जानोगे गुरुचरण। तुम तो कह ही रहे हो, कि तुमने कभी प्रेम नहीं किया। कोई ऐसा मिला नहीं तुम्हें, जो तुम्हारे प्रेम के लायक हो। यानी कि तुम्हारी प्रेम की धारणा पर खरा उतरा हो। अरे ब्रदर, मैं तुम्हें कहता हूँ कि दुनिया का सबसे बड़ा धोखा कहीं है, तो प्रेम को मानने में ही है। मतलब यह कि प्रेम कुछ होता है, यह मानने में। बोलो तुम क्या कहते हो''?—के.वी. की आँखें गुरुचरण पर लगी थीं, पर वे उसे देख नहीं रहे थे। वे शायद अपने अंदर ही कहीं देख रहे थे।

गुरुचरण चुपचाप बैठा के.वी. को देखता रहा। के.वी. के जेहन में तभी वह सपना कौंध गया जिसमें गुरुचरण उनसे किसी बात पर बहस कर रहा था। के.वी. का चेहरा बदल गया। ''तुम जब चाहो, अपने विचारों से मेरे विचार काट सकते हो। मेरे लिए दोस्ती का मतलब यह है कि हम दो बराबर आजाद लोग हैं। मेरी उम्र तुमसे पाँच-सात साल ज्यादा है, इस बात से कोई फर्क नहीं पड़ता। मैंने अपनी पत्नी को शुरू में ही यह बात कह दी थी और आज भी कहता रहता हूँ कि हम सब कानूनन बराबर लोग हैं। तुम समझ रहे हो न मेरी बात?''—के.वी. की आँखों में जैसे एक प्रार्थना थी। शराब आदमी को क्या से क्या बना देती है, गुरुचरण ने सोचा। के.वी. जैसे पिघल-पिघलकर बह रहे हैं। उसकी तरफ देख रहे हैं किकिसी

तरह गुरुचरण उनसे कह दे कि उसे के.वी. की इस बात में कोई शक नहीं है। गुरुचरण ने कम्पनी की पार्टियों में अक्सर देखा है कि दो बड़े पेग पीने के बाद आदमी कुछ और हो जाता है। शांत रहने वाले लोग चिंघाड़ने लगते हैं और तेज-तर्रार लोग जमीन पर बिछने के लिए तैयार हो जाते हैं। तीसरे पेग के बाद प्रायः लोग चुप नहीं रह पाते—बोलते जाते हैं और चौथे पेग के बाद आपे के बाहर हो जाते हैं या ढेर हो जाते हैं।

''बेशक! बेशक! के.वी.। मैं क्या नहीं जानता कि आपसे मैं अपनी हर तरह की समस्या पर बात कर सकता हूँ। दुनिया में ऐसे दोस्त कहाँ हैं जो आपका भला चाहते भी हैं और जानते भी हैं कि आपका भला कैसे किया जा सकता है। अच्छा के.वी., मुझे अपनी कम्पनी की एजीएम की मीटिंग के लिए 'कॉरपोरेट सोशल रिसपांसिबिलिटी'' (सी.एस.आर) पर रपट तैयार करके देनी है। अब हमें कम्पनी की छवि यह बनानी है कि वह अपना सामाजिक दायित्व समझती है और देश को बनाने में वह भी भागीदार है। आपको क्या लगता है कि मुझे किन बातों को लिखना चाहिए?''

गुरुचरण को के.वी. को वापस अपने पुराने रास्ते पर लाना था, जहाँ वे अपने ही विचारों की व्यवस्था और उससे दुनिया बदलने की अपनी क्षमता पर रीझ सकते थे। के.वी. से ज्यादा होशियार और सही बातें बोलनेवाला आदमी गुरुचरण को मिलना मुश्किल था। पिछले एजीएम में उसने के.वी. की बात को दोहराकर कह दिया था कि वित्त मंत्री चिदम्बरम ने उसके एक मित्र से उसकी दिल्ली यात्रा के दौरान कम्पनियों के लिए दस सूत्री 'सामाजिक दायित्व' बनाने के बारे में उससे बातचीत की थी। जबकि यह बातचीत जैसा कि गुरुचरण को संयोग से बाद में पता चल गया, के.वी. ने चिदम्बरम से ई-मेल पर की थी। इस बातचीत के लिए किसी वेबसाइट ने लोगों को 'लाइव चैट' पर आमंत्रित किया था और जरूरी नहीं था कि चिदम्बरम खुद बैठा-बैठा कम्प्यूटर पर अपने विचार टाइप कर रहा हो या लोगों को जवाब दे रहा हो।

''हो-हो-हो-हो''—के.वी. अचानक जोर से हँस पड़े। ''कॉरपोरेट सोशल रिसपांसिबिलिटी!! सी.एस.आर!! हो-हो-हो-हो''—गुरुचरण के.वी. को टुकुर-टुकुर देखता रहा। लगता है आज व्हिस्की ज्यादा चढ़ रही है। ''अरे मेरे भाई, मनमोहन सिंह ने बस कह दिया कि मैं कॉरपोरेट इंडिया को बुला रहा हूँ कि वह इस देश में मानवीय और न्यायपूर्ण समाज बनाने में हमारी पार्टनर हो। तो तुम चले

सी.एस.आर. पर रिपोर्ट बनाने। अरे यार, तुम्हारी मल्टीनेशनल कम्पनी इंडिया में क्या बेचती है? अरे क्या नाम है, भूल गया मैं—क्या नाम है तुम्हारे प्रोडक्ट का?'' गुरुचरण ने धीरे से कहा—''पावरिक्स''। ''कितना बेचते हो एक साल में? दो सौ करोड़ का? चार सौ करोड़ का? और उसमें है क्या? थोड़ी सी चीनी, थोड़ा आटा, थोड़ा दूध, थोड़ा फ्लेवर—यही तो? उसे पिला-पिलाकर तुम इस देश का क्या भला कर लोगे? बेचारा गरीब मर-मरकर खरीदेगा कि 'पावरिक्स' उसे 'पावरफुल' बना देगा। वह सोचता रहता है कि सारे अमीर यही पी-पीकर ऐसे ताकतवाले बने होंगे। अरे बेटा, दाल-भात खा, प्रभु के गुण गा। ये पावरिक्स किसी को ताकत नहीं देगा, न गरीब को, न अमीर को। यह तो खाली गुरुचरण की मल्टीनेशनल कम्पनी को ताकत देगा।''

गुरुचरण को लगा कि के.वी. की आवाज अगल-बगल की टेबुलों तक जा रही थी। के.वी. को रोकना मुश्किल था। आज वे सच बोलने के मूड में थे। गुरुचरण ने बहुत धीमे से कहा—''मेरी नौकरी रहेगी? अगर यह सब लिखूँगा तो?'' के.वी. तुरन्त 'सोबर' हो गए। ''अरे नहीं नहीं, तुम लिखो कि तुम्हारी कम्पनी सिर्फ मार्केट के बारे में नहीं सोचती। उसका 'विजन', उसके 'वैल्यूज' और उसकी 'वाइटैलिटी' इसमें है कि विकास को 'सस्टेनेबल' और 'इनक्लूसिव' बनाए। तुम लिखो कि तुम्हारी कम्पनी इस जिम्मेदारी को पूरा करने के लिए देश के पानी और हवा को बचाने के लिए 'वॉटर पॉजिटिव' और 'कार्बन पॉजिटिव' हो गई है। बस 'सॉलिड वेस्ट' को खत्म करने में कुछ ही कदम चलना बाकी है।'' गुरुचरण देख रहा था कि के.वी. नशे में भी एक गलत बात नहीं करते। वाकई इस आदमी का अपने ऊपर बेहद कंट्रोल है।

''लेकिन गुरुचरण, तुम्हें मुझे बताना होगा कि तुम—यानी कि तुम—तुम्हारी कम्पनी नहीं—'' के.वी. ने अपनी गरदन जोर-जोर से हिलाने लगे—''तुम्हें बताना होगा कि तुम जीवन में किस विजन को लेकर चल रहे हो? क्या तुम्हें राजेश्वरी के प्रेम में भी कमी नजर आई?''

गुरुचरण ने एक लंबी साँस छोड़ी। यहाँ तक तो के.वी. को आना ही था। क्या पता के.वी. नशे में होने का नाटक कर रहे हों कि उससे यह बात पूछ सकें। वह जानता था कि शहर की हर तीस से पैंतालीस साल की औरत, जो कम्पनी की पार्टियों में आती है और उसकी हर बात को मुग्ध होकर सुनती है, उससे राजेश्वरी के बारे में पूछना चाहती है। हर आदमी जानना चाहता है कि उसने शादी क्यों नहीं

की। पर के.वी. उससे इस तरह बातें करेंगे, यह उसने सोचा नहीं था। के.वी. अगर नशे में होंगे, तो कल तक उन्हें कुछ याद नहीं रहेगा। यदि वे नशे का नाटक कर उससे यह सवाल पूछ रहे होंगे, तो भी ठीक है। गुरुचरण उन्हें वही देगा और उतना ही देगा, जितना वे जानने के हकदार हैं।

''मैं देखना चाहता हूँ कि क्या कोई औरत मेरे लिए कृष्ण की मीरा बन सकती है? कोई राधा की तरह प्रेम क़र सकती है? लोग शर्तों पर प्रेम करते हैं। तुम चाहो तो मैं चाहूँ। लोग माप कर प्रेम करते हैं। इतना। उतना। लोग कुनकुना प्रेम करते हैं। जिसे अपना कुछ बचाना हो, वह प्रेम का अर्थ नहीं जान सकता। लेकिन यह अर्थ किसी को जानना ही नहीं होता। लोग प्रेम के आभास को प्रेम समझ लेते हैं इसलिए वह टिकता नहीं। प्रायः लोग तो जीवन में एक पल के लिए भी किसी से ऐसा प्रेम नहीं कर पाते, जो असल में प्रेम है''—गुरुचरण ने देखा कि के.वी. बिना पलक झपकाए उसकी बात सुन रहे हैं। उनके चेहरे पर कई रंग आ-जा रहे थे। फिर के.वी. ने नशे में होने के किसी नाटक के बिना कहा—''तुम्हें क्या लगता है कि तुम ऐसे प्रेम को पा लोगे? तुम्हें मिल जाएगा, जो तुम खोज रहे हो? ब्रदर, ब्रदर, सिर्फ भटकन ही हाथ लगेगी।''

भट्ट कथा : पहाड़, नदी और प्रेम डगरिया

"तुम समझते हो कि तुम्हारे पास दुनिया को बताने के लिए फिर एक नई कहानी है?"

"या कि तुम्हारे पास दुनिया को देने के लिए कोई फिलॉसफी है?"

"तुम समझ रहे होगे कि तुम बड़े तीसमारखाँ हो! क्यों?"

"जब जो चाहो, तुम कर सकते हो? बाकी लोग गधे हैं। कोल्हू के बैल हैं! क्यों?"

भट्ट की आँखें खुलीं, तो वह पसीना-पसीना हो रहा था। कमरे में इतना अँधेरा था कि पत्नी बगल में थी या नहीं, वह भाँप नहीं पाया। उसे यह भी पक्की तरह मालूम नहीं था कि पिताजी उसके कमरे में आकर परदे खींचकर घुप्प अँधेरे में बिस्तर पर पड़े हुए देखकर उसे सचमुच ये आप्त-वचन बोल गए थे या कि उसने सपने में यह सब सुना था। वह दिल्ली से नौकरी छोड़कर लौटा था, तो पिताजी एक शब्द भी नहीं बोले थे। सिर्फ उनके गले के पास एक नस फड़कती रही थी। इतना तो उसे भी मालूम था कि पिताजी कोई आरती का थाल सजाकर उसका स्वागत नहीं करेंगे, पर उनका एकदम कुछ न बोलना उसे बहुत गहरे तक काट गया था। उसने एकदम ठान लिया था कि वह एक लफ्ज भी उनसे नहीं बोलेगा, जब तक वे उससे खुद कुछ नहीं पूछेंगे। वैसे वह जानता था कि उसकी पत्नी से रोज फोन पर वे दिल्ली में उसके हगने-मूतने तक की खबर रखते थे, पर यह क्या कि वे उससे ऐसे पेश आएँ जैसे कि वह एक इनसान न होकर दिल्ली से आया कोई सूटकेस हो। क्या माँ जिन्दा होती, तो ऐसा उसके साथ कर सकती थी? कम-से-कम वे इतना कह तो सकते थे कि अकेले रहते-रहते ऊब गए थे या उन लोगों के आने से घर भर गया, वगैरह-वगैरह।

पिता ऊब गए थे, ऐसा सोचकर भट्ट को जैसे गुदगुदी हो गई। वह अँधेरे में हँस पड़ा। उसने हाथ बढ़ाकर देखा, तो पत्नी की जगह खाली थी यानी वह सोने नहीं

आई है। अब तो यह जानना असंभव है कि वह सपना देख रहा था कि पिताजी सचमुच उसके के कमरे में आए थे। तभी उसे पिताजी के बाथरूम से फ्लश करने की आवाज आई। इसका मतलब कि वे सोए नहीं हैं। तब तो सौ फीसदी वे उसे यह सब बोल-बालकर अपने कमरे में चले गए होंगे। पिताजी की जबान उसे हमेशा से ही आरी की तरह काटती रही है। भट्ट को याद आया कि पिछली बार या शायद उसके पिछली बार जब वह नौकरी छोड़कर कलकत्ता लौटा था, तो पिताजी ने कहा था—"आओ मेरे गुदड़ी के लाल!" इस एक वाक्य के याद आने से वह महीनों तिलमिला जाता था।

कई बार आश्चर्य से सोचता कि क्या पिताजी उसके वापस घर लौट आने पर मन-ही-मन जरा भी खुश नहीं होते? एकदम अकेले पुराने नौकर के साथ रहना क्या उन्हें कभी नहीं अखरता? ये पिछले जमाने के लोग जाने किस मिट्टी के बने हैं कि कभी ऊबते ही नहीं? न किसी काम से ऊबते हैं, न ही अकेले रहने से ऊबते हैं।

भट्ट को अगले दिन सुबह उठते ही ऐसी घुटन और ऊब महसूस हो रही थी कि उसे लगा जैसे वह साँस नहीं ले पा रहा हो। उसने गुरु को खोजने के लिए पहाड़ के गेस्ट हाऊस वाले नम्बर पर फोन किया। वहाँ गुरु के विलायत से लौटे दोस्त ने बताया कि गुरु ने उसे नेपाल से फोन किया था। उसने एक नम्बर दिया कि गुरु शायद इस नम्बर पर मिल जाए। भट्ट ने फोन लगाया, तो एक औरत ने जलतरंग जैसी मीठी आवाज में बताया कि गुरु काठमांडू घाटी में बढ़ते तापमान और प्रदूषण के खिलाफ प्रदर्शन करने सिंह दरबार गए हैं। कमाल है—भट्ट ने सोचा। कभी बताया तो नहीं गुरु ने ऐसा कुछ। वैसे गुरु के मित्रों का नेटवर्क जाने कहाँ से कहाँ तक फैला हुआ है। चला गया होगा किसी बंधु के साथ।

"कहो, कैसे फोन किया?" गुरु ने उसके फिर दो-तीन घंटे बाद लाइन जुड़ने पर कहा। भट्ट अस्थिर हो उठा। गुरु की आवाज में रत्ती भर भी खुशी नहीं है कि उसने जाने कहाँ-कहाँ से पता लगाकर उसे फोन किया है। "यूँ ही"—भट्ट ने कुछ अचकचाकर कहा। उधर से हँसने की आवाज आई—"यूँ ही तो कोई भी कोई काम नहीं करता। बिना कारण के कुछ करना तो बड़ी बात है! दिल्ली की नौकरी छोड़ आए?"—गुरु ने पूछा। भट्ट ने हामी भरते हुए सोचा कि क्या गुरु को बताए कि वर्मा के कारण वहाँ काम करना असंभव हो चला था। फिर उसे लगा कि गुरु ने अनुमान लगा ही लिया होगा कि कुछ-न-कुछ कारण तो रहा ही होगा। गुरु को बोर करने

से क्या फायदा? ''मैं सोच रहा हूँ कि कुछ दिन काठमांडू घूम लूँ।'' भट्ट ने झिझकते हुए कहा।

एक क्षण के लिए भट्ट को लगा कि फोन की लाइन कट गई है। दूसरी तरफ एक गहरा सन्नाटा था। फिर गुरु ने कहा—''देखो, यदि पहाड़ देखने के लिए आना चाहते हो, तो पहाड़, नदी आदमी सपने में भी देख लेता है—फिल्मों में भी देख लेता है और तुमने पहले भी पहाड़ देखे हैं। यदि इसलिए आना चाहते हो कि जान-पहचान के लोगों से दूर रहो, तो सच्चा निर्जन तभी मिल सकता है जब तुम्हारे अंदर कोई इच्छा, कोई शिकायत, कोई डर न हो। वरना वे सारे लोग तुम्हारे अंदर तुम्हारे साथ यहीं चले आएँगे।''

भट्ट को लगा, बात तो ठीक है कि यही लोग उसके दिमाग पर वहाँ भी छाए रहेंगे। और वह क्या यह नहीं जानता कि घूम आने के बाद फिर लौटते ही सारी दुनिया वैसी-की-वैसी मिलेगी जैसी वह छोड़ गया था। पर फिर भी। फिर भी वह गुरु से मिलना चाहता है। उसे देखना चाहता है कि क्या चीज है उसके पास, जो वह इतना हलका रहता है। उसे सुनना चाहता है। जानना चाहता है कि वह कैसे इस तरह हँस पाता है? तो क्या वह गुरु को कहे कि गुरु ही वह कारण है जिसके लिए वह काठमांडू आना चाहता है? कहीं गुरु फिर कुछ इस तरह की बात बोल उठा कि ''मन के दायरे में कृष्ण रहे या कुत्ता या कोई गुरु जैसा दोस्त, रहेगा मन के दायरे में। और इससे कुछ होने-जाने वाला नहीं है।'' तब वह गुरु की ऐसी किसी बात के जवाब में क्या कहेगा? भट्ट ने फोन की लाइन काट दी। गुरु शायद समझ जाएगा कि उसने जान-बूझकर लाइन काटी है। समझे तो समझे, भट्ट ने सोचा। वह गुमसुम फोन के पास बैठा रहा।

फोन अचानक बजा, तो भट्ट का दिल एक क्षण के लिए जैसे रुक गया। फोन पर गुरु ही था और ऐसे बोल रहा था जैसे बीच में कोई रुकावट आई न हो। ''तुम जब भी किसी कारण से कोई काम शुरू करोगे, वही कारण उसे न करने के लिए दूसरे नए कारणों को ले आएगा और तुम्हारे मन को फिर उचाट और डाँवाडोल कर देगा। तुम समझ रहे हो न मेरी बात?''—गुरु ने पूछा। भट्ट को लगा कि उसका दिमाग एकदम भोथरा हो गया है और वह गुरु की बात का कोई जवाब सोच नहीं पा रहा है। वह चुप रहा। ''अच्छा, फिर बात करेंगे, यहाँ थोड़ी दिक्कत है बात करने में।''—कहकर गुरु ने प्रतीक्षा की कि वह कुछ बोले। भट्ट ने 'ओ.के.' कहकर लाइन रख दी।

भट्ट नेपाल बॉर्डर में रक्सौल तक रेल में और उसके आगे बस में बैठकर काठमांडू पहुँच गया। वहाँ दरबार मार्ग के नजदीक ही एक ठीक-ठाक सस्ते होटल में उसने कमरा लिया और उसी नम्बर पर फिर फोन किया जिस पर गुरु से बात हुई थी। उसी मधुर आवाज वाली औरत से उसने उसके घर का पता पूछा। गुरु घर पर नहीं था और एक घंटे में लौट आनेवाला था। ''उनसे कहिए कि मैं यहीं आ गया हूँ और उनसे मिलना चाहता हूँ''—उसने औरत से अपना नाम बताते हुए कहा। औरत ने भी अपना नाम-पता दिया और कहा कि वह चाहे, तो गुरु के आने तक वहाँ पहुँच सकता है। ''धन्यवाद रुक्मिणी जी''—कहकर भट्ट ने फोन रख दिया। कैसी होगी देखने में यह रुक्मिणी जोशी? गुरु से उसके क्या संबंध होंगे? यह सब जानने की उसकी तीव्र इच्छा हुई। उसने अपने आप से कहा कि उसकी यह इच्छा दूसरों की जिन्दगी में कोई दखलन्दाजी नहीं है। आखिर यही तो आदमी के जिन्दा होने का सबूत है कि वह नए लोगों के मार्फत जीवन के अनुभवों से गुजरना चाहता है। जिन्दगी को फिर-फिर एक नए कोण से देखकर एक नए सिरे से समझना चाहता है। यह तो एक तरह की वैज्ञानिक दृष्टि है रिश्तों के बारे में, अपने खुद के अस्तित्व के बारे। उसे लगा कि अब उसे एकदम निरपेक्ष होकर जीवन, मन और संसार के अर्थ को या रिश्तों को देखना होगा, यदि सच तक पहुँचना हो तो।

वैसे सच है क्या? गुरु किस सच को खोजने में लगा हुआ है? और वह खुद? वह क्या खोज रहा है, उसे खुद नहीं मालूम। भट्ट बेचैनी से होटल के छोटे से कमरे में इधर-से-उधर चहलकदमी करने लगा। आखिर समस्या क्या है? किसलिए वह इस कदर बेचैन है? और वह यहाँ गुरु के पीछे-पीछे क्या पाने आया है? क्या दे सकता है गुरु उसे? गुरु तो पंख लगाकर जैसे उड़ रहा है जीवन के आर-पार। पर भट्ट के तो पिता हैं, पत्नी है, बच्चा है। गुरु के पास तो कोई खूँटा नहीं। इसीलिए शायद वह हलका है, उसकी तरह बँधा हुआ नहीं। भट्ट उसकी तरह कैसे हो सकता है?

भट्ट काठमांडू के उस कमरे में बैठा हुआ हजार मील दूर कलकत्ता के घर में बैठे हुए भट्ट को यानी खुद को पिता और पत्नी के साथ जीते हुए देखने लगा। उसने आँखें बंद कर लीं, तो नेपाल और भारत के नक्शे में दोनों शहरों को बिन्दुओं की तरह वह देख पा रहा था। उसे पता था कि उसके पिता नेपाल के सभी मामलों में बहुत रुचि रखते थे और नेपाल की कोई खबर हो, तो अखबार में सबसे पहले उसे पढ़ते थे। उनकी दुकान में एक रैक नेपाल से संबंधित पुस्तकों से भरा था। दुकान

में तरह-तरह के पत्थर, बुद्ध की प्रतिमाएँ और तिब्बती थांका वगैरह काफी सामान ऐसा था जो नेपाल की तरफ का था। कभी पिताजी ने बताया था कि उनके पूर्वज कश्मीर से नेपाल होते हुए कलकत्ते में आ बसे थे। भट्ट को किसी तरह के इतिहास में कोई रुचि नहीं थी। स्कूल में उसे सबसे कम नम्बर इतिहास में ही मिलते। पर अब नेपाल में बैठे हुए उसे आश्चर्य हुआ कि उसने कभी नेपाल से अपने रिश्ते को जानने की जरा भी कोशिश नहीं की थी। क्या पता उसके खून के रिश्ते के लोग अब भी यहाँ रहते हों। यों उसने कभी पिता से किसी ऐसे व्यक्ति का नाम सुना तक नहीं था। उसे इतना ही पता था कि न उसके दादाजी का कोई भाई था और न पिताजी का। दादाजी अपने समय में आर्यसमाजी बन गए थे और पिताजी अपने समय में वापस गणेश-लक्ष्मी-काली की पूजा करने पर लौट आए थे।

भट्ट ने दरवाजा खोलते रुक्मिणी को देखा तो कुछ क्षणों के लिए देखता रह गया। इसलिए नहीं कि वह कोई अभूतपूर्व सुन्दरी थी। उसने देखा कि रुक्मिणी के दोनों गालों पर हल्की-सी लाली छाई थी। ऐसा लगता था जैसे उसके अन्दर कोई गहरी उथल-पुथल मची हो या अभी-अभी वह किसी बात से बहुत उत्तेजित हुई हो। उसकी आँखों में भी कुछ ऐसी ही बात थी। यों उसने मुस्कराते हुए शिष्टता से भट्ट का स्वागत किया। भट्ट को ऐसा लगा जैसे वह भट्ट के बारे में सब कुछ जानती हो। भट्ट जाने क्यों कुछ बौखला-सा गया। जरूर ही गुरु उसके बारे में इस औरत से बात करता रहा है।

गुरु एक ऊँचे से पलंग पर बैठा-बैठा किसी किताब से एक डायरी में कुछ लिख रहा था। भट्ट को देखते ही वह पलंग से जैसे कूद कर नीचे उतर आया और ऐसे गले लगा लिया मानो वे कुंभ के मेले में बिछुड़े हुए भाई हों। भट्ट को तुरन्त समझ में आया गया कि गुरु उसके इस तरह बिना पूछे, बिना सूचना दिए आ धमकने से बहुत खुश है। उसने अचानक एक ऐसी शांति या सुकून का अनुभव किया जैसे वह बचपन से लेकर माँ के मरने तक उसके गले लगने पर किया करता था। उसे एकबारगी समझ में आ गया कि उसके जीवन में सबसे बड़ी कमी क्या है। पिता का चेहरा, पत्नी का चेहरा और यहाँ तक कि अपने बेटे अमन का चेहरा उसकी आँखों के सामने घूम गया। सबके चेहरों पर उसके प्रति एक लगातार शिकायत थी या उस शिकायत को छुपाने की चेष्टा थी। वे सभी उसके जीवन जीने के तौर-तरीके से सहमत नहीं थे। वह जानता था कि उन्हें लगता था कि वह बेमतलब भटक रहा है। अपने साथ उन सबको बेवजह परेशानी में डाल रहा है। भट्ट

को लगा कि सिर्फ माँ के चेहरे पर कोई शिकायत नहीं रहती थी। माँ उसके प्रति अपने सहज विश्वास से ही जैसे उसे बचाए रहती थी।

भट्ट अगले एक घंटे में रुक्मिणी को हर मौके पर गौर से देखता रहा। वह जितनी देर कमरे में रहती या आती-जाती, भट्ट का ध्यान उस ओर खिंच जाता। ऐसा उसके साथ पहले कभी नहीं हुआ था। वह एक अबूझ आकर्षण का अनुभव कर रहा था जैसे उसकी चेतना का कण-कण किसी चुम्बक से उस ओर खिंचा जा रहा हो। एक घंटे बाद भट्ट को डर लगने लगा कि कहीं गुरु या रुक्मिणी कुछ ऐसा-वैसा न सोच लें। वह अपने को घुड़कते हुए गुरु की बातों में ध्यान लगाने की चेष्टा करने लगा। भट्ट ने देखा कि एक घंटे बाद भी रुक्मिणी के गालों की लाली कम नहीं हुई थी। उसे शक हुआ कि यह लाली किसी बढ़िया क्वालिटी के पाउडर-रूज की है। खासकर जब रुक्मिणी की नौ-दस साल की बेटी स्कूल से लौटी, तो उसके गालों पर लाली गायब देखकर भट्ट को विश्वास हो चला कि रुक्मिणी के गाल खुद-ब-खुद लाल नहीं हुए होंगे। थोड़ी देर बाद उसने बाथरूम का रास्ता पूछा क्योंकि उसे कमरे में कोई ऐसा दरवाजा नहीं दिख रहा था जिसके अंदर बाथरूम होने की संभावना हो। तब रुक्मिणी ने उसे अपने पीछे आने के लिए कहा। कई कमरों-गलियारों से गुजरते वह रुक्मिणी की एक खास खुशबू को पकड़े चलता रहा। बाथरूम का दरवाजा बंद कर उसने एक जोर की साँस ली। बाप-रे-बाप! यह क्या हो रहा है उसके साथ? यौवन का चरम छोर पार कर चुकी इस औरत में ऐसा क्या है जो उसे इस तरह खींच रहा है। भट्ट बाथरूम की चिटकनी बंद करने के लिए घूमा, तो खड़ा-का-खड़ा रह गया। दरवाजे के पीछे लगी खूँटी पर एक निरा पारदर्शी गाऊन टँगा हुआ था। ''माई गॉड'', उसके मुँह से बेसाख्ता निकला।

बेशक रुक्मिणी को यह स्वतंत्रता है कि वह रात को कुछ भी पहने। पर इस तरह अनजान लोगों के सामने इसको टाँगे रखने का क्या मतलब? ऐसा तो हो ही नहीं सकता कि इस घर के एकमात्र बाथरूम में गुरु ने इसे न देखा हो। क्या पता यह गुरु को दिखाने के लिए ही इस तरह रखा गया हो, भट्ट के मन में अचानक यह विचार आया। वह बेचैन हो उठा। उसने कोशिश की कि वह गाऊन को पहनी हुई रुक्मिणी की कल्पना न करे। पर उसका मन उससे विद्रोह करने लगा। अब तक भट्ट सैकड़ों आकर्षक औरतों के सम्पर्क में आया था, पर उसे ऐसा कभी नहीं लगा था कि उनमें से कोई भी उसकी पत्नी से ज्यादा आकर्षक है। यदि कोई औरत अपनी तरफ ध्यान खिंचवाने की जरा-सी भी कोई हरकत करती या उसके हाव-भाव-मुद्रा

से उसे महसूस होता कि उसके अन्दर कोई ऐसी ख्वाहिश है, भट्ट के अन्दर तुरन्त जैसे कुछ जम जाता। वह एकदम रुखा हो जाता।

रुक्मिणी के पति से भट्ट मिला, तो जैसे उसके मन में एक चोर था। ऐसा उसके साथ जीवन में पहली बार हो रहा था। रुक्मिणी के पति की काठमांडू और आसपास के बड़े शहरों और गाँवों में कपड़ों की कई दुकानें थी। पर देखने में वह कपड़े का व्यापारी नहीं, बल्कि कोई बहुत पढ़े-लिखे प्रोफेसर जैसा था। उसकी बातें भी काठमांडू घाटी की राजनीति से लेकर दुनिया की तमाम समस्याओं तक फैली थीं। गुरु के प्रति उसका रुख बहुत आदर से भरा था। भट्ट को कुछ समझ नहीं आया। बातों ही बातों में पता चला कि रुक्मिणी गुरु के लिए नेपाल में कहीं ऐसी जगह पर अपनी पुश्तैनी जमीन पर एक छोटा-सा मकान बना रही है, जहाँ से माउंट एवरेस्ट दिखाई पड़ता है। रुक्मिणी का पति इस बारे में बहुत उत्साहित था कि गुरु अगली बार वहाँ हर सुबह माउंट एवरेस्ट देखते-देखते चाय पी सकेगा। भट्ट फिर कुछ चकरा गया। रुक्मिणी के गुरु के प्रति हाव-भाव से कहीं यह छुपा नहीं था कि वह गुरु से प्रेम करती है। तो क्या यह शख्स अपनी पत्नी के प्रेमी को यह मौका दे रहा है कि वह प्रेम की ऊँची-ऊँची पींगे भरे? भट्ट को यह भी समझ में आया कि गुरु उसे काठमांडू आने से क्यों रोकना चाहता था। प्रेम का यह विचित्र त्रिकोण भट्ट के अब तक जाने हुए हर किस्से से परे था।

भट्ट रात को लौटकर होटल आया, तो पाँच सितारा होटलों और देशी-विदेशी सैलानियों से दरबार मार्ग की सड़क गुलजार थी। जुआ खेलने के लिए केसिनो ले जानेवाली बसें लोगों को भर-भरकर सड़कों पर दौड़ लगा रही थीं। ''दुनिया में सब जगह कम्युनिज्म खत्म हो रहा है, सिर्फ हमारे यहाँ नेपाल में दिन-दूना रात चौगुना बढ़ रहा है''—रुक्मिणी के पति ने अपनी तीखी नाक पर चश्मा ऊँचा करते हुए कहा था। ''और भी बहुत कुछ बढ़ रहा है सेठ''—गुरु ने रुक्मिणी के पति का मजाक बनाते हुए कहा था—''हमारे यहाँ के सेठों जैसी तोंद नहीं है तो क्या, हो तो तुम सेठ ही।'' रुक्मिणी का पति कंधे उचकाकर हँस पड़ा था। ''गरीबी, गन्दगी, गरमी सब कुछ बढ़ रहा है, और साथ ही अमीरी, गाड़ियाँ, नये होटल और केसिनो भी बढ़ रहे हैं''—गुरु ने अपनी बात पूरी की।

भट्ट ने रुक्मिणी के घर से निकलकर सारी शाम गली-गली पैदल घूमते हुए चमकती चौड़ी सड़कों के पीछे छिपा गुरु की बात का सच देख डाला था। पर पूरे समय ऐसा होता रहा था कि घूमते-घूमते उसके दिमाग में रुक्मिणी का चेहरा

अचानक कौंध जाता। वह थककर बोधिनाथ के स्तूप की चारों दिशाओं पर निगाह रखती आँखों के पास की एक बौद्ध मोनेस्ट्री में घुस गया। उसे वहाँ यह देखकर बेहद आश्चर्य हुआ कि तारा देवी, जो शायद बुद्ध का स्त्री रूप है या स्त्री-बुद्ध है, की मूर्ति का चेहरा हू-ब-हू रुक्मिणी जैसा था। वह कितनी देर तक खड़ा-खड़ा उस मूर्ति को देखता रहा, उसे मालूम नहीं पड़ा। वही तीखी पतली-सी नाक, उसी तरह की कमल की पंखुड़ियों जैसी आँखें, पान के पत्ते की तरह नीचे की तरफ नुकीली होती गई ठुड्डी और पूरे चेहरे पर एक तरह की प्रशान्ति की लुनाई लिए चिकनापन। उसे लगा कि तारा देवी की मूर्ति हँस पड़े, तो उसके दाँत भी रुक्मिणी की तरह कुछ-कुछ खरगोश के दाँत जैसे होंगे।

भट्ट को अपने ऊपर बेहद गुस्सा आ रहा था। यह क्या पागलपन सवार हो गया है उस पर? जिस औरत को वह अच्छी तरह जानता तक नहीं, सिर्फ दो बार फोन पर आवाज सुनी और एक बार देखा है, वह कैसे उसकी चेतना को इस तरह अपने वश में कर सकती है? उसने चेष्टा की कि कलकत्ते में बैठी अपनी पत्नी के बारे में सोचे। उसने यह भी चेष्टा की कि वह होस्टल में पढ़ रहे अपने प्यारे बेटे अमन के बारे में सोचे।

अगले दिन सुबह की सैर पर जाने के लिए भट्ट ने जल्दी उठकर टैक्सी बुलाई और रुक्मिणी के घर पहुँच गया। उसका दिमाग रात भर में काफी साफ हो गया था और उसका दिल एकदम शान्त था। आदमी कभी-कभी कैसी मूर्खता में फँस जाता है, सोचकर उसे आश्चर्य हो रहा था। साथ ही उसे एक खुशी-सी भी महसूस हो रही थी कि उसके जैसे संभले हुए आदमी के साथ ऐसा हुआ।

धान के खेतों के किनारे-किनारे गुरु न जाने उन लोगों को किधर से किधर ले जा रहा था। जहाँ-तहाँ लोगों ने सुबह मुँह अँधेरे उठकर पाखाना कर रखा था, पर गुरु रुक्मिणी और उसका पति ऐसे चले जा रहे थे, जैसे वे कोई राजमार्ग पर चल रहे हों। गुरु और रुक्मिणी आगे-आगे एक साथ चल रहे थे और न जाने किस बात पर कुछ कुढ़न सी महसूस करने लगा भट्ट रुक्मिणी के पति के साथ चल रहा था। उसके कान गुरु और रुक्मिणी का संवाद सुनने की कोशिश में लगे थे और रुक्मिणी के पति के नेपाल की राजनीति पर चल रहे धुँआधार व्याख्यान को वह टुकड़ों-टुकड़ों में ही सुन रहा था। अचानक रुक्मिणी के पति ने कहा—"प्रेम के बारे में आपका क्या खयाल है?" भट्ट जैसे सकते में आ गया। उसका गला सूख गया। वह एक खिसियानी-सी हँसी हँसकर रह गया। रुक्मिणी के पति ने फिर कहा—"अच्छा

बताइए, प्रेम में ईर्ष्या होनी चाहिए या नहीं?'' भट्ट कुछ स्थिर हो चला था। उसने कहा–''अरर... सच कहूँ, तो प्रेम है तो ईर्ष्या तो होगी।'' ''नहीं''–रुक्मिणी का पति एकदम गंभीर हो गया था–''प्रेम है, तो ईर्ष्या बिल्कुल नहीं होगी। प्रेम का अर्थ ही है अपने अहंकार का, अपने खुद के होने के भाव का मिट जाना। अगर ईर्ष्या है, तो मतलब यह हुआ कि आप अपने बारे में ही सोच रहे हैं। उसके बारे में नहीं, जिससे आप प्रेम करते हैं।''

बात गलत नहीं है, यह जानते हुए भी भट्ट ने उसकी बात पर हामी नहीं भरी। बेचारा, उसके मन में रुक्मिणी के पति के लिए बहुत तरस आया। कितना भला आदमी है। एकदम गाय। जानते-बूझते जीती मक्खी निगल रहा है। हो सकता है कि गुरु ने इसे समझा-बुझाकर पटा रखा हो। एक क्षण के लिए उसे गुरु पर बहुत गुस्सा आया। क्या खोज रहा है यह शख्स? कितने तरह के कितने सम्बन्ध बना रखे हैं गुरु ने? अब समझ में आया कि गुरु ने शादी क्यों नहीं की, उसने सोचा। शादी तो एक बंधन है, एक वायदा है, एक प्रतिज्ञा है। इस तरह का व्यक्ति किसी बंधन में क्यों बँधेगा, खासकर जबकि उसे हर जगह ऐसे लोग मिल जाते हों जो उसके कदमों में बिछने के लिए तैयार हों। भट्ट को उस घड़ी रुक्मिणी से भी बहुत चिढ़ हुई। क्या इसे मालूम है कि गुरु ने उस सफेद साड़ीवाली औरत को कैसी आत्मसमर्पण की कविता लिखकर दी थी? या गुरु ने उस कविता की कई प्रतियाँ कई औरतों को दे रखी हैं कि वे सब उसे पढ़कर अपना जीवन धन्य मानती रहें।

रुक्मिणी का पति अचानक फिर बोल उठा–''क्यों आपको मेरी बात गलत लग रही है?'' भट्ट जवाब में सिर्फ एक फीकी हँसी हँस दिया। वे लोग बागमती के किनारे पहुँच गए थे और उस पार पशुपतिनाथ का प्रख्यात मन्दिर था। नदी पर कोई पुल नजर नहीं आ रहा था, जिससे नदी पार की जा सके। तभी उसने देखा कि गुरु ने अपने जूते-मोजे खोलकर पैंट को मोड़ लिया है और नदी में उतर रहा है। पीछे-पीछे रुक्मिणी भी अपने जूतों को हाथ में लिए अपनी गुलाबी साड़ी घुटनों तक उठाकर पानी में उतर रही थी। यह क्या? उसने अचंभे से रुक्मिणी के पति को देखा। ''कोई हर्ज नहीं। बागमती में घुटने से नीचे ही पानी है''–रुक्मिणी का पति भी अपने जूते-मोजे खोलने लगा। भट्ट पानी में उतरा, तो उसके पूरे शरीर में सिहरन दौड़ गई। उसके अन्दर एक अद्‌भुत आनन्द का ज्वार उठा। गुरु साथ न हो, तो शायद उनमें से कोई भी इस तरह नदी पार करने की न सोचे। कुछ दूर आगे चलकर एक पत्थरों का पुराना पुल है, रुक्मिणी के पति ने बताया। बागमती के ऊपर कुछ-

कुछ दूरी पर बने दो पत्थर के तख्तों पर चिताएँ जल रही थीं। दोनों प्रायः पूरी जल चुकी थीं। भट्ट के अंदर अचानक एक अवसाद की लहर उठी। वह जानता है कि पिता के पास अब ज्यादा-से-ज्यादा जीवन के पाँच-दस साल बचे हैं। सिर मुंडाए हुए एक सतरह-अठारह साल के लड़के को देखकर उसने सोचा कि वह इसी तरह एक दिन नदी में तर्पण करेगा। उस समय उसके अंदर कितना अफसोस होगा, इस कल्पना से वह सिहर उठा।

उफ्! भट्ट ने सिर झटककर खयाल को परे हटा दिया। रुक्मिणी और गुरु दूसरे किनारे पहुँच चुके थे और ऊपर मन्दिर तक जाने के लिए पत्थर की पुरानी ऊँची-ऊँची सीढ़ियाँ चढ़ रहे थे। भट्ट ने फिर एक गहरी बेचैनी का अनुभव किया। क्या हो गया है उसे? वह क्यों और क्या सोचकर कलकत्ते से यहाँ भागकर आया था और अब उसे क्यों लग रहा है कि वह फिर भागकर कहीं और चला जाय? नदी के पानी के स्पर्श से उसके अन्दर जो आनन्द हुआ था, वह न जाने कहाँ गायब हो गया था। तभी गुरु ने पीछे मुड़कर उसे देखा और आगे आने का इशारा किया। भट्ट की बेचैनी काफूर हो गई। वह दौड़कर रुक्मिणी और गुरु के नजदीक जा खड़ा हुआ। गुरु ने 'देखो' कहकर एक पुराने छोटे मंदिर की ओर इशारा किया। भट्ट ने देखा कि मंदिर के दरवाजे के ऊपर खजुराहो की तरह मिथुन मूर्तियाँ बनी हुई थीं। न चाहते हुए भी भट्ट की आँखें एक क्षण के लिए रुक्मिणी के चेहरे की ओर उठीं।

''कितना पुराना होगा यह मंदिर''—पूछकर भट्ट ने अपनी झेंप और सकपकाहट को ढकने की कोशिश की। ''होगा कोई दो हजार साल पुराना। क्यों?''—कहकर गुरु ने रुक्मिणी के पति की ओर देखा, जो उनके नजदीक आ खड़ा हुआ था। यह गुरु किस मिट्टी का आदमी है, भट्ट को समझ में नहीं आ रहा था। क्या इसके अंदर लज्जा या मर्यादा जैसा कुछ भी नहीं? क्या इसका मन एक बच्चे की तरह निष्पाप और निर्मल है? या इसकी विज्ञान की पढ़ाई ने इसे जीवन के हर पहलू को भावहीन होकर जाँचने की दृष्टि दी है?

मंदिर के अंदर सुबह-सुबह भी काफी भीड़ हो चली थी। शायद वह दिन किसी खास पूजा का दिन था। रुक्मिणी ने 'स्थल-कमल' की एक बड़ी-सी सफेद फूलों की भारी माला शिवलिंग पर चढ़ाने के लिए खरीद ली थी। ''क्या अद्भुत खुशबू है मैग्नोलिया की।''—गुरु ने हवा को सूँघते हुए कहा। 'उफ्'—रुक्मिणी के चेहरे पर एक नकली खीझ भरी मुस्कान थी—''मैग्नोलिया नहीं, स्थल-कमल! पूजा की माला कोई सूँघता है भला? नास्तिक हो, तो मंदिर आए ही क्यों?'' ''हम

तो तुम्हारे पीछे कहो तो जहन्नुम भी चले जाएँ''—कहकर गुरु हँस पड़ा। भट्ट ने चोरी से रुक्मिणी के पति की ओर निगाह डाली, तो वह ऐसे हँस रहा था जैसे उसने दुनिया का सबसे मजेदार चुटकुला सुन लिया हो। भट्ट ने एक ठंडी साँस फेंककर सोचा, वाह रे भाई वाह।

भट्ट ने निश्चय किया कि वह भी अद्‌भुत सुगंध वाला यह फूल एक-एक करके अपने पूरे परिवार की ओर से शिवलिंग पर चढ़ाएगा। वह फूल बेचनेवालों की कतार की ओर बढ़ गया। पत्ते के बड़े दोने में चार मैग्नोलिया के फूल रखकर वह मंदिर के एक दरवाजे पर खड़ा हो गया कि पुजारी को फूल चढ़ाने के लिए दे सके। उसके आगे कई लोग खड़े थे और वह धीरज रखकर प्रतीक्षा करता रहा कि वे लोग अपनी पूजा समाप्त कर हट जाएँ तो वह अपने फूल पुजारी को दे। आज तक कभी उसने जीवन में इस तरह मन्दिर में जाकर चढ़ाने के लिए फूल नहीं खरीदे थे। कभी-कभी कलकत्ता आए हुए किसी अफसर को लेकर वह कालीघाट जाता, तो जवाकुसुम के लाल-लाल फूलों से उसे बुरी तरह चिढ़ होती थी।

कतार में खड़े-खड़े अचानक भट्ट को ऐसा महसूस हुआ जैसे उसे कोई बिजली का झटका लगा हो। गुलाबी साड़ी की एक झलक पास से गुजरते देख उसे समझ में आ गया कि यह झटका उसे रुक्मिणी के अपने पास से गुजर जाने से लगा है। वह एकदम हैरत में आ गया। यह औरत क्या जादूगरनी है? वह पास से गुजर रही है, यह बात भट्ट जानता तक नहीं था, पर फिर भी उसे इस तरह का जबरदस्त अनुभव हुआ था। असंभव! उसका दिल बुरी तरह धक-धक करने लगा था। तभी उसे याद आया कि कल वह सारी रात सो नहीं पाया था। बेचैनी से करवट बदलते वह एक चेहरे को भुलाने की चेष्टा करता रहा था। यह क्या है? क्यों हो रहा है उसके साथ ऐसा?

पुजारी को फूल का दोना पकड़ाकर भट्ट एक पत्थर के चबूतरे के पास से गुजरा जिस पर बहुत सारे साधु बैठे थे। उस चबूतरे पर पत्थर की नक्काशीदार सुन्दर छतरी बनी हुई थी। भट्ट सब कुछ ऐसा देखना चाहता था जो उसे एक गुलाबी साड़ी को खोजने से रोक सके। मंदिर का आँगन पार कर वह किनारे की दीवार से सटकर खड़ा हो गया और नीचे बहती बागमती के पानी को देखने लगा। बागमती के उस पार पत्थर की ऊँची-ऊँची सीढ़ियाँ बनी हुई थीं जो पेड़ों और घास के हरेपन में बार-बार खो जाती थीं। भट्ट को पेड़ों को देखकर बहुत सुकून महसूस हो रहा था। उसे लगा कि पेड़ों के पास बहुत शान्ति है और शायद बहुत ताकत भी। उसने देखा

कि नदी के उस तरफ चबूतरे बने थे जिन पर बैठकर इस पार पशुपति मन्दिर और पास के श्मशान घाट पर जलती चिताओं को देखा जा सकता था। तभी उसने देखा कि ठीक सामने के चबूतरे पर एक पैंट-शर्ट पहना हुआ आदमी आकर खड़ा हो गया है। उस आदमी ने हाथ में एक काल्पनिक माइक पकड़ने की मुद्रा बनाई और जोर-जोर से भाषण देने लगा। वह नेपाल के नए राजा सहित प्रजातंत्र के लिए लड़ रहे नेताओं को धुँआधार गन्दी-गन्दी गालियाँ दे रहा था। फिर भी भट्ट को लगा कि उस पागल की बातों में बहुत सारा तथ्य है। वह उसकी बातों को समझने की चेष्टा करने लगा और थोड़ी देर के लिए अपने आपको बिल्कुल भूल गया।

अचानक उसका ध्यान उधर से उचट गया और उसका दिल एक क्षण के लिए जैसे धड़कना भूल गया। ''कहाँ गई वह?''—उसके अंदर यह सवाल उठा और वह झटके से पीछे घूमा। तब उसे देखकर बेहद आश्चर्य हुआ कि गुलाबी साड़ी उसके बिलकुल नजदीक थी। वह जहाँ खड़ा होकर बागमती के पार देख रहा था, उसके ठीक बगल में रुक्मिणी और गुरु खड़े होकर वही दृश्य देख रहे थे। ''वैसे काठमांडू आने के लिए यह सबसे खराब महीना है''—गुरु ने रुक्मिणी से कहा—''इस समय चारों तरफ बादल छाये रहते हैं। वरना चारों तरफ बरफ के पहाड़ नजर आते। अभी जैसा दृश्य है वैसा तो हमारे पहाड़ के गेस्ट-हाऊस से कभी भी देखा जा सकता है। कभी तुम भी वहाँ आओ, जब मैं रहूँ।'' रुक्मिणी का चेहरा फक् पड़ गया। उसने कहा—''मैं क्या आऊँगी? जब भी जाने की सोचती हूँ, तो ये पहाड़ जैसे मेरी घेराबंदी कर लेते हैं। कहीं नहीं जा पाती।''

उन लोगों का पोखरा जाने का कार्यक्रम बना, तो भट्ट का मन दुविधा में पड़ गया। वह हर हाल में जाना चाहता था, पर यह भी जानता था कि उसे नहीं जाना चाहिए। पूरी-पूरी रात वह पलकें झपकाए बिना बिता रहा था। उसके साथ ऐसा कभी नहीं हुआ था। तो क्या उसे वाकई इस रुक्मिणी से 'प्रेम' हो गया है?—यह सवाल वह अपने आप से हजारों बार पूछ चुका था। यह मूर्खता हो सकती है, यह पागलपन हो सकता है, यह एक तरह का पलायन ही है, वह यह सब कुछ जानता था। पर उसके अंदर रात-दिन जो हो रहा था, वह झूठ नहीं था, यह भी उसे मालूम था। एक अनजानी बेचैनी से वह दिन-रात जूझ रहा था और किसी भी तरह अपने को समझा नहीं पा रहा था। उसका पोर-पोर एक अजीब किस्म के दर्द से छटपटा रहा था। वह इससे बचना चाहता था। कहीं भाग निकलना चाहता था। पर वह मजबूर था कि इसे सहे और तकलीफ पाए।

उसे क्या गुरु से मदद माँगनी चाहिए? वह सोच में पड़ गया। गुरु भला क्या कर सकता है इस तरह के मामले में। ''मैं क्या करूँ''—उसने अचानक गुरु को अकेला पाकर कहना शुरू किया। वह गुरु को अपने मन की हालत, अपनी बेचैनी, अपना बहकना बता देगा। कुछ नहीं छिपाएगा। गुरु के तो बहुत से अनुभव रहे होंगे। वही रास्ता बताएगा। यह सब सोचते हुए उसके दिमाग का एक कोना उसके खुद के प्रति विद्रोह जरूर कर रहा था—''हद हो गई तुम्हारी। क्या तुम भी गुरु को गुरु मानने लगे हो? क्या तुम उस गाँव की अनपढ़ बूढ़ी के जैसे भक्त हो रहे हो कि सोचते हो कि कोई गुरु तुम्हें मुक्ति दिला देगा?''

''अरे, इतनी दुविधा क्यों है?''—गुरु ने उसकी पूरी बात सुने बिना ही जवाब देना शुरू कर दिया। ''ठीक है कि बारिश के कारण पोखरा का रास्ता पूरा टूटा हुआ है, पर उससे क्या? हम बीच रास्ते में कहीं रात को रुक जाएँगे।'' भट्ट चुप हो गया। वह कहना चाहता था, नहीं-नहीं पोखरा जाने या न जाने की दुविधा नहीं है, बात कुछ और है, पर कुछ कह नहीं पाया। उसकी जबान पर जैसे ताला लग गया था। गुरु फिर बोला—''जब तक तुम चुनाव करने में जीओगे—यह कि वह, ऐसे कि वैसे, यहाँ कि वहाँ? इतना कि उतना—तब तक समझो कि तुममें सजगता की कमी है। यदि तुम एकदम 'एलर्ट' हो, तो तुरन्त तुम एक रास्ते को चुन लोगे। दूसरे का खयाल तक तुम्हें नहीं आएगा।'' भट्ट ने गुरु को कुछ दिल की बात कहने का विचार तुरन्त वहीं छोड़ दिया।

रास्ता वाकई इतना खराब था कि गाड़ी के चक्के जैसे किसी खाई में उतरकर वापस सड़क पर आते थे। सूर्यास्त के पहले आधी दूरी तय कर वे लोग मुगंलिंग नाम के एक ठिकाने पर पहुँचे। वहाँ एक ठीक-ठाक होटल दिखाई पड़ा, तो उन लोगों ने वहीं डेरा डालने का निश्चय किया। गाड़ी से सामान निकालकर कमरों में रखवाकर भट्ट चाय पीने बाहर निकला, तो रुक्मिणी का कहीं पता नहीं था। गाड़ी में वह पीछे अपने पति और गुरु के बीच में बैठी थी और भट्ट ड्राइवर के पास आगे में। सारे रास्ते भट्ट ने अपने दोस्तों के बीच आजमाए हुए ढेर सारे चुटकुले उन लोगों को सुनाए थे। माहौल इतना हल्का था कि भट्ट के मन का भार एकबारगी गायब हो गया था। वह पीछे मुड़कर रुक्मिणी को अपने चुटकुलों पर हँसते देखता हुआ आया था। टूटे हुए रास्ते के झटके उसे जैसे महसूस ही नहीं हुए थे।

गुरु और रुक्मिणी का पति होटल के बगीचे में लगी टेबुल पर बैठे चाय पी रहे थे और वापस नेपाल की राजनीति पर बहस करने लगे थे। भट्ट बेचैन होकर इधर-

उधर देखते हुए बगीचे के किनारे पर जा खड़ा हुआ, जहाँ नीचे त्रिशूली और गंडकी नदियों का संगम था। उसने चौंककर देखा कि रुक्मिणी ठीक उसके नीचे उतराई के रास्ते पर दोनों हाथों को ऊँचा कर सिर के पीछे लगाकर खड़ी हुई थी और डूबते हुए लाल सूरज को तन्मयता से देख रही थी। उसके चेहरे पर खो जाने का भाव था। शायद उसकी आहट पाकर रुक्मिणी ने ऊपर देखा। भट्ट को देख उसका चेहरा एक मोहक मुस्कान से दीप्त हो उठा। ''नीचे संगम तक चलें?''—उसके पूछने से भट्ट पहले आश्चर्य से और फिर उमंग से भर गया। एक क्षण के लिए उसे खयाल आया कि बाकी दोनों को भी पूछना या बताना चाहिए, पर फिर उसने इस खयाल को झटक दिया।

गंडकी के किनारे-किनारे रुक्मिणी के साथ पत्थरों पर चलते हुए भट्ट ने जैसे एक अद्भुत परिपूर्णता का अनुभव किया। उसे ऐसा हलकापन लग रहा था जैसे कि वह दोनों हाथ उठाए, तो हवा में उड़ सकता है। उस एक क्षण में उसे लगा कि जीवन से जो भी कुछ चाहिए था, उसे मिल गया है। उस घड़ी उसका अतीत, वर्तमान और भविष्य उसके लिए बिलकुल तिरोहित हो गए। रुक्मिणी ने एक पत्थर पर डगमगाते हुए उसका हाथ थाम लिया, तो उसकी आँखें एक क्षण के लिए जैसे अपने आप बंद हो गईं। ऐसा लगा जैसे उसका शरीर मानो है ही नहीं। तभी रुक्मिणी के हल्के-से चीखने से वह जैसे होश में आया। ''हे राम! मेरे जूते का पूरा 'सोल' ही निकल गया''—रुक्मिणी हँसते-हँसते कह रही थी। भट्ट उसके खरगोश से दाँत ऐसे देखता रहा जैसे उसके कानों ने कुछ सुना ही न हो। रुक्मिणी ने नीचे झुककर अपना जूता हाथ में लेकर उसे दिखाया—'एकदम नए जूते हैं।' भट्ट को कुछ होश आया। ''अरे, तब तो वापस ऊपर जाने में मुश्किल होगी''—उसने कहा।

भट्ट का दिल एकदम भारी हो आया। वह क्षण बीत गया था जब वह अपने आप तक को बिलकुल भूल गया था। भट्ट की आँखों में हल्की-सी पानी की परत आ गई। वह रुक्मिणी के प्रति, गुरु के प्रति, रुक्मिणी के पति के प्रति और उस नदी के एक-एक पत्थर के प्रति गहरी कृतज्ञता से भर गया। एक छोटे से पत्थर को यादगार के तौर पर पॉकेट में रख लेने के इरादे से वह नीचे झुक गया। तभी उसे एक बड़ा अंडाकार सलेटी पत्थर दिखाई पड़ा जिसके ऊपर सफेद रंग से पूरा चन्द्रमा बना हुआ था। भट्ट ने उस पत्थर को उठा लिया। अब तक गुरु उसके पास खड़ा हुआ था। उसने भट्ट के हाथ से पत्थर लेकर उसे घुमाते हुए कहा—''गंडकी में ये शालिग्राम मिलते हैं। लोग पूजा के लिए ले जाते हैं। पर देखो, इसके माथे पर तो

शिव की तरह पूरा चन्द्रमा बना हुआ है।'' रुक्मिणी के पति ने भी हाथ में पत्थर को लिया और कहा–''अद्‌भुत ! अद्‌भुत! लीजिए साहब, आपको नदी ने मेहरबान होकर ऐसा कुछ दिया है जो जल्दी से किसी और को नहीं मिलता।''

रुक्मिणी के पति के ये शब्द भट्ट का बरसों पीछा करते रहे। पोखरा की घाटी में लीचियों से लदे छोटे-छोटे पेड़, झील के पार दिखता नीले रंगों के इन्द्रजाल से बना आसमान और सबसे ऊपर शान से इठलाता मच्छपुच्छरे का बर्फीला शिखर उसे कभी याद नहीं आए। याद रहा तो गंडकी का वह पथरीला तट, जहाँ से लौटकर उसने 'शालिग्राम' लाकर अपनी पत्नी के हाथों में थमा दिया था।

कोई कह सकता है कि नाम में क्या रखा है? गलियों की धूल फाँकनेवालों में अक्सर 'राजा' या 'राजकुमार' पाए जाते हैं। पर गुरु का नाम गुरु होने से जरूर फर्क पड़ा होगा। लोगों पर इस नाम का पक्का कुछ प्रभाव पड़ता है। ऊपर से गुरु का फकीरी आलम–न शादी-घर-गृहस्थी-बच्चे और न नौकरी पैसे कमाने का भार। भट्ट ने कुछ रश्क से आगे जोड़ा–न सूरत में कमी और न सीरत में। गुरु को चाहनेवालों की क्यों कमी होती।

और तो और, वह रुक्मिणी का पति! उल्लू का पट्ठा। भट्ट ने कपड़े के व्यापारी को गाली दी जो कहीं से एक दुकानदार की तरह बात नहीं करता था। पोखरा से लौटकर वे लोग आए, तो अगले दिन गुरु की बातों को ऐसे बता रहा था जैसे कोई ब्रह्मा के मुख से सुनकर आया हो–''हाँ, तो हमारे गुरु ने कहा कि परिवार का मतलब एक बीमा कम्पनी से ज्यादा क्या है? परिवार है तो इसलिए कि तुम्हारे पढ़ने-लिखने, खाने-पीने,बीमार पड़ने, बूढ़े होने की व्यवस्था ठीक रहे। असल में तो पति-पत्नी अलग-अलग रहकर दो दोस्तों की तरह मिलें, तब तो पता चले कि असल में प्रेम के कारण मिल रहे हैं, कोई बीमा कम्पनी खोलने के लिए नहीं।''

रुक्मिणी के पति के मुँह से यह बात सुनकर भट्ट अवाक रह गया था। गुरु की बातों को पचाने की उसकी हाजमा-शक्ति पर भट्ट को यकीन नहीं आ रहा था। एक साधारण गृहस्थ-बाल-बच्चे वाला आदमी ऐसी बातों को इस तरह दुहरा रहा है, जिनको गले उतारना भट्ट के लिए भी आसान नहीं है। भट्ट की इच्छा हुई कि पूछे कि क्या उसे मालूम है कि उसकी बीमा कम्पनी के फेल होने के आसार दिख रहे हैं? यह बात पूछने का तो सवाल ही नहीं होता था, पर भट्ट के चेहरे को रुक्मिणी

के पति ने शायद पढ़ लिया। वह एक क्षण शायद तौलता रहा कि भट्ट को कुछ बोले या न बोले। फिर वह मुस्कराया। उसकी आँखों में जैसे सदियों की यात्रा से पाया कुछ झलक उठा—"गुरु से प्रेम करने से पहले रुक्मिणी प्रेम का अर्थ ही नहीं जानती थी। वह एकदम अधूरी थी। मैं अपने कॉलेज के दिनों में एक लड़की से बेतहाशा प्रेम करता था, पर हमारी शादी नहीं हो सकी थी। इस बात के लिए रुक्मिणी ने मुझे तब तक माफ नहीं किया था जब तक वह खुद गुरु से प्रेम नहीं करने लगी थी। गुरु के हमारे जीवन में आने से ही मैं और रुक्मिणी सच्चे दोस्त बन पाए। पहले उसकी देह एकदम निष्प्राण, कड़ी और सूखी रहती। बाद में जब प्रेम का ज्वार आया..."—कहते-कहते रुक्मिणी का पति चुप हो गया।

भट्ट को जैसे काटो तो खून नहीं। उसे लग रहा था कि उसका कलेजा फट गया है—जैसे किसी ने उसके दो टुकड़े कर दिये हों। एक तरफ वह इस मामूली आदमी के आगे झुक जाना चाहता था जिसके लिए जीवन के सच्चे अनुभव की कीमत किसी भी धारणा, विचार या संस्कार से ज्यादा थी। दूसरी तरफ उसका सारा शरीर जैसे जल रहा था। ईर्ष्या, घृणा या वितृष्णा की आग उसके अन्दर धधक रही थी। वह किसी तरह इस आदमी की उदारता को स्वीकार नहीं कर पा रहा था। उसे लग रहा था कि वह बस किसी तरह उन तीनों से दूर चला जाय। गुरु में ऐसी कौन-सी ताकत है कि यह आदमी इस तरह उसके वशीभूत हो गया है, यह उसे समझ में नहीं आ रहा था। बहुत हुआ, उसने सोचा। पिताजी ठीक कहते हैं। अब वह लौटकर एक मुकम्मिल जीवन जीएगा। एकदम सही तरीके से, जैसे बाकी दुनिया जीती है।

काठमांडू से बस में लौटते समय भट्ट पूरे रास्ते उधेड़बुन में पड़ा रहा। न जाने क्यों उसी के साथ हमेशा ऐसा होता है। हर जगह उसे भ्रम होता है कि कुछ बहुत सुन्दर, कुछ बहुत सार्थक और सही उसके हाथ आनेवाला है। वह जीवन से जैसे एक लय महसूस करने लगता है। लेकिन फिर एक नया नरक उसे नए सिरे से सताने लगता है। उसने क्या खोया और उसे क्या मिला यहाँ आकर? इस हिसाब से वह किसी तरह उबर नहीं पा रहा था। गंडकी के किनारे उन लम्हों को वह याद करता, तो उसे लगता कि इससे ज्यादा जीवन उसे क्या दे सकता था? रुक्मिणी का नाम-चेहरा याद आने भर से उसके दिल की धड़कन तेज हो जाती। उसके सान्निध्य में बीता एक-एक क्षण उसे याद था। उसकी एक-एक बात, एक-एक मुस्कराहट उसके दिल-दिमाग ने संजो ली थीं। साथ ही रह-रहकर उसका दिल भयंकर बेचैनी और अकुलाहट से भर उठता। उसके अंदर ऐसी तड़पन हो रही थी कि साँस लेना

भी भारी लग रहा था। वह बार-बार एक लंबी साँस छोड़ता और बस की खिड़की से दिखते नजारों में मन लगाने की कोशिश करता। पर दिल था कि हर चीज से जैसे विरक्त हो चला था। इस हालत में वह कलकत्ता पहुँचकर क्या कहेगा, क्या करेगा, उसे कुछ समझ में नहीं आ रहा था। क्या उसकी पत्नी भाँप नहीं लेगी कि कुछ बात है जो वह छुपा रहा है?

भट्ट के दिल की घबराहट जब हद पार गई तो उसने अपने हैंडबैग से अपनी छोटी डायरी निकाली। डायरी के पीछे के चार पन्नों में उसने जर्मनी के कॉन्सन्ट्रेशन-कैम्प की यातना से गुजरे यहूदी लेखक प्राइमो लेवी की किताब 'इफ़ दिस इज अ मैन' से पंक्तियाँ उतार रखी थी। भट्ट इन्हें तभी पढ़ता था जब उसे लगने लगता था कि जीवन किसी भी हालत में जीने लायक नहीं है। ये पंक्तियाँ उसे हर बार आत्महत्या के खयाल से छुटकारा दिला देती थीं। हालांकि यह अजीब सच था कि इन्हें लिखने वाले ने अन्ततः आत्महत्या की थी। वह एक राहत महसूस करता कि कम-से-कम इस तरह के नरक से तो नहीं गुजर रहा है–"उस क्षण हमें इलहाम हो गया कि हम एकदम गर्त में पहुँच गए हैं। इससे नीचे गिरा नहीं जा सकता। आदमी इससे ज्यादा यातना नहीं पा सकता। हमारे पास कुछ नहीं है–उन्होंने हमारे कपड़े, जूते, हमारे बाल तक ले लिए हैं। अगर हम कुछ बोलें तो वे सुनेंगे नहीं। सुन लेंगे तो समझेंगे नहीं। हमारा नाम तक छीन लिया गया है। जिस आदमी के पास ऐसा कुछ नहीं बचा है जिसे वह प्यार करता है या जो उसका है–घर, आदतें, कपड़े–वह एक खोखल है। उसके पास सिर्फ कष्ट है या जरूरतें हैं। उसे मनुष्य होने की गरिमा तक याद नहीं है। अपने लिए तक बचा नहीं है वह। एकदम तल तक गिर गया है।"

भट्ट घर पहुँचा तो गनीमत कि पिता दुकान पर चले गए थे। उसने कमरे में आते ही पत्नी को बाँहों में भर लिया और उसे अपने सीने से देर तक चिपकाए रहा। पत्नी क्रमशः आश्चर्य, खुशी और फिर डर के दौर तक पहुँचकर बोली–"क्या हुआ? सब ठीक है न?" भट्ट ने सिर्फ गरदन हिलाई और उसे छोड़कर नहाने घुस गया। वह देर तक नहाता रहा। शायद पानी के साथ मिलकर उसके आँसू भी उसे भिगो रहे थे, पर उसने उन्हें कोई तरजीह नहीं दी। घर लौटकर अब उसे अपने ऊपर बेहद गुस्सा आ रहा था। सारी गलती उसकी खुद की है। वह हमेशा जीवन में जैसा देखना चाहता है, उससे अलग कुछ भी बर्दाश्त नहीं कर पाता। यह एक अभिशाप नहीं तो और क्या है?

काठमांडू में गुरु ने क्या इसी ओर इशारा नहीं किया था? गुरु की बात को सुनकर भट्ट को विश्वास हो गया था कि गुरु उसके अंदर की उथल-पुथल से अच्छी तरह वाकिफ है, भले ही उसने गुरु को कुछ न बताया हो। गुरु ने कहा था– ''तुम एक खिड़की के फ्रेम से ही आसमान को क्यों देखने की जिद रखते हो? आसमान तो हर तरफ फैला हुआ है। तुम्हें पूरा देखना हो, तो तुम्हें खिड़की के बाहर निकलना होगा।'' वैसे गुरु ने यह बात दक्षिण काली के मन्दिर में एक बकरे की बलि के बहते खून से उसकी परेशानी देखकर कही थी। उनके रिश्तों पर भट्ट की अनकही आपत्ति का कोई सन्दर्भ यहाँ नहीं था। पर भट्ट समझ गया था। उसे या तो गुरु को उसके तमाम रिश्तों के साथ स्वीकार करना होगा, वरना गुरु को छोड़ अपने डबरे में डूबे रहने के लिए वह स्वतंत्र है।

भट्ट के सामने पिताजी का चेहरा घूम गया। उन्हें यदि भनक तक लग जाए कि वह कैसे आदमी के साथ घूम रहा है तो? पिताजी की नैतिकता के पैमाने बिल्कुल तय थे। ''स्त्री और पुरुष में आग और घी का रिश्ता है''–उनका यह बीज मंत्र वह अपनी मूँछों की रेखा उगने से पहले से सुनता आया था। सच पूछा जाए तो गलत भी क्या है, भट्ट ने सोचा। न वह रुक्मिणी से मिलता, न ही इस तरह की किसी ऊहापोह में पड़ता। अचानक उसका मन घबरा उठा। क्या उसके अंदर उसके पिता हमेशा मौजूद हैं और रहेंगे? यह सोचकर भट्ट पस्त हो गया। पिताजी जिस तरह उसके कारनामों पर त्योरियाँ चढ़ाते आए हैं, अब ठीक उसी तरह वह भी कर रहा है। आखिर यह गुरु का व्यक्तिगत मामला है। रुक्मिणी और उसके पति की अपनी जिन्दगी है। उसे क्या हक है कि वह उन लोगों को कठघरे में खड़ा कर उनसे यह कैफियत तलब करे–वे अपनी जिन्दगी को अपनी तरह से क्यों जी रहे हैं? क्या वह सिर्फ उसी पर नहीं जी सकता, जो उसे मिला है?–प्रेम का वह दुर्लभ अनुभव, जिसे वह बिना जाने ही मर जाता यदि वह रुक्मिणी से नहीं मिलता।

कॉरपोरेट इंडिया बनाम पोंगापंथी भारत

के.वी. मार्केटिंग के सफर में किस अनुभव को अपने केरियर की सबसे बड़ी घटना मानते हैं? गुरुचरण के प्रश्न ने के.वी. को खुश कर दिया। घाट-घाट का पानी पीया है के.वी. ने। एक जीवन में कई जीवन जी लिए हैं। कोई गुरुचरण की तरह एक ही लकीर को पीटते हुए अपने केरियर का ग्राफ ऊँचा नहीं करते गए हैं। शायद इसीलिए उन्हें कभी जरूरत महसूस नहीं हुई कि किसी पहाड़-वहाड़ में जाकर अपना समय बरबाद करें या किसी गुरु-वुरु की भटकन में अटकें। और तो और, गुरुचरण शायद केरियर की ही लकीर पीटकर इतना उकता गया है कि शादी करने को भी तैयार नहीं हुआ। जाने किस मृग-मरीचिका में पड़ा रह गया कि कोई सर्वगुणसम्पन्न औरत उसे मिलेगी जो उसे चरम प्रेम का अनुभव दे सकेगी। बेचारा! आदमी की यही नियति है कि एक चीज की कमी दूसरी से पूरी करना चाहता है। जबकि ऐसा कभी हो नहीं सकता।

के.वी. ने अपने अंदर मुड़कर अपने जीवन पर एक विहंगम दृष्टि डाली। उनका चेहरा खिल उठा। इतनी सारी बातें, इतने सारे लोग, इतने सारे काम, इतनी सफलताएँ उन्होंने एक जीवन में पाई। कोई मुकाबिला नहीं उनका। हर समय उनके सामने चुनने को दो रास्ते रहे हैं। कभी-कभी तो तीन-चार जैसे कि इन पिछले दस सालों में। इंडिया के साथ-साथ उनकी तकदीर भी इन सालों में जोर मारती रही है। दुनिया के सबसे बड़े मार्केट बनने से इंडिया में मार्केटिंग की बहार के दिन तो आने ही थे। के.वी. के सारे जीवन के अनुभव काम में लगाने का समय उसके साथ ही आना था। अब गए वे दिन जब इंडिया में सरकारी अफसर तय करते थे कि औरतें बाजार से कौन-सी क्रीम और लिपस्टिक खरीदेंगी और लोग किस टी.वी. पर कौन से प्रोग्राम देखेंगे। अब तो देश के दस करोड़ मोबाइल फोन वाले परेशान हैं कि पचासों मॉडल से कौन सा मोबाइल खरीदें। अभी चंडीगढ़ में एक युवक ने मोबाइल का फैंसी नम्बर प्राप्त करने के लिए पन्द्रह लाख रुपये दिए हैं और उसके

माँ-बाप ने उसकी इस सफलता पर मिठाई बाँटी है। दो करोड़ क्रेडिट कार्ड वाले लोग परेशान हैं कि कौन सा एयरकंडीशन, कौन सा कैमरा, कौन सा वैक्यूम क्लीनर और कौन-सा माइक्रोवेव खरीदें। के.वी. ने एक कोरियन कम्पनी की बड़ी गाड़ी खरीद ली है और उसमें बैठकर कभी ऐसा नहीं हुआ कि उन्हें अपने दिल में एक खुशी की लहर महसूस न हुई हो। खासकर जब पास से मारूति जेन या सेन्ट्रो गाड़ियाँ गुजरती हैं, तो के.वी. अपने को शाबाशी देते हैं कि सिर्फ दो-तीन लाख की कंजूसी करके छोटी गाड़ी खरीद उन्होंने अपने को इस खुशी से वंचित नहीं किया।

गुरुचरण को अपने केरियर के किस अनुभव की बात बताएँ? वह अनुभव बड़ा है जिसमें उन्होंने किसी कम्पनी के एक प्रोडक्ट को सिर्फ एक-दो करोड़ से सौ करोड़ तक की छलाँग लगवा दी या वह अनुभव जब उन्होंने एक कम्पनी की नींव डालकर देश के लाखों लोगों को टेलिविजन से घर बैठे खरीदारी करना सिखा दिया? के.वी. जानते हैं कि उनकी पत्नी दूसरों को फायदा करानेवाली उनकी बुद्धि की कभी तारीफ नहीं कर पाती। तुम्हें क्या मिला—वह अक्सर पूछ बैठती है? तुम्हारी तनख्वाह ही तो तुम्हें मिलती है, भले ही कम्पनी को लाखों-करोड़ों का फायदा हो? तुम्हें तो किसी ने आजतक एक करोड़ भरकर कोई बैग नहीं थमाया कि के.वी., तुम इसके असली हकदार हो।

के.वी. इस बारे में सोचते-सोचते अक्सर अपनी आँखों को मींचकर गरदन झटक लेते हैं। वे 'किंगमेकर' हैं—राजा बनाने वाले। राजा बनना न उनकी फितरत है न उनकी इच्छा। यह बात पत्नी नहीं समझ सकती। जो भौतिक पदार्थों को ही जीवन में सफलता का मापदण्ड मानता हो, वह कैसे समझेगा कि विचारों की उड़ान में क्या सुख है ? ऊपर से वे खुले सांड की तरह आज़ाद घूमते हैं। कोई के पास होंगे करोड़ों-अरबों रुपए, पर के.वी. को क्या परवाह है। कुछ याद करके के.वी. हँस पड़े।

कलकत्ते वाले लाला ने अपनी मर्सिडीज में बैठाकर पूरा शहर घुमा दिया—विक्टोरिया, गंगा किनारे, फिर विक्टोरिया। उसका ड्राइवर गाड़ी घुमाता गया और लाला उनके मक्खन लगाता गया। पर के.वी. ने एक सप्ताह में ही पूरा मामला समझ लिया था। फैमिली बिजनेस को उसी पुराने ढर्रे पर चला रहे हैं। भले ही करोड़ों का शैम्पू-तेल बेचते होंगे, पर रहेंगे तो लाला के लाला ही। बनिया बुद्धि जाने वाली नहीं है। अंग्रेजी आ गयी पर शब्दों में अर्थ बनिया कहाँ से भरेगा ?

'डेलिगेशन ऑफ अथॉरिटी' बोलेंगे, पर पाँच रुपए कहीं लगाने का निर्णय लेना हो, तो लाला की मंजूरी चाहिए। के.वी. को किसी की गुलामी करना मंजूर नहीं। पैसा लाला का है, कमाए भी लाला, उन्हें परवाह नहीं। पर उनकी बात कोई गिरा दे, यह वे नहीं सह सकते। न उन्हें यह बर्दाश्त है कि हर बात में किसी से पूछना पड़े। आखिर ब्राह्मण के आगे राजा लोग ही दंडवत करते आए हैं।

अब दुनिया बदली है। समय ब्राह्मणों का है। ब्राह्मण यानी दिमाग से जीनेवालों का। के.वी. हर बार की तरह गुरुचरण के सामने इस बारे में कोई भ्रांति नहीं रहने देना चाहते कि ब्राह्मण से उनका आशय क्या है ? दुनिया की डोर अब इंडस्ट्रियल टेक्नोलॉजी के हाथ में नहीं। आज दुनिया चल रही है सूचना-तकनीक से यानी इनफॉरमेशन टेक्नोलॉजी से। बस यही इंडिया के उठने का राज है। आखिर हमीं लोगों ने कभी 'शून्य' या 'जीरो' खोजा था। तीन हजार सालों से हम आध्यात्मिक आकाश की अमूर्त धारणाओं में उड़ते रहे हैं। यह 'साइबरस्पेस' भी वैसा ही तो आकाश है। इसमें हमें कौन टक्कर दे सकता है?

कौन नहीं जानता कि दक्षिण भारत की मिट्टी-हवा-पानी में विज्ञान-गणित-इंजीनियरिंग घुले हुए हैं। क्या बड़ी बात है कि आई.टी. की नई दुनिया को वहीं प्रतिभा का सागर मिल गया। बना-बनाया 'टेलेन्ट-पूल'। ''तुम्हें पता है गुरुचरण, चेन्नई में रात भर सैकड़ों सफेद बसें इधर से उधर चक्कर लगाती फिरती हैं। आई.टी. में काम करनेवालों को घर से ऑफिस या ऑफिस से घर छोड़ती रहती हैं। क्या नजारा है। एकदम देखने लायक। और देखो, अगर साऊथ का ब्राह्मण बड़ा बिजनेसमैन भी बन रहा है, तो इसके पीछे कारण यही है कि उसके लिए किसी के आगे दंडवत करना मुश्किल है। उसे ऐसा करने की आदत नहीं है और अब समय उसके साथ है।''

के.वी. को बोलते-बोलते वापस वह सपना याद आ गया जिसमें गुरुचरण उनसे दक्षिण भारत के गुण गाने के लिए बहस कर रहा था। वे एकबारगी चुप हो गए। क्या करें? बचपन से अपने लिए 'मदरासी' शब्द का प्रयोग सुनकर उनका खून उबल जाता था। उत्तर भारत के लिए दक्षिण के सारे लोग 'मदरासी' से ज़्यादा कुछ नहीं थे, जिसका मतलब था एक ढीला-ढाला लुंगीधारी चन्दन लगाए काला सा नाटा आदमी। हालांकि के.वी. का रंग साफ था, पर विभूति के कारण वे हमेशा 'मदरासी' कहलाते। अब 'मदरासी' की जगह 'साउथ इंडियन' शब्द का मतलब हो गया है मेहनती, बुद्धिमान, पढ़ा-लिखा आदमी, जो सबके लिए नए रास्ते

खोलता है। प्रति व्यक्ति आय हो या साक्षरता का स्तर–दक्षिण भारत उत्तर भारत से कहीं आगे है। ऊपर से चावल खाने वाले लोग रोटी खानेवालों से कितने ज्यादा शांतप्रिय हैं। उत्तर की तरह न हिन्दू-मुसलमानों के दंगे हैं, न औरतों पर जुल्म। क्या तमाम दुनिया की कम्पनियाँ मूर्ख हैं कि एक अरब डॉलर लगाकर दक्षिण में अपनी फैक्टरियाँ खोल रही हैं? गुरुचरण चाहे जो सोचे, के.वी. अपने पर काबू नहीं कर पाते कि कुछ तथ्य और आँकड़े उसके सामने परोस दें।

''लेकिन के.वी., राजीव गाँधी वहीं मारा गया था। अभी हाल में हैदराबाद में बम-विस्फोट हुआ। दुनिया में कहीं भी तो शांति नहीं है–'' गुरुचरण की बात से के.वी. का मुँह उतर गया। वाकई राजीव गाँधी को क्या वहीं मारना जरूरी था? दक्षिण के ऊपर यह कलंक का धब्बा हमेशा रहनेवाला है। ''अच्छा के.वी. शांति के नाम से एक बड़ी मजेदार बात याद आ गई। मैंने पढ़ा कि अमेरिका और कनाडा से कैथोलिक पादरी अपने चर्च में आई प्रार्थना की दरख्वास्तों को ऑनलाइन केरल के चर्च में भेज देते हैं। अमेरिका में एक 'थैंक्सगिविंग' की प्रार्थना में पाँच डॉलर लगते हैं जबकि केरल के चर्च में सिर्फ एक डॉलर के खर्च में काम पट जाता है।'' गुरुचरण के साथ के.वी. भी खुलकर हँसे। मन-ही-मन उन्हें राहत महसूस हुई कि बात राजीव गाँधी की हत्या से हट गई थी।

''हाँ, अमेरिका के लोगों के लिए बच्चों का सस्ता होमवर्क, सस्ती मजदूरी और अब सस्ती प्रार्थना करने के लिए भी इंडिया हाजिर है। पर देखो, दूसरी तरफ हर समय वे लोग रोना रो रहे हैं कि उनकी सारी नौकरियाँ इंडिया के लोग हड़प रहे हैं। इसके विरोध में लोगों ने एक-से-एक वेबसाइट तक खोली है–''योर जॉब इज गोइंग टू इंडिया डॉटकॉम' में जाकर देखो। क्या-क्या दिल की भड़ास निकाल रहे हैं।'' लेकिन गुरुचरण कहीं यह न सोच ले कि साऊथ इंडिया खाली मजदूरी सस्ते में बेच रहा है, इसलिए के.वी. ने कहा–''तुम्हें पता है 'मोटरोला' और 'फिलिप्स' की हैदराबाद-बंगलोर शाखाओं से सैकड़ों नए पेटेन्ट के आवेदन आ चुके हैं। रिसर्च में भी इंडियन आदमी पीछे नहीं है।''

''सो तो है''–गुरुचरण ने कहा। के.वी. को एक बार फिर शक हुआ कि वह यह न सोच ले कि 'इंडियन' से उनका तात्पर्य 'साउथ इंडियन' है। ''गुड़गाँव में देखो, कितनी काँच की दीवारोंवाली ऑफिसें हैं। जैसे कि एक अलग ही दुनिया है''–के.वी. अपनी कॉस्मोपोलिटन चेतना की झलक दे गए। यों भी के.वी. का कोई इरादा नहीं है कि बम्बई, दिल्ली, कलकत्ता के अलावा किसी चौथे शहर में

जाकर बसने की सोचें। उन्होंने अपने दूसरे मित्रों की देखा-देखी में चेन्नई में एक फ्लैट खरीद छोड़ा है। इसके पीछे असली कारण यह है कि फिलहाल चेन्नई फॉरेन डायरेक्ट इन्वेस्टमेंट यानी कि विदेशी पूँजी को सबसे बड़े पैमाने पर आकर्षित कर रहा है। हो सकता है कि आनेवाले समय में हैदराबाद-बंगलोर भी पीछे हट जाएँ। उनके फ्लैट का दाम पाँच गुना भी बढ़ जाय, तो उन्हें आश्चर्य नहीं होगा।

के.वी. अपने मित्रों की तरह अपनी रिटायर जिन्दगी चेन्नई में बिताने की कभी नहीं सोचते। उनके कितने ही साथी चेन्नई लौटकर बस गए हैं। पर के.वी. इस तरह किसी जगह से बँधकर रह जाने की बात सोच भी नहीं पाते। दुनिया में अब देशों की सीमाएँ ही बेमतलब हो गई हैं। कम्प्यूटर की 'साइबर-वास्तवकिता' क्या किसी हद से बँध सकती है? अब तो दुनिया का शासन दुनिया के बड़े कॉरपोरेशन चला रहे हैं। सरकारें और पार्टियाँ तो बस ऊपरी ढाँचे हैं। कोई कम्पनी मेक्सिको में फैक्ट्री खोले, या चीन या नाइजीरिया में, के.वी. को अगर लगा कि वहाँ कुछ करके दिखाने का मौका है, वे चले जाएँगे। देश और विदेश तक उनके लिए मायने नहीं रखते, एक जगह 'घेट्टो' बनाकर चेन्नई या किसी और शहर में रहना तो दूर की बात है।

''लेकिन गुड़गाँव में 'होंडा' गाड़ी की फैक्टरी में तुमने देखा क्या हुआ था? पुलिस को लाठी-चार्ज करके मजदूरों की कमर तोड़नी पड़ी। इस तरह अगर मजदूर यूनियनबाजी करेंगे, तो विदेशी पूँजी आने से रही। भाग जाएँगी सारी कम्पनियाँ इंडिया से।''—के.वी. गुड़गाँव की तुलना साऊथ से करने से अपने को फिर रोक नहीं पाए। पिछली बार चेन्नई की यात्रा में के.वी. तेरह सौ एकड़ में फैला 'महिन्द्रा वर्ल्ड सिटी' का बिजनेस– आई.टी.पार्क देखकर आए थे। वहाँ नारायणमूर्ति इन्फोसिस का दुनिया का सबसे बड़ा आई.टी. प्रोजेक्ट बना रहा है। चेन्नई में मल्टीनेशनल कम्पनियाँ लाइन लगाकर खड़ी हैं; चाहे गाड़ियों की बी एम डब्ल्यू, फोर्ड या हुन्डाई कम्पनियाँ हों या इलेक्ट्रॉनिक की नोकिया, मोटरोला, सैमसंग। खरीददारों के पास में जैसा पैसा अब साऊथ इंडिया में है, उसकी नॉर्थ वाले कल्पना भी नहीं कर सकते। कितने रेस्तराँ, ए.टी.एम. बैंक, शॉपिंग मॉल और सिनेमा के मल्टीप्लेक्स चेन्नई में खुल गए हैं और लोगों में सामान खरीदने की कैसी क्षमता है, इसका अंदाजा चेन्नई, हैदराबाद, बंगलोर गए बिना नहीं हो सकता। कोयम्बटूर जैसे शहर में तीन दिन में के.वी. ने जितनी मर्सिडीज गाड़ियाँ देखीं, उतनी तो बम्बई-दिल्ली में भी नहीं दिखतीं।

गुरुचरण हमेशा की तरह चुप बैठा उनकी बात सुन रहा था। पर के.वी. ने साफ देख लिया था कि जब से 'होंडा' कम्पनी के मजदूरों पर लाठी चार्ज की बात उन्होंने की थी, तबसे गुरुचरण के चेहरे पर अनमना-सा भाव था। जैसे कि उनकी बातों से उसे बहुत तकलीफ हुई हो। के.वी. को याद आया कि उसकी पत्नी ने टी.वी. पर मजदूरों की बेरहम पिटाई देखकर कहा था—"हद हो गई। यह देश एकदम बिक गया है। यहाँ की पुलिस, सरकार, पार्लियामेंट सब ये जापानियों-कोरियनों के साथ हैं। किस तरह मार रहे हैं। यह पुलिस है या राक्षस!"

के.वी. को गुरुचरण की राजेश्वरी के स्ट्रीट डॉग्स पालने की बात भी याद आई। के.वी. तुरन्त सँभल गए—"पुलिस को मजदूरों पर इस तरह अत्याचार करते देख तकलीफ तो होती है, पर देश की भलाई में 'कोलेटेरल डैमेज' यानी छोटे-मोटे आनुषंगिक नुकसान तो उठाने ही होंगे।" के.वी. ने देखा कि गुरुचरण के चेहरे पर फिर ऐसा भाव आया जैसे के.वी. ने फिर कोई गलत बात कही हो।

के.वी. असहज होकर बात बदलने के लिए कुछ खोजने लगे। तभी के.वी. को जीवन के सबसे बड़े अनुभव के बारे में गुरुचरण का प्रश्न याद आ गया। शायद गुरुचरण इंडियन स्काई शॉप के बारे में जानना चाहता होगा। के.वी. की प्रतिष्ठा का एक बड़ा कारण इंडियन स्काई शॉप को जन्म देकर उसे खड़ा करना है। सारी दुनिया जानती है या कि सारा देश जानता है कि भारत जैसे देश में यह करना कोई आसान काम नहीं था। आखिर मार्केट के खेल के नियम बदलना हर किसी के वश की बात है? लोगों की आदतें और दिमाग का ढाँचा बदलना उन्हें फिर से जन्म देने के बराबर है। लोग टी.वी. पर सामान देखकर उसे खरीदने के लिए ड्राफ्ट और चेक भेज दें और वह भी भारतवर्ष में? यहाँ तो लोगों को आलू भी खरीदना हो, तो हर आलू को घुमा-फिराकर देखकर खरीदते हैं। ऐसे लोग खाली टी.वी. पर भरोसा कर सामान ऑर्डर करेंगे, इसमें सबको शक था।

सबको शक था सिवाय के.वी. के। जो काम कोई नहीं कर सकता या जिसे सब सोचते हैं कि करना असंभव है, वहीं के.वी. को पता रहता है कि उसी में वे सौ प्रतिशत सफल होंगे। लोग कहते हैं कि बड़ी कम्पनियों में काम करनेवाले इतने तनाव में रहते हैं जैसे कि प्रेशर-कुकर में बंद हों। ऑफिस की पॉलिटिक्स, तो कभी ऑफिस में बॉस से खटपट, कभी प्रोमोशन की चिन्ता—हर आदमी जैसे फटने की कगार पर रहता है। बहुत सी कम्पनियों ने अपने दफ्तर में 'काउंसेलिंग' करने को मनोचिकित्सक बैठा लिए हैं। कई कम्पनियाँ सुबह आधे घंटे तक 'योगा' या कुछ

और व्यायाम करवाती हैं। पर के.वी. इन सबसे परे हैं। जीवन में उन्होंने कभी कोई सफलता पाई है, तो ऐसे ही तनाव की स्थिति में। इतना ही नहीं, यह तनाव कभी उनके चेहरे पर या उनकी भाषा में किसी को नहीं दिखता। उनकी पत्नी तक को भी नहीं। बस के.वी. जानते हैं कि कैसा तनाव उनके अन्दर रहता है।

किन चीजों को इंडियन स्काई शॉप से बेचा जा सकता है, के.वी. के सामने सबसे पहले यह चुनौती थी। अमेरिका में अमेरिकन स्काई शॉप से ही अमेरिकन डायमंड या हीरे बिकने शुरू हुए थे जो बिल्कुल असली हीरों जैसे लगते थे। भारत में दिन में घर में बैठी औरतें, जो सारा काम-काज सलटा कर उकताई हुई बच्चों और पति का इंतजार करती रहती हैं, किस तरह की चीजें खरीदना चाहेंगी? इस देश की मिडिल क्लास की औरतों को किन चीजों से लुभाया जा सकता है? के.वी. ने सबसे पहले अपनी पत्नी के बारे में सोचा। वे जानते थे कि उनकी पत्नी का सोच एकदम आम सोच है। उन्हें मालूम है कि उनकी पत्नी घर का काम हल्का करने के लिए ऐसा चमत्कार चाहती है, जो उसे छुट्टी या राहत दिलाए। प्रायः इसका अर्थ एक अति कुशल रसोइया होता है। पर उनकी पत्नी को मालूम है कि के.वी. किसी रसोइये के हाथ से निकाला गया फलों का रस कभी नहीं पीने वाले हैं। के.वी. अपनी पत्नी को लेकर खरीदारी करने निकल पड़े। इस अभियान में के.वी. को मिला एक खास तरह का 'जूसर' या फलों का रस निकालने की बिजली से चलने वाली मशीन, जिसके ऊपर मौसमी या सन्तरे को आधा काटकर रखना होता था और बिना बीज पिसे या खारा हुए रस खोल को छोड़कर धड़-धड़ कर निकल आता था। के.वी. की पत्नी बेहद खुश थीं कि लगभग बिना मेहनत के ताजा जूस के.वी. के लिए खुद निकाल सकेंगी। के.वी. खुश थे कि वे एक ऐसी मशीन बनवा सकेंगे जो अभी तक इंडिया में किसी ने न बनाई है, न देखी है। जैसा कि के.वी. का अनुमान था, यह मशीन इंडियन स्काई शॉप की सबसे ज्यादा बिकनेवाली चीजों में से एक साबित हुई।

मिडिल क्लास औरतें 'मिडिल एज' यानी कि चालीस के पार आते-आते अपने बढ़ते वजन और दुखते हाथ-पाँवों से परेशान रहती हैं, यह के.वी. से ज्यादा और कौन जानता है। के.वी. ने इस तरह के सामान बनाने वाली कम्पनियों को जाने कहाँ से जुगाड़ करके नमूना दिया कि वे मालिश करनेवाला चूहानुमा 'वाइबरेटर' बनाएँ। बाद के दिनों में के.वी. की पत्नी के लिए हर समय उनके पलंग के पास पड़ा रहनेवाला यह चूहा कितना बड़ा वरदान सिद्ध हुआ, इसे भी के.वी.

के अलावा कोई नहीं जानता। उसके बाद पन्द्रह मिनट में ढाई किलोमीटर जितना चलानेवाली पाँव हिलाने की मशीन को बनाते-बनाते कम्पनियों को पसीना आ गया क्योंकि माल की खपत की सीमा नहीं थी। भारतवर्ष के स्त्री-पुरुष लेटे-लेटे अपनी दोनों टाँगों को मशीन पर रखकर आराम से सोते रहते और मशीन हिला-हिलाकर उनका वजन कम करती रही। आखिर पैसों का फायदा ही क्या है अगर आदमी को वजन कम करने के लिए अपनी नींद उड़ानी पड़े?

के.वी. की इस क्षमता पर स्काई शॉप के बॉस से लेकर चपरासी तक हैरान थे कि वे जाने कहाँ-कहाँ से ऐसा सामान ले आते हैं जिनके बारे में किसी ने कभी सोचा भी नहीं था। लोग टी.वी. पर इन मशीनों को काम करते देख हैरान हो जाते कि दुनिया में ऐसी भी चीजें बनती हैं। के.वी. को इन चीजों के बारे में कोई सपना आता है या उन्हें कोई वरदान मिला हुआ है, ऐसा भी लोग कानाफूसी में कहने लगे। वाकई के.वी. के पास एक वरदान था जिससे उन्हें इन चीजों के बारे में पता लग जाता था। उनके मित्र रंगनाथन को दुनिया की अजीबो-गरीब मशीनें जमा करने का शौक था। वह चोर-बाजार से लेकर समुद्री जहाजों के पोर्ट और स्मगलिंग की चीजों की बिक्री के अड्डों पर होश संभालने के बाद से ही घूमता रहा था। जहाँ कहीं ऑक्शन में चीजें बिक्री होतीं, वहाँ वह बचपन से ही अखबार देखकर पहुँच जाता। के.वी. ने बीस-पच्चीस साल पहले उसके पास ताश फेंटने की मशीन देखी थी जो ताश की दो गड्डियों को अच्छे से मिलाकर एक कर देती थी। रंगनाथन के पास जापानी, रूसी, अमेरिकन मशीनें जाने कहाँ से पहुँच जातीं, जो तरह-तरह के छोटे-मोटे काम कर देतीं।

के.वी. को जब रंगनाथन से खर्राटे बंद करनेवाली मशीन का पता चला, वे अपनी कुर्सी से उछल पड़े। उनकी आँखों में पानी आ गया। ऐसे दोस्त दुनिया में किसे नसीब होते हैं। सबसे पहले मशीन के.वी. ने खुद खरीदी। इसी खरीद से के.वी. को स्काई शॉप की सफलता का असली कारण पता चला। बहुत सारे लोग ऐसा सामान बाजार से नहीं खरीदेंगे जो उन्हें कोई खरीदता हुआ देख ले। इस पोस्ट-ग्लोबल दुनिया में जवान दिखना, सुन्दर दिखना और वजन घटाना अरबों-डॉलरों का कारोबार है। लेकिन कम-से-कम इंडिया में ज्यादातर लोग यह नहीं चाहेंगे कि किसी को पता चले कि वे इस तरह के कामों के लिए पैसे खर्च कर रहे हैं। घर बैठे मालिश करनेवाला तकिया आ जाय, सेंक करनेवाली बिजली की थैली आ जाय, बाल उगानेवाला लोशन आ जाय, गोरा करने की क्रीम आ जाय, तो

और क्या चाहिए? ऊपर से कम दामों की गारंटी टी.वी. दे रहा हो, तो क्या लोग यकीन नहीं करते? आखिर सारे देश के लाखों लोगों के सामने टी.वी. झूठ तो नहीं बोलेगा।

के.वी. ने धीरे-धीरे सौ-डेढ़ सौ कम्पनियों के बनाए हुए तरह-तरह के सामान इंडियन स्काई शॉप से बेचे। कम-से-कम पाँच सौ तरह की चीजें लाखों घरों में उनकी आकाश की दुकान से बिके। के.वी. को लगता रहा कि वे इंडिया के लोगों को आनेवाले समय के लिए जैसे तैयार कर रहे हैं। बिना छुए, बिना देखे, सिर्फ टी.वी. पर तस्वीर देखकर यदि लाखों लोग सामान खरीद सकते हैं, तो इसका मतलब यह है कि इंडिया एक बड़ी 'जंप' यानी कि छलाँग लगा चुका है। भविष्य की ओर छलाँग।

बस यह भविष्य वाली बात ही थी जिस पर एक दिन के.वी. और रंगनाथन में ठन गई। के.वी. रंगनाथन से सिर्फ मुफ्त में मदद नहीं ले रहे थे। उसे बाकायदा 'मार्केट कंसल्टेन्ट' के तौर पर वे हर महीने एक मोटा चेक भी भेज रहे थे। एक दिन रंगनाथन ने उन्हें रविवार को भरी दोपहर में फोन किया। के.वी. रंगनाथन की आवाज सुन चौंके कि कहीं कुछ हादसा तो नहीं हो गया। रंगनाथन अच्छी तरह जानता है कि के.वी. रविवार की दोपहर प्राइम मिनिस्टर से भी बात नहीं करेंगे।

"तुम तो कहते थे कि इंडियन स्काई शॉप से तुम इंडिया को भविष्य में छलाँग लगाने के लिए तैयार कर रहे हो। अब मौसम कैसे बदल गया?"—रंगनाथन ने बिना—"हैलो, तुम कैसे हो"—"हाँ, तुम्हें याद ही कर रहा था"—वगैरह-वगैरह के एकदम सीधे पूछा। के.वी. बुरी तरह चिढ़ गए—"किस मौसम के बदलने की बात कर रहे हो तुम? आज और कोई नहीं मिला तुम्हें इस दोपहर में अपना राग सुनाने को?"

"अच्छा! नहीं समझने का नाटक करना चाहते हो?"—रंगनाथन अपनी जुबान की धार बढ़ा रहा था। के.वी. ने इस बार मीठी छुरी निकाली—"चलो, यही समझ लो। तुम खुश रहो बस। अब बताओ, इस दोपहर में भविष्य का क्या बिगड़ गया?"

"क्या बिगड़ गया? नवमुखी रूद्राक्ष और भाग्य बदलने के लिए तरह-तरह के मूंगा-पन्ना, नवग्रह के रत्न बेचकर तुम इंडिया को भविष्य में छलाँग लगवाने वाले हो? यह सब क्या है?"—रंगनाथन की बात सुन के.वी. ने एक लंबी साँस छोड़ी। समझाने को रंगनाथन को समझा सकते हैं कि खरीदनेवाले चाहें तो खरीदें। हमें तो

सिर्फ कुछ बेचने से मतलब है। कोई अन्धविश्वासी हो, तो उससे हमें क्या! पर के.वी. जानते हैं कि रंगनाथन पर किसी बात का कोई असर होनेवाला नहीं है। अजीब खब्ती जीव है। अभी चालू हो जाएगा कि यह सब ज्योतिष-ग्रह-रत्न विज्ञान और आई.टी. के युग में इंडिया को पीछे धकेलने की साजिश के अलावा कुछ नहीं है।

जब रंगनाथन ने कहा कि वह पिछला चेक लौटा रहा है क्योंकि वह किसी तरह की अवैज्ञानिक पोंगापंथी को आगे बढ़ाने में हिस्सेदार नहीं बनना चाहता, तो के.वी. को कोई अचंभा नहीं हुआ। जानते थे कि रंगनाथन हर बार की तरह इस बार भी अपनी किस्मत को ठोकर मारने में अपनी शान समझ रहा है। उसे कुछ भी समझाना बेकार है। जाए जहन्नुम में।

के.वी. के पास रंगनाथन जैसे दोस्त होने का वरदान खत्म होते ही उनका इंडियन स्काई शॉप से दिल उचट गया। यह बम्बई एकदम गई-गुजरी जगह है। यहाँ सबसे ज़्यादा हत्याएँ और आत्महत्याएँ होती हैं। के.वी. ने पाया कि अगली सुबह अखबार में यह सब पढ़ते-पढ़ते वे गुनगुना रहे थे—ऐ मेरे दिल कहीं और चल...

भट्ट कथा : दाहिने हाथ में घड़ी

भट्ट भोपाल जाने के लिए क्षिप्रा एक्सप्रेस पर सवार हुआ, तो उसका दिमाग एकदम हल्का था। उसके अन्दर न कोई विचार उठ रहा था और न ही कोई भावना उसे झकझोर रही थी। पत्नी की आँखें रह-रह कर गीली हो रही थीं, पर उसने एक बार भी नहीं कहा कि वह जल्दी ही उसे घर-द्वार की व्यवस्था कर भोपाल बुला लेगा। भट्ट को मालूम था कि फिलहाल अकेले रहकर बनवास काटना ही उसका एकमात्र उपचार है। काठमांडू से लौटने के बाद एक महीने का जो समय उसने घर में काटा था, उसमें वह कैसी यातना से गुजरा था सिर्फ वही जानता था।

एक रात उसकी नींद अचानक खुली जैसे कि इधर रोज खुल जाती थी। रात के दो बजे या तीन बजे वह इस तरह जाग जाता जैसे कि वह आठ घंटे सोकर उठा हो। उसके बाद वह बिना हिले-डुले चुपचाप बिस्तर में पड़े-पड़े अपनी खिड़की से आकाश की ओर देखता रहता, जिससे कि उसकी पत्नी को यह पता न चल जाय कि वह जाग रहा है। यों उसकी पत्नी की नींद एकदम पक्की थी। एक बार दीवाली पर एक रॉकेट का पटाखा उनकी खिड़की के काँच से आ टकराया था और तेज आवाज के साथ फट गया था। तब भी वह सोती रही थी। पर भट्ट इस बात का खतरा नहीं उठाना चाहता था कि पत्नी जान जाय कि वह रात भर जागता है। अगले ही दिन पिताजी को यह बात मालूम पड़ जाती और उसके बाद उसका जीना और दूभर हो जाता।

उस रात पूर्णिमा का चाँद उसकी दक्षिण की खिड़की से दिखते आसमान को भर रहा था। रोज रात को आकाश देखते रहने से भट्ट को चाँद के धीरे-धीरे रोज बढ़ते जाने और उसकी खिड़की के आसमान में रोज करीब आधा-एक घंटा बाद उसी जगह दिखने का अंदाज होने लगा था। आसमान में तारों की चादर को वह धीरे-धीरे पूर्व से पश्चिम की ओर सरकते देखता। एक बड़ा सा तारा बिना टिमटिमाए चादर में जड़ा अपनी अलग गति से बढ़ता रहता। भट्ट को पक्का भरोसा

था कि वह पृथ्वी के साथ-साथ सूरज का चक्कर लगाता कोई ग्रह है, पर वह उसका नाम नहीं जानता था। यह तो एक संयोग था कि अख़बार में चाँद के एकदम नजदीक इस तारे की एक तस्वीर निकली थी। तब उसे पता चला था कि वह 'मरकरी' या बुध है जो पृथ्वी के सबसे नजदीक का ग्रह है।

चाँद की सफेद ठंडी रोशनी में उस रात भट्ट ने देखा कि उसकी पत्नी की जगह रुक्मिणी उसके बगल में सोई है। उसका कलेजा जोर-जोर से धक-धक करने लगा और उसने तुरन्त अपनी आँखें मींच लीं। यह तो हद हो गई, उसने सोचा। अब उसे 'हैल्यूयिनेशन' भी होने लगे हैं—उसकी आँखें वह देखने लगी हैं जो दरअसल है नहीं। दो-चार मिनट बाद भट्ट ने पत्नी को देखने के लिए फिर आँखें खोलीं। उसे पूरा भरोसा था कि अब तक उसकी आँखों का भ्रम दूर हो चुका होगा। पर उसने फिर देखा कि उसके बगल में रुक्मिणी ही थी। वही कमल की पंखुड़ियों-सी बंद आँखें, वही तीखी पतली-सी नाक, वही पान के पत्ते की तरह नीचे नुकीला होता गया चेहरा।

भट्ट ने घबड़ाकर फिर आँखें बंद कर लीं और करवट बदलकर रुक्मिणी की तरफ पीठ कर सो गया था। अगले दिन सुबह आँख खुलते ही उसने वापस करवट बदलकर पत्नी को सोते देखा। उसे यह सोचकर बहुत राहत मिली कि कल रात उसने रुक्मिणी को हाथ तक नहीं लगाया था और उसे पीठ दिखाकर सारी रात एक करवट सोता रहा था।

भोपाल की नौकरी भट्ट को पिताजी के मार्फत मिली थी। यह दुनिया का आठवाँ आश्चर्य ही था कि पिताजी ने कोई बात सुझायी हो और उसने बिना ना-नुकुर किए मान ली हो। पिताजी की दुकान पर उनके साथ स्कूल में पढ़े हुए कोई मिस्टर विवेक देवराय पुरानी घड़ियाँ खरीदने आए थे। पिताजी को बचपन की कोई बात याद नहीं थी, पर मिस्टर देवराय ने अपनी जोशीली ऊँची आवाज में उन्हें स्कूल के कई किस्से याद दिला दिए थे और कई सालों बाद पिताजी ने उनके साथ छप्पर-तोड़ ठहाके लगाए थे। विवेक देवराय के बताने पर पिताजी को याद आया कि स्कूल का पी.टी. मास्टर जिस विद्यार्थी को सजा देनी हो, उसे मारने की बजाय एक प्लास्टिक का गिलास पकड़ाकर आधे किलोमीटर दूर लगे नल से बार-बार पानी मँगवाया करता था और लानेवाला लड़का अधमरा हो जाता था। जिस दिन पिताजी को यह सजा मिली, वे हर बार हँसते-हँसते पानी का गिलास पकड़ाते गए थे। पाँच-सात गिलास पानी पीकर उनकी हँसी से कुछ असमंजस में पड़े मास्टर ने

उन्हें बख्श दिया था। बाद में पता चला कि पिताजी हर बार गिलास में थूककर पानी ला रहे थे। तबसे पानी लाने के लिए उत्सुक लड़कों से घबड़ाकर मास्टर ने सजा का यह तरीका छोड़ दिया था।

पत्नी से यह किस्सा भट्ट ने सुना, तो उसे काफी आश्चर्य हुआ था। पिताजी को वह जितना जानता था, उसके हिसाब से तो वे बचपन से खुद हेडमास्टर टाइप या पंडित टाइप सुधारवादी रहे होंगे। इस तरह का मजाक उनके लिए तब भी आसान नहीं रहा होगा। कोई बड़ी बात नहीं कि यह किस्सा वे भूल चुके थे। तभी भट्ट को इलहाम हुआ–हो न हो, यह मजाक नहीं रहा होगा, बल्कि मास्टर को 'सुधारने' का ही एक तरीका रहा होगा। क्या भट्ट से ज्यादा किसी को मालूम है कि पिताजी किसी को सुधारने के लिए किस हद तक जा सकते हैं? वह बचपन में डाक-टिकटों का एलबम बनाने लगा, तो पिताजी छह महीने तक बेहद खुश रहे थे। बाद में वह एलबम अचानक एक दिन गायब हो गया था। इसी तरह शतरंज, क्रिकेट का बल्ला, टेनिस का रैकेट, स्क्रैबल तक सब दो-चार महीने में गायब होते गए थे। जिस खेल में वह रमने लगता, पिताजी को लगता कि पढ़ाई की कीमत पर वह काम हो रहा है। पूरे जीवन पिताजी अपने आस-पास के हर आदमी को सुधारते रहे थे। माँ के मरने तक भी पिताजी का माँ के लिए चलता सुधार अभियान खत्म नहीं हुआ था–"इतनी जोर से खाँसती हो। तभी गला छिल जाता है और तकलीफ बढ़ जाती है।"

विवेक देवराय किस तरह के आदमी होंगे, इसका अंदाज इस एक घटना से लगाना मुश्किल था। पर भट्ट को लगा कि अगर वे पिताजी जैसे नहीं हैं–यानी कि बचपन की उलटी-सीधी बातों को याद रखा है और आरी की तरह चीरती आवाज में नहीं बोलकर जोर-जोर से 'मकान हिलाते हुए' बोलते हैं–तो ठीक-ठाक आदमी होंगे। भट्ट को लगा कि फिलहाल किसी तरह उसे घर से दूर अनजाने लोगों के बीच रहने मिल जाय, तो सब ठीक हो जाएगा। वह विवेक देवराय क्या, किसी यमदूत राय के साथ दुनिया के किसी भी कोने में जाने को राजी था। बशर्ते कि वह अपनी पत्नी–जो इतनी आदर्श थी कि पिताजी को दुनिया में सिर्फ एक उसे ही सुधारने की जरूरत कभी महसूस नहीं हुई थी–और पिताजी की साँठ-गाँठ से दूर रह सके।

विवेक देवराय से पहली मुलाकात में ही भट्ट उस आदमी पर रीझ गया। अपनी दनदनाती आवाज में विवेक देवराय उसका बायोडाटा पढ़कर बोले–"क्या कहते

हैं 'अ रोलिंग स्टोन गैदर्स नो मॉस'! याने कि एक लुढ़कता हुआ आदमी कुछ जमा नहीं कर पाता। लेकिन मैं कहता हूँ, सुन रहे हो न सुभाष''—उन्होंने बगल में बैठे अपने लड़के का ध्यान खींचा—''जगह बदलते रहने से पत्थर पर काई नहीं जमती। तो भाई, काई जमानी ही क्यों हैं?'' सुभाष ने पिता को त्योरियाँ चढ़ाकर देखा—''बस, आप यही करते रहिए। एक पिटे हुए मुहावरे का उतना ही पिटा हुआ दूसरा मतलब निकालिए और अपने को महान समझिए।'' भट्ट सन्न रह गया था। दफ्तर में एक नए आदमी के सामने एक बेटा अपने पिता को इस तरह घुड़के! पर विवेक देवराय ने जोरदार ठहाका लगाया—''दिल पर मत लो बात बच्चे, दिल पर मत लो। तुम्हें कौन कह रहा है कि तुम भोपाल से एक कदम बाहर रखो। तुम्हें घर से बाहर की दुनिया देखना पसन्द नहीं है, तो क्या? एक जिपर की तरह भोपाल और तुम एक-दूसरे के खाँचे में फिट हो। मैं तो खुश हूँ बाबा।''

भट्ट को यह देख बहुत आश्चर्य हुआ कि सुभाष ने अपने पिता की ओर हाथ बढ़ाकर उनकी जैकेट की पॉकेट में लगी जिप को खोला और बंद कर दिया। फिर वह भट्ट की ओर देखकर बोला—''जिपर, जिपर और जिपर! मुबारक हो, मेरे दोस्त। अब तुम्हें रोज-रोज पता चलेगा कि दुनिया अगर आपस में जुड़ी है, तो जिप के कारण। तुम साँस लोगे, तो जिप के कारण। मैं तो चला यहाँ से।''

पिता और पुत्र का यह रिश्ता देख भट्ट का दिल जैसे जुड़ गया। जैसे सचमुच किसी ने उसके उघड़े हुए दिल को जिपर बंद कर जोड़ दिया हो। बाद में उसे पता चला कि विवेक देवराय ने देश का पहला जिपर बनाने का कारखाना लगाया था, जो कि आज एक बड़ी इण्डस्ट्री में बदल चुका था। पर अपने बेटे को उन्होंने यह छूट दे रखी थी कि वह दफ्तर आए न आए, आकर भी कुछ न करे और जाने कैसी कविताएँ लिखने का नाटक करता रहे जिन्हें किसी ने कभी नहीं पढ़ा हो। उनका बेटा एक 'कलाकार' है, इस पर विवेक देवराय को गर्व था। ''हमलोग तो दुनिया के मजूरे हैं। सुभाष अपने मन का मालिक है''—विवेक देवराय ने बड़े फ़ख़्र के साथ भट्ट को बताया।

भट्ट के पास तुलना के लिए न जाने कितनी दुखती यादें मौजूद थीं। उसे बचपन में पिताजी ने कभी अपने मन का मालिक नहीं बनने दिया था। अब हालत यह थी कि अपने मन का मालिक वह खुद भी नहीं बन सकता था। उसका मन अपनी मनमानी कर रहा था और इस बारे में न वह कुछ कर सकता था और न पिताजी।

धीरे-धीरे भट्ट विवेक देवराय के बहुत नजदीक आता गया। यदि विवेक

देवराय में वह अपना ऐसा पिता खोज रहा था जो उसे नसीब नहीं हुआ था, तो शायद विवेक देवराय भी उसमें एक ऐसा बेटा खोज रहे थे जो उनके सारे ज्ञान को सीखने-जानने में दिन-रात लगाने तैयार हो। भट्ट के चोट खाए मन पर विवेक देवराय की गूँजती आवाज और हँसी मरहम की तरह काम करती। उसका वश चलता तो वह रात को भी बिना सोए उनकी ही बातें सुनता रहता। कई बार उसका दिल करता कि उन्हें रुक्मिणी के बारे में बता डाले, पर फिर वह अपनी बेवकूफी भरी इच्छा पर काबू पा लेता। उसे कई बार संदेह होता कि विवेक देवराय ने भाँप लिया है कि उसका दिल किसी गहरी परेशानी में है। क्या जिपर के बारे में उसका ज्ञान बढ़ाने के लिए वे बार-बार 'पुलर स्ट्रेंथ' पर लौट आते थे–"देखो, जिप की ताकत को अपने दिल की ताकत से महसूस करो; सिर्फ 'न्यूटन' से मत मापो। तुम्हारे दिल में किसी जगह को जोड़ने के लिए कितनी 'पुलर स्ट्रेंथ' है, लॉक करने की कितनी ताकत है, ऊपर की तरफ उठकर रुकने की कितनी ताकत है, नीचे की तरफ उतरकर रूकने की कितनी ताकत है? यानी कि तुम्हारी 'टॉप स्टॉप स्ट्रेंथ' क्या है? 'बॉटम स्टॉप स्ट्रेंथ' क्या है?"

भट्ट को यह तो मालूम था कि उसे रुक्मिणी के मायाजाल से निकलना होगा जिसमें वह बुरी तरह उलझ गया था। मजे की बात यह कि न किसी ने कोई जाल फेंका था और न ही कुछ दिखता था। पर न जाने यह कैसा कष्ट था कि भट्ट के लिए एक-एक मिनट जैसे एक सदी की तरह बीत रहा था। वह थोड़ी देर के लिए किसी बात में ध्यान टिक जाने से राहत महसूस करता, पर फिर उसका मन उसे वहीं खींच ले जाता। वह काठमांडू में बिताए एक-एक पल को फिर से जीने लगता। रुक्मिणी का चेहरा, उसकी हँसी, उसकी आवाज, उसके कहे हुए शब्द उसे बार-बार याद आते। वह कुछ भी नहीं भूला था जैसे कि उसके मन ने सिनेमा की रील खींच कर अपने अंदर भर ली हो। वह सोचता काश उसने शादी न की होती। काश उसके कोई बच्चा न होता। काश वह रुक्मिणी से बहुत पहले मिला होता जब उनके जीवन में और कोई न होता। अंत में हारकर सोचता काश वह पैदा ही न हुआ होता।

अपने सोच की मूर्खता पर और अपने को इस असहाय अवस्था में लाने के लिए भट्ट को खुद पर बेहद गुस्सा आता। पर उसके हाथ में नहीं था कि वह अपने मन को काबू में कर सके। उसकी आत्मा में एक ऐसी प्यास लग गई थी जो किसी तरह बुझती नहीं थी। मृगतृष्णा क्या इसी को कहते होंगे, वह सोचता। वह जानना चाहता था कि क्या दुनिया में जब भी किसी ने प्रेम किया है, ऐसे ही कष्ट से गुजरा

है? यह कष्ट सबको होता है या सिर्फ वही इसे झेलने के लिए अभिशप्त है? दूसरे ही क्षण ऐसा खयाल आने पर वह अपने से पूछता—क्या इस कष्ट को जाने बिना इस धरती पर साँस लेने का कोई अर्थ था? क्या यह अद्‌भुत कष्ट, जो उसके रोम-रोम को हर पल टीस से भर रहा था, जानने लायक नहीं था? तब वह रुक्मिणी के प्रति एक गहरी कृतज्ञता का अनुभव करता। इस दुनिया में प्रेम को लेकर न जाने कितनी कहानियाँ-किस्से लिखे गए हैं, कितने गीत कितनी जुबानों में गाए गए हैं। कम-से-कम उसने जाना तो सही कि वह क्या चीज है जिसके लिए आदमी सब-कुछ छोड़ने और अपने को मिटा तक देने के लिए तैयार हो जाता है?

''देखो, जीवन में जैसी जरूरत होती है, उसी के हिसाब से मजबूती और लचीलापन लाना पड़ता है''—विवेक देवराय कहते—''जैसे कि एल टाइप पॉलियेस्टर कॉयल-लगाकर जो जिप बनती है, वह सबसे मजबूत जिप होती है। यह दोनों तरफ से एक जैसी होती है, यानी कि 'सिमेट्रिकल' होती है इसलिए यह सबसे ज्यादा भार सह सकती है। भारी वजन की चीज होगी, तो उसमें यही जिप लगानी होगी, पर देखो भारी सूटकेस में 'सी' टाइप कॉयल लगेगा क्योंकि वहाँ जरूरत है झुकने की और मुड़ने की खूबी की।'' भट्ट को बार-बार यह महसूस होता कि विवेक देवराय उसे सहारा देकर एक जिप के 'पुलर' की तरह उस गड्ढे से निकाल लेना चाहते थे, जिसमें पड़े रहने का मतलब था उसके जीवन का उधड़ा रहना। विवेक देवराय उस उधड़ेपन को बिना कुछ कहे भी समझ रहे थे, इसलिए वे भट्ट से बार-बार अपनी पत्नी को भोपाल बुलाने के लिए कहते रहते। भट्ट हर बार पिताजी के अकेले होने या उनकी तबीयत गड़बड़ होने का वास्ता देकर बात को टाल जाता।

''बरखुरदार, आज का अखबार देखा तुमने?''—विवेक देवराय ने उसे कौतूहल से देखते हुए पूछा। ''हाँ, जल्दी-जल्दी में देखा तो था? क्या बात है?''—भट्ट के दिमाग में उसकी अपनी छोटी-सी निजी दुनिया को उलट-पुलट करनेवाली न जाने कितनी बातें घूम गईं। कलकत्ता शहर में कोई विस्फोट या मसूरी में जहाँ अमन का स्कूल था, कोई एक्सीडेंट जिसमें गाड़ी में बैठे सभी सवार मारे गए हों या खाने में कोई जहरीली चीज मिल जाने से अस्पताल में भर्ती हुए किसी स्कूल के बच्चे—दुनिया में कहीं भी कभी भी कुछ हो सकता था। भोपाल में जब यूनियन कार्बाइड की फैक्टरी से जहरीली गैस फैली होगी, उसके पहले क्या उन लोगों ने सोचा होगा कि उनकी जिन्दगी इस तरह अचानक तबाह हो जाएगी।

''देखो''—कहकर विवेक देवराय ने चौथे-पाँचवे पन्ने पर एक तस्वीर दिखाई।

उसमें एक शख्स भोपाल के बड़े ताल के किनारे बैठा पानी को देख रहा था। पीछे उगता हुआ सूरज था, इसलिए कैमरे ने उस शख्स का सिर्फ अक्स खींचा था। ताल में सूखा पड़ने से पानी काफी कम हो गया था। ''यह तुम्हारी तस्वीर नहीं है ?''—विवेक देवराय ने पूछा। ओह, भट्ट को समझ में आया। वाकई यह उसी की तस्वीर थी। इन दिनों वह रोज सुबह ताल के किनारे बैठा अपने मन की उधेड़बुन सुलझाता रहता था। कई बार उसका दिल करता कि गुरु को फोन करे या रुक्मिणी को फोन करे। उन्हें सब कुछ बता दे। शायद ऐसा करने से उसके मन को कुछ राहत मिल जाए। यह सब सोचते-सोचते वह अपनी बेचैनी पर बेतरह कुढ़ने लगता। अपने को बड़बड़ाकर कोसता। गाली देता। फिर अपनी इन हरकतों पर खुद ही घबड़ा जाता। इस तरह तो पागल लोग अपने-आप से बातें करते हैं। जिन्दगी में और परेशानियाँ क्या कम थीं कि उसे इस मुसीबत में भी पड़ना था। काश वह काठमांडू न गया होता। काश वह कभी गुरु से ही न मिला होता। क्या पता गुरु, रुक्मिणी और उसके पति ने उसकी इस दशा का अंदाजा लगा लिया हो और वे तीनों इकट्ठे उस पर हँस रहे हों। वह शीशे में अपने को देखता, तो अपनी आँखों में उसे एक मरते हुए आदमी की छटपटाहट और बेबसी नजर आती। वह किसी भी तरह रुक्मिणी को एक बार फिर देखना चाहता था। क्या पता उससे एक बार फिर मिल लेना ही उसकी इस हालत का इलाज हो?

भट्ट विवेक देवराय को अपनी आँखों को पढ़ने से रोकने के लिए अखबार को एकदम अपने चेहरे के नजदीक लाकर अपने अक्स को देखने लगा। ''अरे नहीं, नहीं, यह अखबार की कोई पुरानी फाइल में पड़ी हुई तस्वीर होगी। हाँ, इस आदमी का अक्स मुझसे कुछ मिलता जरूर है। पर मैं ठहरा सुबह देर तक सोनेवाला आदमी। उगते हुए सूरज का टाइम और मेरा टाइम कहाँ मैच होगा?''—भट्ट ने बहुत जोर से हँसते हुए कहा। ''धत् तेरे की'', विवेक देवराय ने अफसोस से कहा, ''तुमने तो मजा ही किरकिरा कर दिया। मैंने और सुभाष ने बाजी लगाई थी कि यह तुम्हारी ही तस्वीर है। मैं हार गया। पूरे एक हजार का नुकसान हो गया।''

भट्ट को मालूम था कि विवेक देवराय अपने बेटे से अक्सर हजार रुपयों की बाजी हार जाता था। हो सकता है कि सुभाष को वह उसका पॉकेट खर्च इसी तरह दे देता हो। भट्ट को विवेक देवराय पर बेतरह प्यार आया।

''तस्वीर देखकर मैंने सोचा कि आज तुम्हारे बाप को फोन करूँगा कि बेटा देवदास हो रहा है। तुम्हारी धर्मपत्नी को तुरन्त यहाँ भेज दें''—विवेक देवराय ने

'धर्मपत्नी' कहने के अपने पुराने चुटकुले पर ठहाका लगाया। वह अपनी पत्नी को हमेशा 'धर्मपत्नी' कहकर पुकारता—खासकर किसी मेहमान के सामने। ''लोग 'वाइफ' 'वाइफ' करते हैं—मिस्टर राय, आज मुझे इसलिए देर हो गई क्योंकि वाइफ की तबीयत खराब हो गई थी। अरे धर्मपत्नी शब्द में कितना वजन है। उसके वजन से भी तो तालमेल होना चाहिए।''—विवेक देवराय की पत्नी चिकने घड़े की तरह अपने मोटापे पर की गई हर छींटाकशी को फिसल जाने देती। ''वैसे मैं तो कहता हूँ कि हिन्दू धर्म के अनुसार हमारे यहाँ भी चार पत्नियाँ रखने का अधिकार होना चाहिए। धर्म, अर्थ, काम, मोक्ष—हमारे यहाँ जीवन के चार पुरुषार्थ बताए गये हैं। धर्मपत्नी तो ठीक, बाकी पत्नियाँ कहाँ गईं?''—विवेक देवराय ने खाने की टेबल पर ठहाका लगाते हुए कहा था। ''सैड जोक''—सुभाष ने भट्ट को बिना मुस्कराए कहा। भट्ट को बुरा लगा। मेरे जैसा मनहूस बाप मिलता, तो पता चलता। ''इन्हें तीन और माताएँ नहीं चाहिए''—भट्ट ने हँसी में विवेक देवराय का साथ दिया।

''देख रहा हूँ कि तुम और पापा कुछ ज्यादा ही जिपिंग कर रहे हो''—सुभाष की आवाज में कुछ ऐसा था जो भट्ट को गड़बड़ लगा—कुछ ऐसा जो वहाँ नहीं होना चाहिए था। 'ज्यादा ही' बोलने में जो शिकायत थी, उसं भट्ट के साथ विवेक देवराय ने नहीं भाँप लिया हो, यह असंभव था। पर विवेक देवराय ने फुर्ती से बात को कहीं और घुमा दिया।

घर लौटा तो भट्ट का मन भारी था। आदमी और आदमी के बीच कभी कोई सरल सहज रिश्ता नहीं हो पाता। हर आदमी का अपना खयाल है कि किसे किसको कितनी जगह देनी चाहिए या उसे खुद कितनी जगह मिलनी चाहिए। पता भी नहीं चलता कि कब कहाँ से कोई शिकायत घुस आती है और रिश्तों को बदल देती हैं। उसके बाद हर आदमी चौकन्ना रहने लगता है कि कहीं वह अपने हक से अधिक न बोल बैठे या न कर बैठे। पता नहीं, सुभाष को क्या अखरने लगा है—विवेक देवराय का उसके प्रति स्नेह या उसका विवेक देवराय के प्रति एक अपनेपन का भाव। भट्ट बुरी तरह बेचैन हो गया। उसे लगा कि अब समय आ गया है कि वह अपनी पत्नी को वहाँ बुला ले। एक नया दर्द उठते ही पुराना दर्द कम दुखने लगता है। भट्ट को उस वक्त यह खयाल भी नहीं आया कि वह अपनी पत्नी की मौजूदगी और रुक्मिणी की यादों के बीच तालमेल कैसे बैठाएगा? वह एकदम भूल गया कि उसने अभी तक अपनी पत्नी को वहाँ आने से क्यों रोक रखा था?

भट्ट की पत्नी का भोपाल आना ऐसा था कि जीवन में पहली बार भट्ट का अपनी जन्मपत्री दिखाने का मन हुआ कि कहीं उसे 'शनिचर की साढ़े साती' न लग गई हो। उसने अपने को इस खयाल के लिए बहुत धिक्कारा, पर मन में यह बात कहीं से बार-बार चली आती कि पत्नी का 'पगफेरा' यानी भोपाल में पाँव रखना उसके लिए शुभ नहीं हुआ।

और तो और, जीवन में पहली बार उसने देखा कि पत्नी का दिमाग बिलकुल अनजाने नए रास्तों पर चलने लगा है। भट्ट के सारे अनुमान कि वह क्या सोच रही होगी या क्या कहने वाली होगी या करनेवाली होगी, एकदम गलत निकलने लगे। भट्ट का आत्मविश्वास डगमगाने लगा कि उसके दिमाग में यूनियन कार्बाइड की कहीं दबी-बची गैस तो नहीं घुस गई। ''क्या पका रही हो भई? आज हलवा किस खुशी में बना रही हो?''—भट्ट सुबह-सुबह चौके से आती खुशबू से खिंचकर चला आया। ''आटे का हलवा है, जिससे तुम्हें नफरत है। पापाजी के लिए पका रही हूँ। वे इसे 'दिव्य भोजन' कहते हैं''—पत्नी के जवाब से भट्ट चकरा गया। उसके जैसे अच्छे-खासे तेज-तर्रार आदमी को भी यह समझने में तीन मिनट लग गए कि 'पापाजी' और कोई नहीं, श्रीमान विवेक देवराय हैं। ''तो तुमने भोपाल में भी पिताजी का 'सबस्टीच्यूट' खोज लिया? और वह भी सिर्फ बीस दिन में?''—भट्ट ने हँस कर कहा।

उसने सोचा था कि पत्नी उसके व्यंग्य-बाण से मुरझा जाएगी, जैसे कि वह हमेशा से मुरझाती आई थी। भट्ट का ऐसा एक वाक्य पत्नी को समझाने के लिए काफी होता था कि उसे पत्नी का रूख-रवैया पसंद नहीं आया है। पर इस बार उसकी बात चिकने घड़े पर पानी की तरह फिसल गई। यह तो पहली घटना थी। उसके बाद ऐसी घटनाएँ रोज घटने लगीं और यहाँ तक कि आम घटनाएँ हो गईं। भट्ट को समझ में नहीं आया कि उसकी पत्नी के पास ऐसा क्या जादू था कि उसने विवेक देवराय को ही नहीं, उसके सारे परिवार को अपनी लपेट में ले लिया। सुभाष देवराय अपनी कविताओं पर श्रीमती भट्ट से बातें करना चाहता था। श्रीमती विवेक देवराय का बरसों से चलता आया साप्ताहिक भजन-सत्संग अब भट्ट की पत्नी के बिना हो ही नहीं सकता था। विवेक देवराय का तो खाना-पीना-दवा-दारू सभी कुछ भट्ट की 'महामाया' के अधीन हो गया था। अपनी पत्नी का यह नया नामकरण कर भट्ट के मन को बहुत खुशी मिली। पर यह खुशी जीवन की बाकी खुशियों की तरह ही कुछ दिनों में अधमरी होकर एक दिन खत्म हो गई। खासकर

इसलिए कि पत्नी 'महामाया' के नाम से पुकारे जाने पर ऐसी सहज रहती थी जैसे यही उसका असली नाम हो।

शुरू में भट्ट को राहत थी जब पत्नी ने अपना ध्यान उस पर नहीं लगाकर अपनी गृहस्थी को जमाने में और विवेक देवराय की गृहस्थी से जुड़ने में लगा रखा था। विवेक देवराय की बदौलत उन्हें किराए का घर खुद विवेक देवराय के घर से चार मकान दूर भोपाल के एक शानदार इलाके में मिला था। पत्नी का ध्यान कहीं और होने से भट्ट खाली समय में रुक्मिणी की याद में तड़पने के लिए आजाद था। पर जब छुट्टी में अमन घर आया और पत्नी का ध्यान उस पर न होकर विवेक देवराय के घर पर ही टिका रहा, तो भट्ट एकदम उखड़ गया। उसने अपने को बेतरह कोसा कि विवेक देवराय के इतने नजदीक घर मिलने पर उसने अपने मन की चेतावनी नहीं मानी थी कि उसे कहीं दूर घर लेना चाहिए। उसे लगा था कि पत्नी के आने से सुभाष की नजर में भी उसकी एक अलग औकात बन जाएगी कि उसे दफ्तर और विवेक देवराय के अलावा भी और कुछ देखना-भालना है। शानदार इलाके के मोह में वह धृतराष्ट्र हो गया था। अब भुगतो फल बच्चू, भट्ट ने अपने को लताड़ा। उसे गुरु की कही हुई बात याद आई—जहाँ असावधानी में पड़े कि वहीं किसी चीज को पाने या रखने का लालच तुम्हें मूर्ख बना देगा।

यह मूर्खता नहीं तो और क्या थी कि उसने सुभाष के विवेक देवराय से उसकी नजदीकी से चिढ़ने के बावजूद उनके इतने नजदीक घर लिया था। ऊपर से उसने अपने को समझाने के लिए एक मार्केटिंग का सूत्र दोहरा लिया था कि एक शिकायत करनेवाला खरीदार शिकायत न करनेवाले खरीदार से बेहतर होता है क्योंकि वह तुमसे जुड़ा रहना चाहता है। सुभाष को अपने पिता से प्रेम है, तभी तो उसे भट्ट को अपनी जगह लेते देख गुस्सा आ रहा था। लेकिन इसी प्रेम की वजह से वह भट्ट को कभी विवेक देवराय से दूर नहीं करना चाहेगा क्योंकि उसे मालूम है कि विवेक देवराय को भट्ट की जरूरत है। सुभाष ने खुद अपने घर के पास ही एक किराए का फ्लैट खाली होने की सूचना दी थी।

जीवन उसके हर सूत्र को अपनी हथौड़ी से पीट कर फेंक रहा था। जो हो रहा था, उसके बारे में भट्ट ने कल्पना भी नहीं की थी कि ऐसा हो सकता है। उसकी पत्नी ने आज तक इतने शहरों की यात्रा में किसी और परिवार या शख्स को अपनी घर-गृहस्थी, पति-बच्चे से ज्यादा अहमियत नहीं दी थी। यहाँ तक कि उसका अपना वजूद या दिल्ली वाली नाटक-मंडली से उसका गहरा जुड़ाव भी कभी भट्ट

की किसी इच्छा से बड़े नहीं हुए थे। आम भारतीय माँ की तरह वह अपने बेटे अमन के लिए दुनिया का हर सुख तो क्या, स्वर्ग के सातों सुख भी छोड़ सकती थी। तब फिर क्या, कैसे और क्यों बदल गया था? भट्ट की पत्नी को रुक्मिणी के बारे में कुछ पता नहीं था। लेकिन भट्ट के दिल में जिस घड़ी कोई और आकर उसका नक्शा बदल गया था, क्या उसी वक्त भट्ट की पत्नी का दिल भी रास्ता बदल अपने-आप किसी दूसरी ओर बहने लग गया था?

रुक्मिणी, रुक्मिणी, भट्ट ने एक गहरी साँस लेकर एक मंत्र की तरह उसका नाम उचारा। यह जिन्दगी का कैसा मजाक था कि एक नाम, एक चेहरा, एक हँसी, एक आवाज—जो उसके लिए कभी दुनिया में थे ही नहीं और न कभी हमेशा के लिए उसके हो सकते थे—उसे हर पल याद रहते थे। इस कदर कि सारी दुनिया उसके आगे फीकी लगती थी। हर आदमी-औरत मामूली और बौने लगते। रुक्मिणी जैसे सृष्टि का एक चमत्कार थी। उसकी सुन्दरता और मधुरता में तीखेपन के नमक का कुछ अजब मेल था, जो सिर्फ उसी में हो सकता था। उसकी आँखों को कोई चीज एक अलग ही तरह से आलोकित किए रहती थी। क्या था उसमें—कुछ ऐसा जो न जाने किन-किन बातों के मिलने से बना था। उसका देश, उसकी भाषा, उसके संस्कार, उसकी शिक्षा-दीक्षा सबने मिलकर उसे ऐसा बनाया था, जिसकी तुलना में भट्ट को सारी दुनिया में कोई और दिखाई नहीं पड़ता था।

अचानक फोन की घंटी बजने से भट्ट मन की दुनिया से असली दुनिया में आ गया। उसने फोन को नफरत से देखा और फोन का रिसीवर उठाने की कोई चेष्टा नहीं की। उसका मन उड़ान भरते-भरते जैसे पथरीली जमीन से टकरा गया था। उसकी पत्नी दौड़ती हुई आई और भट्ट की ओर एक गुस्से-भरी नजर फेंककर फोन उठा लिया। भट्ट पत्नी को गौर से देखता रहा। अब रुक्मिणी के बारे में सोचने से लग रहा था जैसे वह कोई हवाई कल्पना हो या किसी कहानी या फ़िल्म में देखा हुआ कोई चरित्र हो। रुक्मिणी एकदम धुंधली पड़ गई और पत्नी पूरी तरह फोकस में आ गई। पत्नी के चेहरे पर लज्जा, खुशी और अभिमान एक-एक करके अलग रंग पैदा कर रहे थे। आदमी को भाव मिलता है, तो उसकी रंगत ही कुछ और हो जाती है, भट्ट ने कुछ चिढ़कर सोचा। फिर उसे गुरु की एक बात याद आ गई। वह हँस पड़ा। पत्नी ने अचानक उसे चौंककर देखा और तुरन्त उसका चेहरा बदल गया।

गुरु ने कहा था कि जब आदमी को मालूम होता है कि कोई उसे गौर से देख

रहा है, तो वह तुरन्त या तो चौकन्ना हो जाता है या सामने वाले को रिझाने की कोशिश में लग जाता है। उसकी 'बॉडी लैंग्वेज' हर हालत में बदल जाती है। उसकी पत्नी बात करते-करते भूल गई थी कि भट्ट वहीं बैठा उसे देख रहा है। इसीलिए संतोष और गर्व की धूप उसके चेहरे पर खिल आई थी। जैसे ही भट्ट हँसा, वह चौंक गई और उसने अपने चेहरे को एकदम भावहीन बना लिया। भट्ट की पत्नी की यह चाल भी नई थी। इधर वह जैसे एक नकाब पहनकर अपने आपको छिपा लेना चाहती थी जिससे कि उसका चेहरा न पढ़ा जा सके।

पत्नी के चेहरे की बदलती हुई रेखाओं को देखते-देखते भट्ट को अचानक नई पत्नी समझ में आ गई। चालीस की उम्र तक आते-आते आदमी दुनिया को समझ कर होशियार हो लेता है। वह दुनिया की चाल-ढाल जानकर अपने निष्कर्ष निकाल लेता है कि दुनिया वैसी नहीं है जैसी वह समझता आया था। दुनिया के बदलने की उम्मीद उसके अंदर कम होती जाती है। भट्ट की पत्नी अब अपने लिए अपनी दुनिया बनाने की जगह चाहती थी– ऐसी जगह जिसमें भट्ट का दखल क्या, उसके बेटे की भी आवाजाही न हो। भट्ट को उस घड़ी बिल्कुल साफ दिखाई पड़ा कि भट्ट की पत्नी को विवेक देवराय या उसके परिवार की रत्ती भर भी परवाह नहीं थी। बस अपनी एक निजी 'स्पेस' बनाने के लिए उसे उन लोगों की जरूरत थी। वह एक ऐसी दुनिया चाहती थी जिसमें उसका प्रवेश किसी उपाधि के कारण यानी कि माँ या पत्नी होने के कारण नहीं था, बल्कि इसलिए था क्योंकि लोग उसे एक हाड़-मांस के व्यक्ति के रूप में देखते थे जो अपनी मर्जी से चलता-फिरता या हँसता-रोता है। यहाँ उसका अपना लेन-देन था, जिसका भट्ट या किसी और से कोई वास्ता नहीं था।

भट्ट का दिल इस दुनिया में फैली तमाम नाइन्साफी के लिए एक पल अफसोस से जकड़ गया। पत्नी के लिए ढेर सारी अनुभूति भी उसमें उमड़ी। हर आदमी का अपना नरक है जिसमें बहुत सारी उम्मीदें हैं, हजारों शिकायतें हैं और मरी-दबी इच्छाएँ हैं। कोई चाहकर भी किसी का नरक कम नहीं कर सकता। पत्नी के भोपाल आने के बाद से उसके बदले हुए रंग-ढंग को लेकर भट्ट के मन में एक शंका जैसी बनी हुई थी। प्यार, विश्वास, साथ निभाने का वादा कुछ भी तो दुनिया में टिकाऊ नहीं है। भट्ट को अब समझ में आया कि उसकी लगातार टूटती-बनती-जमती-उखड़ती दुनिया में उसकी पत्नी एक 'कॉन्सटेन्ट फैक्टर' रही है, जो हमेशा एक जैसी रहती आई है। रुक्मिणी को लेकर अपनी मन की दुनिया बदलने के बावजूद

वह पत्नी के भरोसे कहीं-न-कहीं सँभला रहा है। इसीलिए पत्नी के बदले रुख ने उसे एक तरह के भय और अनिश्चय में ढकेल दिया था। भट्ट ने निश्चय किया कि वह पत्नी की मर्जी में कहीं बाधा नहीं डालेगा। उसने कसम खाकर इस निश्चय पर टिके रहने का निश्चय किया।

भट्ट अपनी पत्नी से जब पहली बार मिला था, तब भारी विद्रोह के मूड में था। पिता की कठोर तानाशाही और माँ के आँसुओं के बीच पिसकर वह पिता की पसन्द की हुई लड़की देखने चला गया था, पर उसका उस लड़की से शादी करने का कोई इरादा नहीं था। उसने सोचा था कि वह लड़की से साफ-साफ कह देगा कि उसने किसी और लड़की को पसंद कर रखा है और इस मुसीबत से एक बार के लिए तो जान बचा लेगा। आगे की आगे देखी जाएगी। किन्तु पिताजी की तानाशाही के आगे शायद उसकी तकदीर की रेखाएँ भी हार मान लेती थीं। हुआ यह कि पत्नी को देखते ही भट्ट का मन उस पर आ गया। ऊपर से पत्नी ने जब साफ कहा कि वह अपने घरवालों के दबाव से यह सब देखा-देखी के लिए मजबूरन आई है, और उसका इरादा फिलहाल शादी न करके आगे पढ़ने का है, तब भट्ट का मन एकबारगी फिसलकर उसके कदमों पर आ गिरा। दुनिया की मजबूर, शोषित, प्रताड़ित आत्माएँ हमेशा से एक-दूसरे का साथ और सहारा खोजती आई हैं। उसने उसी घड़ी पत्नी को अपनी मजबूरी का हवाला देकर उसे अपनी तरफ कर लिया। साथ ही उसने सच्चे दिल से अपने अंदर यह संकल्प किया कि वह अपनी पत्नी पर कभी उस तरह तानाशाही नहीं चलाएगा जिस तरह दुनिया में पिताजी जैसे तमाम पति अपनी पत्नियों पर चलाते आए हैं और रहेंगे।

आज दुनिया के नक्शे पर इस भोपाल शहर में बैठे हुए भट्ट ने अपने पुराने संकल्प को फिर दोहराकर ऐसा महसूस किया जैसे उसका सिर आसमान के तारों को छू रहा है। जाने-अनजाने चाहे-अनचाहे पत्नी पर कितना अन्याय उसने किया है—यह सोचकर उसका दिल पिघलकर बहने लगा। एक क्षण के लिए उसके मन में आया कि पत्नी को वह रुक्मिणी का सच बताकर 'कनफेशन' जैसा कुछ कर डाले। एक बार उसे सब कुछ बताकर रो ले। कहे कि वह नहीं जानता कि ऐसा क्यों हुआ। पर अगले ही क्षण वह संभल गया जब पत्नी ने एकदम रूखी आवाज में उसे सूचना दी, "मैं श्रीमती देवराय के घर कीर्तन में जा रही हूँ।" "हाँ, हाँ, जाओ न। कितनी देर में लौटोगी?"—भट्ट ने बहुत लाड़ से कहा। पत्नी को जैसे बिजली का करेंट लग गया। वह एकदम बुझ गई। "छोड़ो, तुम घर में हो, यह कहकर मना कर

देती हूँ''—पत्नी की आवाज में बरसों की थकान थी। भट्ट ने घबराकर कहा—''नहीं, नहीं, सच कह रहा हूँ, कोई तकलीफ नहीं, तुम आराम से चली जाओ। मुझे ऑफिस का कुछ काम भी है। वह सलटा लूँगा।'' पत्नी ने एक पल कठोर नजर से उसे देखकर वापस अपना नकाब पहन लिया और उसकी तरफ पीठ करके फोन मिलाने लगी। ''श्रीमती देवराय, मैं आज नहीं आ रही हूँ। इनके सिर में कुछ दर्द है।'' भट्ट ने थककर आँखें मूँद लीं।

भट्ट से भोपाल छूटा तो इसलिए कि वहाँ ठहरना एकदम नामुमकिन हो गया था। वह सचमुच टिका रहना चाहता था—न सिर्फ पत्नी के लिए, बल्कि खुद अपने लिए भी—पर समय था कि काटे नहीं कटता था। पत्नी उसका मुँह देखने की पुरानी आदत और अपनी नई मुखालफत के बीच झूल रही थी। भट्ट के लिए दोनों ही स्थितियों को सहना मुश्किल था। पत्नी उसका ध्यान रखती, तो उसे लगता कि वह बेमन से सब कुछ कर रही है। जब पत्नी उसकी परवाह न कर अपनी मनमानी करती, तो वह जमीन में मानो धँस जाता। उसके प्रति अन्याय न करने के अपने संकल्प को मन-ही-मन दोहराता। पत्नी को कुछ कहकर वह अपनी ही नजरों में गिर जाता। इसलिए ऐसे मौकों पर वह बिलकुल गुम हो जाता—उसका चेहरा भावहीन रहता और मुँह में जैसे सिलाई लग जाती। उसे यह भी मालूम था कि पत्नी उसके ऐसे चुप हो जाने को भी उसका अन्याय या चोट पहुँचाने की एक तरकीब ही समझती थी, पर भट्ट के पास पत्नी को समझाने का कोई उपाय नहीं था। पत्नी तक पहुँचने के सारे रास्ते जैसे अचानक कहीं बीहड़ जंगल में खो गए थे। शायद ऐसा होने के पीछे रुक्मिणी के लिए उसके दिल की बेचैनी ही जिम्मेदार थी, पर इस बारे में भी भट्ट कुछ करने की हालत में नहीं था। उसके पास तो कोई अदद ईश्वर तक नहीं था, जिससे वह अपनी मुक्ति के लिए प्रार्थना कर सकता।

कोई छुटकारा नहीं है, कोई छुटकारा नहीं है—यह वाक्य जब-तब दिमाग में बजता रहता। पहले बेचैनी होने पर वह पत्नी की देह में सांत्वना खोज लेता था, पर अब पता नहीं कैसे, उसकी अपनी देह भी जड़ हो गई थी। पत्नी को हाथ लगाते ही रुक्मिणी का चेहरा उसके सामने घूम जाता और उसकी देह अचल हो जाती। वह जानता था कि वह खुद अपने को और अपनी पत्नी को सता रहा है, पर उसके पास किसी बात का कोई उपाय नहीं था। गुरु के लिए उसके दिल में जब-तब किसी

कोने में गहरी नफरत उफनती। फिर वह अपने-आप को इसके लिए धिक्कारता। अपने सोचने के तरीके को बदलने का निश्चय करता। गुरु से नफरत करने का उसे कोई हक है? वह अपने को समझाता कि उसे तो गुरु का अहसान मानना चाहिए कि गुरु ने उसे कितने नए अनुभवों से जोड़ा है, कितने नए नजरिये दिये हैं जीवन को देखने के लिए।

एक दिन सुबह उठते ही भट्ट के मन में एक विचार कौंधा—छुटकारा मिल सकता है। इस शहर से और शहर के लोगों से। एक क्षण के लिए उसका मन फूल की तरह हलका हो गया। पर अगले ही क्षण वह फिर कशमकश में पड़ गया। क्या पिछली नौकरियों की तरह पत्नी से सामान बाँधने के लिए कहना उतना ही आसान रह गया था? अच्छी नौकरी, अच्छा ओहदा, अच्छी तनख्वाह, अच्छा बॉस—सब कुछ ठीक-ठाक था। ऐसे में वह किस बहाने पत्नी को राजी कर सकता था कि वह कलकत्ता लौट चले? क्या वह पत्नी को यह कह सकता था कि विवेक देवराय बेवजह उसके हर काम में नुक्स निकालने लगे हैं? क्या वह उसका यकीन करेगी? क्या वह पत्नी को यह कह सकता था कि उसे लगता था कि उसकी पत्नी ही विवेक देवराय के बदले हुए व्यवहार का कारण है? भट्ट को कोई रास्ता नहीं सूझा।

पुराने किस्सों में एक घिसा-पिटा वाक्य रहा करता था—समय बड़ा बलवान है या कि समय परिवर्तनशील है। भट्ट के दिमाग में यह वाक्य तब आया जब अचानक उसे दुनिया बदलती हुई महसूस हुई। इस वाक्य पर वह बहुत दिल से बहुत दिनों बाद जी खोलकर हँसा। स्कूल के दिनों में हिन्दी क्लास से यह चुटकुला चला था और कई सालों तक चलता रहा था। यहाँ तक कि एक बार एयरपोर्ट से बाहर निकलते हुए वह अपने पुराने साथी अमर सिंह से मिला था, तो उसकी पुरानी फटीचर हालत की जगह उसके साथ मर्सिडीज में एयरपोर्ट से घर के सफर पर उसने पुराना चुटकुला कस डाला था—'समय बड़ा बलवान है।' अमर सिंह ने भी हँसते हुए जवाब दिया था—'समय परिवर्तनशील है। जहाँ चाह है, वहाँ राह है। घूरे के भी दिन बदलते हैं।' वह अमर सिंह की मुहावरों के ज्ञान की प्रगति पर भौचक्का रह गया था। तब अमर सिंह ने रहस्य का समाधान किया था—'मेरी बेटी अपने हिन्दी के सारे लेख मुझसे ही लिखवाती है।'

बहरहाल हुआ यह था कि विवेक देवराय ने एक बड़ी कम्पनी, जो ट्रेवलिंग के बक्से और बैग बनाती थी, के बहुत बड़े ऑर्डर की आशा में काले रंग के लाखों मीटर के जिपर बना डाले थे। विवेक देवराय के पास अंदर की खबर थी कि कम्पनी

अपने नए प्लांट का सारा ऑर्डर उसी जिपर कम्पनी को देगी, जो एक महीने में पूरी सप्लाई दे सके। विवेक देवराय ने कम्पनी के एम.डी. को स्कॉच पिलाने से लेकर नीचे के परचेज ऑफिसर तक सबको फिट कर रखा था। भट्ट ने विवेक देवराय के इस निर्णय का विरोध किया था क्योंकि वह जानता था कि यह ऑर्डर उन्हें नहीं भी मिल सकता है। हरियाणा की सरकार ने विदेशी कम्पनियों को देश में पैसा लगाने के लिए यानी कि फॉरेन डायरेक्ट इन्वेस्टमेंट हासिल करने के लिए इतनी सुविधाएँ दी थीं कि कोरिया की एक पुरानी कम्पनी ने हरियाणा में एक विराट जिपर प्लांट रातोंरात तैयार कर लिया था। कम्पनी ने अपनी मार्केटिंग के लिए देश की धुरन्धर मार्केटिंग कम्पनियों को लगा रखा था। भट्ट जानता था कि माल का दाम कम करने से लेकर सारी तिकड़में लगाकर कोरिया की कम्पनी वह ऑर्डर हासिल कर सकती थी, जिस पर विवेक देवराय ने इतनी उम्मीदें लगा रखी थीं।

विवेक देवराय के लिए नुकसान को सहना ज्यादा मुश्किल था या फिर भट्ट के चेहरे पर अनजाने दिख गई—'मैंने तो आपको मना किया था' की आत्ममुग्धता को—यह कोई नहीं जान सकता। पर विवेक देवराय भट्ट को किसी तरह बर्दाश्त नहीं कर पा रहा था। भट्ट समझ नहीं पा रहा था कि विवेक देवराय से कैसे कहे कि कम्पनी का नुकसान उसे अपने नुकसान जैसा लगता है या ऐसा ही कुछ जिससे विवेक देवराय उसे गलत न समझे। पर विवेक देवराय भरसक उससे कन्नी काट रहा था। भट्ट को यह लग रहा था कि विवेक देवराय सोच रहा है कि भट्ट मौका मिलते ही कह डालेगा कि विवेक देवराय को उसने चेतावनी दे दी थी। बोर्ड मीटिंग के बीच अचानक एक दिन विवेक देवराय ने भट्ट से कहा—''आप दाहिने हाथ की कलाई में घड़ी बाँधकर क्या अपने को औरों से अलग बताना चाहते हैं?' भट्ट सन्न रह गया। बाकी लोगों को भी जैसे साँप सूँघ गया। भट्ट ने हँसकर कहा—''अरे नहीं सर! मेरी बाईं कलाई में एलर्जी हो रही है। इसलिए...''। पर फिर उसे लगा कि अब और नहीं चल सकता। इस जगह बिना कुछ कहे चुप रह जाना संभव नहीं है। एकदम गलत भी है। इसलिए उसने कहा—''सर, आपके पैंट का जिपर आज फिर खुला हुआ है।'' आधे लोग खिलखिलाकर और आधे मुँह दबाकर हँस पड़े।

भट्ट को अचानक भरी दोपहर में घर आया देख पत्नी हैरान हो गई। शायद वह समझ गई कि अब वापस जाना है। उसने पूछा—''क्या हुआ?'' भट्ट ने उसे देखते हुए कहा, ''बोर्ड मीटिंग में सर ने पूछा कि क्या मैं दाहिने हाथ में घड़ी औरों से अलग दिखने को बाँधता हूँ?'' भट्ट ने राहत से देखा कि पत्नी की सुतवाँ नाक

फड़कने लगी है। वह गुस्से में है या रोनेवाली है, यह वह नहीं समझ पाया। पर दोनों ही हालत में उसका किसी तरह का नुकसान नहीं था। पत्नी ने पूछा–"तो तुमने क्या कहा?" भट्ट मुस्कुराकर बोला, "मैंने कहा यह मुद्दा तो आज की मीटिंग के अजेंडा में नहीं है।" पत्नी हँस पड़ी। "अच्छा किया। नुकसान अपनी गलती से होगा, और गुस्सा निकालेंगे किसी बलि के बकरे पर। आजकल तो मुझसे ही सीधे मुँह बात नहीं करते मियाँ–बीबी! मुझे तो सुभाष से ही पता चला..."–पत्नी अचानक चुप हो गई जैसे उसने कोई गलत बात कह दी हो।

भट्ट समझ गया। पत्नी के सारे नए रिश्तों के समीकरण एक मिनट में खुल गए। उसे पत्नी पर बहुत प्यार आया। "अब क्या करें"–उसने ऐसे पूछा जैसे पत्नी के निर्णय पर ही उसे जीवन चलाना हो। "करना क्या है, किसी की गुलामी थोड़े ही है। बहुत हुआ। बहुत देखी इन लोगों की अच्छाई! मैंने क्या नहीं किया इन लोगों के लिए। उसका यह बदला है। तुम्हारी तक परवाह नहीं की। सोचा कि ये लोग खुश रहेंगे, तो तुम्हारा खास ध्यान रखेंगे। सब बेकार था"–पत्नी का गला भर आया।

भट्ट ने पत्नी को खींचकर बाँहों में भर लिया। तो यह बेचारी अपनी समझ में उसकी सलामती के लिए ही उसे नाराज कर रही थी। "लोग अच्छे तभी तक रहते हैं, जब तक सब कुछ ठीक-ठाक रहता है। उनकी असलियत का तभी पता चलता है, जब कोई मुसीबत आती है। दुनिया में एक तुम ही हो जो हमेशा एक जैसी अच्छी बनी रहती हो।"

II

तुम चाहे जो कहो के.वी.

के.वी. शंकर अय्यर को उस दिन सुबह आँखें खोलते ही गुरुचरण का खयाल आया था। ऐसा होने की कोई खास वजह नहीं थी। पिछले चार महीनों से बाहर रहने के कारण गुरुचरण अचानक उनके जीवन के क्रम से दूर चला गया था। ऐसा भी नहीं था कि के.वी. गुरुचरण के बिना किसी खालीपन का अनुभव कर रहे हों। जीवन अपनी गति से चल रहा था। मनुष्य अपने-आप में पूर्ण है—के.वी. इस बात को इन दिनों प्रायः दोहरा लिया करते थे। आदमी को किसी की जरूरत तभी है, जब वह खुद से भागना चाहे या अपने आप को भूलना चाहे। के. वी. को लगने लगा था कि अपनी आत्म-यात्रा में अब वे ऐसी जगह पहुँच गए हैं जहाँ उन्हें अपना मन लगाने के लिए किसी की जरूरत नहीं है न पत्नी, न बेटा, न मित्र, न कोई और। संगीत और अच्छी पुस्तकें मिल जायें तो वे श्री अरविन्द की तरह चालीस साल एक कमरे में गुजार सकते हैं—ऐसा उन्हें बोध होने लगा था। इन दिनों हर समय एल. सुब्रमण्यम की वायलिन की सी.डी. सुनते रहते।

आम पत्नियों की तरह के.वी. की पत्नी उनके इस तरह अपने को समेट लेने से बेहद अप्रसन्न थी। के.वी. इस बात को जानते थे कि कुछ लोगों के लिए हर शाम घर में बैठे रहना जेल में रहने के बराबर होता है। इन दिनों ऑफिस से लौटने के बाद पत्नी को टेलिफोन पर घंटों किसी से बातें करते देख पहले की तरह चिढ़ने के बजाय वे खुश होने लगे थे। किसी तीसरे की गुंजाइश न होने से फोन के.वी. को यह छूट देता था कि वे अपने एकांत में घुस जाएँ। के.वी. की एकांत की इस नई खोज से पत्नी इस कदर परेशान हो उठी थी कि कई बार उनसे गुरुचरण के बारे में पूछ चुकी थी कि वह वापस कब लौटनेवाला है। पत्नी जब भी यह पूछती, के.वी. मन-ही-मन खुश होते कि अब वह क्लब की शामों को फोन करके बरबाद नहीं कर पाती। फिर उसे चिढ़ाने के लिए पूछ लेते—"तुम कहो तो मैं कहीं बाहर चला जाऊँ?" पत्नी ने इस बात का एक ही जवाब खोज लिया था—"तुमसे तो बात

करना ही बेकार है।''

के.वी. जानते थे कि उनकी पत्नी को लग रहा है कि चोरड़िया को फिर से छोड़ देने के कारण उनमें कुछ बदलाव आ गया है। शायद उनकी पत्नी गुरुचरण के लौटने को लेकर इसलिए भी उत्सुक थी कि वह जानती थी कि के.वी. व्हिस्की के एक पेग के बाद गुरुचरण से ही अपनी बातें कह पाते हैं। ऐसा नहीं था कि पत्नी ने उनसे चोरड़िया के बारे में पूछा न हो कि आखिर बात क्या हुई थी। पर जैसी कि पत्नी को उम्मीद थी, के.वी. ने सिर्फ एक लाइन में हँसकर बात को टरका दिया था–''होता क्या? वही सास-बहू का झगड़ा! सास चाभी देगी नहीं! बहू खुश रहेगी नहीं।''

के.वी. की पत्नी जानती थी कि के.वी. जब भी सास-बहू का उदाहरण देते हैं, उनका इशारा अपनी पत्नी के भविष्य की ओर होता है। जैसे कि वे पहले से जानते हों कि अपनी होनेवाली पुत्रवधू से उसकी खटपट होगी ही। के.वी. की पत्नी का खून ऐसे मौके पर उबल पड़ता, पर वह चुप रह जाती। कौन बहस करे ऐसे आदमी से, जिसे मजाक करने का भी शऊर नहीं है। भला यह भी कोई मजाक हुआ? कभी कहते–''सोशल वेलफेयर होम का एक सर्वे होना चाहिए कि उसे चलानेवाली कितनी औरतों ने अपने घर का कल्याण कर रखा है।'' के.वी. की पत्नी जानती थीं कि के.वी. का इशारा वहाँ की सेक्रेटरी उनकी सहेली कावेरी सेन की ओर है जिसकी न कभी अपनी सास से बनी और न कभी बहू-बेटे से। और तो और, के.वी. कई बार कावेरी सेन के सामने ही यह बात बोल चुके थे। के.वी. का हर मजाक सिर्फ आधा मजाक होता। बाकी आधा सामनेवाले को ऐसा डंक मारता कि न वह हँस पाता और न रो पाता।

के.वी. की पत्नी को गुरुचरण और के.वी. का रिश्ता आज तक समझ में नहीं आया था। उन्होंने कभी के.वी. को गुरुचरण से इस तरह का मजाक करते नहीं देखा था। न कभी के.वी. गुरुचरण को अपने घर बुलाते और न गुरुचरण ने कभी के.वी. को अपने घर बुलाया था। कभी-कभी साल में एकाध बार अपनी कम्पनी की किसी पार्टी में गुरुचरण ने उन दोनों को बुलाया था और के.वी. की पत्नी ने देखा था कि पार्टी में वह बीच-बीच में के.वी. के पास पूरे सम्मान के साथ आकर खड़ा हो जाता। के.वी. की पत्नी ने यह भी देखा था कि पार्टी में वह औरतों के बीच बहुत लोकप्रिय था। जिस औरत की तरफ वह देख लेता या उससे बात कर लेता, उस औरत के चेहरे की चमक दुगुनी हो जाती। पर गुरुचरण जैसे इस बात से बेखबर

था। वह शायद ही किसी के पास दो मिनट से ज्यादा रुकता हो। पिछली पार्टी में उसने के.वी. और उनसे ही सबसे ज्यादा बातें की थीं और खासकर के.वी. की पत्नी से उनके बेटे की पढ़ाई और उसकी रुचियों के बारे में पूछता रहा था।

गुरुचरण के.वी. की पत्नी को इतना शालीन और सभ्य लगा था कि उन्हें लगा ही नहीं कि वह असल में कोई आदमी है। वह उन्हें किसी फिल्म में रोल करनेवाला कोई कलाकार जैसा लगा था, जिसे ठीक-ठीक मालूम हो कि उसे कब कितनी देर किसके पास रुकना है और क्या बोलना है। के.वी. के जुबान की धार ने कभी गुरुचरण को काटा है या नहीं, यह जानने की जिज्ञासा के.वी. की पत्नी को बहुत थी। कहावत है कि चुड़ैल भी एक घर छोड़ देती है। हो सकता है कि के.वी. ने गुरुचरण पर अपना कौशल न आजमाया हो। के.वी. की पत्नी को क्या मालूम नहीं था कि कितनी बार अपने बेतुके मजाक और व्यंग्य के डंक के कारण के.वी. ने जीवन में कितना नुकसान उठाया था। कितने शत्रु बनाए होंगे के.वी. ने जीवन में। पर जाने उनके अंदर यह कौन-सा खून था, जो अपना रंग दिखाए बिना मानता ही नहीं था। लेकिन गुरुचरण को देखते हुए के.वी. की पत्नी को लगा था कि के.वी. और उसका कुछ अलग ही किस्म का रिश्ता है, जो शायद के.वी. आज तक किसी और से नहीं बना पाये हैं।

के.वी. को गुरुचरण की याद सुबह-सुबह जब आ ही गई, तो वे बिस्तर में पड़े-पड़े कुछ देर सोचते रहे कि यदि गुरुचरण होता, तो वे उसे कितनी बातें बता सकते थे। इन चार महीनों में गुरुचरण के जाने के बाद उनके जीवन में बहुत सारी नई बातें हुई थीं, जिनका संबंध एक तरह से गुरुचरण से भी था। पर वह तो न जाने कहाँ मध्यप्रदेश के किसी दूर गाँव में जाकर न जाने अपनी कम्पनी के लिए किस तरह की रिपोर्ट तैयार कर रहा था। के.वी. को गुरुचरण ने कोई फोन नम्बर तक नहीं दिया था। मोबाइल तो खैर वह रखता नहीं था। के.वी. ने एक महीने तक इंतजार करने के बाद गुरुचरण का फोन न आने पर उसके घर फोन मिलाकर उसके नौकर से फोन नम्बर प्राप्त करने की कोशिश की थी, पर फोन बजता रहा था। किसी ने फोन नहीं उठाया। के.वी. चाहते तो गुरुचरण की कम्पनी में फोन करके नम्बर ले सकते थे, पर तभी उन्हें अपनी निर्लिप्तता याद आ गई थी। जीवन तो नदी-नाव-संयोग है। लोग मिलते हैं और लोग चले जाते हैं। किसी को क्यों खोजना है? एक क्षण के लिए उनके मन ने कहा था कि राजेश्वरी से तो वह जरूर ही बात करता होगा, पर के.वी. ने मन की इस नादानी को निकाल बाहर किया था। उन्हें क्या?

कोई चाहे किससे बात करे न करे।

के.वी. ने चोरड़िया से मुक्ति पाकर इधर एक नई कम्पनी बनाई थी जिसका नाम था 'कार्बो वेज सिस्टम्स इंक' यानी कि के.वी.एस.आई.। कोई कुछ कहे, पर यह संयोग मात्र था कि इस कम्पनी का नाम भी वही था जो खुद उनका नाम था। के.वी. शंकर अय्यर यानी के.वी. एस.आई.। दरअसल कार्बोवेज कोयले से बनी एक होमियोपैथिक दवा थी जो पेट में कार्बन डाइऑक्साइड जैसी गैस के लक्षणों का इलाज करती थी। यह कम्पनी देश में अपनी तरह की नई कम्पनी थी जो इस देश की 'कार्बन क्रेडिट' को यूरोप और अमेरिका में बेच रही थी। यूरोप-अमेरिका में फैक्टरियों पर हवा में एक सीमा से ज्यादा कार्बन-डाइ-ऑक्साइड या ग्रीन हाऊस गैसें छोड़ने पर भारी सरकारी पेनल्टी थी। इस दंड से बचने के लिए उन कम्पनियों के लिए एक आसान रास्ता यह खोजा गया था कि वे भारत जैसे विकासशील देशों से 'कार्बन क्रेडिट' खरीद लें। यह 'कार्बन क्रेडिट' किसी भी कम्पनी को या तो अपनी मशीनों में विकसित टेक्नोलोजी से कार्बन-प्रदूषण कम करने पर मिल सकती थी या फिर पेड़ लगाकर हवा से कार्बन कम करने पर। के.वी. शंकर अय्यर ने इस बात को सीधे-सीधे पत्नी को समझाते हुए बताया था–"देखो, मान लो कि तुमने यूरोप में एक पाप किया और इंडिया में आकर उसका प्रायश्चित कर डाला। नहीं समझी? अरे बाबा, समझो कि तुमने यूरोप में जितनी जहरीली हवा छोड़ी, उतनी शुद्ध की हुई हवा तुमने इंडिया में खरीद ली।"

के.वी. की पत्नी कोई मूर्ख औरत नहीं थी। 'सोशल वेलफेयर होम' के सिलसिले में बंगाल के मुख्यमंत्री तक उनका सम्मान कर चुके थे। के.वी. की पत्नी ने अनगिनत बार विशुद्ध अंग्रेजी में अपनी संस्था के समस्त अभियानों की बड़ी-बड़ी सभाओं में व्याख्या की थी। आखिर खुद के.वी. किसी जमाने में उनकी बोलने और समझने की प्रतिभा पर रीझ कर उनके प्रेम में पड़े थे। इधर के सालों में धीरे-धीरे के.वी. जाने अपने-आप को कितना महान समझने लगे, उनकी पत्नी को पता तक नहीं चला। के.वी. की पत्नी ने इन दिनों ही ध्यान दिया था कि के.वी. उन्हें जब भी कोई नई बात समझाते हैं, इस तरह बोलते हैं जैसे वे कोई अनपढ़-गँवार महिला हों। यहाँ तक कि के.वी. ने अपने बेटे को भी उनसे इसी तरह बात करना सिखा दिया था। वह अदना-सा लड़का भी कुछ पूछने पर उनसे ऐसे बात करता था, जैसे वे दसवीं कक्षा फेल हों और उनमें कुछ समझने की योग्यता न हो। के.वी. का छुपा हुआ ब्राह्मणत्व यानी दूसरों से ऊँचा होने का अहंकार उनके बेटे

पर सौ प्रतिशत हावी हो जायेगा, इसकी के.वी. की पत्नी ने कभी कल्पना भी नहीं की थी। बचपन में उसने कभी तमिल या संस्कृत सीखने में रुचि नहीं दिखाई थी और न ही वह अपने पिता के परिवार से किसी तरह का लगाव रखता था। पर अचानक तेरह-चौदह साल का होते-होते उसने यह सब उलट-पुलट कर डाला था।

के.वी. की पत्नी ने निश्चय किया कि वे के.वी. के सामने यह जाहिर नहीं करेंगी कि उन्हें 'कार्बन क्रेडिट' वाली बात समझ में नहीं आई है। कल ही वेलफेयर होम के दफ्तर में इंटरनेट खुलवाकर इस विषय के कुछ 'प्रिंट-आऊट' निकलवा लेंगी। अपने-आप को के.वी. कितना भी महान समझें, इंटरनेट से ज्यादा तो नहीं जानते होंगे। के.वी. की पत्नी को मालूम है कि के.वी. और उनका बेटा उनके कम्प्यूटर न सीख पाने के कारण उनका काफी मजाक बनाते हैं। वे हर बार सीखती हैं और हर बार भूल जाती हैं। लेकिन दफ्तर का नया कम्प्यूटर-ऑपरेटर उनकी हर मौके पर मदद करता है। उसी से पूछेंगी कि देखकर बताए कि भारत की शुद्ध हवा कैसे खरीदी जा सकती है और उसे विलायत कैसे ले जाया जा सकता है?

के.वी. शंकर अय्यर पत्नी की उलझन को समझकर मन-ही-मन हँस रहे थे। वाकई यह बात जल्दी से किसी की समझ में आनेवाली नहीं है। हालाँकि ले-देकर बात बहुत सरल है। दुनिया के ताकतवाले देश 'ग्लोबल वार्मिंग' या पृथ्वी के ऊपर हवा की छतरी के नष्ट होने के डर से कोई डेढ़ सौ साल पहले की गँवारू जिन्दगी में लौटनेवाले नहीं हैं। ''लाइफ-स्टाइल नहीं हो, तो 'लाइफ' का मतलब भी क्या है?''—के.वी. पत्नी को धीरज से समझाते हैं। ''अब तुम्हें कहा जाय कि हवाई-जहाज में मत बैठो, गाड़ी बेच दो क्योंकि इससे धरती का ताप बढ़ रहा है तो तुम क्या मान लोगी? तुम्हें कोई कहे कि लिफ्ट में मत चलो, एयर-कंडीशन, फ्रिज, वाटर-हीटर, मिक्सर, माइक्रोवेव सब हटा दो, तो तुम धरती को बचाने के लिए यह त्याग करने को तैयार हो? नहीं ना ? बस समझो कि मामला यही है। जैसे तुम यह सब करने को तैयार नहीं हो, यूरोप-अमेरिका के लोग भी यह करने को तैयार नहीं हैं। तो फिर उपाय क्या है?''—के.वी. की बात से उनकी पत्नी गंभीर सोच में पड़ जाती हैं। कैसे कहें कि वे सब कुछ छोड़ने के लिए तैयार हैं ताकि धरती बची रहे। यह भी कैसे कहें कि उनकी जिन्दगी तो आधी से ज्यादा कट गई, अब आगे वाले अपनी सोचें कि वे कैसी 'लाइफ-स्टाइल' जीएँगे। के.वी. की पत्नी के.वी. को शिकायत से देखती हैं। अब कुछ भी कहेंगी, तो के.वी. उसे चुटकुले की तरह हर

किसी के आगे दोहराते रहेंगे। लोगों का क्या है उन्हें तो हँसी आएगी ही। यह भी क्या कम तमाशा है कि एक पति अपनी पत्नी की बेवकूफी को छिपाने के बजाय दुनिया के सामने उसकी पोल खोलता रहे। ऊपर से कहे कि सच तो सच है। उसे परदे से क्यों ढँककर रखना है?

के.वी. गुरुचरण को पाँच-छह महीने पहले उस दिन क्लब में 'सी.एस.आर.' यानी 'कॉरपोरेट सोशल रिसपोंसिबिलिटी' पर इसलिए व्याख्यान दे पाए थे क्योंकि वे खुद एक बड़ी कॉरपोरेट कम्पनी की वार्षिक मीटिंग के लिए ऐसी रपट तैयार कर रहे थे। यों भी गुरुचरण तो उनके सामने हमेशा एक बच्चा था, कितनी भी बड़ी मल्टीनेशनल कम्पनी में कितने ही बड़े पद पर क्यों न हो। बहरहाल उसी रपट के सिलसिले में के.वी. को पता चला था कि एक टन कार्बनडाइ ऑक्साइड हवा में कम करने से एक कार्बन-क्रेडिट मिलता है, जिसे विदेशों में दस यूरो से तीस यूरो के दाम पर यानी साढ़े पाँच सौ से पन्द्रह सौ रुपये तक में बेचा जा सकता है। चोरड़िया से मुक्ति पाते ही उन्होंने अपनी कम्पनी खोल ली थी—कार्बोवेज सिस्टम्स इंक। लेकिन उनकी कम्पनी के पास 'कार्बन-क्रेडिट' जमा करने का ऐसा अद्‌भुत नुस्खा था, जो अब तक किसी के दिमाग में नहीं आया था।

बेशक के.वी. शंकर अय्यर का दिमाग तर्कसंगत तरीके से सोचने का आदी था। पैसा होने के बावजूद घर में वाशिंग-मशीन कौन नहीं रखता? जिसके पास कपड़ा धोने के लिए काम करनेवाली दाई या नौकर है। इसका मतलब यह हुआ कि बिजली की बचत तभी हो सकती जब मशीन का काम आदमी करे। लेकिन आदमी तभी काम करेगा जब वह गरीब होगा। भारत में वे कौन लोग हैं जो गरीब होने के बावजूद किसी ऐसी मशीन का इस्तेमाल कर रहे हैं जिससे उन्हें रोका जा सकता है? जिन्हें समझाया जा सकता है या कोई प्रलोभन दिया जा सकता है कि वे मशीन का प्रयोग छोड़कर अपने शरीर के बल से काम करें? इंडिया के गाँवों में रहनेवाली सत्तर प्रतिशत जनता यानी कि किसान उनकी कम्पनी के.वी.एस.आई. की क्या मदद कर सकते हैं?

के.वी. ने अपने बीस साल पुराने रसोइए रामा को बुलाया था जो हर साल बिहार के अपने गाँव दरभंगा में भारी ब्याज पर कर्ज लेकर कभी लड़की की शादी करता था या अपनी पत्नी की किसी-न-किसी बीमारी से जूझता था। खुद के.वी. से वह पन्द्रह-बीस हजार रुपये एडवांस के नाम पर ले चुका था। उसकी खेती-बारी उसके परिवार का पेट भरने लायक भी जुगाड़ कर पाती थी, इसमें के.वी. को

सन्देह था। रामा ने बताया कि डीजल के पम्प से पानी निकालनेवाली मशीन ही छोटे किसानों के जीवन में काम आनेवाली मशीन है। "अगर तुम्हें बिना बिजली के शरीर की ताकत से चलनेवाली ऐसी मशीन लगभग मुफ्त में दी जाए, जिससे तुम पानी निकालकर खेतों की सिंचाई कर सको, तो तुम ले लोगे?'—के.वी. ने पूछा। "क्यों नहीं बाबू"—रामा की आँखों में उसी तरह चमक आ गई जैसी कि कॉरपोरेट कम्पनियों की चमकीली वार्षिक रपट में लगी किसानों की तस्वीरों में होती हैं—"लेकिन बहुत ताकत लगानी पड़े तो मुश्किल है। आप तो जानते हैं हर समय तो गाँव में ज्यादातर बूढ़े लोग रहते हैं जो बीमारी से परेशान रहते हैं। हमारी जनाना लोग में तो दम रहा नहीं। कितना रुपया हमें देना पड़ेगा बाबू मशीन का?"

के.वी. समझ गए कि काम बन जाएगा। रामा उनकी तरफ जिस तरह देख रहा था, उसकी आँखों की भाषा को पढ़ना के.वी. के लिए आसान था। मुफ्त में या लगभग मुफ्त में कुछ भी पाने की चमक पर अब एक सन्देह का परदा आ गया था। यानी कि रामा सोच रहा था कि के.वी. झूठ भी बोल सकते हैं या इसमें के.वी. का क्या स्वार्थ हो सकता है? अब दुनिया में कोई इतना सरल नहीं रहा कि यह मान ले कि सिर्फ भलाई के लिए कोई आदमी किसी के लिए कुछ करेगा। के.वी. जिस कॉरपोरेट कम्पनी की वार्षिक रपट तैयार कर रहे थे, उसके बोर्ड ऑफ डायरेक्टर्स को उन्होंने यही बात समझाने की कोशिश की थी। बजाय इसके कि हम दुनिया को समझाएँ कि कोई कम्पनी सामाजिक दायित्व इसलिए उठा रही है क्योंकि उसका दिल अचानक अपनी बैलेंस-शीट बढ़ाने की जगह देश में गरीबी, गैर-बराबरी और प्रदूषण मिटाने पर आ गया है, बुद्धिमानी की बात यह है कि दुनिया को असलियत बताई जाए। पूरी नहीं, तो कम-से-कम इतनी असलियत कि वह बाकी के झूठ पर भी यकीन कर ले।

के.वी. ने जो रपट तैयार की थी, उसमें कम्पनी का चेयरमैन यह बताने वाला था कि हमारा मुख्य काम अपने शेयर-होल्डरों को मुनाफा कमा कर देना ही है, पर हम साथ-साथ यह भी चाहते हैं कि आनेवाले दशकों में भी हम इसी तरह मुनाफा करते रह पाएँ। इसके लिए यह जरूरी है कि हम दुनिया के हवा-पानी-पेड़ बचाकर रखें और लोगों में हमारा सामान खरीदने की क्षमता बढ़ती रहे। हर कम्पनी हर आदमी की जेब तक पहुँचना चाहती है, बशर्ते कि उसमें कुछ पैसा हो और वह कम्पनी का सामान खरीद सके। इसलिए 'सस्टेनेबल' विकास करना सिर्फ हमारा कर्त्तव्य नहीं, हमारी मजबूरी भी है। दुनिया हरी-भरी फली-फूली रहे, तभी हम भी

बचे रह सकेंगे।

के.वी. को याद है कि कम्पनी के डायरेक्टरों पर उनकी बातों का क्या असर हुआ था। सबको मिनटों में उनकी बात समझ में आ गई थी और उनकी आँखों से सन्देह का परदा हट गया था कि जाने वे किस तरह की रपट तैयार कर रहे हैं। के.वी. ने अपने नौकर रामा से कहा—"हमारी कम्पनी पैरों से चलनेवाला एक पम्प किसानों को बहुत कम कीमत पर इसलिए बेचना चाहती है कि हवा में डीजल पम्प से जो जहरीली गैसें बनती हैं, उससे धरती का बहुत नुकसान हो रहा है। देख रहे हो ना कि इन दिनों कितनी बीमारियाँ बढ़ रही हैं। कहीं बारिश होती ही नहीं और कहीं रोज बाढ़ आ जाती है। जहरीली गैसों को बनने से रोकने के लिए दुनिया के सब देशों की सरकारों ने एक कागज पर साइन किया है। इसलिए हमारी सरकार हमारी कम्पनी को पैसा देगी अगर हम जहरीली गैसों को कम कर दें"—के.वी. ने देखा कि रामा की आँखें बोर्ड ऑफ डायरेक्टरों की आँखों की तरह निर्मल हो गई थीं। "अब हम समझे साहेब"—रामा ने कहा। "दुनिया को तो बचाना ही पड़ेगा ना सरकार को, नहीं तो हुकुम किस पर चलाएगी? भोट किससे माँगेगी ?"—रामा का देहाती सेंस ऑफ ह्यूमर के.वी. शंकर अय्यर को पसंद है। वे जानते हैं कि रामा यह भी कहना चाहता है कि तभी ना साहेब, आपकी कम्पनी मुफ्त में सामान देगी, जब आपको सरकार से चौगुना पैसा मिलेगा। पर रामा कहेगा नहीं कुछ। के.वी. ने एक लंबी साँस छोड़ी। अचानक उन्हें रंगनाथन की याद आ गई।

रंगनाथन उनके शहर में आया था और उनके घर पर रुका था। के.वी. की पत्नी से उसका अच्छा दोस्ताना है और वे दोनों एक-दूसरे को बताते रहते हैं कि किसे क्या करना चाहिए। एक तरह से यह शब्दों का खेल है जिसमें हर आदमी अधिक-से-अधिक बोलना चाहता है—यह जानते हुए कि सामनेवाला न तो पूरी बात सुन रहा है और न ही एक बात भी माननेवाला है। पर दोनों पार्टियाँ खुश हैं क्योंकि उन्हें अपनी आवाज सुनने को मिल रही है, भले ही मुद्दा सही ढंग से फिल्टर कॉफी बनाने का ही हो। के.वी. को इस बेमतलब के शोर से आम तौर पर बुरी तरह चिढ़ होती है। इस खेल का क्या मजा है, इसे समझ पाना उनके लिए संभव नहीं है। न ही वे उस मजे को समझना या जानना चाहते हैं। पर इस बार के.वी. उस शोर के कृतज्ञ थे जो उनके और रंगनाथन के बीच के सन्नाटे को भर दे रहा था। वे भाँप रहे थे कि रंगनाथन उन्हें कहना चाहता था कि वे एक किस्म के 'अर्थपिशाच' बन चुके हैं—वही शब्द जो उन दोनों ने मिलकर ऐसे लोगों के लिए गढ़ा था जो पैसे की

खातिर कुछ भी कर सकते हैं।

रंगनाथन की आँखों में जैसे एक फेंस-एक घेरा–लग गया था जिसके पार के.वी. देख नहीं सकते थे। उन्हें पूरी तरह यकीन था कि रंगनाथन भी उनकी आँखों में वही फेंस देखता होगा। के.वी. उसे बहुत-कुछ कहना चाहते थे। वे कोई अर्थपिशाच नहीं बने हैं। सिर्फ जमाने से तालमेल मिलाकर चल रहे हैं। हर जगह खोखले, बासी, गंध मारते आदर्शों की दुहाई देना एक तरह की हरमजदगी है, पाखंड है। हमारा इंडिया विकास के पथ पर बढ़ रहा है। उसके रास्ते में जो भी पत्थर आएँगे, उन्हें हटाना हमारा कर्त्तव्य है। किसी बड़ी लीग में शामिल होना, बड़ी-बड़ी कॉरपोरेट कम्पनियों के लिए काम करना भला गुनाह कैसे हो गया? अगर वह कम्पनी एक 'स्पेशल इकोनॉमिक जोन' यानी कि 'सेज' बनाने के लिए दो-चार सौ किसानों को उजाड़ रही है, तो क्या के.वी. गुनहगार हैं? सरकार, कम्पनी और किसान सब अपना-अपना फायदा देख रहे हैं। के.वी. को किसी से क्या मतलब और किसी को के.वी. से क्या?

के.वी. शंकर अय्यर की के.वी.एस.आई. कम्पनी किसानों को डीजल पम्प की जगह पाँव से चलनेवाले 'ट्रेडल' पम्प बेचकर आखिर में तो दुनिया का भला ही कर रही थी। दुनिया के अमीर देश धरती का तापमान बढ़ने से रोकने के लिए गरीब देशों की गरीब जनता को पैसे बाँट रहे थे, इससे अंततः तो सबका भला ही हो रहा था। पर के.वी. जानते हैं कि रंगनाथन जैसे सिरफिरे लोग किसी स्थिति का सिर्फ एक पक्ष ही देख सकते हैं। जानते हैं कि रंगनाथन को उनकी कम्पनी का पता चल जाय, तो वह क्या कहेगा। कहेगा कि भारत के बेचारे गरीब किसान कुएँ से पानी भी पम्प से न निकालकर शरीर के जोर से निकालें, शहरों में रिक्शा चलाएँ ताकि दुनिया के सारे अमीरों को दरवाजे के पास आकर दरवाजा खोलने के लिए अँगुली भी न लगानी पड़े और दरवाजे खुल जाएँ; वे सीढ़ियों पर खड़े हों, तो सीढ़ियाँ अपने-आप ऊपर चलने लगें और वे एक शहर से दूसरे शहर जाने के लिए उस तरह हवाई-जहाज पकड़ें जैसे लोग बस या टैक्सी पकड़ते हैं। वे लोग मौज से रहें और हम उनकी गंदी की हुई हवा को साफ करने के लिए यहाँ पेड़ लगाते रहें और घोड़े-बैलों की तरह शरीर के जोर से सारे काम करते रहें। एक मामूली पम्प भी न चलाएँ।

कोई फायदा नहीं है रंगनाथन जैसे लोगों से उलझने का। आखिर खुद अपनी जिन्दगी को जो आदमी बना नहीं सका, वह क्या खाक दुनिया को समझेगा या कि

दुनियादारी समझेगा। के.वी. शंकर अय्यर ने सारे सूत्रों की क्या जबरदस्त नेटवर्किंग की है। इंगलैंड की 'क्लाइमेट-कंसर्न' नाम की एजेन्सी के साथ एक एन.जी.ओ. संस्था 'ग्राम-बंधु' का गठजोड़ करवा दिया था ताकि किसानों को 'ट्रेडल पम्प' चलाने के लिए प्रेरित किया जा सके। ये दोनों संस्थाएँ मिलकर इन पम्पों के व्यवहार से डीजल से निकलनेवाली गैस में कटौती को मापती हैं और उस आधार पर 'कार्बन सर्टिफिकेट' निकालकर इंगलैंड की कम्पनियों को बेचती हैं। 'ग्राम-बंधु' अपनी कमाई का हिस्सा ट्रैडल पम्प को सस्ते में मुहैया कराने में लगाती है। आखिर इसमें बुराई भी क्या है कि आदमी अपनी ऊर्जा का इस्तेमाल उस ऊर्जा की जगह करे, जो कि 'रिन्यूएबल' नहीं है यानी कि जिसे फिर से पैदा नहीं किया जा सकता? दुनिया का सारा कोयला, डीजल, पेट्रोल खत्म हो जाएगा, तब आदमी क्या करेगा? फिर इस देश का किसान तो हमेशा से आज तक अपने शरीर के श्रम से अनाज पैदा करता आया है। ट्रैडल पम्प के दोनों लीवरों पर एक-एक पैर रखकर उसे एक बच्चा भी चला लेगा। के.वी. शंकर अय्यर को कतई नहीं लगता कि वे कोई ऐसा काम कर रहे हैं जिससे उनके देश का नुकसान हो। बल्कि वे धरती का उपकार ही कर रहे हैं। कोई समझे या न समझे।

के.वी. शंकर अय्यर जिस कॉरपोरेट फर्म के मार्केटिंग सलाहकार का काम कर रहे हैं, उसको उन्होंने हजार हेक्टेयर जमीन पर पेड़ लगाने की सलाह दी है। इससे जो पैसा आएगा, वह सिर्फ कार्बन क्रेडिट के जरिए ही नहीं आएगा। उससे फर्म की पेपर मिल को लकड़ी की लुगदी मिलती रहेगी, जिसे वह फिलहाल इंडोनेशिया से इम्पोर्ट कर रही है। अब कार्बन मार्केट में कूद ही पड़े हैं, तो लगे हाथ दुनिया का कुछ भला ही कर जाएँ। इन दिनों जब कभी रात को के.वी. की नींद खुल जाती है, उन्हें दुनिया की फैक्टरियों से रात-दिन निकलता काला धुआँ पूरी पृथ्वी पर छाता दिखाई पड़ता है। दुनिया ज्यादा से ज्यादा सामान बना रही है और लोगों को ज्यादा से ज्यादा सामान खरीदने के लिए एडवरटाइजिंग के जरिए उकसा रहीं है। भारत की 'ग्रोथ स्टोरी' में सारी दुनिया शामिल है। इतने खरीददार दुनिया में शायद और कहीं नहीं हैं। यह सब रोका नहीं जा सकता। दुनिया को पीछे की ओर नहीं धकेला जा सकता। अगर पेड़ ही दुनिया को बचा सकते हैं, तो यही सही। के.वी. जिन-जिन फर्मों में सलाहकार बनेंगे, सबको भारत की बंजर भूमि को हरा बनाने के लिए प्रेरित करेंगे। उन्हें समझाएँगे कि पेड़ लगाकर आप किस तरह करोड़ों रुपये कमा सकते हैं। वरना तो के.वी. का क्या जाता है, उन्हें तो अपनी फीस मिलती

रहेगी। भले ही दुनिया बरबाद होती रहेगी।

भारत में सनकी लोगों की कोई कमी नहीं है, इसमें के.वी. को शक नहीं है। मेधा पाटकर कहती है बाँध मत बनाओ, ममता बनर्जी कह रही है गाँव में कारखाने मत लगाओ, अब करात कह रहा है कि न्यूक्लियर पैक्ट मत साइन करो। अरे भाई साहब या कि बहनजी, आप विकास की ओर नहीं जाएँगे तो आख़िर जायेंगे कहाँ ? गाँवों में कारखाने नहीं लगाएँगे तो क्या बम्बई, दिल्ली, कोलकाता, अहमदाबाद में लगाएँगे, जहाँ पहले से ही आदमी पर आदमी ठूँसा हुआ है? हर आदमी अपनी रोटी सेंकने में लगा हुआ है, किसकी बात पर विश्वास करें? मेधा पाटकर जैसे लोगों के लिए के.वी. के मन में सम्मान जरूर है, पर अब यह कहना कि आप बाँध इसलिए बना रहे हैं क्योंकि आपके शहरों में कमोड फ्लश करने के लिए पानी आता रहे! क्या शहरी आदमी लोटा लेकर जंगल जाएगा?

के.वी. को लगता है कि बहुत आदर्शवादी हाने पर आदमी सनक जाता है। उसे साधारण सा सच भी समझ में नहीं आता। आप 'विकास' का झुनझुना दिखाकर उसे वापस किसी से छीन सकते हैं? एक आदिवासी से भी कहकर देखो कि अपना टी.वी. हटा दे, वह आपको अपने घर से हट जाने के लिए कहेगा। दुनिया के डेढ़ सौ से ज़्यादा देशों ने मिलकर 'क्योटो प्रोटोकॉल' बनाया है, क्या आश्चर्य है कि उसमें व्यावहारिकता की समझ टपक रही है। भई आप फैक्टरियाँ बंद मत कीजिए, बेशक हवा में कार्बन छोड़ते रहिए। बस जैसे आप स्टील फैक्टरी के लिए लोहा खरीदते हैं, वैसे ही 'कार्बन क्रेडिट' खरीद लीजिए। पूरी धरती का आसमान तो एक ही है, आप कहीं हवा-पानी बिगाड़िए, पर कहीं और की हवा-पानी सुधार दीजिए। दिक्कत क्या है? पूरी दुनिया अब सही अर्थों में जाकर एक हुई है–'वसुधैव कुटुम्बकम्' अब सच हुआ है।

के.वी. इन दिनों ग्लोबल हवा में उड़ रहे हैं। आज के दिन ही सिटी ऑफ लंदन में तीस मिलियन डॉलर का कार्बन का व्यापार हो रहा है। आनेवाले समय में तो चाँदी ही चाँदी होनी ही होनी है। अब यही दुनिया की सबसे बड़ी इंडस्ट्री या मार्केट बननेवाला है, ऐसी पक्की खबर है के.वी. के पास। कॉमनसेंस की बात है कि दुनिया में सबसे ज्यादा कार्बन छोड़नेवाली फैक्टरियाँ सीमेंट, स्टील, कपड़े और खाद की हैं। क्या कोई सोच सकता है कि इनमें से कोई चीज बनाना दुनिया कम करनेवाली है? हवा का ढ़ाई प्रतिशत कार्बन तो हवाई जहाजों से है। कौन-सा देश हवाई जहाज की उड़ानें कम करनेवाला है? इंडिया में ही छोटे-छोटे शहरों में

एयरपोर्ट बन रहे हैं और रोज नई एयरलाइनें खुल रही हैं।

के.वी. का दिल, सही मायने में कहा जाय, तो पहली बार जीवन में एकदम हलका है। अब जाकर उन्हें ऐसा काम मिल गया है जहाँ वे खुद अपने मालिक तो हैं ही, साथ ही वे ब्राह्मणत्व के ऊँचे मूल्यों के लिए जी रहे हैं। ब्राह्मण का लक्षण है ज्ञान के पीछे लगे रहना और ज्ञान का प्रसार करना। ज्ञान भी ऐसा जिससे पृथ्वी का कल्याण हो। के.वी. भारत की सत्तर करोड़ जनता को, जो खेती-बारी में लगी हुई है, अब 'कार्बन क्रेडिट' के जरिए एक नया सपना दिखा सकते हैं। ये दीन-हीन किसान दुनिया के अमीर देशों को कोई ऐसी चीज बेच सकते हैं जिसे पैदा करने में उन्हें न कोई खास पूँजी की जरूरत है और न जी-तोड़ मेहनत की। भारत की कम्पनियों को भी अपने बनाए हर सामान से ज्यादा कार्बन क्रेडिट से कमाई हो सकती है। हींग लगे न फिटकरी और रंग चोखा—इसी को तो कहते हैं प्रतिभा की पूँजी। फिलहाल इंडिया के हाथ में दुनिया के कार्बन व्यापार का इकतीस प्रतिशत बाजार है। इंडिया 'इको-फ्रैं डली' भी कहलाएगा क्योंकि वह हवा की पवित्रता का भार संभालेगा और साथ ही उसे इसकी क़ीमत भी मिलेगी। और क्या चाहिए इस देश को और के.वी. को? गुरुचरण लौट आए, तो उसे सारा मामला समझाएँगे। यहाँ तक कि वह अगर अपनी नौकरी छोड़कर उनकी के.वी.एस.आई. कम्पनी में पार्टनर बनना चाहे, तो के.वी. के पास उसके लिए दरवाजे खुले हैं।

के.वी. शंकर अय्यर ने बिस्तर पर सुबह-सुबह गुरुचरण के जीवन की राह को बदलने का संकल्प कर डाला। फिर वे फुर्ती से उठ गए। नींद खुलने के बाद बिस्तर में पड़े रहना शूद्रों का काम है। जो बिछौना रात को सोते वक्त ऊर्जा देता है, वह सुबह होने के बाद शक्ति खींच लेता है। के.वी. शंकर अय्यर सप्ताह में तीन दिन पार्क में सुबह की सैर करते हैं और तीन दिन योगाभ्यास और प्राणायाम। फिर नहा-धोकर पूजा करके जब तक अखबार और चाय लेकर बैठते हैं, तब तक उनकी पत्नी के आँखें मलते उठने का वक्त होता है। पत्नी की बेड-टी और के.वी. की मार्निंग-टी एक साथ होती है। के.वी. का चेहरा निर्विकार रहता है। उनकी पत्नी को कोई अंदाजा नहीं होता कि के.वी. उनकी इन आदतों से उतना ही आज भी चिढ़ते हैं जितना पहले दिन चिढ़ते थे। उनकी पत्नी सोचती हैं कि के.वी. ने उनकी आदतों के साथ जीने की आदत डाल ली है जिस तरह उन्होंने के.वी. की तमाम गुत्थियों और ग्रंथियों के साथ जीना सीख लिया है। कई बार वे के.वी. से पूछती हैं कि वे सरल क्यों नहीं हो सकते? के.वी. कभी इस प्रश्न को समझ नहीं पाते। वे अपनी

समझ में सरल व्यक्ति ही हैं –किसी प्रकार की दुविधा, संशय, संकल्प-विकल्प से रहित। जो चीज जैसी दिखती है, वैसे ही देखते हैं। न बढ़ाकर, न घटाकर। फिर सरल और किसे कहते हैं?

के.वी. ने अखबार की हेडलाइन पर निगाह डाली जो कोई नई बात नहीं बताती थी। कई दिनों से अमेरिका से न्यूक्लियर पैक्ट को लेकर वाद-विवाद चल रहा था, जो के.वी. के लिए एक बासी खबर से ज्यादा कुछ नहीं था। इसके चलते मनमोहन सिंह की सरकार गिर जाएगी, ऐसा के.वी. को नहीं लगता था। राजनीतिक पार्टियों की फिजूल पैंतरेबाजी में कुछ भी ऐसा नहीं था, जिसमें दिमाग को कुछ खुराक मिलती। ठीक उसी तरह जैसे तीसरे इंडियन आइडल को लेकर पूरे देश को मोबाइल से करोड़ों रुपए के एस.एम.एस. करने की खबर में। के.वी. दो मिनट से ज्यादा यह बेहूदगी बर्दाश्त नहीं कर पाते थे जहाँ गायन से ज्यादा महत्त्व पूरे कार्यक्रम को एक इमोशनल ड्रामा बनाने को दिया जा रहा था। और अब तो ट्वेंटी-ट्वेंटी क्रिकेट अखबारों पर कब्जा किए हुए था, जो एक दूसरी तरह का उत्तेजक ड्रामा या बेस्टसेलर था। के.वी. आधुनिकता के खुद सबसे बड़े मुरीद थे, पर हर चीज का यह घटियाकरण, जो यह मानकर चलता था कि संगीत, खेल, पुस्तकें सभी को फास्ट फूड की तरह फास्ट और चटपटा होना चाहिए, उन्हें रास नहीं आता था।

के.वी. की नजर सरकते-सरकते दाहिने कॉलम पर पड़ी, तो वे हेडलाइन पढ़कर चौंके–'टॉप एक्जीक्यूटिव ऑफ एम.एन.सी. मिसिंग'। अरे, किस मल्टीनेशनल कम्पनी का आदमी गायब हो गया? आगे गुरुचरण की कम्पनी का नाम पढ़ते-पढ़ते के.वी. को आभास हो गया था कि वह टॉप एक्जीक्यूटिव गुरुचरण के अलावा कोई और नहीं होगा। गुरुचरण राय के नाम तक आते-आते उनके दिमाग में बिजली की गति से पचासों बातें दौड़ लगा गई थीं। इसीलिए गुरुचरण ने उनसे चार महीनों में कोई सम्पर्क नहीं किया ! जाने किस-किस तरह के तनावों में रहा होगा बेचारा! के.वी. रपट का एक-एक शब्द गौर से पढ़ गए। रपट में लिखा था कि पिछले एक सप्ताह से अभी तक किसी ने फिरौती की रकम नहीं माँगी है, जिसके कारण यह कहना मुश्किल है कि गुरुचरण राय का अपहरण किया गया है।

अखबार की इसी रपट से ही गुरुचरण के बारे में के.वी. शंकर अय्यर को पता चला कि वह अपनी मल्टीनेशनल कम्पनी की मध्य प्रदेश में डेढ़ साल पहले खरीदी गई

खदानों के बारे में रिपोर्ट तैयार कर रहा था और वहाँ के आदिवासियों में काफी लोकप्रिय था। गुरुचरण राय का कोई नोट या डायरी पुलिस को प्राप्त नहीं हुई है जिससे उसके लापता होने का कोई सूत्र खोजा जा सके। उसके पुराने नौकर से भी कोई जानकारी नहीं मिल सकी है।

के.वी. ने कभी नहीं सोचा था कि गुरुचरण किसी विपत्ति में है, यह सोच उन्हें इस कदर विचलित कर सकता है। वे जैसे सकते में आ गए। बिना कुछ कहे के.वी. ने बगल में चाय सुड़कती पत्नी की ओर अखबार बढ़ाकर दाहिने कॉलम की ओर इशारा किया। के.वी. की पत्नी ने कुछ घबड़ाकर अखबार लिया। पत्नी के हेडलाइन देखकर चौंकने और पूरी रपट पढ़ने तक चेहरे पर आते-जाते हाव-भाव के.वी. बिना पलक झपकाए इस तरह देखते रहे, जैसे उनकी पत्नी ही इस समस्या का हल बता देंगी। ''ओह माई गॉड''—के.वी. की पत्नी ने अखबार हटाकर उनकी तरफ देखते हुए कहा। उसके बाद वह जाने क्या-क्या बोलती रही। के.वी. उसके होठों को खुलते-बंद होते और चेहरे पर परेशानी, उत्तेजना, चिन्ता, उदासी के भावों को एकटक देखते रहे। वह क्या बोल रही थी, उन्हें सब कुछ सुनते हुए भी कुछ समझ में नहीं आ रहा था। उनका दिमाग सूना हो गया था। पत्नी जब बोल-बालकर चुप हो गई और कमरे में सन्नाटा छा गया, तब के.वी. का दिमाग चलना शुरू हुआ। सबसे पहले उन्हें राजेश्वरी का खयाल आया। क्या उसे भी अखबार से ही गुरुचरण के बारे में पता चला है?

के.वी. को समझ में नहीं आ रहा था कि वे क्या करें? अचानक उन्हें अहसास हुआ कि वे गुरुचरण के बारे में बहुत ही कम जानते हैं। बेशक उसकी कम्पनी में फोन करके तो पूछेंगे। क्या राजेश्वरी को भी फोन करना उचित होगा? के.वी. को गुरुचरण के किसी मित्र का नाम मालूम नहीं था। कभी गुरुचरण ने किसी का नाम नहीं लिया। फिर उन्हें याद आया कि वह पहाड़ पर किसी भट्ट नाम के मित्र के साथ जाता था। पर के.वी. को भट्ट का भी पूरा नाम पता नहीं था। भट्ट के पिता शायद कलकत्ता में रहते हैं, पर वे क्या करते हैं, के.वी. को मालूम नहीं था। अचानक के.वी. को लगा कि कहीं गुरुचरण कोई पहाड़-वहाड़ पर सैर करने तो नहीं चला गया ? हो सकता है कि उसका दिल उकता गया हो। हो सकता है कि उसके किसी गुरु-वुरु ने उसे बुला लिया हो और वह काम छोड़-छाड़कर चल दिया हो। पर अगले ही क्षण के.वी. को लगा कि ऐसा नहीं हो सकता। अव्वल तो गुरुचरण बहुत संभला हुआ व्यक्ति है। दिल उकतानेवाली बात तो उसके साथ जमती नहीं है।

दूसरी बात कि अगर वह किसी कारण से अचानक बाहर जाएगा, तो वह अपनी कम्पनी में खबर करके ही जाएगा। वह अपनी जिम्मेदारी से भागनेवाला शख्स नहीं है कि बिना बताए चल दे और एक सप्ताह तक भी किसी से सम्पर्क न करे।

तब क्या गुरुचरण ने आत्महत्या कर ली है? के.वी. का दिमाग अब एक ऐसी संभावना के बारे में सोच रहा था जिसके लिए उनके पास वजह न होते भी वजह थी। हो सकता है कि वह राजेश्वरी से अपने संबंध को लेकर बहुत परेशानी में हो। गुरुचरण के चरित्र का यही एक आयाम था जिसे के.वी. किसी तरह न समझ पाए थे और न स्वीकार कर पाए थे। गुरुचरण शादी करके एक आम आदमी की तरह सही जिन्दगी जी सकता था। कोई भी लड़की उसके जैसे सुन्दर, सफल और काबिल इन्सान से शादी करके अपने को धन्य समझती। क्या जरूरत थी उसे एक ऐसा संबंध जोड़ने की, जिसके बारे में लोग तरह-तरह की बातें बनाते हैं। पर कहते हैं न कि आदमी किसी से नहीं हारता, अपने दिल से हार जाता है। हालाँकि के.वी. से ज्यादा कौन जानता है कि यह सब दिल-विल आने-जानेवाली बातें हैं। प्रेम से कम ठहरनेवाली चीज तो कुछ होती नहीं। इसका नशा तो एक बढ़िया शराब की तरह चढ़ता है और उतर जाता है। बस आदमी उसका दंड सारे जीवन भरता रहता है। हो सकता है कि गुरुचरण इसकी कीमत चुकाते-चुकाते थक गया हो। वैसे जितना के.वी. गुरुचरण को जानते हैं वह आत्महत्या भी सोच-समझकर करेगा। किसी एक पागल क्षण में वह अपनी जान दे दे, यह नहीं हो सकता।

के.वी. अपने आस-पास के लोगों में आत्महत्या कर चले जानेवालों के बारे में सोचते रहे। बहुत पहले आसनसोल में एक कोयला खदान मालिक के यहाँ उन्होंने नौकरी की थी। वह सेठ मारवाड़ी होते हुए भी बहुत पढ़ा-लिखा और कड़क आदमी था। अंग्रेजी तो ऐसी लिखता कि के.वी. को भी कॉम्प्लेक्स हो जाता। सारे जीवन उसने हर किसी पर अपनी चलाई। उसके साम्राज्य में वही बादशाह था। के.वी. शंकर अय्यर से बहुत इज्जत से बात करता। लेकिन जाने क्यों के.वी. उसके सामने कुछ अटपटा-सा महसूस करते। बहुत सालों बाद जाकर के.वी. को समझ में आया था कि इसका कारण यह था कि उन्होंने सेठ को कभी ढीले होते नहीं देखा था। यानी कि वह हर समय ऐसे रहता जैसे वह सेना का कप्तान हो और उसके हँस देने पर सेना बगावत कर देगी। बहरहाल, सेठ को कैंसर हो गया तो एक महीने बाद उसने अपनी कनपटी पर रिवाल्वर लगाकर अपने सिर में छेद कर लिया। बिना इलाज करवाए आराम से ऊपर चला गया। के.वी.

को अच्छी तरह मालूम था कि सेठ ने बहुत सोच-समझकर यह कदम उठाया था, किसी झोंक में नहीं।

के.वी. के एक मित्र जगन्नाथ ने भी आत्महत्या की थी। उसकी पत्नी का कहना था कि जगन्नाथ ने उससे बदला लेने के लिए आत्महत्या की थी। उन दोनों की कभी बनी नहीं। सारी उमर दोनों झगड़ते रहे। नाती-पोते होने के बाद भी उन दोनों का झगड़ा खत्म नहीं हुआ था। छोटी-छोटी बात पर दोनों उलझ पड़ते। कभी शेयर मार्केट में जगन्नाथ एक बड़ी रकम हार गया था, जिसके लिए उसकी पत्नी को अपना सारा सोना बेचना पड़ा था। शायद झगड़े की जड़ वह सोना था जिसके कारण जगन्नाथ की पत्नी के दिल में उसके लिए बिलकुल सम्मान नहीं था। के.वी. को समझ में नहीं आया था कि पच्चीस साल पहले हुई बात के लिए यानी कि अपनी पत्नी के सोना देने में आनाकानी करने और देते समय खरी-खोटी सुनाने का बदला जगन्नाथ अब जाकर क्यों लेता? जगन्नाथ की आत्महत्या से के.वी. इस नतीजे पर पहुँचे थे कि आत्महत्या क्षणिक आवेश में हो, ऐसा जरूरी नहीं। आत्महत्या एक लंबी लड़ाई की खींची हुई अंतिम परिणति भी हो सकती है।

गुरुचरण ने यदि आत्महत्या की है, तो यह राजेश्वरी से उसके उलझे हुए संबंधों की नियति हो सकती है। किसे मालूम है कि गुरुचरण अचानक मध्यप्रदेश के सुदूर गाँव में क्यों चला गया था? हो सकता है कि इसके पीछे भी राजेश्वरी ही कारण हो। हो सकता है कि वह उससे दूर भाग रहा हो। यह भी संभव है कि राजेश्वरी ने आखिरकार उससे अपना संबंध तोड़ ही लिया हो।

के.वी. मौत के बारे में सोचने लगे। वे खुद साठ के पूरे हो गए। कौन जानता है कि मौत कब आ जाए। कैसा लगता है मरते समय, इसे जानने के लिए तो मरना ही होगा। अब शायद यही एक अनुभव बाकी बचा है। के.वी. ने कहीं पढ़ा था कि एक बार एक मरते हुए आदमी को वजन लेने की मशीन पर लेटाकर रखा गया। वह जैसे ही मरा, उसके शरीर का वजन बाइस कैरेट कम हो गया। तो क्या आत्मा का वजन बाइस कैरेट है? लेकिन होना तो चौबीस कैरेट चाहिए। क्या पता वह व्यक्ति कोई ऐसी दुष्ट आत्मा हो जिसका एक हिस्सा पहले ही मर चुका हो! किसी सच्चे और अच्छे आदमी की आत्मा होगी, तो उसका वजन निश्चय ही चौबीस कैरेट होगा। के.वी. ने अपनी पत्नी की ओर देखा। उनकी पत्नी की नजरों में क्या वे चौबीस कैरेट की आत्मा होंगें? कौन पूछे? के.वी. ने अपने मन को मार लिया।

इस सवाल का सही जवाब शायद ही उनकी पत्नी दे सके। साधारण औरत है।

भले ही एक ब्राह्मण से विवाह किया है, पर दुनियादारी के बंधनों में जकड़ी वहीं की वहीं पड़ी हुई है। फिलहाल तो इसी बात का दुख मना रही है कि कोई पूछता है कि आपका बेटा क्या करता है, तो उसे गर्व से यह नहीं कह सकती कि वह हिन्दुस्तान लीवर या किसी बड़ी कम्पनी में काम कर रहा है। साधारण लोगों के दुख भी कितने मामूली हैं और सुख भी कितने मामूली! के.वी. ने चाय का कप रख दिया और उठ खड़े हुए।

के.वी. की पत्नी बिस्तर पर बैठी-बैठी कमरे से बाहर जाते हुए उनकी पीठ को देखती रही। गुरुचरण के गायब होने पर के.वी. की इस तरह की प्रतिक्रिया होगी, उन्होंने सोचा नहीं था। गुरुचरण उनकी बातों को बहुत ध्यान से सुनता है; गुरुचरण उन्हें बहुत मानता है; गुरुचरण कभी उनकी किसी बात पर असहमत नहीं होता; गुरुचरण के लिए ही वे कितनी किताबें पढ़ डालते हैं; गुरुचरण को कितनी बार उनसे कितना लाभ हुआ है—के.वी. की पत्नी को के.वी. से ये सब जानकारियाँ जब-तब मिल चुकी थीं। के.वी. को जानते हुए उनकी पत्नी को इस बात का पूरा अहसास था कि गुरुचरण जैसे कद के आदमी का के.वी. के प्रति यह आदर भाव के.वी. के लिए कितना मायने रखता था। वरना के.वी. धाराप्रवाह बोल-बोलकर किसे यह बताते कि वे कितने महान हैं। कौन उन्हें ऐसा मिलता जो उनकी इतनी बातें सुनकर समझ लेता और पचा पाता? के.वी. की पत्नी ने सब जगह देखा था कि जब के.वी. उपस्थित होते हैं, तो बस के.वी. ही बोलते हैं। उनके पास हर तरह के लोगों को प्रभावित करने के लिए जाने कितने आँकड़े, इतिहास की कितनी तारीखें, कितने चालू जुमले, विचार और किस्से-चुटकुले होते हैं। न चाहते हुए भी के.वी. की पत्नी को उस घड़ी मानना पड़ता है कि के.वी. एक असाधारण व्यक्ति हैं। कई बार तो सीधे-सादे लोग उनसे यह कह भी चुके हैं कि उन्हें ऐसे पति की पत्नी होने का कितना गौरव महसूस होता होगा।

यह तो बस के.वी. की पत्नी ही जानती हैं कि उन्हें ऐसे शख्स की पत्नी होना कैसा लगता है। कई बार ऐसा हुआ है कि उन्होंने लोगों से आँखें मिलने पर यह पढ़ लिया है कि के.वी. के प्रति वे लोग कितनी हिकारत रखते हैं। के.वी. का हर समय अपना सिक्का जमाने की कोशिश करना उनकी पत्नी को जाने कितनी बार शर्मिन्दा कर चुका है। राज्य के मुख्यमंत्री और गवर्नर के नाम कई बार के.वी. ऐसे ले लेते हैं जैसे उनका रोज ही उनके साथ उठना-बैठना हो। इधर तो मनमोहन सिंह और चिदम्बरम के नाम तक यों ही हवा में फेंक देते हैं। बड़े-बड़े उद्योगपतियों को

लंगोटिया यार बता जाते हैं। बहुत बार के.वी. की पत्नी को ऐसा लगता है कि पूरी सभा का एक-एक आदमी जानता है कि के.वी. यों ही बक रहे हैं। गनीमत यह है कि के.वी. यह सब इतने भोलेपन और सहजता से करते हैं कि कोई नया आदमी यह भाँप नहीं सकता कि फलां किस्सा सुनाने के पीछे के.वी. का मकसद क्या था। उन्हें जाननेवाले तो खैर जानते हैं, पर के.वी. को इससे कोई फर्क नहीं पड़ता। बहुत बार ऐसा हुआ है कि किसी पार्टी से घर लौटते समय पत्नी को पत्थर की मूरत की तरह चुपचाप बैठे देखकर के.वी. ने भाँप लिया है कि उनके जरूरत से ज्यादा बोलने से पत्नी नाराज है। तब के.वी. ऐसे 'सोबर' और सभ्य हो जाते हैं कि घर पहुँचते-पहुँचते वे पिघल जाती हैं। हर आदमी अपनी आदतों का गुलाम है, यही सोचकर वे के.वी. को माफ कर देती हैं।

गुरुचरण का के.वी. की जिन्दगी से पिछले चार महीनों से गायब होना उनकी पत्नी को बहुत खटक रहा था। जाने कैसे बदले-बदले हो गए हैं के.वी.। जैसे उनकी 'स्टीम' अचानक कम हो गई हो। आदमी आखिर करे भी क्या—के.वी. की पत्नी ने सहानुभूति से सोचा—किसी आदमी का ज़्यादा बुद्धिमान होना ही उसे अकेला कर देता है। उसे बोलने-बतलाने के लिए अपने जैसा ही कोई चाहिए ना। अब देश की जीडीपी फिलहाल क्या है, इसमें के.वी. की पत्नी की वैसी रुचि तो नहीं हो सकती न, जैसी गुरुचरण की होगी। हालाँकि के.वी. की पत्नी अच्छी तरह जानती हैं कि ये दुनिया भर की बातें करनेवाले लोग सिर्फ बातें करते हैं, असल में तो जीडीपी बढ़ाने में उनका कोई हाथ नहीं होता। देखा जाय, तो अब तक दो हजार औरतों को सिलाई मशीन से लेकर कम्प्यूटर चलाना सिखाकर उनके 'सोशल वेलफेयर होम' ने देश के लिए कितना काम किया है।

उस बेचारे गुरुचरण का यदि अपहरण हुआ है तो उसका क्या हो रहा होगा, के.वी. की पत्नी ने तरस खाकर सोचा। इतनी बड़ी मल्टीनेशनल कम्पनी का सी.ई.ओ. है। कभी हाथ-पाँव तो हिलाए नहीं होंगे। जाने गाँव-देहात में कैसे समय काट रहा था। के.वी. की पत्नी ने यह निश्चय किया कि कल से रोज सुबह उठकर अखबार तो देखेंगी ही, दिन भर चौबीसों घंटे चलनेवाले टी.वी. के न्यूज चैनल को घर और दफ्तर में खुला छोड़ देंगी। गुरुचरण का कुछ पता चला, तो सबसे पहले वे ही के.वी. को खुशखबरी देंगी। हो सकता है कि टी.वी. वाले अब तक गाँव पहुँच गए हों और हर घड़ी, हर पल की छोटी-सी-छोटी बात टी.वी. पर दिन-रात दोहरा रहे हों। आखिर टी.वी. चैनलों को कोई न्यूज तो चाहिए। वरना वे दिन-रात

दिखाएँगे भी क्या? यों इस गुरुचरण ने शादी-वादी तो की नहीं है। टी.वी. चैनलों को मैटर नहीं मिला, तो हो सकता है कि गुरुचरण को कोई खास कवरेज न मिले। कोई पत्नी होती, तो उसे कई बार रोते हुए दिखा सकते थे।

गुरुचरण को गायब हुए छह महीने बीत गए। वह एक बासी खबर बनकर अखबारों और पत्रिकाओं तक से भी गायब हो गया। टी.वी. की जिन्दगी तो यों भी दो-चार दिनों की होती है। न तो किसी ने उसकी फिरौती की रकम माँगी और न ही उसकी लाश कहीं पड़ी हुई मिली जिससे आत्महत्या या हत्या का शक होता। के.वी. को लगा कि गुरुचरण जैसे खास आदमी को इस तरह बेआबरू कर अपने कूचे से निकालनेवाले पत्रकारों पर एक कड़ा लेख लिखकर किसी बड़े अखबार को भेजें। उन्होंने दो-चार लाइनें लिख भी डालीं, पर अचानक किसी काम में फँस जाने से उनके दिल की बात दिल में ही रह गई। समय बीतता गया और बीतता समय हर बात को और अप्रासंगिक बनाता गया। कुछ अखबारवालों ने गुरुचरण की कम्पनी के कुछ लोगों और उसके पुराने नौकर से बातचीत कर एकाध मसाला गुरुचरण के गायब होने की खबर में डाला था। के.वी. अखबारवालों के खुद तक न पहुँचने को लेकर तो निराश हुए ही, उन्हें बेहद आश्चर्य हुआ कि किसी खबरची ने राजेश्वरी देवी का भी नाम तक नहीं लिया था।

के.वी. ने बहुत बार इच्छा होते हुए भी राजेश्वरी से संपर्क कर गुरुचरण के बारे में बात नहीं की। वे सोचते ही रह गए और ज्यादा दिन बीत जाने पर वह अन्तराल ही बाधा बन गया। क्या सोचेगी राजेश्वरी कि के.वी. एक महीने बाद फोन कर रहे हैं? अब तो दो महीने हो गए, अब क्या फोन करें? इस तरह समय खिंचकर छह महीने बीत गए। कोई मर जाता है तो उसके स्वजन-परिजन-मित्र आपस में बैठक या उठावना में मिल जाते हैं। पर चूँकि गुरुचरण की मौत की पुष्टि नहीं हुई थी, इस तरह का भी मौका नहीं मिला कि के.वी. राजेश्वरी देवी से रूबरू होते। इधर कई बार के.वी. को लगता कि गुरुचरण अचानक वापस आकर उन्हें फोन कर शाम को क्लब में आने को कहेगा। कई बार ठीक ग्यारह बजे सुबह कोई फोन बजने पर उनकी एकाध धड़कन रुक जाती। गुरुचरण प्रायः इसी वक़्त उन्हें फोन करता था। फोन किसी और का निकलने पर के.वी. हर बार बेतरह निराश होते। इधर उन्हें यह विश्वास हो चला था कि गुरुचरण जिन्दा है और जान-बूझकर सामने नहीं आ रहा

है। कई बार उनका मन होता कि थाने में जाकर बताएँ कि पुलिस को किधर-किधर खोज करनी चाहिए। कम-से-कम राजेश्वरी देवी से तो पूछताछ होनी चाहिए थी। पर शायद राजेश्वरी ने अपने रसूख से अपना नाम कहीं नहीं आने दिया था।

के.वी. जानते हैं कि भारतीय पुलिस इतने सस्ते में बिक जाती है कि उसे राजेश्वरी देवी जैसी राजसी महिला तो क्या, कोई छोटा-मोटा व्यापारी तक खरीद सकता है। पत्रकारों का भी क्या है, उनके संपादक के पास एक फोन मालिक का आ जाय, तो बस खबर बदल जाएगी। आखिर मालिकों को भी रोजी-रोटी कमानी है। बड़े लोगों और बड़ी कम्पनियों से विज्ञापन लेने हैं, नेताओं को खुश रखना है, चाहे वे सरकार चला रही पार्टी के हों या विपक्ष के। कुल मिलाकर अखबार में जो छपता है, या नहीं छपता है, उसमें न जाने कितने लोगों की रजामंदी और ताकत जुड़ी रहती है। बेचारा गुरुचरण! उसकी तो राजेश्वरी ने भी परवाह नहीं की, और तो कौन उसे रोता ?

के.वी. शंकर अय्यर एक शाम घर में घुसकर जूते खोल रहे थे, तो डाइनिंग टेबुल पर बड़ा-सा पार्सल का पैकेट दिखा। के.वी. को लगा कि उनके बेटे ने कुछ किताबें वगैरह मँगवाई होंगी। पार्सल के पास से गुजरते हुए उस पर बड़े-बड़े अक्षरों में अपना नाम पढ़कर चौंक पड़े। उन्होंने ब्राऊन टेप से मजबूती से बाँधे पैकेट को उलट-पुलट कर भेजनेवाले का नाम खोजा। पार्सल पर साइन करते हुए जो नाम घसीटते हुए लिखा था उसे कोई पढ़ नहीं सकता था। उस पर भेजनेवाली कूरियर कम्पनी का स्टाम्प लगा हुआ था, जिसमें कलकत्ते का पता-ठिकाना और फोन नंबर था।

के.वी. पार्सल को लिए टेबुल के पास ही खड़े रहे। उनकी पत्नी घर नहीं लौटी थीं। आज वेलफेयर होम में कोई चाय पार्टी थी। पार्सल कोई खास भारी नहीं होते हुए भी एकदम हलका भी नहीं था। ऐसा लगा कि उसमें कुछ किताबें होंगी। के.वी. के मन में तरह-तरह के शक-शुबहे आने लगे। इस तरह अनजाना पार्सल, जिसे भेजनेवाले का नाम मालूम न हो, खोलना शायद ठीक न रहे।

इन दिनों कहीं भी किसी के साथ कुछ भी हो सकता है। यह ठीक है कि के.वी. कोई पार्टीबाजी नहीं करते कि कोई उन्हें बम भेजने की जहमत उठाए, पर फिर भी दुनिया का क्या भरोसा है। ऐसा भी तो हो सकता है कि कोई इस मकान को उड़ाना

चाहता हो, ताकि के.वी. के ठीक नीचे तल्ले में रह रहा वह आदमी मर जाय जिस पर के.वी. को स्मगलर होने का शक है। क्या पता किसी ने गुरुचरण को भी ऐसा कोई पार्सल भेजा हो और उस पार्सल का संबंध उसके लापता होने से हो। आज की दुनिया में कहीं भी कुछ भी हो सकता है—के.वी. ने मन-ही-मन फिर वही बात दोहराई।

के.वी. ने कूरियर कम्पनी के दिए हुए नम्बर पर कलकत्ता फोन लगाया। बड़ी मुश्किल से दस मिनट में वे सामनेवाले को यह समझा पाए कि उन्होंने कोई पार्सल नहीं मिलने पर फोन नहीं किया है। ''पार्सल तो मिल गया है''—के.वी. की बात सुन उधर से हँसने की आवाज आई। ''तब फिर बाबा, कांयें खाली-पीली तंग करता है?''—के.वी. का खून उबल रहा था। पर लंबी साँस खींचकर उन्होंने अपने पर काबू रखा। ''मैं यह जानना चाहता हूँ कि पार्सल किसने भेजा है''—के.वी. को दसवीं बार समझाते-समझाते गुस्सा आ ही गया। उन्होंने तमिल में कहा—''अशड्ढ !'' एक क्षण के लिए फोन पर चुप्पी रही। फिर 'अयय्यो' कहकर सामने से बांग्ला में धाराप्रवाह गालियाँ आने लगीं। अपनी बंगाली पत्नी के कारण के.वी. प्रायः सारी गालियाँ समझ पा रहे थे। उन्होंने थककर फोन रख दिया। यह तो इस देश का प्राइवेट सेक्टर है। पब्लिक सेक्टर का तो कहना ही क्या! वहाँ तो शायद कोई फोन ही नहीं उठाता। के.वी. गुस्से से तमिल में बड़बड़ाते रहे। गुस्सा आने पर या बेहोशी से होश में आने पर आदमी हमेशा अपनी मातृभाषा बोलता है—इस खयाल से वे कुछ शांत हुए।

के.वी. ने पार्सल पर लगी ब्राऊन टेप को खींचकर खोल लिया। कैंची की जरूरत नहीं पड़ी। अन्दर से जो निकला, वह के.वी. के लिए बम-विस्फोट से कम नहीं था। उस पार्सल में गुरुचरण की तीन डायरियाँ थीं। कम्पनी के सुनहरे ठप्पे के नीचे सुनहरे अक्षरों में हर डायरी पर लिखा था—गुरुचरण राय। के.वी. ने डरते-डरते डायरियों को बाहर निकालकर टेबुल पर रख दिया। किसी डायरी को खोलने को जैसे कोई उन्हें रोक रहा था। अचानक के.वी. की निगाह दीवार पर लगी घड़ी की ओर पड़ी। शाम के सात बजने वाले थे। किसी भी क्षण उनकी पत्नी घर लौट सकती हैं। के.वी. ने एक चौकन्ने हिरण की तरह इधर-उधर देखा। सामने टी.वी. के केबिनेट के बगल में एक ड्रॉअर था। के.वी. ने एक निगाह रसोईघर की तरफ फेंकी कि कहीं रसोइया उनकी चाय लेकर तो नहीं आ रहा। फिर चीते की फुर्ती से उन्होंने वे डायरियाँ ड्रॉअर खोलकर पीछे की तरफ रख दीं। उसी फुर्ती से उन्होंने

कैंची से पैकेट के डब्बे के टुकड़े-टुकड़े कर डाले और उसे रसोईघर के कूड़ेदान में अपने सामने रसोइये से डलवा दिया। तब जाकर के.वी. ने राहत की साँस ली।

के.वी. थककर सोफे में धँस गये। पूरे ड्राइंग-रूम पर उन्होंने एक नजर दौड़ा ली। कोई निशान नहीं है कि किसी गुमनाम व्यक्ति ने उन्हें गुरुचरण राय की डायरियाँ कलकत्ते से भेजी हैं। लेकिन क्यों? उन्हें ही क्यों? राजेश्वरी को क्यों नहीं? कहीं वह व्यक्ति गुरुचरण का दोस्त भट्ट तो नहीं? हो सकता है कि गुरुचरण ने भट्ट को उनके बारे में बताया हो। उनका पता-ठिकाना भी दिया हो। यह भी तो हो सकता है कि यह शख्स खुद राजेश्वरी देवी हो। अचानक के.वी. को खयाल आया कि कहीं गुरुचरण ने ही तो उन्हें यह सब नहीं भेज दिया है? लेकिन यदि गुरुचरण जिन्दा है, तो वह अपनी डायरियाँ क्यों इधर-उधर करेगा? के.वी. को लगा कि उस पार्सल की पैकिंग में ही कुछ ऐसा था जैसे वह किसी मरे हुए आदमी का सामान हो। के.वी. सिहर गए।

यह सब क्या हो रहा है? कौन है जो उनसे इस तरह खुद छिपकर उनसे संबंध जोड़ रहा है? के.वी. को उस पल एकदम लगा कि राजेश्वरी के सिवाय कोई अपने को इस तरह छिपाना नहीं चाहेगा। हो न हो, यह राजेश्वरी ही है। वह मध्यप्रदेश के उस गाँव से पुलिस के पहुँचने से पहले ही ये डायरियाँ उठा लाई है और छह महीने लगाकर इन्हें पढ़कर अब उन्हें भेजा है। यदि वह अनाम व्यक्ति भट्ट होता, तो निश्चय ही पार्सल पर अपना नाम लिख देता। के.वी. मार्केटिंग की दुनिया के जाने-माने चेहरे हैं। उनसे संबंध जोड़कर भट्ट को फख्र ही होता। हो सकता है कि के.वी. से परिचित होने का कुछ फायदा भी उसे मिल जाता। भट्ट के पास कोई कारण नहीं कि वह गुमनाम रहे।

के.वी. की पत्नी ने घर लौटकर देखा कि के.वी. एकदम अनमने से बैठे हैं। उन्हें के.वी. पर बड़ा प्यार आया। बहुत होशियार आदमी एक तरह से बहुत मूर्ख और सीधा भी होता है। शायद वह कुछ बातों को इतना ज्यादा समझता है कि कुछ मामूली बातों को एकदम नहीं समझ पाता। के.वी. ने उस रात बहुत कम खाया और उन्हें बार-बार कहते रहे—"तुम सो जाओ। थकी हुई लग रही हो।" जब के.वी. ने पाँचवीं बार यह बात कही, तो वे समझ गईं कि कुछ भारी गड़बड़ है। के.वी. क्यों चाह रहे हैं कि वे सो जाएँ? अचानक के.वी. की पत्नी का दिल जकड़ा गया। क्या वे गौतम बुद्ध की तरह उन्हें सोई हुई छोड़कर गुरुचरण की तरह लापता हो जाना चाहते हैं? हो न हो, कोई बात जरूर है जो उनसे छिपा रहे हैं।

के.वी. की पत्नी आँखें मींचकर बिस्तर में पड़ गईं। के.वी. ने झट बत्ती बुझा दी और उनकी तरफ पीठ करके सोने का नाटक करने लगे। के.वी. की पत्नी ने भी खर्राटों की आवाज निकालनी शुरू की ताकि के.वी. समझें कि वे सो गई हैं। एक-दो मिनट बाद ही के.वी. उठकर दबे पाँव कमरे से बाहर निकल गए। के.वी. की पत्नी दम साधे पड़ी रहीं। जब हॉल में ड्रॉअर खुलने और बत्ती जलाने की आवाज आई तो के.वी. की पत्नी भी उठकर कमरे के दरवाजे में हल्की-सी झिर्री बनाकर देखने लगीं। उन्होंने देखा कि के.वी. ने अपने बगल में डायरियों की एक थाक लगा रखी है और उसमें से एक डायरी उठाकर सोफे में धँसे पढ़ रहे हैं।

यह कोई पहली बार नहीं हुआ था कि उनके सोने के बाद के.वी. हॉल के सोफे पर बैठकर घंटों कुछ पढ़ते रहे हों। पर आज के.वी. की पत्नी की नींद उड़ गई थी। यह पता लगाना होगा कि वे क्या पढ़ रहे हैं। अब साठ साल की उम्र में कोई महबूबा तो नहीं मिल गई? दुनिया का क्या भरोसा है, के.वी. की पत्नी ने चिंता करते हुए सोचा। कब आदमी की मति फिर जाय, कौन जानता है। के.वी. की पत्नी ने आवाज करते हुए दरवाजा खोला और उबासी लेती हुई बाहर निकल आईं। के.वी. उन्हें देखकर ऐसे डर गए जैसे उन्होंने भूत देख लिया हो। ''क्या हुआ डियर?''—कहकर के.वी. की पत्नी डायरियों की ओर बढ़ीं। के.वी. ने तुरन्त लपककर डायरियाँ उठा लीं और अपने शरीर से सटाकर खड़े हो गए। ''मुझे नींद नहीं आ रही थी''—के.वी. की पत्नी ने उनके विचित्र व्यवहार से कुछ सकपकाकर कहा। के.वी. ने कुछ जवाब नहीं दिया। फिर एक क्षण कुछ सोचकर उन्होंने वे डायरियाँ अपनी पत्नी की ओर बढ़ा दीं। ''गुरुचरण की डायरियाँ हैं''—के.वी. ने ऐसे फुसफुसाकर कहा जैसे दीवारों के कान हों।

के.वी. की पत्नी के रोयें खड़े हो गए। ''कहाँ से आईं तुम्हारे पास? क्या लिखा है इनमें?''—उन्होंने भी एकदम धीमी आवाज में पूछा। ''पता नहीं किसने मुझे एक पार्सल में भेज दीं हैं। अभी मैंने पहली डायरी खोली ही थी कि तुम आ गईं। एक बार तो मैंने सोचा कि गुरुचरण का भूत है। फिर देखा यह तो भूतनी है''—के.वी. के चुटकुलों पर उनकी पत्नी कभी नहीं मुस्कुरातीं। आज तो खैर ऐसा कुछ करने का सवाल ही नहीं था। के.वी. की पत्नी के पाँवों के तलों में डर के मारे कुछ खिंचाव सा हो रहा था। जाने क्यों उन्हें एकदम लगा कि गुरुचरण की आत्मा वहीं कहीं खड़ी उन दोनों की बातें सुन रही है। ''चलो, चलो, अभी रहने दो। कल सुबह पढ़ना। अभी रात को यह सब मत पढ़ो''—के.वी. को बरसों में

पहली बार पत्नी का सुझाव ठीक लगा। वैसे के.वी. किसी आत्मा से नहीं डरते, पर आज उन्हें भी एक तरह की अस्वस्ति का अनुभव हो रहा था। शायद रात का समय ही कुछ ऐसा है जब आदमी के अंदर दबे-छिपे सारे आदिम डर जाग जाते हैं। के.वी. पत्नी का हाथ पकड़कर कमरे की ओर बढ़ गए जैसे शादी के शुरुआती दिनों में करते थे।

के.वी. अगले दिन न दफ्तर गए और न उन्होंने किसी से फोन पर बात की। वे पूरे दिन तीनों डायरियों के पन्ने उलटते रहे कि उन्हें कुछ समझ में आए कि गुरुचरण के पास कहने को कुछ था या नहीं। या कि गुरुचरण इन डायरियों में क्या कहना चाहता था। जिस बात से उन्हें सबसे ज्यादा चोट पहुँची थी वह यह कि किसी डायरी में कहीं उनका नाम तक नहीं था। पिछले तीन सालों की इन डायरियों के दौरान गुरुचरण उनसे प्रायः सप्ताह में दो बार मिलता रहा था, पर डायरी में एक जगह भी उनका जिक्र नहीं था। निराश तो के.वी. इस बात से सबसे अधिक हुए कि राजेश्वरी का नाम भी तीनों डायरियों में कहीं नहीं था। गुरुचरण जिस दिन गायब हुआ था, उस दिन सुबह तक उसने डायरी लिखी थी। उस दिन उसने अपने सुबह की सैर में बहुत दूर तक पैदल चलते जाने का वर्णन किया था। रास्ते में उसे जो लोग मिले, उनके बारे में भी उसने लिखा था। के.वी. न उनमें से किसी को जानते थे और न उनकी जानने में रुचि थी कि उनमें से किसकी आँख का हाल में मोतियाबिंद का आपरेशन हुआ था।

गुरुचरण की खासकर पिछले चार महीनों की डायरी को के.वी. शंकर अय्यर ने एक पुलिसवाले की तरह बहुत चौकन्ने होकर पढ़ा। शायद इसमें कोई सुराग हो कि गुरुचरण पर जान का खतरा था या कि वह जीवन से निराश होकर अपने को खत्म करने की सोच रहा था। के.वी. को सिर्फ एक जगह यह लिखा हुआ मिला—"शहर के लोगों को प्रायः सबसे ज्यादा रुचि अपनी सामाजिक प्रतिष्ठा बचाने में होती है। इसीलिए वे प्रेम का अनुभव करने के योग्य नहीं हो पाते। जिसे अपना कुछ बचाना हो, वह क्या खाक प्रेम कर पाएगा? पर हर आदमी अपने बारे में यह मानकर चलना चाहता है कि जीवन में उससे कुछ छूटा नहीं है—न प्रेम, न सफलता और न कोई अनुभव। उसे सब कुछ चाहिए। कहीं कुछ बाकी न रह जाय।"

के.वी. को इसमें कोई शक नहीं था कि शहर के लोगों से गुरुचरण का मतलब राजेश्वरी से होगा। पर पट्ठा इतना होशियार है कि अपनी डायरी में भी उसका नाम नहीं लिखता। गाँव के लोगों के प्रेम के बारे में भी गुरुचरण ने लिखा था कि कुछ

लोग उसे बहुत चाहते हैं। के.वी. को इसमें रत्ती भर भी शक नहीं था कि 'लोग' का मतलब किसी महिला से होगा। के.वी. मन-ही-मन हँसे। तो गाँव का प्रेम बनाम शहर के प्रेम की थीसिस बना रहा था गुरुचरण? उसने गाँव के 'लोगों' के लिए लिखा था कि उनका प्रेम बहुत सीधा और साफ है। वे अच्छी तरह जानते हैं कि किसी रिश्ते से उन्हें क्या मिल रहा है और वे बदले में क्या दे रहे हैं ? इस अर्थ में उनका प्रेम बहुत जमीनी कहा जा सकता है क्योंकि वह किसी प्रेम की 'आइडिया' से परिचालित नहीं है। वह जो है, जितना है, बिलकुल ठोस है। उसमें कोई बनावट नहीं है।

के.वी. को गुरुचरण की इन एकाध बातों के अलावा जिसमें उसने प्रेम का विवेचन किया था, ऐसा कुछ नहीं मिला जिसमें यह आभास तक होता कि गुरुचरण किसी तरह के डिप्रेशन का शिकार हो रहा था। उसने एक बार भी किसी का जिक्र नहीं किया था जिसके बिना उसे अकेलापन महसूस हो रहा हो। यहाँ तक कि एक खाँटी शहरी प्राणी होने के बावजूद उसे गाँव का जीवन नीरस लग रहा हो, ऐसा एक बार भी उसने नहीं लिखा था।

मशीन है यह आदमी! के.वी. ने कुछ हिकारत के साथ सोचा। इसके जीवन में किसी अहसास का जैसे कोई महत्त्व ही नहीं है। सारे रिश्ते इसके लिए भूल जाने के लिए हैं। जानवरों की तरह जिसके पास जहाँ चला गया, वहीं का हो गया। वह पशु नहीं तो और क्या है जिसके पास कोई स्मृति नहीं है या यादों का कोई खास महत्त्व नहीं है। के.वी. को उस घड़ी यह याद आया कि कुत्ते वफादारी के लिए जान भी दे देते हैं, पर उन्होंने इस खयाल को परे ठेल दिया। यों भी उन्हें कुत्तों की महानता में कभी दिलचस्पी नहीं थी।

के.वी. तीनों डायरियों को फिर से पलटने लगे। पहली बार तो वे सिर्फ अपना और राजेश्वरी का नाम ही खोजते रहे थे। दूसरी बार वे प्रेम शब्द से संबंधित बातें खोज रहे थे। अब जब तीसरी बार उन्होंने ध्यान से देखा, तो उन्हें लगा कि गुरुचरण ने डायरी न लिखकर दरअसल अपनी कम्पनी की हर साल की रिपोर्ट के लिए छिटपुट सूचनाएँ ही दर्ज कर रखी थीं। डायरी का कम-से-कम नब्बे प्रतिशत भाग इसी तरह का था। तीन साल पहले शहर में कितने शॉपिंग मॉल और कितने फ्लाई ओवर बने, इसका लंबा ब्यौरा था। शायद गुरुचरण की कम्पनी रिटेल दुकानें खोलने की सोच रही थी और उसे होमवर्क करने के लिए मिला था। बाकी हिस्से भी इसी तरह दिल्ली, बम्बई, कलकत्ता और चेन्नई के बारे में थे। कई जगह तो

के.वी. को लगा जैसे गुरुचरण ने किसी अखबार की कटिंग ही उतार रखी हो कि इंडिया के किस शहर में कितना विकास हो रहा है। उन्हें बड़ा अजीब लगा। गुरुचरण अपनी डायरी में व्यक्तिगत बातें नहीं के बराबर क्यों लिखता था? उसने अपनी कम्पनी की मीटिंग, पार्टियों सबका जिक्र किया था। जिस-जिस शहर में वह कम्पनी के जिस काम से गया था, उसकी भी सूचना बिलकुल मुस्तैदी से उसने दे रखी थी। पर उसकी डायरियों में कहीं वह आदमी नहीं था, जिसे कोई गुरुचरण कह सकता। वह गुरुचरण जो किसी को पसंद करता था या किसी से नफरत करता था। उसने के.वी. के साथ क्लब में जाने कितनी बार शराब पी थी, पर उसमें से एक भी वाकया उसने लिखने लायक नहीं समझा था। के.वी. ने डायरियों को वापस उसी ड्रॉअर में रख दिया और गुरुचरण, उसकी लिखावट और उसकी डायरियों को भेजनेवाले को अपने दिमाग से बाहर निकाल देने का फैसला कर लिया। इस तरह की अखबारनुमा डायरी लिखनेवाले से उनके जैसे संवेदनशील इनसान का क्या संबंध हो सकता था?

सबसे विचित्र बात के.वी. को उसकी अन्तिम महीनों की डायरी में यह लगी थी कि उसने ऐसी-ऐसी बातें डायरी में लिख रखी थीं, जो उसकी कम्पनी की 'सस्टेनेबिलिटी रिपोर्ट' बनाने के किसी काम की नहीं थीं। बल्कि ये बातें ऐसी थीं, जो कोई ऐसा आदमी इकट्ठा करता, जो कम्पनी को नुकसान पहुँचाना चाहता हो। के.वी. ने उन सब बातों पर कोई खास ध्यान नहीं दिया। प्रायः हर पन्ने की शुरू और अंत की एक-दो पंक्तियाँ पढ़कर वे आगे बढ़ गए। लगता है कि पट्ठे का दिमाग ठीक काम नहीं कर रहा था। शायद वह के.वी. शंकर अय्यर के बिना रिपोर्ट तैयार करने में परेशान हो रहा हो। या फिर यह भी हो सकता है कि वह मीडिया से जूझने के लिए सारे संभावित आरोप इकट्ठा कर लिख रहा हो। आखिर था तो गुरुचरण के.वी. का ही मुरीद! के.वी. हमेशा पहले से तैयार रहते हैं कि मजदूर यूनियन या इनकम-टैक्स अफसर या मीडिया उन पर कहाँ-कहाँ से हमला कर सकते हैं। उन्हें यों ही 'ट्रबल-शूटर' का खिताब नहीं मिला हुआ है। कोई भी कम्पनी कितनी भी बड़ी मुसीबत में हो, के.वी. उसे चुटकियों में बाहर निकाल लाते हैं।

डायरी में एक बात की ओर के.वी. का ध्यान गया था। गुरुचरण ने दो-तीन जगह लिख रखा था—"आप कहते हैं कि..."। यह 'आप' कौन है, के.वी. समझ नहीं पाए थे। एक बार तो उनके दिल में हिलोर उठी थी कि गुरुचरण उन्हीं से कुछ कह रहा है। पर पूरी बात पढ़कर उन्हें लगा कि यह बात तो उन्होंने कभी गुरुचरण

से कही नहीं। उसके बाद के.वी. ने ज्यादा माथा नहीं लगाया कि वह शख्स कौन होगा, जिससे गुरुचरण बात कर रहा है। कोई हो, उन्हें क्या?

के वी किसी काम से बम्बई रहकर चार दिन बाद लौटे थे। पत्नी ने बिस्तर पर लेटते ही उनसे पूछा—"तुमने उस दिन पूरे समय गुरुचरण की डायरियाँ पढ़ीं। कुछ बताया नहीं कि तुम्हें क्या समझ में आया?" के.वी. का दिमाग एक क्षण के लिए 'ब्लैंक' हो गया। उन्हें समझ में ही नहीं आया कि पत्नी किन डायरियों की बात कर रही है। "ओह", के.वी. ने समझने पर कहा। उनकी पत्नी समझ गई कि के.वी. बाकायदा डायरियों की बात दिमाग से निकाल चुके हैं। कितने विचित्र आदमी के साथ जीवन गुजारा है, के.वी. की पत्नी ने सोचा। 'वन हैज टू मूव ऑन'—के.वी. का तकियाकलाम है। पिछली बातें छोड़ो, आगे बढ़ो। एक बार के.वी. निर्णय कर लेते हैं कि किसी व्यक्ति को जीवन और दिमाग से बाहर करना है, तो फिर कभी पीछे मुड़कर नहीं देखते। सारा दर्द, सारी कचोट जैसे एकबारगी भूल जाते हैं। 'यही आत्म-संयम है'—के.वी. कहते हैं—"गीता में कृष्ण कहते हैं कि अपनी आत्मा से आत्मा का उद्धार करो। उसे अवसाद में मत डालो।"

के.वी. की पत्नी चुपचाप लेटे-लेटे प्रतीक्षा करती रहीं कि के.वी. 'ओह' के आगे भी कुछ बोलेंगे। के.वी. ने कुछ देर में कहा—"नो, आई कुड नॉट फाइंड एनीथिंग।" बस? के.वी. की पत्नी ने सोचा। कुछ नहीं मिला? "मतलब?"—के.वी. की पत्नी ने पूछा। के.वी. चिढ़ गए। थोड़ी ऊँची आवाज में बोले—"मतलब यह कि उन डायरियों में कुछ नहीं है। अजीबोगरीब बातें हैं जिनका संबंध न गुरुचरण के जीवन से है और न उसकी कम्पनी की रिपोर्ट से। तुम पढ़ लो न खुद! तुम्हें किसी ने रोका है क्या? उस दिन तो रात को बड़ी जासूसी कर रही थी कि मैं जाने किसके प्रेम-पत्र पढ़ रहा हूँ!" के.वी. की पत्नी हँस पड़ी—"अब इस उम्र में तुम्हें कौन घास डालेगा?" के.वी. को पत्नी का राग भयंकर बेसुरा लगा। पर चुप रहना यह मान लेना है कि पत्नी सही है। के.वी. ने कहा—"तुम्हें कॉरपोरेट वर्ल्ड के बारे में क्या मालूम है? दुनिया कहाँ से कहाँ पहुँच चुकी है। पर तुम लोग तो मरे हुए सोशल-वर्कर्स की तस्वीरें लगाकर उनके नीचे लड़कियों को सिलाई-कढ़ाई सिखाने में लगी हो। अब साठ साल के पुरुष के सिर के सफेद बाल और सफेद फ्रेंच दाढ़ी देखकर पच्चीस साल की लड़की फिदा हो जाती है—उसकी पर्सनैलिटी पर,

उसके पावर पर, उसके आत्मविश्वास पर। घास तो छोड़ो, वे खुद को कदमों पर डालने को लाइन लगाकर खड़ी रहती हैं।'' के.वी. की पत्नी ने मन-ही-मन कहा –''डिसगस्टिंग!'' उनके मुँह का जायका एकदम कड़वा हो चुका था। बोलने पर रात काली होती। वे चुप रह गईं। कभी और सलट लेंगी।

''मैंने गुरुचरण की सारी डायरियाँ पढ़ ली हैं। मुझे समझ में भी आ रहा है कि उसके साथ क्या हुआ होगा''–के.वी. की पत्नी ने कहा। ''ओह रियली?''–के.वी. जल-भुनकर खाक हो गए। उनकी पत्नी क्या यह कहना चाह रही है कि वह के.वी.से ज्यादा तेज है? उसे ज्यादा समझ है दुनिया की? लोगों की? मल्टीनेशनल में काम करनेवाले मिडिल-एजेड सी.ई.ओ. की? हे प्रभु इन औरतों को सद्बुद्धि दो–के.वी. ने मन-ही-मन कहा। ''तो बताइए ना, हमें भी समझाइए ना, आपने क्या खोज लिया है उन डायरियों में?''–के.वी. ने जैसे रस में डूबी आरी चलाई। के.वी. की पत्नी ने एक लंबी साँस छोड़ी। इन पुरुषों का अहंकार कभी कम होनेवाला नहीं है। दुनिया की इन्हीं लोगों के कारण यह हालत है। सारे लड़ाई-झगड़े खत्म हो जाएं, अगर ये लोग अपने को उतना ही काबिल समझने लग जाएँ जितने कि वे असल में हैं।

के.वी. की पत्नी ने उन्हें भुलाने के लिए कहा–''रंगनाथन का फोन आया था। सचमुच तुम ठीक कहते थे कि उसमें प्रैक्टिकल बुद्धि तो एक पैसे की भी नहीं है।'' के.वी. के दिल में तुरंत ठंडक पड़ गई। पत्नी की तरफ करवट लेकर चेहरा करते हुए उन्होंने कहा–''क्यों, अब नया क्या हो गया?'' के.वी. की पत्नी का दिमाग तेजी से दौड़ रहा था कि कौन-सी बात कहे कि के.वी. उसकी चाल को न भाँप लें। ''नया क्या होना है? यह जो किसी अमेरिकन कम्पनी की एजेन्सी ली है, स्कूलों में और शादीशुदा जोड़ों की 'काउंसेलिंग' की, इसमें क्या कोई आनी-जानी है? इस देश में जो समस्याएँ हैं, उसकी भला अमेरिकावालों को क्या समझ हो सकती है? यहाँ तो वही अंग्रेजी के तीन 'सी' हैं, जिनके बिना कोई समाज को जान ही नहीं सकता–कम्युनिटी, कास्ट और क्लास। इन तीनों के घेराव में हर आदमी का वजूद फँसा पड़ा है।''–के.वी. की पत्नी ने गुरुचरण की डायरी से यह तीन 'सी' वाली बात उठाई थी। जब उन्होंने देखा कि के.वी. उनकी इस अचानक प्रकट हुई मेधा से चमत्कृत हो रहे हैं, तो वे समझ गईं कि के.वी. ने गुरुचरण की डायरी में या तो यह बात पढ़ी ही नहीं है या भूल गए हैं।

''तुम्हें याद है न, गुरुचरण के घर में काम करनेवाली आदिवासी औरत के

बारे में उसने कितना मार्मिक बयान लिखा है अपनी डायरी में! मेरे तो आँसू ही बह निकले''—के.वी. के चेहरे से यह साफ जाहिर था कि के.वी. ने यह वाकया पढ़ा नहीं है। के.वी. की पत्नी को हैरत हुई कि दिन-भर डायरियों के साथ बिताने के बावजूद के.वी. ने उन्हें पूरा पढ़ा तक नहीं है। ''क्या नाम था उस औरत का? बताओ तो याद आ जाएगा''—के.वी. ने कुछ अनमने होकर कहा। ''नाम तो गुरुचरण ने लिखा ही नहीं है। पूरी डायरी में एक भी शख्स का नाम नहीं है। शायद इसका यह मतलब हो कि व्यक्ति का कोई महत्त्व नहीं है। वह कौन है, क्या कर रहा है या क्या सह रहा है, यही जानने की बात है''—के.वी. की पत्नी ने साफ देखा कि के.वी. की आँखों में उनके प्रति बरसों बाद एक खास तरह का भाव आया। शायद वे समझ पा रहे थे कि उन्होंने किसी अनपढ़ औरत से शादी नहीं की है।

''सोचो कि एक औरत और आदमी अपनी जमीन इसलिए सरकार को या कम्पनी को देने से इनकार करें कि उनके दो साल के मरे हुए बच्चे की देह पिछवाड़े के खेत में गड़ी है और वहाँ पर लगाया हुआ आम का पेड़ अब दो साल बड़ा हो गया है, तो इसमें गलत क्या है? कम्पनी को खदानों से अल्मूनियम निकालकर करोड़ों-अरबों रुपये बनाने हैं, इससे उन्हें क्या? उनके बाप-दादा सौ साल से उस जमीन की हवा-पानी पर पले थे, उसे उजाड़ने का हक वे किसी को क्यों दें?''—के.वी. की पत्नी ने अपना वाक्य एक प्रश्न के रूप में खत्म किया था और के.वी. की ओर उत्तर की आशा में देख रही थीं। जीवन में पहली बार के.वी. वह सब कुछ नहीं कह पाए, जो वे आमतौर पर इस तरह के मुद्दे पर कहते आए थे।

अफ्रीका के युगांडा में एक कागज की फैक्टरी में काम करने के दौरान गाड़ी के एक्सीडेंट में उनकी दो साल की इकलौती बेटी मारी गई थी। आज तक उसकी तस्वीर उनकी ड्रेसिंग टेबुल पर रखी है। उसके बाद बरसों बाद एक बेटा हुआ। आज यदि वह जिन्दा होती, तो तीस साल की हो गई होती। युगांडा में बसे हिन्दुओं की मदद से बहुत मुश्किल से उसे जलाकर उसकी अंतिम क्रिया की थी। के.वी. और उनकी पत्नी किसी तरह उसे उस पराई भूमि में दफनाने को तैयार नहीं हुए थे, जबकि हिन्दुओं में भी इतने छोटे बच्चे को मरने पर दफनाया ही जाता है। आज के.वी. अपनी और उस अनाम आदिवासी औरत की पीड़ा में अन्तर नहीं कर पाए। एकदम-से उनकी आँखों के कोर भींग गए। उन्होंने करवट बदलकर अपना मुँह टी.वी. की ओर कर लिया और उसका रिमोट उठाकर टी.वी. चला दिया।

के.वी. की पत्नी बिना हिले-डुले पड़ी रहीं। दिमाग में गुरुचरण की डायरियाँ

घूम रही थीं। के.वी. से किसी भी तरह की साझेदारी हमेशा से मुश्किल काम रहा है। जो आदमी हमेशा अपने ऊपर काबू रखना जीवन का सबसे बड़ा धर्म समझता हो, वह कैसे रो पाएगा, कैसे बेतहाशा हँसेगा, कैसे जी खोलकर प्यार करेगा और कैसे बेकार की गपशप में घंटों समय उड़ा पाएगा? के.वी. खुद अपने लिए ही मापदंड बनाते हैं और उन पर खरा उतरने के लिए रात-दिन जुटे रहते हैं। दूसरे लोग यदि उन मापदंडों को नहीं मानते, तो के.वी. उनसे दूर छिटक जाते हैं, भले ही वह बीवी हो या बेटा। गुस्सा भी नहीं करते, क्योंकि वह भी अपने पर नियंत्रण खोना है। अलबत्ता मीठी छुरी से यानी अपने व्यंग्य-वाणों से वे कसर बाकी नहीं छोड़ते। ऊपरी तौर पर एकदम शांत, शिष्ट और शालीन बने रहते हैं।

के.वी. की पत्नी के पास कोई चारा नहीं था कि वे के.वी. की पीठ से बात करें, यदि बात किए बिना उनके प्राण निकल ही रहे हों। वे बोलने लगीं—''गुरुचरण ने इतनी हजारों बातें पिछले चार महीनों की डायरी में लिखी हैं कि उनमें वह बात खो जाती है, जो वह असल में लिख रहा है। जहाँ वह रह रहा था, किसी बड़ी कम्पनी ने कुछ दूर के एक गाँव में पुलिस की मदद से रातोंरात सोते हुए गाँववालों को—स्त्री-पुरुष, बूढ़े-बच्चे सबको—भेड़-बकरियों की तरह उठाकर जेल भेज दिया था। उनके चूल्हे-चक्की, खेत-बाग, पशु-प्राणी सबको रौंदकर मिट्टी में मिला दिया। छह सौ से ज्यादा घर उजाड़ दिए और उनमें से सौ एक को जमीन-पैसा देकर छुट्टी पा ली। बाकी सब दिहाड़ी मजदूर बनकर या भिखारी बनकर हमारे शहरों की क्रासिंग पर भीख माँगते रहे या मर-खप गए।''

के.वी. अचानक उठ बैठे और जोर से चिल्लाकर बोले—''कहाँ लिखा है गुरुचरण ने डायरी में कि वे लोग भिखारी और मजदूर बन गए? लाओ डायरी! दिखाओ मुझे ये दोनों शब्द उसकी डायरी में!'' के.वी. की पत्नी का दिल जोर-जोर से धड़कने लगा था। वे इतना डर गई थीं कि कुछ बोल नहीं पाईं। ''तुम अपने मन से जोड़ रही हो ये सब बातें डायरी में। कहीं नहीं लिखा है यह गुरुचरण ने। तुम्हें पता होना चाहिए कि गुरुचरण ने उस गाँव की केस-स्टडी इस मकसद से की थी कि वह अपनी कम्पनी को रास्ता दिखा सके। यही तरीका है इन मूर्खों से निपटने का। अपनी दो कौड़ी की जमीन से चिपके रहेंगे। दो कौड़ी की फसल उगाएँगे। कर्ज हो जाएगा तो आत्महत्या कर लेंगे। पर देश का विकास नहीं होने देंगे। सुप्रीम कोर्ट ने फैसला दिया है कि सरकार कहीं पर भी देश के हित के लिए जमीन ले सकती है। इस तरह की जमीन सरकार की संपत्ति हो सकती है। उसका वह चाहे जैसे

इस्तेमाल करे''—के.वी. ने अंत के दो वाक्यों में अपनी आवाज सामान्य कर ली थी और इस तरह बोलने लगे थे जैसे वे अपनी पत्नी को प्रेम से समझा रहे हों।

''लेकिन के.वी.''—के.वी. की पत्नी के स्वर में मजबूती थी जिस पर वे खुद चकित हुईं—''लेकिन के.वी., प्रॉब्लम यह है कि ये सारे मूर्ख लोग हमारी-तुम्हारी तरह के इनसान हैं और इस देश के उतने ही नागरिक हैं जितने तुम-हम। तुम उन्हें अमेरिका या आस्ट्रेलिया के आदिवासियों की तरह कैसे मार या भगा सकते हो? अब तुम कहोगे कि गुरुचरण ने यह सब डायरी में कहाँ लिखा है? नहीं लिखा होगा। पर मैं तुमसे पूछती हूँ कि क्या तुमने उसकी डायरी में यह पढ़ा कि अगर उसकी मल्टीनेशनल कम्पनी खदान पर कब्जा कर लेती है तो उसे कितने मिलियन डॉलर का फायदा होगा और देश की खनिज-सम्पत्ति का कितना बड़ा नुकसान होगा? दुनिया में सब जगह पाँच रुपये में मिलनेवाला माल उन्हें एक रुपये में मिलेगा। यह देश का विकास नहीं, देश को कौड़ियों के मोल बेचना है। दिखाऊँ तुम्हें यह लिखा हुआ डायरी में?''

के.वी. एकदम चुप थे। पत्नी जब-जब ऐसी रणचंडिका दुर्गास्वरूपा बनती है, वे चुप हो जाते हैं। गुरुचरण की डायरी वाकई उन्होंने ठीक से पढ़ी नहीं थी। यह तो नोट किया था कि गुरुचरण ऐसे तथ्य और आँकड़े लिख रहा है जैसे कि कोई कम्पनी का दुश्मन—मानवाधिकार वाला या कोई ईमानदार पत्रकार लिखेगा, पर उन्होंने बेमन से और सरसरी तौर पर ही यह सब देखा था।

''तुमने यह भी नहीं पढ़ा होगा कि गुरुचरण की कम्पनी ने यह फैसला लिया था कि दस-बार लोगों के मरने और सौ-दो सौ के घायल होने से आदिवासी खुद ही ठंडे पड़ जाएँगे। इसलिए पुलिस की मदद से आँसू-गैस, बंदूकें और बारूद लगाकर किसानों की ली हुई जमीन पर दीवार खड़ी की जाएगी। यह सब नियत दिन पर इसलिए नहीं किया जा सका क्योंकि गुरुचरण उसके ठीक एक सप्ताह पहले लापता हो गया था। कम्पनी को शक जरूर होगा कि कम्पनी का निर्णय लीक हो गया है और इसीलिए आदिवासियों ने उसका अपहरण कर लिया है। पर कम्पनी यह बात अखबारों से या पुलिस से क्यों कहती? हो सकता है कि फिरौती की रकम माँगने पर कम्पनी रुपये दे देती। पर न कोई लाश मिली और न किसी ने रुपये माँगे, तो कम्पनी के पास उपाय क्या था कि चुपचाप बैठकर देखे कि आगे क्या होता है?''—पत्नी की बातों में के.वी. को वाकई कुछ सच दिखाई पड़ा।

''तुम्हें पता है, डायरी के ऊपरी कवर में एक पॉकेट सी बन गई थी। उसमें से

एक छोटा-सा कागज निकला जिसके अनुसार गुरुचरण ने चार महीने पहले अपने प्राविडेंट फंड और ग्रैच्युटी के एवज में पूरे रुपये पहले ही लोन लेकर उठा लिए थे''—के.वी. पत्नी की जासूसी करने की क्षमता पर दंग रह गए। के.वी. की पत्नी का चेहरा चमक रहा था। जीतने का ऐसा सुख पूरी जिन्दगी में कभी नहीं मिला था।

''और पता है, उस कागज के पीछे गुरुचरण ने एक कविता लिखी है। लो पढ़ो''—के.वी. की पत्नी ने अपने बगल के ड्रॉअर से एक नोट-पैड का छोटा-सा कागज उनकी ओर बढ़ा दिया। के.वी. ने पढ़ा—

लो सोन चिड़ी
वायदा हुआ पूरा
रहेगी जमीन
रहेगा पानी
आसमान
आँगन।

के.वी. ठगे-से रह गए। गुरुचरण को ठीक से जान नहीं पाए। गहरा आदमी निकला। धोखा दिया पट्ठे ने उन्हें। जाने क्यों? कभी कुछ कहा नहीं। कोई बहस नहीं की। के.वी. ने पत्नी की ओर देख बहुत सुस्त होकर पूछा—''क्या तुम यह बता सकती हो कि वह जिन्दा है या नहीं?'' के.वी. की पत्नी ने कुछ नहीं कहा। के.वी. ने फिर पूछा—''तुम्हें क्या लगता है कि उसने सुसाइड कर लिया होगा?'' के.वी. की पत्नी ने गरदन हिलाई। ''नहीं ना?''—के.वी. ने उमंग से कहा—''मैं भी यही सोचता हूँ। वह कोई लंबी चाल खेल रहा है। है कहीं छिपा हुआ। प्रकट होगा जब समय आएगा। नहीं?''

के.वी. की पत्नी ने फिर गरदन हिलाई—''नहीं, मुझे नहीं लगता कि वह फिर कभी मिलेगा। और एक बात है। तुम डायरी फिर पढ़ना। वह जहाँ-जहाँ लिखता है—''आप कहते हैं कि...'', वहाँ वह 'आप' और कोई नहीं, तुम हो के.वी.। के.वी. शंकर अय्यर। तुम्हें पता है के.वी., तुम खुद पढ़ना, उसने वही बात लिखी है, जो तुमने अभी कही थी। यही कि वे दो कौड़ी के लोग दौ कौड़ी की जमीन से चिपके रहेंगे, देश का विकास रोकने के लिए। तुम चाहे जो कहो के.वी., पर वह तुम्हारा दिमाग पढ़ सकता था के.वी.। तुम जो आगे सोचोगे और कहोगे, वह पहले से जानता था। तुम डायरियाँ फिर पढ़ो...''

III

गुरुचरण अजबदास

"जीवन में हमेशा एक कोने में एक राह खड़ी झाँकती है कि तुम उसकी तरफ आओगे या नहीं। वह तुम्हें अपनी तरफ आकर्षित करने के लिए पहल भी करती है। तुम्हें लगता है कि यहाँ कुछ ऐसा मिल सकता है, जो पहले कभी कहीं नहीं मिला, तो तुम उसकी कहानी का हिस्सा बनने उसकी ओर बढ़ जाते हो। कुछ नहीं मिला, तो फिर चल देते हो जहाँ अगली राह इशारा करती खड़ी रहती है।" गुरु रास्ते में पड़े पत्थर को ठोकर लगाकर किनारे करने के लिए रुक गया था। उसके ठोकर लगाने के अंदाज में जमाने को ठोकर मार पाने का-सा उल्लास था। भट्ट रुककर उसे देखता रहा। गुरु की बात से उसके मन में आया गोकि राह न होकर कोई वेश्या हो। उसे लगा कि गुरु जरूर कहीं कुछ ऐसा छोड़ आया है जिसके छूटने पर ऐसा प्रफुल्ल है। इस बीच गुरु ने फ्रेंच कट दाढ़ी रख ली थी और लगभग एक दूसरा आदमी लगने लगा था। शायद यह भी उसका एक तरीका था यह जताने का कि उसने कोई नई राह चुन ली है।

कल बातों ही बातों में गुरु ने कहा था कि वह मध्यप्रदेश के आदिवासियों की अपनी जमीन बचाने की लड़ाई में अपने एक मित्र के साथ दिन-रात चार महीने तक जुटा हुआ था। हो सकता है कि उस राह जाने और उसे छोड़ आने की बात कर रहा हो। यह भी हो सकता है कि किसी सम्बन्ध से मुक्ति की बात उसके दिमाग में चल रही हो। कहीं रुक्मिणी की बात तो नहीं कर रहा? भट्ट का मन अपनी इस कल्पना को एक क्षण के लिए सच मानकर जाड़े के आकाश में उड़ते हल्के-हल्के रूई से बादलों की तरह उड़ने लगा। वह रूक्मिणी से खुद शायद ही कभी मिल सकता था, पर गुरु उससे नहीं मिलेगा, यह सोचकर उसका दिल हल्का हो गया था। पर अगले ही क्षण अपनी कल्पना के घटियापन का अहसास होने पर वह संभल गया। अपने मन से यह बात निकाल फेंकने के लिए उसने दूर दिखती पहाड़ी को देखकर अंदाजा लगाने की कोशिश की कि वहाँ पहुँचने के लिए तकरीबन

कितने मील चलना होगा।

चारों तरफ ऊँची-नीची धरती पर पलाश और शाल के जंगल गुरु की तरह अपनी मौज में थे। पलाश के टेढ़े-मेढ़े तनों और पिछले बसन्त से अब तक पुराने पड़ गए पत्तों में कोई हरियाली का नयापन नहीं था। पर दो महीने बाद उनके होली के आसपास फूलने की उम्मीद को हवा में महसूस किया जा सकता था। भट्ट ने भोपाल के पास एकदम पीले सूखे बाँस के वनों के बीच चटक फूलता पलाश का लाल जंगल देखा था। भले ही दस दिन फूले, पर सारे साल पलाश अपने उस फूलने पर इतराया बेपरवाह रहता है। शाल के बड़े-बड़े पत्तों में छेदों की बारीक चित्रकारी शायद कीड़ों ने कर दी थी। उनके गोल-गोल झूमर पीले पड़ते पत्तों के बीच लटके थे। पूरी धरती सूखी और भूरी थी। बस उसमें उन पीले पत्तों का ही रंग जैसे एकमात्र रंग था।

भट्ट को वह पीला रंग खत्म हो चुके जीवन के बावजूद बहुत सुन्दर लग रहा था। वह गुरु की बात के बारे सोचने लगा। जीवन को रोज मिलनेवाली राहों और मोड़ों की भाषा में देखना सुकून-सा देता है। भले ही उसके जीवन में इतने मोड़ रहे हों कि वह घूमते-घूमते चकरघिन्नी बन गया हो। पर सीधे रास्ते चलते जाने का जो एक उबाऊ, रसहीन और मामूली तरीका है, उसे ठोकर मारने की कहीं खुशी भी तो है। एक तरह की गुनगुनाहट उसके अंदर भर गई। आज उसे इस वक्त अपना सारा जीवन एकदम सही जीया गया लगा। उसे अपने जीवन से कोई शिकायत नहीं है, भट्ट ने अपने आप से कहा। जो कुछ उसके जीवन में हुआ, वह अच्छा था। वही सुन्दर था। उसी तरह जैसे इस सूखी-सी धरती, पलाश-शाल के पेड़ और इस जाड़े की हवा से जमीन पर दौड़ लगाते सूखे पीले पत्तों से ज्यादा सुन्दर, ज्यादा अच्छा कुछ और हो ही नहीं सकता।

भट्ट अब पूरे और अन्तिम तौर पर कलकत्ता का बाशिन्दा हो गया था। भोपाल से लौटने के बाद दो महीने तक वह घर में पड़ा नौकरी के आवेदन भरता रहा था। उसे लगने लगा कि शायद उसकी उम्र नई पीढ़ी आ जाने के कारण बहुत अधिक हो गई है। अखबार, इंटरनेट सब जगह के फॉर्म भरते-भरते वह आजिज आ गया, तो एक दिन कुछ सोचकर पिता की क्यूरियो की दुकान पर पहुँच गया। इस बीच उसने अखबारों को चाटने की ऐसी आदत डाल ली थी कि कई नई बातें उसकी समझ में खुद-ब-खुद आ गई थीं। कलकत्ता एक 'मरते हुए शहर', जैसा कि कभी राजीव गाँधी ने घोषित कर लोगों को नाराज किया था, अब एक 'मेगापोलिस'

यानी महा-महानगर में तब्दील हो रहा था। कम्युनिस्ट सरकार तीस साल से गद्दी पर बैठी-बैठी अब सोचने लगी थी कि कलकत्ते के पिछड़े रह जाने के बारे में किसी भ्रम की गुंजाइश नहीं रह गई है। उसके पैंतरे बदलकर चीन की तरह बेझिझक पूँजीवादी रास्ते पर चलने के कारण शायद बाकी महानगरों और शहरों की तरह कलकत्ते में जमीन के दाम सीधे तिगुने-चौगुने हो गए थे। जगह-जगह पुराने मकान जैसे अपना जर्जर खोल बदलकर काँच और चटक रंगों के मेल से पुनर्नवा हो रहे थे। कोई ऐसा गली-कूचा नहीं था जहाँ पुराने मकान न टूट रहे हों।

भट्ट को यह समझने में देर नहीं लगी थी कि अगर अभी कोई सबसे ज्यादा पैसा कमा सकता है तो मकान-निर्माण से जुड़े लोग। भले ही वे लोहे के टी.एम.टी. सरिए बना रहे हों जिन्हें कपिलदेव सबसे मजबूत बता रहा हो या ईंट-सीमेंट-बालू का जुगाड़ कर रहे हों। सीमेंट कम्पनियों के शेयर सबसे ज्यादा उछाल पर थे। नए बने हुए फ्लैटों को बेचने के लिए कम्पनियाँ अखबारों के पहले पन्ने पर महँगे विज्ञापनों में तरह-तरह के चुग्गे फेंक रही थीं जिसमें मकानों के बीच फैला कई एकड़ का बड़ा मैदान, स्वीमिंग-पूल, क्लब से लेकर रोजमर्रा के सामान की दुकानें शामिल थीं। बहुत कम दामों के फ्लैटों में भी इस तरह की सुविधाएँ ऑफर की जा रही थीं जिनके बारे में पहले कभी उन्हें खरीदनेवाले कल्पना भी नहीं कर सकते थे। हर स्तर पर सबका 'लाइफ स्टाइल' बदल रहा था।

भट्ट ने पिता को समझाया था कि वे अपनी बड़ी दुकान का आधा हिस्सा एक आर्ट गैलरी बनाने में लगा सकते हैं। इसके दोतरफा फायदे होंगे, उसने कहा था, लोग अपने नए मॉडर्न फ्लैटों में लगाने के लिए पेंटिंग खरीदेंगे, तो साथ-साथ उनके क्यूरियो भी ले जाएँगे। भट्ट ने पिता को यह भी समझाया था कि जिस तीन कट्ठे पर बने छोटे से गैराजनुमा मकान में उनकी दुकान है, वह दरअसल सोने की खान है। भट्ट के साथ आए जमीनों के दलाल से उसकी कीमत सुनकर पिता की आँखें फैली की फैली रह गई थीं। पिता को लगभग पानी के भाव में यह मकान—जिसे एक बड़ा गैराज ही कहना ज्यादा ठीक होता—उसका बंगाली मालिक सिर्फ पाँच साल पहले बेच गया था, क्योंकि वह सब कुछ सलटाकर अपने इकलौते लड़के के पास विदेश बसना चाहता था। पिता को पूरी तरह वश में करने के लिए भट्ट ने पिता को मद्रास में पाँच करोड़ की बिक्री वाला किस्सा सुनाया। इसका असर उसकी आशाओं से कहीं ज्यादा हुआ। पिता की आँखों में बरसों का दबा स्नेह उमड़ आया था। हाँ, यही है उनका बचपन से स्कूल में फर्स्ट आनेवाला अद्भुत दिमागवाला बेटा,

जिसकी दुनिया ने कोई कदर नहीं की। कितने मूर्ख हैं वे खुद, जो दुनिया की बात सही मानते रहे। कभी उन्होंने इस सच को जानने की कोशिश तक नहीं की कि उसकी प्रतिभा के कारण ही लोग उसे टिकने नहीं देते थे।

भट्ट रात को सोया तो उसकी आँखों में नींद नहीं थी। पत्नी की आँखों की नींद खुशी और राहत के कारण उड़ गई थी। पर भट्ट ने अपने दिल को टटोला, तो उसमें सिर्फ कुढ़न ही कुढ़न थी। उसके मन में एक प्रश्न आ रहा था जो वह पिता से पूछना चाहता था, ''वह कौन-सी चीज है जिसने मुझसे मेरा पिता छीन लिया था?'' भट्ट को कुछ वैसी ही घबराहट हो रही थी जैसी उसे इस बार अपने बेटे अमन को छुट्टी में शॉपिंग मॉल ले जाकर हुई थी। उसे लगा था कि अमन की एक अलग ही दुनिया बन रही है जिसमें वह चाहकर भी साझेदार नहीं बन सकेगा। वह बाजार से इस तरह बाहर निकला था जैसे उसे लग रहा हो कि वहाँ अमन के अपहरण किए जाने का खतरा हो। अमन के स्कूल का एक दोस्त वहाँ अपने माता-पिता के साथ मिल गया था। अमन उनसे जिस तरह घुल-मिलकर जिन चीजों के बारे में बातें कर रहा था, भट्ट को लगा कि वह किसी और का बेटा है। पहली बार भट्ट को उस दिन लगा था कि अगर उसे अपने बेटे को अपने पिता की तरह अलग कट जाने से बचाना है, तो उसे कुछ जल्दी ही करना होगा। पिछली पीढ़ी के बिना उसने काम चला लिया था, पर अपने बेटे के छिन जाने पर वह बहुत अकेला हो जाएगा।

गुरु और भट्ट कई मील चल चुके थे। उन्होंने दूर क्षितिज के छोर पर दिखती पहाड़ियों को लक्ष्य बनाकर चलना शुरू किया था। तब भट्ट को ऐसा नहीं लगा था कि पहाड़ियाँ इतनी दूर होंगी। कुछ देर तक रेलवे-लाइन की क्रॉसिंग पार करके वे लोग पक्की सड़क पर चले। उसके बाद पगडंडियों के मार्फत कुछ आगे बढ़कर बस खेतों की मेंड़ें ही बची थीं, जिन पर चला जा सकता था। खेतों में फसलें काटी जा चुकी थीं। उनके खूँटे अभी भी धरती में धँसे थे जिन पर चलना मुश्किल काम था। बंगाल और बिहार की सीमा पर बसा यह इलाका ऐसा गाँव था जहाँ शहर हर समय खटखटा रहा था। भट्ट ने देखा कि कहीं दूर पर एक बड़ी फैक्टरी की चिमनियाँ सफेद धुआँ उगल रही थीं। प्रकृति की गोद में यह विकृति उसकी आँखों को खटक रही थी। पर बदलती दुनिया में शायद इससे बचने की इच्छा का कोई अर्थ नहीं बचा था। गुरु धुएँ को एकटक खड़ा देखता रहा। भट्ट को लगा कि वह कुछ कहेगा,

पर गुरु ने कुछ कहा नहीं।

भट्ट इस आदिवासी इलाके में संथाल कलाकारों के बनाए चित्र खरीदने आया था। कलकत्ते में अचानक इस तरह के चित्र घरों में लगाना बहुत फैशनेबल हो गया था। उसे एक आर्ट क्रिटिक ने आदिवासियों के घरों के बाहर मिट्टी और प्राकृतिक रंगों से बनी चित्रकारी के बारे में बताया था। संयोग से उसे गुरु का साथ मिल गया था क्योंकि खुद गुरु ने उसे फोन करके कहा था कि वह कहीं ऐसी जगह निकल जाना चाहता है जहाँ वह आज तक कभी नहीं गया हुआ है।

भट्ट को मालूम था कि उसकी आर्ट गैलरी की अद्‌भुत सफलता के सूत्र उसकी तमाम पिछली शहर-शहर की घुमक्कड़ी और तरह-तरह के लोगों के दिमाग में पहुँच में छिपे थे। मध्यवर्ग की पूरी रेंज यानी ऊपरी मध्यवर्ग से लेकर निम्न मध्यवर्ग की चाहतों की उसे गहरी पकड़ थी। उसने अपनी आर्ट गैलरी के लिए एक विज्ञापन बनाया था—पैंतीस वर्ष का 'राहुल', इनफॉरमेशन टेक्नोलॉजी में लगातार ऊपर उठता हुआ, एक बड़ी कम्पनी का मुलाजिम, बिलकुल नए ढर्रे का एक फ्लैट खरीदता है। फ्लैट में सब कुछ सही है—मॉर्डन आरामदेह फर्नीचर, कुछ इधर-उधर लगाए हुए 'एथनिक' पैटर्न के कुशन, स्टडी एरिया, तरह-तरह की मशीनों से लैस चकाचक रसोई। बस दीवालें सूनी हैं। राहुल रोज दफ्तर से लौटकर सूनी दीवारें देखता है और बुझ जाता है। फिर उसकी मित्र मंडली 'हाऊसवार्मिंग' पार्टी में आती है और उसके नए घर के लिए उपहार में तीन पेंटिंग ले आती है। अब जाकर राहुल का घर पूर्ण होता है। उसकी गर्लफ्रेंड बहुत आनाकानी करके पहली बार घर आती है, तो राहुल को शादी के लिए हाँ कर देती है। उस समय उसकी आँखें दीवार पर लगी पेंटिंग पर होती हैं।

भट्ट के पिता लोगों को हर कुछ बेच पाने की उसकी काबिलियत पर हतप्रभ थे। हर छोटी-बड़ी उम्र का आदमी 'राहुल' बनना चाह रहा था। शाहरूख खान की प्रायः हर फिल्म में उसका नाम 'राहुल' होता है, भट्ट ने पिताजी को बताया था। क्या इसीलिए ऐसा बहुत कम हुआ कि कोई भी क्लास का आदमी पेंटिंग खरीदने आया हो और बिना कुछ खरीदे चला गया हो। पिता लाख कोशिश कर इन बातों को समझ नहीं पा रहे थे। भट्ट पाँच हजार से पाँच लाख तक की पेंटिंग मिनटों में गाजर-मूली की तरह बेच सकता था। वह गँवई भाषा से लेकर कान्वेन्टी अंग्रेजी आराम से बोलता। लोग अपने लिए 'कम्फर्ट जोन' चाहते हैं, भट्ट ने हँसकर पिता से कहा था, यानी कि ऐसा माहौल जिसमें उन्हें यह न लगे कि वे किसी से कम हैं

या सामनेवाला उनके स्तर से बहुत नीचे गिरा हुआ है। भट्ट हर आदमी को यह अहसास देता कि वह उसी की 'क्लास' और 'टेस्ट' का आदमी है।

भट्ट के पिता उसकी प्रतिभा के ऐसे कायल हो चुके थे कि उससे पूछे बिना पत्ता भी नहीं हिलाते थे। वे सिर्फ उसी चित्रकार या ग्राहक से बात करते, जिनसे भट्ट उनका ऐसे परिचय करवाता जैसे वे ही आर्ट गैलरी के कर्ताधर्ता हों। बाकी समय वे दुकान के क्यूरियो की तरह एक कोने में चुपचाप बैठे रहते। दुकान की पूरी तरह से कायापलट करने में भट्ट का किया हुआ खर्च उन्हें कम जँचा था, पर बाद में उसका 'लॉजिक' उन्हें समझ में आया जब उस खर्च की भट्ट ने एक महीने में ही उगाही कर दी। अंग्रेजी में कहावत है—'सक्सेज हैज मैनी फादर्स'—यानी कि सफल होने पर कई बाप मिल जाते हैं। भट्ट को लगता था कि उसकी सफलता से उसका बाप, उसकी पत्नी और यहाँ तक कि उसका बेटा भी उसे अब जाकर मिले हैं। यों पिता को देख कई बार उसके मन में क्रोध, शिकायत और क्षोभ का बवंडर उठता। कितना दुख पहुँचाया था पिताजी ने उसे। उसके दिल के घाव जब-तब हरे हो उठते। क्या जीवन में रुपया-पैसा-सफलता इसी का ही मोल है? क्या बिना शर्तों पर माँ-बाप भी अपने बच्चों से प्यार नहीं कर पाते?

आर्ट की दुनिया का माहौल भट्ट को बहुत बार एकदम नकली और फिल्मी सा लगता। यहाँ हर काम एक 'इफेक्ट' के लिए—किसी दूसरे को प्रभावित करने या रिझाने को किया जाता है। लोग जो कपड़े पहनते हैं, जैसे बाल रखते हैं, जो सिगरेट पीते हैं, जिस तरह की मिली-जुली खिचड़ी अंग्रेजी-हिन्दी-बाँग्ला बोलते हैं, सब उनका कहीं से सोच-समझकर उठाया गया होता है। जो लोग खरीदार हैं, उनके अपने लटके-झटके हैं। भट्ट अपनी पत्नी के इस माहौल में फिट होने की क्षमता पर चकित था। उसे देखकर कोई नहीं कह सकता था कि उसने इस दुनिया में पहले-पहल कदम रखा था। यहाँ तक कि 'रेड वाइन', 'वाइट वाइन' या 'बकार्डी' की फरमाइश भी इस अदा से करती, जैसे इसी माहौल में उसके दूध के दाँत टूटे हों।

भट्ट उसके प्रति बहुत सहानुभूति से सोचने की कोशिश करता कि बेचारी ने उसके पीछे कितना कष्ट उठाया है। पर उसका मन रह-रहकर उचाट हो जाता। पत्नी रात को उसके हाथ लगाती, तो वह जड़ हो जाता। बिस्तर पर पड़ते ही गहरी नींद में सोने की एक्टिंग करता। पत्नी के नई क्रॉकरी और टेबल-मैनर्स अपनाने से लेकर इटालियन, मेक्सिकन, लेबनीज, चाइनीज व्यंजन पकाने और उन पर बोलने

की क्षमता हर बार उसे पत्नी से और दूर ले जाती। कभी एक चेहरा उसे याद आता जो कि एक झरने की तरह निर्मल और मनमौजी था। उसका बहुत मन होता कि फोन करके वह जलतरंग जैसी आवाज सुन ले या चित्र खरीदने के बहाने नेपाल चला जाय, पर वह अपने को रोक लेता। उसके अन्दर की वह जानलेवा पीड़ा का तूफान अब एक शांत स्मृति का झोंका बन चुका था। पर फिर भी जीवन के सारे आयाम जैसे वही तय करता। वह झोंका चलता और आस-पास के जीवन के रंगों को बहुत फीका और बेमानी बनाता रहता।

गुरु ने रास्ते में चलते-चलते अचानक भट्ट से मोबाइल माँगा। भट्ट ने आश्चर्य से सुना कि वह सफेद साड़ी वाली औरत को फोन करके वहाँ का पता-ठिकाना दे रहा था। भट्ट को खयाल तक नहीं था कि उस औरत का नाम निर्मला था। उसे यहाँ बुलाना भट्ट को अच्छा नहीं लगा। भट्ट का मुँह उतर गया। शायद गुरु भी ताड़ गया कि भट्ट को निर्मला का बुलाया जाना अखर रहा है। दरअसल गुरु के साथ रोज शाम-सुबह घंटों तक मीलों चलना—कभी किसी दिशा में और कभी किसी दिशा में—भट्ट को इतना अच्छा लगता था कि वह नहीं चाहता था कि कोई और उनके साथ हो। गुरु के लिए उसने आर्ट गैलरी में उसके न रहने से होने वाले नुकसान की भी परवाह नहीं की थी। अब वह सफेद साड़ीवाली 'निर्मला' आ जाएगी और गुरु का सारा ध्यान बस उसी पर रहेगा।

भट्ट के लिए पहाड़ की तलहटी तक पहुँच जाना यकायक फीका पड़ गया। वहाँ तेंदू के पत्तों का जंगल था जिसकी हवा में लहराती हरियाली देखते ही बनती थी। पर भट्ट को उसे देखकर भी कोई आनंद नहीं हुआ। गुरु पत्ते तोड़नेवाले आदिवासियों से बात करने लगा, तो भट्ट अनमना सा खड़ा सुनता रहा। उसी इलाके में किसी बड़ी मल्टीनेशनल की सिगरेट की फैक्टरी के लिए वे लोग तेंदू के पत्ते इकट्ठा कर रहे थे, जिनसे तंबाकू बनता है। भट्ट अपने जीवन में तमाम फिक्रों को सिगरेट के धुएँ में उड़ाता आया था। आज पहली बार देखने का मौका मिला था कि वह सिगरेट भी प्रकृति से ही आती है। पर उसका मन जैसे मर गया था।

गुरु अपनी रौ में कुछ-कुछ बोलता जा रहा था। विदेशों में खासकर अमेरिका में सिगरेट पीनेवाले बहुत कम दिखते हैं। अब देखो, सिगरेट की कम्पनियाँ दूसरी किस्म की चीजें बनाने से जुड़ रही हैं। उन्हें पता है कि ज्यादा दिन उनकी दुकान

चलनेवाली नहीं है। तुम किसी ऐसी कम्पनी के आदमी से बात करो, तो वह तुम्हें कहेगा कि हम इतने हजार हेक्टेयर जमीन पर तेंदू उगाते हैं, इतने लाख लोगों को हमसे काम मिलता है, इतने हजार करोड़ रुपये हम सरकार को टैक्स में देते हैं। यानी तर्क यह है कि हम जो बुरा काम कर रहे हैं, उससे कुछ लोगों और सरकार को फायदा भी तो हो रहा है। तब वह काम इतना बुरा कैसे हुआ? मतलब समझे? यही कि हमारा सपना एक कम बुरी दुनिया से ज्यादा कुछ नहीं है—भट्ट सुन रहा था, पर उसका दिमाग कहीं और था।

क्या जरूरत थी उस निर्मला को यहाँ बुलाने की? भट्ट का बना-बनाया प्रोग्राम चौपट करने की? भट्ट को संथाल गाँव के एक आदमी ने एक विशाल झील का पता बताया था जहाँ लाखों कुमुदिनी के फूल खिलते हैं। भट्ट ने सारी व्यवस्था कर ली थी कि वे लोग गाड़ी करके दो दिन बाद सुबह-सुबह वहाँ जाएँगे। वह गुरु को उस झील का अद्‌भुत दृश्य दिखाकर चकित करना चाहता था। अब वह समय बीत चुका था जब यह सब करने के लिए उसे रुपयों-पैसों के बारे में पहले सोचना पड़ता। उसे किसी ने उस इलाके की बहुत पुरानी गुफाओं के बारे में भी बताया था। भट्ट इन सब जगहों में गुरु के साथ जाना चाहता था। हर सूर्योदय और हर सूर्यास्त वह गुरु के साथ पैदल चलते हुए देखता था। उसका वश चलता तो वह पूरी दुनिया गुरु के साथ पैदल चलकर माप लेता। यह निरुद्देश्य इधर-उधर भटकना और अचानक कुछ पा जाना उसके लिए इतना महत्त्वपूर्ण था कि वह पिता और पत्नी को झूठ बोलकर उस छोटे-से कस्बे में एक मामूली-से होटल में पड़ा हुआ था। पर गुरु को जैसे इन सब बातों की कोई कदर ही नहीं थी।

पहाड़ की तलहटी से वापस लौटते हुए उन्हें एक छोटा तालाब मिला। उसमें खिले हुए कुमुदिनी के दस-बारह खुशगवार गहरे गुलाबी फूल दिखाई पड़े। भट्ट का मन गुरु की प्रसन्नता देखकर कुछ ठीक हुआ। क्या कहेगा गुरु जब वह बड़ी झील देखेगा। छोटा तालाब चारों तरफ सोनाझूरी के पेड़ों से घिरा था। उन पेड़ों के चमकीले हरे पत्तों के बीच गहरे पीले रंग के सोने की फलियों जैसे फूल लटके थे। हवा में एक मादक गंध थी, जो कि गुरु ने बताया कि उन्हीं फूलों से आ रही थी। भट्ट बिल्कुल ठगा-सा खड़ा देखता रहा। यह क्या है जो उसे प्रकृति देती है? वह एक ऐसे आनन्द का अनुभव कर रहा था, जिसे बताने के लिए उसके पास शब्द नहीं थे। उसने गुरु की ओर कृतज्ञता से देखा जिसके कारण यह सब संभव हुआ था। और तो और, प्रेम का जो अनुभव रुक्मिणी के मार्फत उसे हुआ था, उसके

पीछे भी तो गुरु ही था। काश कि समय ठहर जाता और वह जीवन भर इसी अनुभूति के साथ जी पाता। उसे लगा कि वह अगर अभी मर जाए, सुन्दरता के इसी चरम रूप के साथ, तो वह कितनी सुन्दर मृत्यु होगी।

भट्ट ने देखा कि गुरु उसकी ओर गौर से देख रहा था। ''सॉमरसेट मॉम की एक कहानी है जिसमें एक व्यक्ति एक द्वीप की सुन्दरता पर इतना मुग्ध हो जाता है कि वहीं रह जाता है। सारा जीवन वह उसी द्वीप पर अकेला काट देता है''—गुरु ने कहा और हल्के से हँसा। ''अरे! मैं अभी यही सोच रहा था कि मैं इस तालाब के प्रेम में पड़ गया हूँ''—भट्ट ने गुरु की उसके मन को भाँप लेने की क्षमता पर कुछ आश्चर्य से कहा। उसी घड़ी उसके मन में यह बात आई कि गुरु रुक्मिणी के प्रति उसके हृदय की तड़पन को जरूर जानता होगा। शायद यही कारण है कि गुरु ने एक बार भी रुक्मिणी या नेपाल का जिक्र तक नहीं किया था। भट्ट ने देखा कि गुरु आगे चलने लगा था। उसके कदम भी चल पड़े। पर हर दो मिनट बाद वह पीछे मुड़कर तालाब की ओर देखता, जो चारों ओर की ऊँची प्राकृतिक मेंड़ के कारण अब देखा नहीं जा सकता था। कहीं कुछ अचानक अनायास पा लेने का आनंद भी क्या चीज है, भट्ट ने सोचा। जीवन को हर समय नाप-तौल कर जीनेवाले लोग भला इसे क्या समझेंगे। शायद यही वह मन था जो गुरु और उसको एक ऐसी मैत्री के सूत्र में बाँधता था, जो शायद ही कहीं किसी और से हो सकती थी। भट्ट को लगा कि पहाड़ों, समुद्रों और नए-नए महाद्वीपों की खोज करनेवालों के अंदर कुछ ऐसी ही प्यास रहती होगी। कोई ऐसा मन जो प्रकृति के हर रूप में अपने को खो देता है। ऐसा मन जो कभी भरता नहीं। ऐसा प्रेम जो रोज नया होता रहता है।

वे दोनों वापस लौट रहे थे। रास्ते का कोई अंदाजा अब नहीं था। जिस रास्ते से आए थे, वह कहीं खो गया था। या शायद वह यहीं कहीं आसपास था। पर दूर पर रेल की लाइन की पुलिया थी जिसके नीचे से जाने का रास्ता था। उसे ही लक्ष्य मानकर वे लोग चल रहे थे। बीच में कहीं दस-बीस घरों का एक गाँव आया। लोग मनसा देवी की पूजा में ढोल बजा रहे थे। शायद किसी ने कोई मन्नत माँगी होगी, जो पूरी हो गई होगी। भट्ट का हृदय जाने कैसा-कैसा हो गया। जैसे कि उसी की कोई बरसों की हसरत पूरी हो गई हो। एक छोटी लड़की बकरी के बच्चे को गोद में लिए उन दोनों को कौतूहल से देख रही थी। भट्ट ने जेब से निकालकर उसे दस रुपये देने की कोशिश की। वह गरदन हिलाकर भाग गई। भट्ट का मुँह उतर गया। उसने देखा कि गुरु उसे देखकर हँस रहा था। ''आदमी का मन, देखो, कैसी विचित्र

चीज है। कुछ अच्छा करना चाहता है। सुन्दर बात है। पर देखो तो यह अच्छा भी है तो मन ही न।—ये मन , है मन। मगर है तो नहीं।—देखो, एक कविता बन गई''—गुरु जोर-जोर से हँसने लगा था। भट्ट हक्का-बक्का खड़ा उसे देखता रहा। अचानक उसके मन में आया कि कभी गुरु उसके जीवन में न रहे तो? कितनी घिसी-पिटी है वह जिन्दगी, जिसे छोड़-छाड़कर वह इस शख्स के साथ वामन अवतार की तरह पृथ्वी माप रहा है। कोई उससे पूछे, तो वह समझा नहीं पाएगा कि उसे गुरु के साथ इस तरह भटकने से क्या मिलता है?

दूर-दूर पर कहीं-कहीं चमकते हुए तालाब नजर आ रहे थे। शायद वे वैसे ही फूलों वाले तालाब हों जैसा वे पीछे छोड़ आए थे। दूर से आती हुई ट्रेन जब-तब दिखाई दे जाती। गुरु ने बताया था कि दिल्ली से कलकत्ता जानेवाली प्रायः सभी ट्रेनें यहाँ से गुजरती हैं भले ही वे इस छोटे से स्टेशन पर रुकें या न रुकें। भट्ट को कभी नहीं लगा था कि ट्रेन देखना भी उसे इतना अच्छा लग सकता है। उसके हृदय में रेल देखकर हर बार बच्चों जैसी खुशी होती। जब तक ट्रेन दिखती, वह गरदन घुमाकर उसे देखता रहता। अचानक उसे ध्यान आया कि क्या पता वह निर्मला इनमें से किस रेल में बैठकर वहाँ पहुँचनेवाली हो। साथ ही उसे उस कविता की कुछ धुँधली सी याद आई जो उसके अनुसार गुरु ने उसके लिए लिखी थी। भट्ट का मन एकदम खट्टा हो आया। कोई पूछे तो इस गुरु ने शादी क्यों नहीं की? जाने कैसी-कैसी औरतें इसके पीछे पड़ी रहती हैं। बेकार अपना जीवन खराब करती हैं। गुरु को भी उनसे ज्यादा कुछ क्या मिलता होगा, जो एक पत्नी नहीं दे सकती? किसी एक की जिम्मेदारी निभाना गुरु के लिए इतना मुश्किल क्यों है? अन्त में तो वह निपट अकेला रह जाएगा। बुढ़ापा, बीमारी क्या किसी को छोड़ते हैं? तब कौन देखेगा उसे? आखिर समाज की रचना और शादी वगैरह नियम सोच-समझकर ही तो बनाए गए हैं। यह आवारापन अन्ततः उसे कहाँ ले जाएगा?

भट्ट के मन में घर-परिवार, आर्ट गैलरी घूमने लगे। यहाँ ज्यादा-से-ज्यादा तीन दिन और रुक सकता है। अब गुरु ने उस निर्मला को भी तो बुला डाला है। एकदम-से अगर भट्ट कहे कि उसे जाना है, तो गुरु समझ जाएगा कि उसे निर्मला का आना अखर रहा है। अब तो बर्दाश्त करना ही पड़ेगा निर्मला देवी को। फिर घूमेंगे वे तीनों उसी तरह। आगे-आगे गुरु, बीच में निर्मला और पीछे-पीछे भट्ट। धत् तेरे की! लेकिन गुरु से कोई कुछ कह भी तो नहीं सकता। भट्ट के लिए सूरज, धरती, तालाब, रेल सब फीके पड़ गए। आर्ट गैलरी में जाने कितने लोग आकर

घूम गए होंगे। पिताजी उसे कुछ कहते नहीं, यही क्या कम है? यों तो पत्नी सब सँभाल लेती है। उसे अब काफी आइडिया हो गया है। इस तरह से गुरु के पीछे घूमना उसे सुहाता तो नहीं। पर बेचारी कभी कुछ कहती नहीं। भट्ट के तो घर-संसार है। 'जो घर फूँके आपना, चले हमारे साथ'—वह क्या 'अफोर्ड' कर सकता है? गुरु की प्रेमिकाएँ जो चाहें करें।

भट्ट कल सुबह तो उन दोनों के साथ सैर पर गया था, पर आज उसने जाने से इनकार कर दिया था। बहाना सिर दर्द का लगाया था। गुरु जिस तरह उस निर्मला को देखकर खुश हुआ था, भट्ट बर्दाश्त नहीं कर पाया था। है क्या उस निर्मला में ! गुरु के आगे तो पानी भरती है। न रूप की, न रंग की। ऊपर से सादे कपड़े। न कानों में कुछ पहनती है, न हाथों में। नन की तरह रहती है। गुरु ने उसके दोनों हाथ पकड़कर उसे कलेजे से लगा लिया था। भट्ट के सामने भी कोई मुलाहिजा नहीं बरता था, जैसे कि यह कोई खास बात ही न हो। और वह निर्मला! हल्के-से मुस्कराने के अलावा जैसे कुछ जानती ही नहीं। कोई ऐसा भाव नहीं कि उसे क्या अनमोल चीज मिल गई है। बस अपनी आँखों को अपनी बरौनियों से ढक लेगी। भट्ट की तरफ तो उसने जरा-सा ध्यान तक नहीं दिया था, जैसे कि पहली बार मिली हो। यह बदतमीजी नहीं तो और क्या है?

पूरे दिन गुरु बेझिझक उस निर्मला के कमरे में आता-जाता रहा था। भट्ट ने सारा दिन भयंकर बेचैनी में गुजारा। जाने क्या रिश्ता है इन दोनों का? क्या कर रहे हैं कमरे में। उसने दो बार गुरु के कमरे में फोन किया था। दोनों बार फोन बजता रहा था। बस शाम की सैर के वक्त ही गुरु ने उसका दरवाजा खटखटाकर कहा था—चलो। भट्ट को न डूबते सूरज का गोला लुभावना लगा था, न घर जाते पक्षी। वे दोनों जाने क्या गुटुर-गुटुर बातें करते रहे थे। बीच-बीच में गुरु जोर से हँसता। भट्ट जान-बूझकर उन दोनों के साथ नहीं चल रहा था। कभी गुरु उसे कुछ कहता या पूछता, तो वह तेज कदम बढ़ाकर उसके पास चला जाता। फिर अपनी चाल धीमी करके पीछे हो जाता। ऐसा नहीं था कि उसने अपने को समझाने की चेष्टा न की हो, पर मन था कि मानता ही नहीं था। आखिर वह कोई औरत तो था नहीं, जो गुरु की प्रेमिका से ईर्ष्या करता। उसे यह भी क्या हक था कि उन दोनों के रिश्ते को समाज की मान्यताओं पर रखकर जाँचे। पर ये सब बातें उसका दिमाग सोच और

मान रहा था, दिल नहीं। उसके कलेजे पर जैसे साँप लोट रहा था। बेकार रहा उसका यहाँ आना। संथालों के पास कोई बनी हुई पेंटिंग नहीं मिली थी। ऊपर से गुरु के साथ पैदल चलने का जो सुख था, वह भी गया। सब बेकार हो गया। बड़ी झील में खिले हुए हजारों कुमुदिनी के फूलों की तरफ उसका ध्यान कम था और गुरु के उस निर्मला का हाथ पकड़े रहने की ओर ज्यादा। समझ रहे हैं जैसे कि कोई 'टीन-एज लवर्स' हों। हुँह! याद आते ही भट्ट का स्वाद एकदम कसैला हो गया। उसने चाय का कप परे हटा दिया।

जान-बूझकर शाम की सैर पर उसने निर्मला के सामने नेपाल और रुक्मिणी की बात चलाई थी। देखें, निर्मलाजी की क्या प्रतिक्रिया रहती है? हो सकता है कि सुबह की सैर पर चलने की उनकी क्षमता कम हो जाए। ''क्या आप रुक्मिणी से मिली हैं?''–भट्ट ने पूछा था। कहाँ वह शालीनता, सुन्दरता और गरिमा की प्रतिमा और कहाँ यह मामूली औरत। ''नहीं, मिली तो नहीं, तस्वीर दिखाई थी गुरु ने''–जवाब आया। ''ओह''–भट्ट के मुँह से निकला। क्या बात है ! गुरु भी क्या विचित्र आदमी है। हो सकता है कि उसकी सारी प्रेमिकाएँ एक-दूसरे के बारे में जानती हों। अचानक भट्ट को रुक्मिणी के पति की नेपाल में कहीं हुई बात याद आई। सच्चा प्रेम हो तो ईर्ष्या होगी ही नहीं। प्रेम में अहं का विसर्जन हो जाता है। तब ईर्ष्या करेगा कौन? भट्ट की इच्छा हुई कि वह अपना सिर पीट ले। नहीं बाबा, वह नहीं सक पाएगा इस गुरु से। वह अपने को नहीं बदल सकता। बचपन से जो सही-गलत की परिभाषा सीखी है, उसे छोड़ नहीं सकता।

भट्ट ने सोचते-सोचते घड़ी पर निगाह डाली, तो चौंक उठा। सुबह के साढ़े नौ बज चुके थे। अभी तक गुरु और निर्मला लौटे कैसे नहीं? जाने क्यों भट्ट के दिमाग में चारों ओर हरियाली से घिरा एक कुंज आया, जहाँ वे दोनों पानी के छोटे-से तालाब के पास बैठे थे। गुरु का सिर निर्मला की गोद में था और वह निहाल हुई उसके बालों में अंगुलियाँ फेर रही थी। वह बिस्तर से चादर फेंककर उठ खड़ा हुआ। गुरु के कमरे का फोन बजता रहा, तो उसने नीचे रिसेप्शन में फोन मिलाकर पूछा कि क्या गुरु लौट आया है? दस बजते-बजते भट्ट को चिंता होने लगी थी। वह होटल के बाहर धूप में चहलकदमी करता बार-बार उस दिशा की ओर देखता, जहाँ से गुरु और निर्मला आने वाले थे। कहीं कोई दुर्घटना तो नहीं हो गई, भट्ट ने चिंता से सोचा।

अचानक उसका मोबाइल फोन पॉकेट में बजा, तो भट्ट ऐसे हड़का जैसे उसे

गोली लग गई हो। उसका मन कह उठा, हो-न-हो कुछ गड़बड़ है। जिस नम्बर से फोन किया जा रहा था, वह उसका जाना हुआ नम्बर नहीं था। ''हलो, हाँ, भट्ट? हाँ, मैं गुरुचरण बोल रहा हूँ। अरे हाँ, देखो यहाँ ट्रेन पर किसी से मोबाइल माँगकर तुम्हें फोन किया है।'' ट्रेन से? भट्ट चकरा गया। ''बहुत देर से मिला रहे हैं, पर पकड़ नहीं रहा था। मैं और निर्मला यों ही एक ट्रेन पर चढ़ गए। अब ये जहाँ ले जाए''—गुरु की जोर-जोर से हँसने की आवाज आ रही थी। ''तुम ऐसा करना कि होटल का बिल चुका देना। मेरे कपड़ों में कुछ रुपये हैं। बाकी मेरा सामान और निर्मला का सामान किसी भिखारी को दे देना। ठीक है? अच्छा छोड़ता हूँ''—कहकर गुरु ने लाइन काट दी।

भट्ट मोबाइल हाथ में लिए उसे ऐसे देखता रहा जैसे देखने के लिए दुनिया में कुछ और बचा ही न हो। ऐसा धोखा आज तक जीवन में उसने कभी नहीं खाया था। बहुत लोगों से मिला, बहुत शहरों में रहा, बहुत यात्राएँ कीं, बहुत बार दिल टूटा, पर यह तो हद हो गई। क्या समझता है यह गुरु अपने आप को? आखिर एक सभ्य दुनिया है जिसके हम हिस्से हैं। इस दुनिया के कुछ तो तौर-तरीके हर आदमी मानता है। ऐसा उसने क्या बुरा किया, जो गुरु उसे इस तरह छोड़कर चला गया? यदि उसे निर्मला का आना अच्छा नहीं भी लग रहा था तो उसने एक शब्द कहा तो नहीं था। सुबह की सैर पर नहीं गया, तो उन दोनों को एकान्त देने के लिए ही तो! एक प्रेमी-प्रेमिका के बीच वह क्यों दाल-भात में मूसलचंद बनता?

गुरु का कमरा खाली करने गया तो एक जोड़ी पैंट-शर्ट-रुपयों के अलावा एक कागज पर लिखा हुआ मिला—''तुम किसी स्थिति में कूद सकते हो तो स्थिति के बाहर भी कूद सकते हो। कूद जाओ। क्या है जिसे बचाना है?''

भट्ट ने कागज को मोड़कर कूड़ेदान में फेंक दिया। पर कमरे से बाहर निकलते-निकलते उसने वापस कागज को उठाया, सीधा किया और मोड़कर अपने शर्ट की पॉकेट में रख लिया।

''कैसे हो?''—कलकत्ते में दो महीने बाद अचानक अपने मोबाइल पर नया नम्बर देखकर भट्ट ने फोन उठाया और गुरु की हँसती हुई आवाज सुनकर चौंक गया। गुरु की आवाज ऐसी थी जैसे इस बीच कुछ घटा ही न हो और वे लोग एक-दूसरे से सही तरीके से विदा लेकर कल ही अपने-अपने रास्ते गए हों। ''मैं बिलकुल ठीक

हूँ। यहाँ आर्ट-गैलरी को लेकर व्यस्त हूँ''—भट्ट ने अपनी आवाज में बेपरवाही लाने की भरसक कोशिश की। आर्ट-गैलरी ही अब उसके अस्तित्व को, दुनिया में होने को अर्थ देती थी, वह गुरु को यह बात बताना चाहता था। और यह भी कि वह एकदम खुश था। वह न किसी व्यक्ति को याद कर रहा था और न बेमतलब मीलों चलते जाने को। हर आदमी की अपनी जिन्दगी है और जो चाहे जैसे खुश रहे। उसी को मुबारक हो उसकी खुशी! भट्ट ने अपने को दिलासा दी।

''अभी हमने बीस युवा चित्रकारों को लेकर समकालीन कला को 'शो-केस' किया था। बहुत हिट रहा। सभी आर्टिस्ट तीस से चालीस बरस के थे और पहली बार ग्लोबलाइजेशन के बाद इंडिया की कला की बदलती हुई जमीन के 'डायनेमिक्स' समझ में आने लगे''—भट्ट ने इस तरह गुरु को बताया जैसे वह कोई इंटरव्यू दे रहा हो। ''गुड गुड!''—गुरु ने कहा। ''और तुम कैसे हो? कहाँ हो गुरु अभी?''—भट्ट ने पूछा। एक क्षण के लिए मन में उमंग उठी कि क्या पता गुरु ने उसे कहीं चलने के लिए फोन किया हो। जा सकता है वह, भट्ट ने उसी क्षण सोच लिया। काम तो होता रहता है। यहाँ संभालने वाले बहुत हैं। काम के लिए जीना तो स्थगित नहीं किया जा सकता। वह ऐसे लोगों में नहीं है, जो काम करते-करते ही दुनिया से तिड़ी हो लेते हैं। न उनके हाथ कुछ लगता है और न वे कुछ यहाँ छोड़कर जाते हैं, जो कोई सहेज कर रखे।

''अरे भई! हम तो यहीं हैं पुरी में। तुम्हारे कलकत्ते से ही तो होकर गए थे। हमारी तो हवा और पानी की चाकरी है। इनकी रखवाली करते रहते हैं''—गुरु ने कहा। भट्ट का दिमाग तेजी से दौड़ रहा था। 'हम' यानी कि क्या निर्मला भी अब तक साथ है? अपने बसेरे पर लौट नहीं गई? हो सकता है कि अब उसने सब कुछ छोड़-छाड़कर गुरु को हमेशा के लिए पकड़ लिया हो। पूछ लेना ही ठीक रहेगा। नहीं पूछा तो मन अटकल लगाता रहेगा।

''निर्मला जी साथ हैं या अकेले घूम रहे हो?''—भट्ट ने पूछा। ''नहीं-नहीं, वह तो कब की चली गई। उसकी बेटी बीमार हो गई थी। उसे जाना पड़ा। अकेले तो नहीं हैं बहरहाल। वे लोग हैं न काठमांडू वाले, अरे वही रुक्मिणी और उनका पति, वे लोग चले आए हैं साथ। उनका तो कुछ धर्म-कर्म का मामला है। जगन्नाथ पुरी के दर्शन कर रहे हैं। हम ठहरे नास्तिक आदमी। हमें क्या, हम तो नीलांचल का समुद्र और काजू के जंगल देख रहे हैं। सुबह की सैर पर तुम्हारी याद आ गई, तो तुम्हें फोन कर लिया।''—गुरु की बातों से भट्ट के हृदय की धड़कनें दुगुनी हो गई

थीं। एक क्षण के लिए उसे गुरु पर बेहद गुस्सा आया। नाटकबाज कहीं का। अच्छी तरह जानता होगा कि उस पर क्या बीत रही होगी। उसे सताने के लिए ही जान-बूझकर फोन किया है। क्या उसे नहीं कह सकता था साथ चलने? जब कलकत्ता आया था, तो क्या उससे मिल नहीं सकता था? अच्छी तरह जानता होगा कि रुक्मिणी से मिलने तो वह दुनिया के दूसरे छोर तक भी आ जाता।

''तुम्हें हमने कलकत्ता पहुँचकर फोन किया था। रुक्मिणी तुमसे मिलना भी चाहती थी। पर तुम्हारा फोन बजता रहा। पिछले सप्ताह की ही तो बात है। बुधवार की। सब ठीक है ना?''—गुरु की बात से भट्ट की हवा निकल गई। उसे लगा कि वह काफी नीचे गिरा हुआ इनसान है। गुरु के बारे में वह क्या-क्या सोचता रहा है। ठीक ही किया था गुरु ने, जो उसे इस तरह छोड़कर चला गया था। पिछले बुधवार पिताजी को छाती में दर्द होने की वजह से अस्पताल में भर्ती करना पड़ा था। उस दिन उसने एक भी ऐसा फोन नहीं उठाया था, जिसका नम्बर वह पहचानता नहीं था। बल्कि साइलेंट किए हुए मोबाइल के घरघराने पर पहचाने हुए नम्बरों में से भी एकाध से ही बात की थी। जीवन उसके साथ हमेशा ऐसे ही खेल खेलता है। भट्ट ने बुरी तरह निराश होकर सोचा।

''तुम यहाँ आना चाहो, तो आ सकते हो। काठमांडू वाले तो आज ही लौट रहे है। कलकत्ते से नहीं जा रहे हैं, वरना तो तुमसे मिल लेते''—गुरु की बात भट्ट इस तरह सुनता रहा जैसे उसे मालूम हो कि ऐसा ही कुछ उसके साथ होगा। लेकिन क्या पता, यही ठीक हो। रुक्मिणी से मिलकर एक नए सिरे से उखड़ने से क्या फायदा? अब जाकर वह उसे एक सुन्दर स्मृति की तरह देख पा रहा था, जो कितना भी चाहो, पर धुँधली होने ही लगती है। बेकार है यह मृगतृष्णा। जो उसका कभी हो ही नहीं सकता, उसे यही मान लेना चाहिए कि वह है ही नहीं। वह एक कल्पना थी। एक स्वप्न, एक भ्रम था। उसे खुश होना चाहिए कि वह उस जाल से निकल आया है, जिसमें फँसकर वह ठीक से साँस भी नहीं ले पा रहा था। ''आओ, आओ, कैसुरीना के जंगल तुम्हें बुला रहे हैं''—कहकर गुरु उसे होटल का पता लिखाने लगा—''समुद्र के किनारे स्वर्गद्वार श्मशान घाट से सीधे आते जाना। एकदम वहाँ तक जहाँ पक्की सड़क ख़त्म होकर बालू से ढकी कच्ची सड़क शुरू होती है। गाड़ियाँ आती हैं कुछ आगे तक। फिर उतरकर थोड़ा पैदल चलना। सामने माण्डवी नदी दिखेगी, जो समुद्र में मिल जाती है। वहीं है हमारा होटल। एकदम नया बना है। चकाचक।''

भट्ट बहुत दिन बाद खुलकर हँसा। क्या गजब आदमी है यह गुरु। किस तरह उसे धरमधक्का देकर किसी रेल में चढ़ कर गायब हो गया था और अब उसे कैसे अधिकार के साथ बुला रहा है। वह तो खैर जाएगा ही। पर इस आदमी के मिजाज तो देखो। अपने को दुनिया का बादशाह समझ रखा है। बाकी आदमी उसकी मर्जी के गुलाम हैं। लेकिन गुरु उसे क्यों बुला रहा है, भट्ट के मन में अचानक यह बात उठी। क्या गुरु को भी उसके साथ नदी, जंगल, पहाड़ मापना अच्छा लगता है? गुरु को किसी का साथ क्यों चाहिए? क्या वह अकेलापन महसूस करता है? क्या इसीलिए वह किसी-न-किसी के साथ रहता है? शायद जब कोई नहीं मिलता तो वह उसे बुला लेता है। जानता है कि भट्ट को बंधन तोड़कर भागने में क्या सुख मिलता है। यह भी जानता है कि वह कहेगा 'आओ' और भट्ट सब कुछ छोड़-छाड़कर आ जाएगा। भले ही कितना भी नुकसान क्यों न हो।

पुरी स्टेशन पर जगन्नाथ मन्दिर के पंडों की भीड़ से जूझते भट्ट ने सोचा कि रुक्मिणी और गुरु के साथ भी यही धक्कम-धक्का हुआ होगा। पर उसे कुछ भी बुरा नहीं लग रहा था। कलकत्ते से बाहर कदम रखते ही वह जैसे निर्भार हो गया था। सुबह ट्रेन में मुँह धोते समय उसने अपने को शीशे में देखा तो लगा कि जैसे वह दो साल पहले का भट्ट हो। उसके चेहरे पर वही बेफिक्री थी जिसके चलते उसने कभी किसी की गुलामी करना मंजूर नहीं किया था। दूसरे लोगों की तरह फायदे-नुकसान की शब्दावली में उसने जीवन को नहीं जीया था। उसे सबसे बड़ा फायदा यही लगता था कि वह जब चाहे, किसी भी स्थिति से हिम्मत करके बाहर कूद सकता है। शायद यही वह चीज थी जिसके कारण उसकी और गुरु की ऐसी साझेदारी बन पाई थी। असल में भट्ट इस हल्केपन का आनन्द सिर्फ गुरु के साथ ही महसूस कर पाता था और किसी के साथ नहीं। बाकी सारे लोग उसकी आजादखयाली को एक अवगुण की तरह देखते थे। उन्हें लगता था कि वह बहुत अस्थिर है। टिकना नहीं जानता। लोगों को उसमें से थोड़े दिनों में अक्सर बगावत की बू आने लगती। तब आस-पास के लोगों, खासकर अपने से उम्र और ताकत में बड़े लोगों, की आँखों में किरकिरी बनकर वह चुभने लगता।

पता नहीं लोग क्यों गुलामों को पसन्द करते हैं? भट्ट को इस सवाल का एक जवाब मिला था—यह इस देश की 'नेशनल हॉबी' है। आप कितने गुलाम बना

सकते हैं और आप कितनों के गुलाम हो सकते हैं, सारा देश इसी जोड़-तोड़ में लगा हुआ है। घर से लेकर दफ्तर तक और राजनीति से लेकर धर्म तक सब जगह एक ही हाल है। गुलामी करनी ही हो, तो भट्ट सिर्फ गुरु जैसे आदमी की गुलामी कर सकता है। ऐसा व्यक्ति, जो खुद किसी का गुलाम नहीं है और न गुलाम बनाने में उसकी कोई रुचि है। वह जब-तब उठकर चल देगा। कहीं भी किसी को बिना बताए छोड़ जाएगा। कोई उसके पीछे दौड़े, तो उसके लिए भार हो जाए। उसके और भट्ट जैसे लोग किसी की चाकरी बजाने के लिए बने ही नहीं हैं। गुरु ने बहुत पहले यह बात समझ ली होगी। भट्ट को यह समझने में आधी जिन्दगी लग गई।

सुबह के झुटपुटे अँधेरे में ही गुरु उसे लेकर सैर पर निकल पड़ा था। ''क्या पुरी के सूरज को भी तुम्हें ही उठाना है?'' कहकर भट्ट ने इतनी जल्दी उठाए जाने पर थोड़ी आनाकानी की थी। पर होटल के पिछवाड़े से निकलते ही छोटे-छोटे मकानों की बस्ती के परे कैसुरीना के लाखों पेड़ हवा के साथ अपनी पूरी बीस फुट की काया एक साथ हिलाते दिखाई देने लगे थे। उनके अन्दर दूर से एक रहस्यमय दुनिया छिपी हुई लग रही थी। सारे पेड़ इस तरह पास-पास रोपे गए थे कि दूर से लगता था कि उनके बीच घुसने की जगह ही नहीं होगी।

आकाश में उनके सिर पर बहुत जल्दी लाली दिखने लगी थी। शायद यहाँ सुबह बहुत अचानक हो जाती हो। भट्ट ने कैसुरीना के जंगलों के कुछ नजदीक पहुँचकर पीछे मुड़कर देखा तो समुद्र के पानी के ऊपर लहराता लाल आकाश सूरज के प्रकट होने के लिए तैयार था। कैसुरीना के सुई की तरह नुकीले झब्बेदार तने पास आते-आते साफ दिखाई देने लगे थे। साथ ही उनके बीच एक रास्ता भी अंदर जाता दिखा जो दो पेड़ों के बीच थोड़ी-सी जगह छोड़ देने से बन गया था।

भट्ट गुरु के साथ तेज चलने लगा था। गुरु जैसे किसी हड़बड़ी में था कि कैसे जल्दी से जल्दी उस दूसरी दुनिया में घुस जाय, जहाँ सूरज का प्रकाश बहुत देर से और बहुत छनकर पहुँचता होगा। वे दोनों जंगल के बीच उस थोड़ी सी फाँक से अन्दर घुस गए। कैसुरीना के वन की हवा में एक अलग ही ठंडक थी। एक हल्की सी खुशबू उस हवा में घुली थी, जिसे खुशबू नहीं भी कहा जा सकता था। नुकीले पत्तों से झरकर मिट्टी में मिलने से शायद वह गंध पैदा होती थी। भट्ट को अचानक रोककर गुरु ने कहा—''ऊपर देखो''। भट्ट ने देखा तो चटक नीला आसमान

कैसुरीना के पेड़ों के ऊपर से अंदर झाँक रहा था। भट्ट को लगा कि गुरु ने रुक्मिणी को यहीं इसी तरह रोककर इसी तरह ऊपर देखने के लिए कहा होगा। न चाहते हुए भी ईर्ष्या की एक सूक्ष्म तरंग उसके अंदर से गुजर गई। फिर गुरु ने कहा–''अच्छा अब आँखें बंद करो।'' भट्ट ने कुछ बेमन से आँखें मिचीं, तो कम-से-कम दो किलोमीटर दूर से सागर का मद्धिम गर्जन सुनाई पड़ा। ''सुन रहे हो?''–भट्ट ने जवाब में गरदन हिलाई। वह सब देख रहा था। सब सुन रहा था और सब सोच रहा था। ''अच्छा अब चलो आँख और कान दोनों बंद करो। अरे बुद्धू, कान को अँगुली से बंद करो''–गुरु ने भट्ट को अचकचाया हुआ देखकर कहा। भट्ट ने वैसा ही किया। उसके दिमाग में दो खयाल आए। पहला तो यह कि क्या पता वह आँखें खोलेगा, तो गुरु गायब हो चुका होगा। दूसरा यह कि अगर गुरु उसे मारकर यहाँ छोड़ जाए, तो किसी को पता भी नहीं चलेगा। उसने घबड़ाकर आँखें खोल दीं।

गुरु उसी तरह सामने आँख-कान बंद किए खड़ा था। भट्ट देखता रहा कि वह कब आँखें खोलेगा। अपने शक्की विचारों पर उसके अन्दर कुछ ग्लानि हुई। पर आदमी का दिमाग तो अपनी चाल चलता है। उसका क्या? गुरु ने आँखें खोलकर उसे देखा। देखता रहा। भट्ट कुछ असहज हो उठा। ''क्या हुआ?''–उसने पूछा। ''क्या-क्या सोचा तुमने?'' गुरु ने गम्भीरता से पूछा। भट्ट हँस पड़ा। ''नहीं बताऊँगा। बहुत उल्टे-पुल्टे खयालात आए। एक तो यही कि तुम मुझे यहीं छोड़कर कहीं गायब न हो जाओ। अच्छा तुम बताओ न, तुमने क्या सोचा?''–भट्ट ने उत्सुकता से पूछा। ''कुछ नहीं। सोचने को क्या है? विचारों की भीड़ से ही तो छुट्टी चाहिए। स्वयं ही स्वयं को देखता था''–कहकर गुरु मुस्कराया। भट्ट को कुछ राहत मिली। वह डर रहा था कि जाने गुरु क्या बोलेगा। क्या भरोसा है इस शख्स का? अब यह खुद अपने खुद को देखना, जो भी हो। यों भी भट्ट इधर आर्ट गैलरी के सिलसिले में भाँति-भाँति के चित्रकारों से मिलता था। उनमें से कई इसी तरह की भाषा बोलते थे। उनसे मिलते-मिलते भट्ट को लगने लगा था कि जैसे बिजनेस के लोग एक खास तरह की भाषा बोलते हैं, वैसे ही कलाकारों के कुछ अपने मुहावरे, कुछ खास शब्द और खास अंदाज होते हैं। वे यह न करें तो आखिर अपने को दूसरों से अलग समझें भी कैसे? गुरु को किस कोटि में रखा जाय, यह वह आज तक समझ नहीं पाया था। उसका सारा फलसफा 'मन' और 'मन' पर ही घूमता था। यह ठीक है कि शुरू में मन की बातों से भट्ट के अंदर कुछ सुगबुगाहट होती थी, पर अब इन दिनों उसे लगता कि इसमें खास बात क्या है? आदमी का

मन ही पूरी दुनिया चलाता है—कम-से-कम उसकी खुद की दुनिया तो मन ही चलाता है। मन बदलता रहता है, यह भी कोई खास बात नहीं है। आखिर गुरु दौड़ भी किस चीज के पीछे रहा है? उसका भी तो मन ही होगा न। क्या वह कहना चाहता है कि उसने अपने मन को जीत लिया है? यानी कि उसी के शब्दों में कहा जाय तो मन की सीमा को उसने जान लिया है?

कैसुरीना के जंगल में एक तरफ मांडवी नदी थी, जो आगे जाकर समुद्र में गिरती थी। नदी के किनारे कहीं-कहीं हरियाली से ढँकी ऊँची-नीची धरती थी, तो कहीं समतल मैदान। वहाँ लगभग कोई नहीं था। एक जगह एक बुढ़िया पेड़ों के नीचे झाड़ू बुहारती मिली। शायद कैसुरीना के नुकीले पत्तों से कुछ बनता हो। कैसुरीना के वन पार करके अचानक वे लोग खुले में आ गए। यहाँ चारों तरफ रोशनी ही रोशनी थी। भट्ट ने देखा कि बालू के टीलों पर बिछे हुए चमकीले पत्तों वाले पौधे हैं, जिन पर उग रही लाल नई कोंपलें फूलों की तरह लग रही थीं। चारों तरफ बालू का ऊँचा-नीचा ढलवाँ प्रसार था। धरती पर पसरे ये पौधे इस तरह सजे थे जैसे किसी ने उनके इस कदर सुन्दर सजने की योजना बनाई हो। ''यही काजू का वन है, जिसके बारे में मैंने तुम्हें फोन पर बताया था''—गुरु ने कहा। ''पर काजू कहाँ हैं''—भट्ट ने चकित होकर पूछा। ''अरे देवता, काजू के मंजर आ रहे हैं, अभी इस पर फूल खिलेंगे। फिर फूलों में लाल या पीले फल लगेंगे। उनसे काजू निकलेगा''—गुरु की बातें सुन भट्ट को हर बार की तरह लगा कि वह इन बातों के बारे में कितना कम जानता है।

चलते-चलते सूरज काफी ऊपर चढ़ आया था और गरमी होने लगी थी। भट्ट को मालूम है कि गुरु जिस रास्ते से आता है, उसी रास्ते से कभी वापस नहीं लौटता। वह थक गया था। उसे प्यास लगी थी। रास्ते में एक वृक्षों से घिरा पानी का छोटा-सा तालाब आया, तो भट्ट से रहा नहीं गया। ''यहाँ रुकने का मन है''—उसने कहा। ''कोई बात नहीं, बैठते हैं''—कहकर गुरु जमीन पर पेड़ की छाया में पसर गया। चलना रुकते ही भट्ट का दिमाग फिर चलने लगा था। ''अच्छा गुरु, आज मैं तुमसे कुछ बातें जानना चाहता हूँ। तुमने शादी क्यों नहीं की? कितनी औरतें तुम पर जान छिड़कती हैं, मैं नहीं जानता। पर तुम्हारे दिल में किसके लिए क्या है, यह जानना चाहता हूँ। इच्छा हो तो बताओ''—भट्ट ने कह डाला। ''नहीं बताने जैसा कुछ नहीं है। प्रेम बासी हो जाता है, मर जाता है। फिर लोग उसकी लाश ढोते चलते हैं। बदबू आती है, तो परफ्यूम छिड़क लेते हैं''—गुरु हँसा—

''तुम्हीं बताओ, ठीक है कि नहीं? मन वहीं लगता है, जहाँ रुचि होती है। यह ठीक है कि वहाँ रस है, रोमांच है, बार-बार मिलने की इच्छा है। पर कब तक? तुम पर मेरा हक है, यह कहनेवाले बहुत मिल जाते हैं। पर हक का खूँटा गाड़ा और प्रेम मरा। यही सच है। इसका न तुम कुछ कर सकते हो, न मैं।''

भट्ट ने देखा कि गुरु इस तरह हँस रहा था जैसे कि उसने कितना बढ़िया चुटकुला सुनाया हो। गुरु की बातों का सच भट्ट को काट रहा था। पर सच तो यह भी है कि संसार में सब कुछ एकदम सही, एकदम मन के लायक नहीं होता। सब निभाना पड़ता है। अभी इसी यात्रा में धूप मन के लायक नहीं है। काजू के वन कितने भी सुन्दर हों, इस गरमी से बचा नहीं सकते। पर गुरु को कौन समझा सकता है। अचानक गुरु कुछ सोचकर कहने लगा—''तुम किसी से प्रेम करो, तो उसे लगने लगता है कि वह कोई ऐसी दुर्लभ चीज है कि उसे यह प्रेम तो मिलना ही था। फिर शुरू होता है प्रेम का तिरस्कार। यानी कि दूसरी बातें, दूसरे लोग, दूसरे काम प्रेम से ज्यादा जरूरी होते जाते हैं।'' भट्ट को समझ में नहीं आया कि गुरु किसके बारे में बोल रहा था। पर क्या यह खुद किसी से ऐसा प्रेम कर सकता है या कभी कर पाया है कि उससे जरूरी काम इसे कुछ भी न लगा हो? यदि हाँ, तो फिर उसे इसने छोड़ा क्यों? और यदि नहीं, तो गुरु किसी दूसरे से ऐसी अपेक्षा क्यों कर रहा है?

''पर गुरु! तुम आखिर चाहते क्या हो? कि कोई तुम्हें ऐसा प्रेम करे, जिसमें तुम पर कोई अधिकार भाव न हो''—भट्ट ने तय कर लिया था कि वह आज गुरु को जानकर ही छोड़ेगा। गुरु ने कहा—''नहीं, मैं चाहता हूँ कि मैं किसी से ऐसा प्रेम करूँ कि मैं रहूँ ही नहीं। सिर्फ वह हो। लेकिन ऐसा प्रेम तभी हो सकता है जब सामनेवाला भी बिलकुल ऐसा हो। देखो, यदि तुम दो बिलकुल साफ आइनों को एक-दूसरे के सामने रख दो, तो उन्हें एक-दूसरे के अंदर क्या दिखेगा? कुछ नहीं। उनके अन्दर एक अनन्त फैलाव दिखेगा। जिसे 'इनफाइनाइट स्पेस' कह सकते हैं। वह बड़ी चीज है। सोचकर देखो।''

भट्ट को लगा कि गुरु के पैमानों पर खरा उतरना शायद ही किसी के लिए संभव हो। किस तरह का आदमी है यह गुरु! कितना गहरा, पर साथ ही कितना उलझा हुआ। कुछ नहीं चाहता, पर सब कुछ चाहता है। इसे जाननेवाले कुछ दिनों में समझ ही जाते होंगे कि इससे सकना असंभव है। इसलिए वे इसके पास आने और इससे दूर भागने के बीच दौड़ते रहते होंगे। लेकिन यह खुद कब तक इसी तरह चलता रहेगा—बिना मंजिल के, बिना यह जाने कि कहाँ कितने दिन रुकना है और

फिर चल देना है। इसके पास ऐसी क्या चीज है कि यह इस तरह उड़ता-सा रहता है। कभी नहीं दिखता कि इसके अन्दर किसी तरह की कोई बेचैनी है। कहीं कुछ ऐसा है जो इसे करना था और यह नहीं कर पाया। एक तरह से यह सब कुछ जानने की कोशिश में रहता है या जो कुछ जानता है, उसे बताने की। पर फिर भी कुछ करता नहीं दिखता। निश्चय ही यह उस सफेद साड़ीवाली निर्मला से प्रेम करता है। रुक्मिणी तो खैर है ही प्रेम के लायक! पहाड़ों पर रहनेवाली उस शीरी नाम की गवर्नेस से भी इसने प्रेम जरूर किया होगा। पर कहीं किसी के जाने-आने, रहने-न रहने से इसे कोई फर्क पड़ता हो, ऐसा नहीं दिखता।

क्या आज की दुनिया में कोई पढ़ा-लिखा आदमी इस तरह बिना कुछ खास किए जंगल-मैदान-पहाड़ घूमता रहकर अपने जीवन को सार्थक मान सकता है? क्या कोई बिना किसी से एक ऐसा रिश्ता बनाए, जिसमें मरने तक उसके साथ रहने की कल्पना हो, कोई संबंधों की गहराई पा सकता है? या गुरु की तरह निर्भार जीने के लिए यही रास्ता है?

भट्ट के पास बहुत सारे सवाल थे, पर जवाब मिलना शायद उतना आसान नहीं था। भट्ट को उस घड़ी लगा कि उसे अभी गुरु के साथ बहुत-सी यात्राएँ करनी होंगी। तभी वह और कुछ नहीं तो यही समझ पाएगा कि वह क्या चीज है जो इस शख्स को चलाती है। इसके वे ढेर सारे मित्र कौन-कौन हैं जिनकी मदद से यह इस तरह घूमता रहता है। आखिर इसे क्या खोजना और पाना है? यह अपने दिमाग की तमाम जानकारियों का करेगा क्या, जब इसे कुछ करना ही नहीं है। एक तरह से देखा जाय तो यह व्यक्ति अपने को नष्ट कर रहा है। यह सिर्फ इसका ही नुकसान नहीं है, इस देश का, इसके समाज, परिवार सभी का नुकसान है।

"चलो उठो। अब धूप और बढ़ जाएगी। परेशान क्यों दिख रहे हो?"—गुरु कह रहा था। भट्ट उठ खड़ा हुआ। "देखो, मैंने अपने को इस काजू के जंगल में बिछी बालू की तरह पतली तह करके बहुत सारे कामों और बहुत सारे रिश्तों में फैला दिया है। कहीं एक जगह मैं पूरा जमा हुआ नहीं हूँ। पर तुम ऐसे नहीं समझोगे क्योंकि तुम्हें लगेगा कि आदमी को जीवन में एक बड़ा काम करना चाहिए, एक शाश्वत रिश्ता बनाना चाहिए।" भट्ट को लगा जैसे गुरु कोई बात कहते-कहते रुक गया। फिर एक लंबी साँस छोड़कर गुरु ने कहा—"दरअसल तुमने अपने पिता के हाथ कभी छोड़े नहीं। तुम उनसे दूर भागते रहे, पर तुम्हारे अंदर उनका वजूद हमेशा तुम्हें पकड़े हुए था। तुम घर वापस आ गए हो। अब छटपटाओ मत। जमे रहो। मैं

आज रात की गाड़ी से दिल्ली निकल रहा हूँ। वहाँ थोड़े दिन रहकर आगे फूलों की घाटी और हेमकुंड की यात्रा का प्रोग्राम बनाना है"—गुरु की बातों से भट्ट को बहुत चोट पहुँची। उसे लगा कि गुरु ने आज कह ही डाला है कि वह गुरु के साथ के लायक नहीं है। बोलने को कुछ नहीं सूझा, तो उसने धीरे से पूछा—"किसके साथ?" गुरु ने हँसकर कहा—"एकदम अकेले। कोई मिल ही जाएगा कहीं-न-कहीं।"

भट्ट कलकत्ता लौट आया। ट्रेन के स्टेशन में घुसने के ठीक पहले हावड़ा पुल का शिखर देखकर उसे जाने क्यों ऐसा लगा कि वह हमेशा के लिए घर लौट आया है। गुरु की खबर मिलने की उम्मीद अब बहुत दूर समय में खो गई थी। वह जानता था कि गुरु अब जल्दी से उसे फोन करनेवाला नहीं है। न चाहते हुए भी भट्ट को अपने अंदर एक विचित्र खालीपन-सा लग रहा था। जैसे कोई बहुत खास चीज कहीं पुरी में गिर गई और समुद्र ने उसे अपने गर्भ में छिपा लिया हो।

गुरु के जाने के पहले वे दोनों शाम को घंटों समुद्र के किनारे-किनारे चुपचाप चलते रहे थे। काजू के वन में गुरु ने उससे जो कहा था, शायद वे शब्द उन दोनों के बीच चल रहे थे। चारों तरफ समुद्री सामान और खाने की चीजें बेचने और खरीदनेवालों और समुद्र का आनन्द लेने वालों का हुजूम था। तरह-तरह के लोग और तरह-तरह की जिन्दगियाँ। कोई नहीं जानता कि किस आदमी के मन में क्या चल रहा है। कोई कुछ कह पाने से खुश होगा, कोई चिन्ता में पड़ा होगा, कोई किसी याद से दुखी होगा और कोई किसी झगड़े के कारण गुस्से में होगा। भट्ट को लगा कि एक मन का समुद्र इधर भी है जो उस पानी के समुद्र को देख रहा है। न उसकी कोई थाह है और न इसकी।

उसने गुरु की तरफ देखा। गुरु का चेहरा शान्त था, पर भट्ट को पहली बार लगा कि कहीं कुछ गुरु में भी बदला हुआ है। शायद वह एक अवसाद का अनुभव कर रहा है। आदमी एक जगह से दूसरी जगह जाता है तो हमेशा पहली जगह उसे पकड़ती है। स्मृतियों के भार से कहाँ मुक्ति है? हो सकता है कि गुरु रुक्मिणी के साथ कैसुरीना और काजू के जंगलों में बिताए पलों को याद कर रहा हो जब दोनों ने आँख-कान बंद करके समुद्र की आवाज सुनी हो और स्वयं ने स्वयं को देखा हो।

दोनों के बीच फैली चुप्पी बहुत भारी होने लगी तो भट्ट ने सोचा कि वह कुछ कहे। उसने आस-पास के लोगों के मन की अनजान लहरों के समुद्र वाली बात कहने के लिए मुँह खोला, पर फिर चुप रहा। घिसी-पिटी सी बात है। कोई नई बात तो नहीं, जो गुरु को कही जा सके। शाम होते-होते मछुआरे घर लौटने लगे थे। वे दोनों गीली बालू पर चल रहे थे कि मछुआरों के एक दल ने एक विशाल जाल तट पर गिरा दिया। भट्ट और गुरु दूसरे लोगों की तरह वहीं खड़े देखते रहे। जाल में हजारों छोटी-छोटी रुपहली मछलियाँ तड़प रही थीं। मछुआरे उन्हें बटोरकर ले जा रहे थे। कुछ मछलियाँ जाल से उड़कर इधर-उधर तट पर गिर गई थीं। गुरु चलते-चलते उन्हें उठाकर वापस समुद्र में फेंकने लगा। भट्ट खुद मछलियों को किसी कीमत पर हाथ नहीं लगाता, पर हर मछली की जान बचने पर वह ऐसे खुश हो रहा था जैसे उसी की जान में जान आ गई हो। ''कुछ को तो एक दिन की और जिन्दगी और मिल गई''—गुरु ने आगे चलते हुए कहा। ''एक दिन की क्यों?''—भट्ट ने पूछा। ''अरे कल फिर जाल में फँस जाएँगी''—गुरु ने हँसते हुए कहा—''क्या कहते हैं ना काल का जाल है। उससे कोई नहीं बचता।''

भट्ट भी मुस्करा दिया। किसी सुनी-सुनायी बात या मुहावरे को फिर से दोहराना गुरु के लिए हमेशा एक मजाक था। उसने देखा कि गुरु फिर वैसा ही लग रहा था। उसके चेहरे पर से सुस्ती गायब हो गई थी। ''तुम मौत के बारे में सोचते हो?''—भट्ट ने पूछा। ''अरे हाँ, अब देखो वहाँ फूलों की घाटी जा रहा हूँ। कहीं पाँव फिसला, बस सब खत्म। पहाड़ भी बहुत धँसते हैं बारिश के वक्त। लेकिन वही समय है जब फूलों की घाटी में फूल खिलते हैं। बिना सोचे-समझे पेड़ काटने से लैंडस्लाइड बहुत बढ़ गया है''—गुरु ने आराम से कहा। ''अच्छा''—भट्ट ने कहा। यह कहना बेकार था कि क्यों इस तरह की अशुभ बातें कर रहे हो। ''अचानक मरने में बड़ा आनन्द है। लोग पहले से मौत की कितनी तैयारियाँ करते हैं—इंश्योरेंस करवाते हैं ताकि परिवार को उनके जाने पर उतना कष्ट न हो''—गुरु हँसने लगा। फिर रुककर बोला—''अचानक सब कुछ छोड़ जाना पड़े, मतलब सब कुछ बीच में रह जाय—कहीं जाना था, कुछ करना था। क्या मजा है बस चल दिए। कोई तैयारी नहीं। लोग तो अगले जन्म तक की तैयारी करते हैं। कहीं बेटे ने श्राद्ध नहीं किया तो? इसलिए अपना श्राद्ध तक करवा लेते हैं।''

भट्ट फीकी-सी हँसी हँसकर चुप हो गया। बात तो सच है। उसे मालूम है कि जब पिता उससे बात नहीं करते थे, तब उन्होंने भी अपने मरने के समय दान में दी

जानेवाली चीजें खुद ही दान कर दी थीं। उन्हें अपने बेटे का इतना भी भरोसा नहीं था कि वह उनका क्रिया-कर्म रीति के मुताबिक कर देगा। सचमुच आदमी कितनी मान्यताओं का भार लिए जीता है और मरता है। गुरु जैसा कोई आदमी मृत्यु के समय भी शायद हँस सकेगा जिसकी न इस जन्म की कोई योजना है और न अगले जन्म की। जिसे न कोई पिछला हिसाब रखना है और न आगे किसी की व्यवस्था करनी है। ''तुम कैसी मृत्यु चाहोगे?''—उसने गुरु से पूछा। ''अरे हाँ, मेरी मृत्यु के बारे में बड़ी विराट कल्पना है। मैं खुले आसमान के नीचे मरना चाहता हूँ। आँखों के सामने प्रकृति का पूरा वैभव हो। अँधेरा न हो, ताकि दुनिया के सारे रंग वैसे ही दिखें जैसे सूरज की रोशनी में दिखते हैं। और वही मेरे सामने हो जो खुद प्रेम है। उसे देखते हुए इस दुनिया से चला जाऊँ''—गुरु का एक-एक शब्द भट्ट को हैरत में डाल रहा था। ''अच्छा, आज बता ही दो कि वह प्रेम कौन है?''—भट्ट से रहा नहीं गया। ''यह तो मैं खुद ही नहीं जानता। कभी कोई लगता है कि यही है वह, तो कभी कोई लगता है। पर लोगों को हमेशा कुछ निभाना और कुछ बचाना रहता है। इसलिए वे चले जाते हैं। मैं फिर वैसे ही रह जाता हूँ।''

गुरु की बात से भट्ट को कुछ दुख जैसा महसूस हुआ। यदि उसका वश चलता, तो वह किसी भगवान से कहता कि इस आदमी को वह चीज दे दो जिसे मिले बिना यह ऐसे ही भटकता रहेगा। कोई ऐसी औरत इसकी जिन्दगी में आ जाए, जिसके बिना यह जीवन की कल्पना ही नहीं कर सके। ''अच्छा गुरु, तुम क्या दुखी नहीं होते , जब तुम्हें लगता है कि जो तुमने सोचा, वह आदमी वैसा नहीं निकला? या जब कोई चला जाता है तुम्हारे जीवन से?''—भट्ट ने पूछा। ''देखो, यदि मैं तुम्हें अभी कहूँ कि चल यार, मेरे साथ ऊपर पहाड़ की यात्रा करने चल , तो तुम क्या कहोगे? मैं सिर्फ सामनेवाले को देखता हूँ। अपने को देखता हूँ। बस।'' भट्ट एकदम चुप रहा।

''भारत की कला आज कहाँ-कहाँ तक नहीं पहुँच गई है... न्यूयार्क, लंदन, पेरिस, पालो आल्टो, सारारोगा, वेनिस इनमें से कुछ मंजिलों के नाम हैं। दुनिया की तमाम आर्ट गैलरियाँ आज भारत की कला को अपनी दीर्घाओं में शामिल करना चाहती हैं। दुनिया में एम.एफ. हुसैन और गणेश पाइन जैसे चित्रकारों के सबसे ज्यादा कैनवास भारत में नहीं, बल्कि दुबई और मिडिल-ईस्ट में हैं। सूजा,

रजा, रामकुमार, मनु पारेख, जोगेन चौधरी के चित्र पृथ्वी के तमाम कला-पारखियों के पास पहुँच चुके हैं। 1940 से अब तक प्रोग्रेसिव आर्टिस्ट ग्रुप के सदस्यों के चित्रों के दामों ने 600 प्रतिशत बढ़कर आकाश छू लिया है...''

भट्ट अपनी आर्ट गैलरी की नई प्रदर्शनी के लिए 'भारतीय कला की कीमत' शीर्षक से कुछ लिख रहा था, जो उसके नए महँगे 'ब्रोशर' में छपनेवाला था। वह उस क्षण की प्रतीक्षा में था जब वह और सारी सूचनाएँ और संभावनाएँ बताकर विदेशी मुद्रा-विनिमय के मास्टर जमाल मकलाई को उद्धृत करने वाला था कि ''भारतीय समकालीन कला देश का अगला 'इन्फोसिस' बन सकती है।''

जमाना भट्ट के साथ था। उसकी हर प्रदर्शनी इस कदर सफल हो रही थी कि अब उसके पीछे हर कोई पड़ा था—चित्रकार, खरीददार, मीडिया और सारे परिचित। लोग उसे घेरे रहना चाहते थे। भट्ट इन दिनों आए दिन कलकत्ते के पास आ रहे 'न्यू टाऊन' या राजारहाट में जमीनें देख रहा था। पिताजी की पुरानी दुकान अब बहुत छोटी पड़ गई थी। पर पिता का नाम जुड़ने से भट्ट को अपनी यह छवि बनाने में बहुत मदद मिली थी कि वे लोग कई पीढ़ियों से कला के पारखी रहे हैं। हर इंटरव्यू में भट्ट अपनी विरासत के गीत गा रहा था। उसके पास मरने को फुरसत नहीं थी। आज उसने सबसे कह दिया था कि कोई किसी भी बात के लिए उसे डिस्टर्ब न करे। वह अपने 'ब्रोशर' के लिए लिख रहा है, जो उसे कल ही प्रेस में देना है।

भट्ट का साइलेंट किया हुआ मोबाइल फोन अचानक घरघराने लगा, तो उसने अपनी घड़ी देखी। सुबह के ग्यारह बजे थे। क्या मजाल कि आदमी दो घंटे भी शान्ति से कोई काम कर ले। और कुछ नहीं तो आदमी मोबाइल का ही गुलाम हो गया है। भट्ट ने देखा तो कलकत्ते के बाहर का कोई नम्बर था। कौन हो सकता है? किस शहर का नम्बर है, यह भट्ट पहचान नहीं पाया। उसने फोन उठा लिया। फोन पर बहुत घड़घड़ हो रही थी, जैसे कहीं ऐसी जगह से फोन हो, जहाँ लाइन साफ न हो। ''आपका ही नाम उपमन्यु भट्ट है?''—किसी तरह भट्ट को समझ में आया। अचानक लाइन एकदम साफ हो गई। ''आपको दुख के साथ सूचित किया जाता है कि आपके मित्र गुरुचरण अजबदास का शरीर कल दोपहर तीन बजे शान्त हो गया है। उनकी डायरी में आपका नम्बर हमें मिला। हमने अपना काम कर दिया है। आप उनका सामान गोविन्दघाट अस्पताल, जिला चमोली से ले सकते हैं। यहाँ पहुँचकर इसी नम्बर पर फोन करें। मेरा नाम सदानन्द उनियाल है।'' भट्ट एकदम

सन्न था। उसने सोचा कि शायद वह सदानन्द गलत समझ रहा है कि वह उसके मित्र गुरुचरण की बात कर रहा है। गुरुचरण का नाम 'अजबदास' तो नहीं है। वह तो कहीं भी लिखता था तो अपना नाम गुरु और चरण अलग-अलग लिखता था। "देखिए भाई साहब, मेरा खयाल है कि आप किसी और गुरुचरण की बात कर रहे हैं। मेरा मित्र तो फूलों की घाटी गया था"—भट्ट ने जल्दी-जल्दी कहा। "जी हाँ, उन्हें नीचे गोविन्दघाट ले आया गया था फूलों की घाटी से, जब तबीयत खराब हुई। हम काठमांडू में रुक्मिणी जोशी को भी फोन कर रहे हैं, पर नम्बर नहीं मिल रहा।"

भट्ट ने अपने लिखे हुए कागजों को दीवार की तरफ फेंक मारा। उसके अंदर से एक अजीब चीत्कार सी रुलाई निकलने लगी, जैसे कोई जानवर रो रहा हो। उसने अपना सिर अपने हाथों पर रख लिया और उसी तरह की आवाज में बिना आँसुओं के रोता रहा। जब उसका रोना खत्म हुआ तो वह उठ खड़ा हुआ। उसे जाना है। उसने अपनी पत्नी के मोबाइल पर फोन कर उसे अपने कमरे में बुलाया। "मेरे दोस्त गुरुचरण की फूलों की घाटी में मौत हो गई"—कहते-कहते उसका गला रुंध गया। "ओह माई गॉड! कैसे? क्या हुआ? पाँव फिसलकर पहाड़ से गिर गया क्या?"—पत्नी घबड़ाकर उसके पास आ गई थी। "पता नहीं। बस कहा कि तबीयत खराब हो गई थी। मुझे जाना होगा। तुरन्त पहली फ्लाइट से दिल्ली जाना होगा। उसके बाद का रास्ता इंटरनेट पर देखता हूँ"—भट्ट ने देखा कि पत्नी ने उसके कंधे पर हाथ रख दिया था। मतलब कि कुछ कहेगी। वह टेबुल पर अपने हाथों को देखता प्रतीक्षा करता रहा। "मैं कह रही थी कि अभी तुम्हारे जाने से बहुत नुकसान होगा। देखो मैंने तो तुम्हें कभी नहीं रोका। पर अब तो वह रहा ही नहीं। उसे बिना जलाए थोड़े ही रखेंगे। तुम्हें वहाँ पहाड़ पर पहुँचने में वक्त लगेगा। तुम जाकर करोगे क्या? सोच लो"—पत्नी ने वही कहा जो भट्ट जानता था कि कहेगी।

भट्ट को लगा कि उसके कंधे पर साँप पड़ा हुआ है। उसने झटके से कुर्सी को पीछे की ओर धक्का दिया और खड़ा हो गया। उसका मन हो रहा था कि वह जोर से चिल्ला-चिल्ला कर पत्नी से कुछ कहे। उसे धक्का देकर कमरे से निकाल दे। पर उसने कुछ नहीं कहा। उसके डरे हुए चेहरे को देखता रहा। फिर कहा—"टिकट के लिए एजेंट को तुम कहोगी या मुझे कहना होगा?" पत्नी ने जो कहा, वह भट्ट ने सोचा नहीं था—"मेरे पास वक्त नहीं है। तुम खुद कह दो।"

भट्ट दोपहर की फ्लाइट से दिल्ली और दिल्ली से गाड़ी लेकर हरिद्वार पहुँच गया। बहुत रात हो गई थी, इसलिए उसे वहीं रुकना पड़ा। अगले दिन सुबह-सुबह ऋषिकेश पार करते ही आगे लैंडस्लाइड मिला। ऊपर से छोटे-छोटे पत्थर अभी भी गिर रहे थे। कब आगे जा सकेंगे, इसका कोई ठिकाना नहीं था। हल्की-हलकी बारिश हो रही थी। भट्ट ने रेनकोट पहना और टैक्सी का बिल चुकाकर बरसते पत्थरों में सड़क के उस पार चला गया। उसे जैसे मालूम था कि कोई पत्थर उस पर नहीं गिरेगा। उसे जिसने भी खतरा बताकर हाथ पकड़कर रोकने की चेष्टा की, उसने बिना एक शब्द कहे उसका हाथ हटा दिया था। उस पार करीब दो मील तक गाड़ियों-बसों की लाइन पार करके वह अन्त तक पहुँचा। तो उसे एक खाली टैक्सी मिल गई। जो ऋषिकेश जा रही थी। ड्राइवर को दूने दाम देने का वादा कर भट्ट उसे घुमवाकर फिर चल पड़ा। रास्ते में आने वाले पड़ाव देवप्रयाग, श्रीनगर, रूद्रप्रयाग, कर्णप्रयाग—ये सारे नाम और जगहें उसके लिए कुछ अर्थ नहीं रखती थीं। न ही अलकनंदा के प्रवाह या किसी दूसरी नदी के उससे संगम या प्रयाग से उसे कुछ मतलब था। जब ड्राइवर खाने उतरता, वह भी उतर जाता और उसके साथ ही कुछ खाकर वापस गाड़ी में बैठ जाता। कर्णप्रयाग पहुँचकर ड्राइवर ने बिल्कुल मना कर दिया कि अब अँधेरे में वह और आगे नहीं जाएगा। वहाँ से अगला पड़ाव जोशीमठ पाँच घंटे की दूरी पर था। भट्ट ने उसे बहुत समझाया, पर वह यह कहता रहा कि वह मरना नहीं चाहता है। रुपये लेकर भी क्या होगा जब जीवन ही नहीं रहेगा।

भट्ट एक गहरी साँस छोड़कर होटल में जाकर उन्हीं कपड़ों में बिस्तर में पड़ गया। सुबह चिड़ियों की चहचहाहट से ही उसकी नींद खुली। पूरी रात वह बिना करवट बदले और बिना एक भी सपना देखे सोता रहा था। वह ऐसे जागा जैसे मरकर उठा हो। एक मिनट के लिए उसे समझ ही नहीं आया कि वह कौन है और यहाँ क्या कर रहा है। घबड़ाहट से उसका दिल धक्-धक् करने लगा। तभी गुरु का चेहरा और दो दिन-रातों से चलती यात्रा उसके दिमाग में घूम गई। पाँच-छह घंटे में वह गोविन्दघाट पहुँचेगा। जाने वहाँ पहुँचकर क्या मिलेगा। अचानक उसे पत्नी की बात समझ में आई। गुरु का शरीर तो अब तक किसी ने फूँक दिया होगा। पता नहीं अस्थियाँ भी रखी होंगीं या नहीं। उसका पहाड़ पर ट्रैकिंग वगैरह का थोड़ा सामान होगा। उसे लेकर भट्ट करेगा भी क्या? आदमी की जिन्दगी का इतना-सा मोल है? मरने के बाद न चेहरा है, न आवाज है और न कोई बतानेवाला कि आत्मा नाम की कोई चीज है या नहीं। वह वाकई यहाँ क्या लेने आया है ? सामान

लाने तो वह किसी आदमी को भी भेज सकता था। भट्ट के दिमाग में एक क्षण के लिए यह बात आई कि वह वहीं से वापस लौट जाय। पर तुरंत ही उसकी आत्मा ने उसे धिक्कारा। अब तुम भी अपनी पत्नी की भाषा में सोच रहे हो? ''यह आत्मा का कुत्ता न हो तो''—भट्ट ने मन-ही-मन गुरु से कहा—''आदमी और भी गया-गुजरा हो जाय।''

अचानक उसके दिमाग में आत्मा के कुत्ते वाली बात से एक नई बात चली आई। क्या पता गुरु ने यह मजाक किया हो, जोर-जोर से उस पर हँसने के लिए? भट्ट को सोचते-सोचते विश्वास हो चला कि हो-न-हो गुरु ने मरने का नाटक इसलिए किया है ताकि उसे फूलों की घाटी दिखा सके। उफ्! भट्ट को गुस्सा तो आया, पर उसने राहत की गहरी साँस ली। तो गुरु उसे आजमा रहा है कि भट्ट के लिए वह कितना महत्वपूर्ण है। यदि भट्ट उसके मरने पर भी नहीं आता तो यह साबित हो जाता कि गुरु उसके जैसे लोगों के लिए जो सोचता है, वह एकदम सही सोचता है। बाप रे, कैसे आदमी से पाला पड़ा है, भट्ट ने सोचा। यह आदमी तो कुछ भी कर सकता है, बिना कुछ आगा-पीछा सोचे।

भट्ट का दिल उमंग से भर गया। साला दुष्ट कहीं का—उसने उस लहर में गुरु को गालियाँ दे डालीं। कितने सुंदर दृश्य थे जो वह पीछे छोड़ आया। उसका मन इस कदर मरा हुआ था कि उसे जो दिख रहा था, वह भी वह नहीं देख पा रहा था। बल्कि उसे प्रकृति से चिढ़ हो रही थी। आधे समय तो उसने आँखें मूँद कर ही समय काटा था। खैर चलो, कोई बात नहीं। लौटते समय तो वे ही दृश्य फिर होंगे और साथ में गुरु भी होगा।

ड्राइवर गाड़ी चलाते-चलाते उसे एक अजूबे की तरह देख रहा था। भट्ट की खुशी से दुनिया महक रही थी। वह कभी गुनगुनाता, कभी पूछता कि वह पहाड़ कौन-सा है, उस नदी का क्या नाम था, जो कल आते समय देखी थी। ड्राइवर सोच रहा होगा कि कल तो यह आदमी ऐसे मातम मना रहा था, अब इसे क्या हो गया। वह मरा हुआ दोस्त जिन्दा हो गया क्या? भट्ट को ड्राइवर के ऊपर बहुत हँसी आई। साथ ही उसे आश्चर्य हुआ कि ड्राइवर उससे कुछ पूछ क्यों नहीं रहा था। अजीब घोंघाबसन्त है। अंत में उसने कहा—''ड्राइवर साहब, मुझे लगता है कि मेरा दोस्त जिन्दा है। उसने मुझे यहाँ बुलाने के लिए मरने का नाटक किया होगा। कल जब मैं गाड़ी में बैठा, तब आपने कहा भी था कि गोविन्दघाट में उसका क्या इलाज हुआ होगा। उसे बाइस किलोमीटर दूर जोशीमठ लाना चाहिए था। तभी मेरे मन में

कुछ संदेह हुआ था।'' ''तो आपकी अपने दोस्त से बात हो गई? हमारे इधर कहते हैं ना कि बड़ा गहरा मजाक करता है!''—ड्राइवर की बात से भट्ट फिर पशोपेश में पड़ गया। ''नहीं, बात तो नहीं हुई है। पर मुझे लग रहा है कि ऐसा ही हुआ होगा।''—भट्ट की बोली में विश्वास कम हो चला था। ड्राइवर ने कहा—''चलो, मजाक ही निकले। यही मनाइये।''

गोविन्दघाट में खच्चरों और घोड़ों के साथ-साथ कुलियों की भीड़ लगी थी। सड़क का रास्ता यहीं तक था। आगे फूलों की घाटी या हेमकुंड जाना हो तो पैदल या घोड़ों पर जाना पड़ता। वहाँ किसी को अस्पताल का पता नहीं था। सदानन्द उनियाल को फोन लगाया, तो फोन मिल नहीं रहा था। फिर किसी ने बताया कि आगे गुरुद्वारा है। उसके पास शायद एक बूढ़े डाक्टर का एक छोटा-सा अस्पताल है। भट्ट ने चैन की साँस ली। अब तो ज्यादा देर नहीं है गुरु से मिलने में।

''जी हाँ, मैं ही डाक्टर उनियाल हूँ''—अस्पताल के अंदर लगी टूटी टेबुल-कुर्सी पर बैठे एक बूढ़े आदमी ने कहा। ''गुरुचरण कहाँ हैं?''—भट्ट ने पूछा। अचानक उसे बड़ी थकान महसूस हो रही थी। यदि इस एक कमरे की जगह को अस्पताल कहते हैं तो बीमार आदमी इसे देखते ही मर जाए। अंदर अँधेरी सी सीलन भरी जगह में एक कमरा दिख रहा था, जिसमें दो पलंग लगे थे। बाहर चारों ओर बर्फ के पहाड़ और हरियाली थी। अंदर की गरीबी में उस सुन्दरता का कहीं नामोनिशान नहीं था। ''अरे बेटा, मैंने तुम्हें फोन पर बताया तो कि तुम्हारे दोस्त गुरुचरण अजबदास का शरीर नहीं रहा। तुमने क्या सुना नहीं?''—बूढ़े की बात सुन भट्ट खड़ा-का-खड़ा रह गया। क्या सचमुच गुरु मर गया? यही उसका अंतिम मजाक था कि वह अब नहीं है जबकि भट्ट को पूरा यकीन था कि वह अभी कहीं से निकल आएगा। उसने बूढ़े डॉक्टर के सामने पड़ी कुर्सी पर बैठकर आँखें मूँद लीं। तुरंत कहीं से पहाड़ी नदी की कलकल ध्वनि सुनाई पड़ी। गुरु के कानों में मरते समय जरूर यही आवाज रही होगी। भट्ट ने आँखें खोलकर बूढ़े डॉक्टर से पूछा—''यह किस नदी की आवाज है?'' सदानंद उनियाल को जैसे किसी ने बिजली का झटका लगा दिया—''अरे''—उसने कहा—''मरते समय तुम्हारे मित्र के अन्तिम शब्द यही थे। मैंने उससे कहा, यह विष्णु गंगा है। तो उसने दोहराकर कहा—विष्णु गंगा। और वह चला गया।''

भट्ट रोने लगा। पहले धीरे-धीरे। फिर जोर से। वह बेसुध होकर रो रहा था। बिना कुछ सोचे, बिना किसी की परवाह किए। बड़े होने के बाद से वह कभी इस

तरह नहीं रोया था। माँ के मरने पर भी नहीं। न आज तक उसने सोचा था कि वह इस तरह विलाप कर सकता है। सदानंद उनियाल ने उसे चुप कराने की कोई कोशिश नहीं की। वह उसे संतोष से रोते हुए देखता रहा। जब भट्ट चुप हो गया तो उसने कहा–"जब मैं मरूँगा, तो मुझे कोई इस तरह से रोनेवाला नहीं मिलेगा। न बेटा, न कोई दोस्त। यही तुम्हारा तर्पण है बेटा।"

"क्या हुआ था उसे"–भट्ट ने आखिर पूछा। "पेट में दर्द था। रात को पहले दस्त हुए। उल्टियाँ हुईं। सिर में दर्द था। यहाँ ऊँचे पहाड़ों पर ग्यारह हजार फीट पर ऐसा हो जाता है। 'हाईऑल्टीट्यूड सिकनेस' जानते हो न ? नीचे आने पर ही ठीक हो जाती है। वैसे फूलों की घाटी में कई लोग बीमार पड़ जाते हैं। किन्हीं-किन्हीं फूलों की गंध कई लोग बर्दाश्त नहीं कर सकते। तुम्हारे दोस्त ने गलती यही की कि जिद करके तीन दिन वहीं पड़ा रहा। रात को ठंड में ऑक्सीजन भी ऊपर कम होती है। यहाँ उसे स्ट्रेचर पर लाया गया क्योंकि उसे इतनी कमजोरी आ गई थी कि एक कदम भी चल नहीं सकता था। अंदर बहुत ठंड और सीलन थी। इसलिए मैंने बाहर ही पलंग लगवाकर सलाइन शुरू कर दी। डेरिफाइलिन का इंजेक्शन दिया। उसे साँस लेने में भी तकलीफ-सी थी। पर जाने क्या हुआ। जवान आदमी था। इस तरह मरने की कोई बात नहीं थी। कितना सुन्दर। एकदम तगड़ा। लेटे-लेटे बर्फ से ढके नर और नारायण पर्वतों को देखता रहा। मैंने कई बार पूछा कि क्या किसी को खबर करनी है? किसी से कुछ कहना है? तो हर बार आँख मूँद लेता। फिर कहा कि दुनिया में मेरा कोई नहीं है। थोड़ी देर बाद पूछा कि नदी का नाम क्या है? शायद भूल गया था। अचानक साँस लेने में तकलीफ हुई और खेल खत्म हो गया। उसे भयंकर हार्ट अटैक आया। मैं कुछ नहीं कर पाया। दोपहर के तीन बजे यहीं आसमान के नीचे धूप में उसने प्राण छोड़ दिए।"

भट्ट को लग रहा था कि उसका कलेजा फट जाएगा। गुरु का दुनिया में कोई नहीं था? "आपने किस-किस को फोन किया? उसकी डायरी में किसके नम्बर थे?"–भट्ट ने पूछा। "मेरी सिर्फ तुमसे बात हुई बेटा। और फोन नहीं किए मैंने। कई औरतों के नाम थे। मुझे नहीं मालूम था कि वे लोग कौन हैं। उसके और दोस्तों के भी नाम थे। पर भट्ट नाम देखकर मैंने सोचा कि तुम यहीं कहीं के होगे। इसीलिए सबसे पहले तुम्हें ही फोन लगाया। रुक्मिणी जोशी को नेपाल में फोन लगाया, पर मिला नहीं। मुझे लगा कि वह भी यहीं कहीं की होगी"–बूढ़ा उनियाल एक मिनट चुप रहा। फिर बोला–"पुलिस को इत्तिला कर दी थी। मैंने ही दाह-संस्कार विष्णु

गंगा के तट पर किया। उसका आखिरी संबंध तो मुझसे ही बना था। एक पुलिसवाला था और दूसरा मैं। तुम अस्थियाँ चुनकर ले जाओ। या चाहो तो यहीं प्रवाहित कर दो। सब गंगा एक ही हैं। आगे वही समुद्र है जहाँ सबको पहुँचना है।''

भट्ट ने विष्णु गंगा के तट से लौटकर गुरु का सामान माँगा, तो बूढ़ा डॉक्टर अन्दर जाकर आलमारी से एक छोटा सूटकेस और पीछे पीठ पर टाँगने का एक बैग ले आया। भट्ट को अपने भरे हुए मन के बावजूद कुछ आश्चर्य हुआ कि दोनों ही चीजें बहुत महँगी और अच्छी कम्पनी की थीं। ''तुम चाहो तो यहीं खोलकर देख लो। जो चीजें यहाँ देना चाहो, छोड़ सकते हो। इस इलाके में गरीबी बहुत है।'' भट्ट को लगा कि डॉक्टर सही कह रहा है। वह स्मृति के लिए एकाध चीजें ले लेगा। बाकी सामान यहीं छोड़ देगा। उसने सूटकेस खोला, तो उसमें बेहद करीने से कपड़े सजे हुए थे। भट्ट को फिर आश्चर्य हुआ कि सारा सामान बहुत महँगा था। उसे लगा कि यह गुरु का सामान हो ही नहीं सकता। एक क्षण के लिए उसका दिल धड़कना भूल गया। कहीं उसने किसी और गुरुचरण की अस्थियाँ चुनकर विष्णु गंगा के ठंडे जल में काँपते हुए स्नान तो नहीं कर लिया? सूटकेस में रखा कोट और स्वेटर-मफलर से अंडरवियर तक सब महँगी विदेशी कम्पनियों के थे, जैसे कभी खुद भट्ट ने कभी खरीदे या पहने नहीं थे। उसने 'मेड इन स्कॉटलैण्ड' और 'कैशमेयर वूल' की सूचनाएँ पढ़कर फिर बूढ़े डॉक्टर की तरफ देखा। ''शौकीन आदमी था तुम्हारा दोस्त!''—डॉक्टर ने कहा।

भट्ट को समझ में नहीं आया कि क्या कहे। इतना महँगा सामान गुरुचरण को किसने दिया होगा? उसका कोई दोस्त विदेश में रहता है, यह तो उसे मालूम था। हो सकता है कि उसी ने दिया हो। उसने सूटकेस वापस बंद कर दिया। कलकत्ता जाकर सोचेगा कि इसका क्या करना है। पीठ के पीछे टाँगने के बैग में टॉयलेट-बैग और एक डायरी, पेन वगैरह थे। डायरी में गुरुचरण की लिखावट देखकर भट्ट को संदेह नहीं रहा कि यह किसी और का सामान है। भट्ट ने टॉयलेट बैग बिना खोले बाहर रख दिया और बैग को अपनी पीठ पर टाँग लिया। ''गुरुचरण अजबदास के सारे दोस्तों को एक-एक सामान दे दूँगा''—उसने डॉक्टर से कहा। डॉक्टर ने टॉयलेट बैग उठाकर हाथ में लिया और पूछा—''यह 'राज' कौन है?'' भट्ट की समझ में नहीं आया कि वह किस राज की बात पूछ रहा है। यह बूढ़ा तो पागल-सा लगता है। जाने इसने गुरु का सही इलाज किया होगा या नहीं। ''क्या मतलब?''—भट्ट ने कुछ खीझकर पूछा। ''देखो इस टॉयलेट बैग के कोने में किसी

ने अपना नाम लिख रखा है 'राज' "—डॉक्टर ने कहा। भट्ट ने कहा—"मैं नहीं जानता। मैं उसके सारे दोस्तों को नहीं जानता था। डायरी पढ़कर देखना होगा। शायद पता चले। लाइए, यह भी वापस दे दीजिए। राज को ही खोजकर भेज दूँगा।" भट्ट ने देखा कि डॉक्टर के चेहरे पर निराशा फैल गई थी। उसने अपने पॉकेट से हजार-हजार रुपयों के पाँच नोट निकाले। डॉक्टर ने एक बार मना किया। फिर रुपये ले लिए। "तुम चाहो, तो फूलों की घाटी तक जा सकते हो। अब यहाँ तक आ ही गए हो तो..."—डॉक्टर ने सलाह दी। "नहीं, इस डायरी में सब लिखा होगा। मैं गुरुचरण अजबदास की आँखों से फूलों की घाटी देख लूँगा"—भट्ट ने कहा।

भट्ट ने गाड़ी में बैठते ही डायरी का पहला पन्ना पढ़ना शुरू किया—

तो तुम अकेले ही चल पड़े हो। कोई बात नहीं। किसी का साथ क्यों खोजना है? जो साथ होते हैं वे भी साथ कहाँ होते हैं। इसीलिए वे भार होते हैं। उन्हें ढोते चलना पड़ता है। सामनेवाले का मन तुम्हारे मन से टकराता है। बोझ बढ़ता जाता है। कोई ऐसा नहीं है जिसका अपना मन न हो। तुम सोचते हो चलो अपना मन ही छोड़ दो। जिससे एक ही मन रहे, पर फिर तुम्हारा मन अचानक विद्रोह कर बैठता है। गुस्सा आता है। तुम छोड़कर चल देते हो।

हरिद्वार पहुँचते-पहुँचते भारी बारिश मिली। इतनी मूसलाधार कि कुछ दिखे नहीं। स्टेशन पर टैक्सी में सामान रखते-रखते सूटकेस में जाने कैसे पानी घुस गया। शायद थोड़ी-सी जिप खुली छूट गई थी। एकाध कपड़े गीले हो गए। बारिश में सूखना मुश्किल। यह है योजना का अंजाम।

रात को नदी पर गंगा की आरती देखी। भीड़, शोर, मन्दिर के घंटे और जलते हुए दीपों का नृत्य। छोटे-छोटे पत्तों के दोनों में दीया जलाकर गंगा में छोड़ना। हम हजारों सालों से यही करते आ रहे हैं। यह परम्परा है—पहले किए हुए को फिर करना। ठीक है, पर यह जो अच्छा लगना है यह सब करके, उसके आगे क्या?...

भट्ट ने डायरी बंद कर आँखें मूँद कर पीछे सिर टिका दिया। ड्राइवर ने पूछा—"क्यों

बाबू, तबीयत तो ठीक है?" गुरु की अस्थियाँ बटोरने में वह साथी रहा था। इसलिए उससे एक अपनापन बन गया था। फिर दोनों ने साथ ही गरजती नदी के ठंडे पानी से स्नान किया था। उसने भट्ट से कहा था—"बाबू इस राख में आत्माराम मिलेगा। मर्द की छाती का एक हिस्सा आग में नहीं जलता। उसे आत्माराम कहते हैं। उसे चुन लेना।" लेकिन जाने क्यों गुरु की अस्थियों में आत्माराम मिला ही नहीं। तब ड्राइवर ने कहा था—"बाबू तुम्हारा दोस्त ऊँची चीज था क्या? उसकी छाती इतनी कोमल थी कि आत्माराम भी जल गया। मर्द का दिल तो कठोर होता है।"

भट्ट सोचता रहा गुरु के दिल के बारे में। हो सकता है कि ड्राइवर की बात ही सही हो। इसीलिए गुरु छोटी-सी बेरुखी से भी चोट खा जाता हो। जबकि भट्ट को हमेशा ऐसा लगा था कि गुरु के ऊपर पहाड़ के पत्थरों की तरह धूप-हवा-पानी का कोई असर नहीं होता। कोई आए, कोई जाए, उसे कोई फर्क नहीं पड़ता। हो सकता है कि गुरु इतना प्रेम कर लेता हो कि सामनेवाला बराबर में प्रतिदान करने के योग्य ही न होता हो।

तो गुरु उसे संथाल ग्राम में इसीलिए बिना बताए छोड़कर चला गया था। उसे अंत में भट्ट पर गुस्सा आ गया होगा। वह चाहता होगा कि वे तीनों एक साथ उसी तरह घूमें जिस तरह गुरु और भट्ट दोनों घूमते रहे थे। उस घूमने में अपना कोई अस्तित्व रहता ही नहीं था। पैर अपने आप चलते रहते थे और पेड़-तालाब-नदी-पहाड़ अपने-आप सरकते रहते थे। न गुरु गुरु रहता था न भट्ट भट्ट रहता था। वे कोई भी दो प्राणी हो सकते थे—बाघ, चींटी, बकरी या गाय जो वहाँ घूम रहे हों। वे न पुरुष रहते थे न स्त्री। न पढ़े-लिखे रहते थे न अनपढ़।

निर्मला के आते ही भट्ट, भट्ट बन गया था। आर्ट गैलरी का सफल मालिक। शहर का आदमी। अखबारों में जिसका इंटरव्यू छप रहा था। लोग जिसके चारों तरफ घूमते थे। उस साधारण औरत निर्मला को वहाँ होने का कोई हक नहीं था। भट्ट ने एक बार भी नहीं सोचा था कि गुरु को उसकी जरूरत हो सकती है। उसे वह औरत काँटे की तरह खटक रही थी। गुरु ने शाम को चलते-चलते कितनी बार उसे साथ चलने के लिए कुछ-कुछ कहकर आवाज दी थी। पर वह उस बात के खत्म होते ही फिर चार कदम पीछे चलने लगा था। वह गुरु पर एकाधिकार चाहता था। उसने अपना कीमती समय गुरु के साथ इस तरह मीलों चलने के लिए खराब किया था। वह उस समय की पूरी कीमत चाहता था।

गुरु ने समझ लिया होगा कि भट्ट का मन बदलनेवाला नहीं है, जब उसने सुबह

घूमने जाने से मना किया। इसीलिए वह उसे बिना कुछ कहे छोड़ गया था। सुबह-सुबह बिना सामान तक लिए चलती ट्रेन में चढ़ गया था क्योंकि वह उस टकराहट वाले मन से दूर चला जाना चाहता था। भट्ट का मन इतना छोटा हो गया था कि उसमें किसी के लिए जगह नहीं थी—न उस औरत के लिए और न गुरु के लिए।

समझ में आया भट्ट? भट्ट ने अपने से पूछा और तड़पकर आँखें खोल दीं।

"अरे बाबू, बाहर देखो। जोशीमठ में सती मैया के शव की आँख गिरी थी, जब शिव को दुनिया खत्म करने से रोकने के लिए विष्णुजी ने शव के टुकड़े-टुकड़े किए थे। बाद में वह पार्वती बनकर इसी हिमालय की बेटी बनकर पैदा हुई। इस जगह को तो आँखें खोलकर देखो। इससे सुन्दर जगह पृथ्वी पर कहीं नहीं है। आदि शंकराचार्य ने यहाँ कल्पवृक्ष लगाया था। उसका तना पन्द्रह मीटर चौड़ा है—चार आदमी उसके खोखल में बैठ सकते हैं। देखोगे?"

"नहीं"—भट्ट ने कहा और आँखें मूँद कर सो गया। जाने कितने घंटे वह मुँह खोले गहरी नींद में लटके लेता सोता रहा। बीच-बीच में झूलती गरदन में झटका लगने से उठता। पर आँखें फिर बंद हो जातीं। जैसे कोई बरसों की नींद ने उसे घेर कर पकड़ लिया हो। जब किसी तरह उठा, तो उसने फिर डायरी खोल ली—

अलकनन्दा और भागीरथी का संगम है देवप्रयाग। इसके आगे इनका नाम खो जाता है और बस एक गंगा रह जाती है। देखो, प्रेम तो होता है 'रा'। संगम का अर्थ ही है प्रेम। लेकिन हमारे-तुम्हारे नाम खोते नहीं। हम हम और तुम तुम बने रहते हो। इसीलिए हम इधर और तुम उधर। हम कहीं मिल नहीं पाते। यह अकेलापन मुझे किस तरह चीरता है। काटता है। तुम्हारे बिना इस संगम का करूँ भी क्या?

जब प्रेम आता है, तो पता भी नहीं चलता। अचानक चुपके से आता है और सब कुछ बदल देता है। सूरज बदल जाता है, चाँद बदल जाता है। रात-दिन कुछ और होते हैं। हवा, धूप, बादल, पेड़ सब तुमसे अनाम भाषा में कुछ कहना चाहते हैं। तुम भी सिर्फ उन्हीं की सुनना चाहते हो। देखो 'रा', मेरा दिल कैसे धक-धक कर रहा है। अलकनन्दा की तरह सब कुछ तोड़कर बहना चाहता है। भागीरथी का रंग अलग है, पर देखो दोनों मिल तो सकते हैं। माना कि तुम अलग हो 'रा'। तुम्हारे पास बड़ा नाम है,

बड़ा काम है तुम्हें। पर देखो, इस संगम के लिए तो बहुत कुछ तोड़ना होगा। नाम छोड़ना होगा। तुम नहीं कर पाओगे? हाँ, रा?

मैं चला जाऊँगा और खो जाऊँगा। तब तुम मेरा पता पूछते घूमोगे। तुम्हें लगेगा कि मैं यहाँ हूँ, वहाँ हूँ, पर मैं कहीं नहीं होऊँगा। तब तुम्हें पता चलेगा कि जिन चीजों को तुमने बचाया, उन्हें तुम बाहर फेंक देना चाहते हो। उनसे दूर भागना चाहते हो। वे तुम्हें जहर जैसी लगेंगी। तुम्हें उनका नकलीपन नजर आएगा। पर तब तक देर हो चुकी होगी। समझ रहे हो न दोस्त? तुम्हीं से कह रहा हूँ।

भट्ट ने गहरी साँस छोड़कर डायरी बंद कर दी। जोशीमठ पीछे छूट गया था। अब आगे पीपलकोटी आएगा। दूर कहीं कलकत्ता है जहाँ उसे पहुँचना है। लेकिन क्या उसे जल्दी है वहाँ पहुँचने की? क्या कोई उसकी ऐसी प्रतीक्षा कर रहा है जैसे गुरु की अस्थियाँ कर रही थीं? गुरु ठीक कह रहा है। उसे सब जहर जैसा लग रहा है। जो ब्रोशर वह लिख रहा था। बातें बना-बनाकर लोगों को समझाना चाह रहा था कि मैं जिस पेंटिंग को अच्छी बता रहा हूँ, तुम उसे अभी खरीद लो। आगे यही आर्टिस्ट एक ऐसा नाम बन जाएगा कि तुम्हारे बूते के बाहर हो जाएगा। यही भविष्य का पिकासो है क्योंकि मैं कह रहा हूँ। मैं—जो सब कुछ जानता हूँ, आनेवाले कल को भी और गुजरे हुए कल को तो खैर जानता ही हूँ। खरीद लो, खरीद लो, इसके पहले कि भारतीय कला 'इन्फोसिस' बन जाए और सारा माल विदेश जाने लग जाय। अब आर्ट और 'ब्लू चिप' में कोई अंतर नहीं बचा है।

भट्ट को वह बूढ़ा पारसी आर्टिस्ट याद आया जिसकी बनाई तस्वीरें वह खरीदकर रख लेना चाहता था। अगले दस सालों में वह इस आर्टिस्ट को उछालकर उन तस्वीरों से करोड़ों रुपये कमा सकता है। इस बात का उसे पूरा यकीन था। आखिर उसके पास दिमाग है, कला की परख है। अब तो वह यह सोचने लग गया था कि सचमुच ही यह परख उसे अपने पिता और पूर्वजों से विरासत में मिली है। क्या पता इंटरव्यू को आकर्षक बनाने के लिए और मार्केट में अपनी धाक जमाने के लिए कहा गया यह आधा सच हकीकत में पूरा सच ही हो। वह पारसी आर्टिस्ट कोई खास दामों में नहीं बिकता था, पर भट्ट को उसका काम दूसरों से बिलकुल अलग लगा था। बूढ़ा बातचीत का बेहद शौकीन था। बेचारे ने शादी की नहीं।

अकेले रहने वाला आदमी बात भी किससे करे? भट्ट को कला के क्षेत्र का नया मुर्गा समझकर उसे बहुत सारी बातें बताना अपना फर्ज समझ रहा था। भट्ट को फायदा ही फायदा था। ज्ञान का ज्ञान और कम दामों पर तस्वीरें।

बूढ़ा कहता रहता कि कला की आत्मा बाजार के शोर में खो गई है। अब आर्टिस्ट का बोहेमियन होने से काम चलनेवाला नहीं है। मीडिया का दुलारा होने के लिए उसे बात बनाने की कला आनी चाहिए। टटपुँजिये की तरह दिखने से उसे कोई पूछेगा तक नहीं। अब सिर्फ कला की प्रतिभा से काम नहीं चलेगा, बिकने के लिए उसे और बहुत सारी चतुराई चाहिए। अपनी आत्मा तक पहुँचने के लिए एक कलाकार कितने मुश्किल रास्तों से गुजरता है। उस हिलती हुई दीये की लौ को पकड़ने के लिए कितनी साधना करता है। पर अब कलाकार को इससे ज्यादा जरूरी दूसरे काम लगने लगे हैं।

भट्ट सुनता रहता। हाँ में हाँ मिलाता रहता। मन-ही-मन कहता, बाबा तुम नहीं रहोगे, तब तुम्हारा दाम आसमान छू लेगा। तुम ऊपर से देखना। मैं दुनिया को तुम्हारी पहचान करवाऊँगा। तुम चिन्ता मत करो। तुम्हारी प्रतिभा मेरा भविष्य है। शहर की सबसे बड़ी आर्ट गैलरी बनवाने में तुम मेरी मदद करोगे। मेरा सपना तुमसे ही सच होगा। बस तुम चित्र बनाते रहो और मुझे बेचते रहो।

भट्ट को अचानक लगा कि उसकी आत्मा में कितने काँटे उग आए हैं। ऐसा नहीं है कि वह किसी का कुछ बुरा कर रहा है—वह अपने को हमेशा सही आदमी मानता आया है। पर जाने कहाँ से उसके अन्दर एक चालाक आदमी आकर बैठ गया है। यह आदमी फूँक-फूँककर कदम रखता है। उसका प्यार, उसका आदर-भाव, उसकी सहानुभूति, उसकी करुणा सबके उसे दाम मिलनेवाले हैं। वह यह जानता है, पर वह किसी को बताता नहीं। वह खुद को भी नहीं बताता कि वह सब कुछ अपने फायदे के लिए करता है। कई बार तो वह बूढ़े पारसी कलाकार की बातें सुन एक अलग ही आकाश में चला जाता है जहाँ सब कुछ अनछुआ, पवित्र और अलौकिक है। नहीं, भट्ट को मालूम है कि वह बुरा आदमी नहीं है। किसी को धोखा देना उसकी फितरत नहीं है। पर फिर भी, इतना चालाक आदमी कभी स्वर्ग के दरवाजे तक जाएगा, ऐसा भट्ट को नहीं लगता।

यह 'रा' भी उसी के जैसी होगी, भट्ट समझ गया। गुरु के प्यार में कमी नहीं थी। पर 'रा' के लिए दूसरी बातें ज्यादा जरूरी रही होंगी। जो आदमी एक निर्मल दर्पण की तलाश कर रहा हो जिसमें वह असीम अनन्त को देख सके, उसे तुरन्त

दिखता होगा कि सामनेवाले में कितने धब्बे हैं। गुरु ने भट्ट को भी अच्छी तरह देख लिया होगा। आदमी अभिशप्त है कि वह प्रेम की उस गहराई तक पहुँच नहीं सकता। यह गहराई झूठ नहीं है। सिर्फ किताबी नहीं है। वह है। पर आदमी जानना ही नहीं चाहता। वह डरता है। क्या सचमुच गुरु का हृदय देवप्रयाग के संगम को देखकर 'रा' के लिए जोर-जोर से धड़का होगा? कौन है यह 'रा'? 'रा' से राज तक तो जाना आसान है पर राज के आगे पूरा नाम क्या है? वह कहाँ रहती है? किस शहर में?

भट्ट ने गुरु की बैग से उसकी छोटी-सी टेलीफोन की डायरी निकाली। उसमें 'आर' खोला। देखा तो उसमें कोई ऐसा नाम नहीं था, जिसे 'राज' के नाम से पुकारा जा सकता। ''अच्छा ड्राइवर साहब, 'राज' नाम से आपको क्या लगता है कि इस औरत का पूरा नाम क्या हो सकता है? मेरे दोस्त की डायरी में यह नाम बार-बार आता है''–भट्ट ने ड्राइवर से सलाह माँगी। ''अरे साहब, मुझे क्या मालूम। यहाँ पहाड़ों पर अलग नाम होते होंगे। आपके शहरों में दूसरे नाम होंगे। वैसे देखिए मुझे तो एक नाम याद आता है 'राजुला'। हमारे यहाँ फूलों की रानी राजुला की कथा है न। वह मालू साही से प्रेम करती थी, पर उसके बाप ने उसकी शादी दुष्ट राजा चाँद विकाय पाल से कर दी। वह शादी के बाद दुखी होकर अपने माँ-बाप के पास लौट आई। मालू साही योगी होकर भिक्षा पर रहता था। राजुला के घर आया तो उसने मालू साही को देखकर उसे फूल बनाकर अपने केश में रख लिया। बाद में कितनी लड़ाइयों के बाद वे दोनों एक हुए''–ड्राइवर ने मौज में पूरी कहानी सुना दी।

भट्ट सोच में पड़ गया। क्या पता यह राज या राजुला की कहानी गुरु को भी किसी ने सुनाई हो और उसने उसी कल्पना की फूलों की रानी राजुला को संबोधित कर 'रा' लिखा हो। वरना तो वह 'राज' ही लिखता, जो कि दरअसल किसी पुरुष का नाम भी हो सकता है। गुरु के टॉयलेट बैग पर 'राज' लिखा है, डायरी में 'रा' क्यों है? तभी ड्राइवर ने कहा–''हाँ, देखिए साहब, और दो नाम याद आए–राजरानी, जो कि मेरी एक मामी का नाम है और राजेश्वरी, जो कि हमारे गाँव में एक लड़की का नाम है। उन दोनों को सब 'राज' या 'राजो' ही कहते हैं।

''अच्छा छोड़ो'', कहकर भट्ट ने फिर डायरी खोल ली।

तुम जानना चाहते हो कि आखिर मेरा सपना क्या है या कि मेरा कोई

सपना है भी या नहीं? क्या यों ही मैं इधर से उधर और उधर से इधर दो जिन्दगियाँ जीता घूम रहा हूँ? मैं भी अक्सर अपने से यह सवाल करता हूँ।

सपना तो है मेरे पास। मैंने बहुत प्रेम किया है और बहुत प्रेम पाया है। मुझे लगता है कि कहीं किसी नदी या समुद्र के किनारे या पहाड़ों के पास एक कई एकड़ में फैली हमारी एक दुनिया हो सकती है, जिसमें हम सब साथ रह सकते हैं। हम हवा, पानी की चौकीदारी करेंगे। धरती को नष्ट होने से बचाएँगे। हम नफ़रत को खत्म कर देंगे। हम एक मन होकर जी सकते हैं। ऋग्वेद के सहसूक्त की तरह हम सहमना होकर चलेंगे, सहमना होकर बोलेंगे और एक समान हृदय वाले जाने जाएँगे।

मैंने अपनी पहली जिन्दगी की सारी पूँजी सहेज कर रखी है। कहीं खर्च किया, तो बहुत देख-देखकर। ताकि यह दूसरी जिन्दगी ही मेरी पूरी जिन्दगी बन सके। पचास साल की उम्र के बाद मैं अपनी पहली जिन्दगी और बर्दाश्त नहीं करूँगा, ऐसा मेरा संकल्प था। अब वह समय आ गया है। वह खोखली दुनिया, जो दूसरों को नष्ट कर उनका खून चूसकर पनपती है और हवा-पानी में जहर घोलती है मैंने छोड़ दी है। लेकिन मैंने अपना कुछ भी वहाँ नहीं छोड़ा है। उसके लिए मैं मर गया हूँ और मेरे लिए वह मर गई है। मैंने अपने प्राविडेंट फंड, ग्रैच्युटी वगैरह के सारे रुपये 'लोन' लेकर उठा लिए हैं। अब यह मेरी दूसरी जीवन-यात्रा शुरु होगी फूलों की घाटी से। स्वर्ग के देवताओं की उस घाटी की सुगन्ध लेकर अब मैं इस धरती पर अपना एक छोटा-सा ही सही, लेकिन स्वर्ग बना सकूँगा। हम जहाँ चलेंगे, वहाँ खुशबुएँ रह जाएँगी। हम जहाँ बहेंगे, वहाँ हमारे प्रवाह का स्वर गूँजेगा। हम अपने आसपास के वृक्षों, हवाओं, पानी और सारे लोगों की सारी वेदनाएँ समेट लेंगे। हमारे मन दर्पण की तरह साफ होंगे। मैंने आदिवासियों के जीवन को पास से देखा है। उसमें जो सामूहिकता की, सबके सुख-दुख अपने मानने की सुन्दरता है, उसे हम अपने जीवन में उतार लेंगे। मुझे पता है कि ये सब लोग मेरा साथ देंगे—

भट्ट ने देखा कि बहुत सारे नामों की एक सूची है जिसमें उसके जाने हुए नामों से रुक्मिणी, निर्मला और खुद उसका नाम लिखा था। गुरु की बातें पढ़कर उसका दिमाग चकरा रहा था। **कौन-सी जिन्दगी गुरु जी रहा था उस जिन्दगी** के अलावा,

जिसे भट्ट जानता था? उसके पास कितने रुपये थे कि वह कई एकड़ जमीन खरीदने का सपना देख सकता था? गुरु ने उससे झूठ क्यों कहा था कि वह कुछ कमाता नहीं और अपने मित्रों की सहायता से जीवन चलाता है। कभी कहीं रहता है और कभी कहीं रहता है। हो सकता है कि गुरु किसी बड़े घर से ताल्लुक रखता हो और उसके पास पैतृक सम्पत्ति भी हो। लेकिन गुरु ने यह सब छिपाया। क्यों उससे?

भट्ट को गुरु के सूटकेस में रखा सामान याद आया। इसका मतलब यह हुआ कि वह सब गुरु का अपना खरीदा हुआ था। कितनी मशक्कत से गुरु ने अपने बारे में यह सब उससे छिपाकर रखा होगा? सिर्फ उससे ही नहीं, रुक्मिणी, निर्मला और उन तमाम लोगों से, जिसके नाम इसने यहाँ लिख रखे हैं। गुरु ने यह कैसे सोच लिया कि ये सारे लोग अपनी जिन्दगियाँ छोड़कर उसके साथ एक अलग जिन्दगी जीने को तैयार हो जाएँगे? वह अपना स्वर्ग बनाने के लिए लोगों को बटोर रहा था? उनके नाम की सूची बना रहा था, यह जानते हुए भी कि लोगों के मन पल-पल बदलते हैं? कि लोगों को हमेशा अपना निजी काम होता है। उनका एक नाम होता है जिसके साथ बहुत-सी जिम्मेदारियाँ होती हैं? कितना भोला था गुरु कि उसने सोच लिया कि भट्ट ऐसा कर पाएगा।

भट्ट को कुछ समझ में नहीं आ रहा था। ड्राइवर ने कहा—"आज रात को कर्णप्रयाग में रुकना होगा। एक दिन में इससे ज्यादा गाड़ी चलाना ठीक नहीं है। आप परेशान क्यों दिख रहे हैं बाबू? डायरी में ऐसा क्या लिखा है?" भट्ट सोचता रहा कि उसे क्या कहे। फिर उसे लगा कि इस बन्दे ने उसके साथ गुरु की अस्थियाँ चुनी हैं। इसका जानने का हक बनता है। "डायरी में मेरे दोस्त ने लिखा है कि उसका सपना है कि वह अपने दोस्तों और चाहनेवालों के साथ कहीं नदी-समुद्र-पहाड़ के पास रहकर एक छोटा-सा स्वर्ग बनाए। कभी उसने ऐसा कुछ कहा नहीं था मुझे। हम बस यों ही साथ-साथ पहाड़-वहाड़ घूमते थे। यहाँ भी वह मुझे साथ लाना चाहता था। पर मुझे मालूम नहीं था कि यह स्वर्ग बनाने वाली बात उसके दिमाग में थी..."—भट्ट को लगा कि वह ड्राइवर को इससे ज्यादा नहीं बता सकता। गुरु के प्रति उसकी वफादारी का तकाजा है कि वह ड्राइवर को न बताए कि उसे अभी-अभी पता चला है कि गुरु ने अपने जीवन की बहुत सारी बातें उससे छुपा रखी थीं या गलत बता रखी थीं।

"इसमें क्या खास बात है बाबू? ऐसा सपना तो बहुत लोगों का रहता है। साधारण आदमी सोचता है कि अपने बीवी-बच्चों, नाती-पोतों के साथ स्वर्ग बना

लेगा। पढ़ा-लिखा आदमी थोड़ा बड़ा सपना देख लेता है। यहाँ चमोली के पास एक पत्रकार रहता है। ढेर सारी किताबें लगा रखी हैं। बिना बिजली के अँधेरे में रहता है। निपट अकेला। कोई साधु भी ऐसे नहीं रह सकता। उसे भी लोग चाहिए। मैंने तो बहुतों को देखा है। यहाँ तो बदरीनाथ तक सब साधु ही साधु घूमते हैं''— कहकर ड्राइवर हँसा—''आप चाहें तो रास्ते में उस पत्रकार से मिलवा दूँगा। कहते हैं महात्मा बुद्ध का भक्त है। पहले उसने भी अपने जैसे दो-चार लोग जमा किए थे। सबने उसके आस-पास कुटिया बनाई। धीरे-धीरे सब भाग लिए। अब वह अपने स्वर्ग में अकेला ही रहता है।''

भट्ट ने लंबी साँस छोड़ी। जिस दुनिया से वह निकल-निकलकर, भाग-भागकर आता रहा है, उसके बरक्स यह दुनिया एक अजब दूसरी ही दुनिया है। ''ऐसा है ना बाबू, इस हिमालय में जाने कितनी सदियों से सपने देखनेवाले लोग आते रहे हैं। बद्रीनाथ से ऊपर स्वर्गारोहिणी पड़ता है, वहाँ पाँचों पांडव और द्रौपदी स्वर्ग जाने का सपना लिए चले आए थे। आदमी कैसी भी जिन्दगी जी रहा हो उधर नीचे आपलोगों की दुनिया में, पर सपने यहीं के देखता है। कहीं तीर्थ में पुण्य का सपना, कहीं हिल-स्टेशन पर मौज का सपना, कहीं पहाड़ की सबसे ऊँची चोटी नापने का सपना। जवान हो या रिटायर, सपने आपलोग इधर के देखते हैं''— ड्राइवर ने ऐसे बताया जैसे वह भट्ट को जीवन की बड़ी हकीकत दिखा रहा हो।

भट्ट चुपचाप उसका मुँह देख रहा था। 'बेचारा!' भट्ट ने सोचा। वह ड्राइवर से बहुत कुछ कहना चाहता था। तुम किस देश के किन लोगों के सपनों की बात कर रहे हो? तुम बस यहीं पहाड़ पर टैक्सी चलाते रह गए हो। तुम्हें क्या मालूम कि वहाँ बिजनेसमैन के पास बड़े से और बड़े होते जाने का ग्लोबल सपना है, दलाल का दूसरों की मेहनत में हिस्सा पाते रहने का सपना है, नेता का स्विस बैंक में अकाउंट खोलने का सपना है, अफसर का घूस की रकम सपरिवार शॉपिंग मॉल में खर्च करने का सपना है। तुम अखबार पढ़ते हो या नहीं? गाँवों के पास सपना है शहर बनने का। शहरों के पास महानगर बनने का। महानगरों के पास मेगापोलिस बनने का। हिमालय के सपनों की कब्रगाह पर अब नए सपने उग आए हैं बंधु! तुम किस मुगालते में हो?

भट्ट को पिता का ध्यान आया। उनका क्या सपना है? कोई वानप्रस्थ? भट्ट हँस पड़ा। क्यूरियो की दुकान से आर्ट गैलरी का सपना उनके बिना देखे ही सच हो गया है। अब जब तक आखिर समय में वेंटिंलेटर पर पड़े-पड़े दम न निकले, उसी आर्ट

गैलरी से चिपके रहने का सपना है। "अच्छा बाबू, आपका क्या सपना है" ड्राइवर ने पूछा। भट्ट चुप रहा। उसे कुछ जवाब नहीं सूझा। उसे लगा कि ड्राइवर के सवाल ने उसके पैरों तले से किसी ने जमीन खींच ली है। वह जैसे हजारों मील नीचे खाई में गिर गया। अचानक उसे गुरु की बात याद आई कि पिता के हाथ तुमने कभी छोड़े नहीं, अब छटपटाओ मत। वहीं जमे रहो।

क्या सपना है तुम्हारा? भट्ट ने अपने से पूछा। शहर की या देश की सबसे बड़ी आर्ट गैलरी का सपना यदि पूरा हो गया तब? उसका बेटा अमन उसकी जगह आ जाएगा और वह पिताजी की तरह एक क्यूरियो बनकर दुकान में सजा रहेगा। देखिए, कला की परख हमारी विरासत है, लोगों को बताने के लिए। यही तो? भट्ट सिहर उठा। उसके पूरे शरीर के रोयें खड़े हो गए, जबकि तीन बजे की गरम धूप में सारे पहाड़ चमक रहे थे। आकाश का रंग आकाश जैसा था, हरे पत्तों का रंग हरे पत्तों जैसा हरा था। लेकिन भट्ट के पास कोई प्रेम नहीं था और न ऐसा कोई सपना जिसके लिए वह एक जिन्दगी से बाहर दूसरी जिन्दगी में कूदने की सोचता।

गाड़ी एक पहाड़ को छोड़कर दूसरे पहाड़ की ओर घुमाव पर जा रही थी। भट्ट को वहाँ से नीचे तराई का इलाका दिखाई दिया, जहाँ पहाड़ से निकली नदियों की रेखाएँ धुंधले चित्र उकेर रही थीं। वहीं उसकी अपनी दुनिया है। अचानक उसे लगा कि एक दो कौड़ी के ड्राइवर के सवाल पर उसे इस तरह परेशान होने की जरूरत नहीं है। अभी तो उसके पास रोज नए सपने होंगे। जितने सपने यह देश देखेगा, वे सपने देश के तमाम भट्ट लोगों के ही सपने होंगे। ये ड्राइवर जैसे बेचारे लोग इन बातों को कैसे समझेंगे। अजब मुश्किल है कि अपने ही देश के लोगों को अपनी ही देशी भाषा में भी समझाया नहीं जा सकता।

●●●